Sarah MacLean

BELAS FATAIS ❧ VOL. 1

Tradução: Bárbara Morais

GUTENBERG

Copyright © 2021 Sarah MacLean. Todos os direitos reservados.
Publicado mediante acordo com Avon, um selo da HarperCollins Publishers.

Título original: *Bombshell: A Hell's Belles Novel*

Todos os direitos reservados pela Editora Gutenberg. Nenhuma parte desta publicação poderá ser reproduzida, seja por meios mecânicos, eletrônicos, seja via cópia xerográfica, sem a autorização prévia da Editora.

EDITORA RESPONSÁVEL
Flavia Lago

EDITORAS ASSISTENTES
Natália Chagas Máximo
Samira Vilela

PREPARAÇÃO DE TEXTO
Gabriela Colicigno

REVISÃO
Claudia Vilas Gomes

ADAPTAÇÃO DE PROJETO GRÁFICO
Waldênia Alvarenga

CAPA
Larissa Mazzoni (sobre imagem de Evgeniia Litovchenko / Shutterstock)

DIAGRAMAÇÃO
Waldênia Alvarenga

Dados Internacionais de Catalogação na Publicação (CIP)
Câmara Brasileira do Livro, SP, Brasil

MacLean, Sarah
　Rainha do escândalo / Sarah MacLean ; tradução Bárbara Morais. -- São Paulo : Gutenberg, 2023. -- (Belas Fatais ; 1)

Título original: Bombshell: A Hell's Belles Novel

ISBN 978-85-8235-685-2

1. Ficção histórica 2. Romance norte-americano I. Título II. Série.

22-136978　　　　　　　　　　　　　　　　　　　　　　　CDD-813

Índices para catálogo sistemático:
1. Romances históricos : Literatura norte-americana 813

Henrique Ribeiro Soares - Bibliotecário - CRB-8/9314

A **GUTENBERG** É UMA EDITORA DO **GRUPO AUTÊNTICA**

São Paulo
Av. Paulista, 2.073, Conjunto Nacional
Horsa I . Sala 309 . Bela Vista
01311-940. São Paulo . SP
Tel.: (55 11) 3034 4468

Belo Horizonte
Rua Carlos Turner, 420
Silveira . 31140-520
Belo Horizonte . MG
Tel.: (55 31) 3465 4500

www.editoragutenberg.com.br
SAC: atendimentoleitor@grupoautentica.com.br

*Uma semana antes de terminar de escrever este livro,
minha filha de 7 anos me disse que deveria dedicá-lo
"às pessoas que nos ajudaram durante a pandemia".*

Sei reconhecer uma boa ideia quando encontro uma.

*Para os trabalhadores da linha de frente na área da saúde,
da educação, da agricultura, da alimentação, do serviço de
entregas e para todos que trabalham para nos manter saudáveis.*

Muito obrigada.

SESILY

Jardins de Vauxhall
1836

Quando a artista montada na perna de pau se aproximou, Sesily Talbot percebeu que alguém lhe pregava uma peça.

Ela deveria ter reparado imediatamente. Ao sair do barco e atravessar os portões dos jardins de Vauxhall, uma dançarina vestida como um pavão exuberante, as penas multicoloridas ocupando tanto espaço quando as grandes mansões de Marylebone, a alcançara enquanto seguia pelo caminho de terra e a puxara para o local onde a dança acontecia.

— Não por este caminho, lady — sussurrara o belo pássaro antes de empurrá-la para o meio de uma dança de quadrilha animada.

Sesily nunca fora de recusar uma dança, então foi feliz atrás da nova amiga emplumada.

Apesar da noite fria de outubro, os passos de dança a deixaram acalorada e sem fôlego, então ela se afastou de onde a diversão acontecia e foi para um lugar mais tranquilo. Um lugar onde pudesse ficar só e manter seus segredos.

Sesily não havia adentrado na escuridão por mais de um minuto quando a devoradora de fogo a encontrou, bloqueando o caminho que se contorcia abaixo de uma rede de cordas bambas, seduzindo os foliões a mergulharem na extravagância devassa dos jardins.

Lanternas de papel vermelho brilhavam como uma deliciosa tentação atrás da artista que bloqueava o caminho de Sesily, o rosto da mulher pintado como o de um palhaço, os olhos azuis brilhando enquanto se aproximava de sua tocha e incendiava o céu escuro de vermelho.

Sesily conhecia seu papel e não hesitou em reagir efusivamente, deixando que a devoradora de fogo a tomasse pela mão com uma profunda reverência e um charmoso "Não por este caminho, lady". Ela levou Sesily de volta para a luz, longe da rota que buscava.

Sesily deveria ter percebido ali que ela era um peão.

Não, não um peão. Uma rainha. Mas uma peça do jogo, da mesma forma.

Ela não reparou. E, mais tarde, iria se maravilhar com sua ignorância naquele momento – algo raro em seus 28 anos. Raro para alguém que sempre se gabava de conhecer o roteiro das coisas. E também raro para alguém que tinha construído uma vida chamando atenção, em cima de virar o jogo contra os outros jogadores.

Em vez disso, Sesily Talbot passou a meia hora seguinte com o jogo virado contra ela.

Enganada por uma vidente.

Entretida por uma dupla de mímicas.

Assistindo com deleite a um espetáculo lascivo de marionetes.

E todas as vezes que tentava achar um novo caminho, um que a levasse mais para dentro dos jardins, longe das apresentações formais e em direção ao tipo de entretenimento que gerava fofoca e escândalo, ou qualquer coisa que a mantivesse longe do vazio em seu peito, Sesily era interrompida – sempre guiada para longe das aventuras mais imprudentes.

Aventuras que eram mais adequadas à sua reputação: Sesily Talbot, um escândalo ambulante, de beleza farta, herdeira à solta e rainha da imprudência, à qual a maioria de Londres chamava de *Sexily* quando achavam que ela não estava ouvindo (como se isso fosse algo *ruim*).

Sesily era a segunda filha mais velha, e a única ainda solteira, de Jack Talbot, um minerador de carvão de origem humilde que se ergueu da fuligem e ganhou um título do Príncipe Regente em um jogo de cartas. Como se não fosse suficiente, o recém-nomeado Conde de Wight se dedicava a causar caos na aristocracia, com sua esposa extravagante e suas cinco filhas perigosas a reboque. Filhas que escandalizaram a sociedade até arrumarem pretendentes invejáveis: Seraphina, Sesily, Seleste, Seline e Sophie, as Cinderelas Borralheiras, nomeadas pela sujeira de carvão em que nasceram, agora reinando em Londres como uma duquesa, uma marquesa, uma condessa e a esposa do criador de cavalos mais rico da Grã-Bretanha.

E havia Sesily, que passara uma década zombando da tradição, dos títulos e das regras – a mais perigosa das filhas. Por não ter interesse nos jogos da aristocracia, a jovem não se preocupava com falsos inimigos que a encaravam do outro lado de salões de baile. Ela não tinha os mesmos objetivos que o resto da sociedade.

A *imprudente* Sesily.

Ela não se contentava em ficar para titia, nem às margens de Mayfair, onde as mais velhas e as arruinadas viviam o resto de suas vidas.

A *rebelde* Sesily.

Em vez disso, continuava rica, feliz e com seu título de nobreza, sem nenhum interesse aparente nas opiniões dos seus pares. Indomável, apesar das tentativas de sua mãe, irmãs, companheiros e comunidade.

A *infame* Sesily.

A censura não funcionava. Nem o desprezo. Muito menos a desaprovação. O que deixava a aristocracia sem escolha a não ser aceitá-la.

A *entediada* Sesily.

Entediada, não. Não naquela noite. O tédio poderia tê-la levado a Vauxhall, mas não sozinha. Ela teria ido com amigos, dúzias deles, em busca de diversão barulhenta e promessas de escândalos. Mas não era o que desejava naquela noite. Não era isso o que a deslumbrava, que a fazia buscar o pior tipo de encrenca. Seduzi-la. Gritar para ela.

A frustrada Sesily. A raivosa Sesily.

A envergonhada Sesily.

Envergonhada da pior forma possível: por conta de um *homem*. Um homem alto, forte e de olhos verdes, irritante em suas mangas de camisa e colete, e talvez usando um chapeuzinho besta de americano que não combinava nada com Mayfair, mas era eficiente demais em revelar um ângulo excelente de seu maxilar quadrado. Quadrado até demais. Sem refinamento algum.

O único homem que ela queria e não conseguia ter.

O *triste fim de Sexily.*

Mas ela se recusava a sofrer suas desilusões em público – isso era para outras pessoas, não para Sesily.

Sesily Talbot se levantava, se maquiava e ia para Vauxhall.

Claro, se não estivesse tão ocupada sofrendo as desilusões daquela noite em particular, teria reparado que estava sendo observada, manipulada e guiada muito antes de a artista de perna de pau sair das sombras das árvores altas que ladeavam o caminho atrás de Vauxhall. A Caminhada Sombria.

Nos dez anos em que Sesily frequentara Vauxhall, a maioria de suas visitas envolvera sair da vista do pai, de um acompanhante, irmã ou amiga e se embrenhar na trilha cada vez mais escura até o lugar onde tudo passava da performance para o particular. Fugindo dos fogos de artifício, das apresentações circenses e dos balões de gás quente para algo mais inapropriado, algo que poderia ser considerado sórdido.

Em todos esses anos, ela nunca vira uma artista tão no fim desse caminho, tão imersa na escuridão.

Ainda mais com o relógio tão perto da meia-noite, na última semana da temporada de Vauxhall, quando a hora avançada em nada influenciava no número de pessoas nos jardins, e artistas deveriam estar ocupados em entreter multidões de foliões que apreciavam a tentação pura e exuberante do lugar.

E, ainda assim, havia uma dançarina, uma devoradora de fogo, e agora havia a mulher de perna de pau, com sua peruca imensa, sua maquiagem extravagante e um sorriso de deleite e um "Não por esse caminho, lady!".

Foi quando Sesily percebeu.

Ela parou, levantando a cabeça para encarar a artista vestida de forma quase impossível com saias gigantes, magníficas, que ameaçariam derrubar uma mulher comum.

– Parece que nenhum dos caminhos é o certo hoje, não é mesmo?

Uma grande gargalhada, parecendo ainda maior vinda da escuridão, foi carregada pela brisa fria do outono, pontuada pelo som dos fogos de artifício em outra parte dos jardins, que atraíam as pessoas para apreciá-los.

Sesily não estava interessada no céu.

– Ou há um caminho diferente para mim esta noite?

A gargalhada se tornou um sorriso cúmplice, e a artista da perna de pau se virou. Não havia dúvidas de que Sesily iria segui-la, logo se imaginando como uma flecha lançada de forma descuidada, distante do alvo que havia escolhido, apontada para um lugar completamente diferente. Para algo completamente diferente.

E, apesar da raiva, da frustração e daquele sentimento que nunca admitiria ainda queimando dentro de si, Sesily não conseguiu impedir o próprio sorriso.

Não estava mais entediada.

Não enquanto seguia a gigantesca mulher através das árvores, para uma luz que piscava a distância e brilhava cada vez mais, até chegarem a uma clareira na qual Sesily nunca havia estado. Ali, em uma plataforma elevada, estava uma mágica extremamente habilidosa, principalmente quando se considerava que ela estava desafiando os fogos de artifício no céu e mantendo a atenção absoluta de sua audiência enquanto levitava um cachorro.

O olhar da mágica cruzou com o da artista da perna de pau e se desviou para Sesily quase imediatamente, sem exibir surpresa ao terminar o truque e soltar o cachorro com um gesto de mão e um pouquinho de carne seca.

Os aplausos explodiram pela clareira enquanto ela fazia sua reverência, profunda e agradecida, honrando a verdade de todos os artistas – que eles não eram nada sem o público.

As pessoas voltaram para a noite, a pressa para achar outro espetáculo mais urgente que o normal – guiadas pela certeza de que havia poucas horas antes de os jardins fecharem de vez pela estação.

Em um piscar de olhos, Sesily estava sozinha na clareira com a mágica e seu cachorro, a mulher da perna de pau desaparecida na noite.

– Minha lady – disse a mágica, seu suave sotaque italiano preenchendo o espaço entre elas, o título honorífico tão claro quanto o céu noturno. Ela conhecia Sesily. Estava esperando por ela, assim como todas as outras daquela noite. – Seja bem-vinda.

Sesily se aproximou, curiosidade a consumindo.

– Percebo agora que não criei dificuldade alguma esta noite; você estava me enrolando até ter tempo para mim.

– Até nós podermos te dar o tempo que merece, minha lady. – A mágica fez uma reverência extravagante e profunda, coletando uma pequena caixa dourada do chão e a posicionando no centro da mesa entre elas.

Sesily sorriu, olhando para o cachorro aos pés da outra.

– Fiquei muito impressionada com sua apresentação. Creio que você não vai me contar o segredo da ilusão, certo?

Os olhos cor de mel da mulher brilharam sob as luzes da lanterna.

– Mágica.

Ela era mais nova do que Sesily pensara a princípio, o capuz escuro escondera o que agora reconhecia como um rosto bonito e saudável – o tipo que certamente chamava atenção.

Como alguém que se orgulhava da sua própria habilidade de chamar atenção, Sesily admirou a beleza única da mulher.

Apesar disso, ela não fora capaz de chamar a atenção do homem que, naquele momento, estava num barco a caminho de Boston.

Ela afastou o pensamento.

– Todos estavam enfeitiçados por você.

– O mundo adora um espetáculo – respondeu a mágica.

– E, no espetáculo, eles falham em ver a verdade. – Sesily sabia daquilo melhor do que ninguém.

– É aí que está meu trabalho – disse a mulher, abrindo a caixa e exibindo uma coleção de anéis de prateados reluzentes nos dedos. – Posso te mostrar outro truque?

– Mas é claro – respondeu Sesily com um sorriso radiante para esconder o coração acelerado.

Mais cedo, naquele mesmo dia, havia se sentido num precipício, em um dos raros instantes da vida em que se nota que tudo se divide entre um *antes* e um *depois*.

Mas aquele havia sido um sentimento passageiro em seu coração. Quieto, até sumir e ela ter dificuldade de se lembrar dos detalhes.

Uma emoção.

Aquilo... aquilo era em sua cabeça.

Era verdade.

Não hesitou, colocando sua mão na caixa vazia, seus dedos tocando levemente o carvalho firme e liso de dentro. Tirando sua mão, disse:

– Vazio.

As sobrancelhas da mulher se levantaram em um flerte charmoso e ela fechou a tampa de madeira com um som alto, então passou uma mão pela tampa antes de abri-la novamente.

– Tem certeza?

Encantada e curiosa, Sesily esticou a mão, prendendo o ar quando removeu uma pequena moldura oval prateada de dentro da caixa. Ao virar o retrato em suas mãos, o levantou contra a luz.

A surpresa a acometeu.

– Sou eu.

A mágica inclinou a cabeça.

– Então você sabe que é para você.

As interrupções. As maquinações. As manobras. A forma como seu caminho havia sido guiado naquela noite. Seus dedos se apertaram contra o pequeno retrato, a moldura de prata espetando sua pele.

Mas por quê?

Como se tivesse ouvido a pergunta, a mágica passou outra mão sobre a caixa vazia e a virou em direção a Sesily, que investigou o interior novamente, sentindo o coração na garganta, a respiração ofegante.

Aqui, agora, tudo estava prestes a mudar.

Primeiro, achou que a caixa estava vazia novamente, a ponta de seus dedos deslizando sobre a madeira lisa, procurando por algo. E encontrando.

Tirou um pequeno cartão bege e o segurou contra a luz.

Um sino decorado pintado de um lado, com um endereço em Mayfair no canto esquerdo inferior.

Ela virou o cartão, a letra forte, certeira, a atravessando.

Não por esse caminho, Sesily.
Temos um melhor.
Venha me ver,
Duquesa.

CAPÍTULO 1

South Audley Street, Mayfair
Casa da Duquesa de Trevescan em Londres
Dois anos depois

— É como assistir a um acidente de carruagem.

Lady Sesily Talbot estava atrás de uma mesa de bebidas no baile de outono da Duquesa de Trevescan, ponderando sobre a massa fervilhante de aristocratas e tecendo seus comentários com jocosidade para a amiga e anfitriã. De fato, Sesily tinha dificuldade em desviar o olhar da aglomeração de vestidos – cada um único e horrível à sua própria maneira.

Era 1838, e embora as damas da aristocracia tenham sido enfim abençoadas com decotes generosos e corpetes apertados e bem estruturados – duas das coisas favoritas de Sesily –, qualquer uma que usasse um vestido era ao mesmo tempo amaldiçoada com renda, babados e outros penduricalhos, laços com cores fortes e flores empilhadas, como um bolo de camadas da corte.

Sesily apontou com o queixo para uma desafortunada debutante perdida em um oceano de sedas translúcidas estampadas.

— Aquela ali parece que foi estofada com as cortinas da cama de minha mãe – disse, expressando sua desaprovação. – Eu estava errada. Não é *um* acidente de carruagem, é um salão de baile cheio deles. A história certamente nos julgará por essa moda.

— Será que devemos mesmo chamar de *moda?*

À sua esquerda, a Duquesa de Trevescan, a anfitriã mais amada de Mayfair (embora nenhum membro da aristocracia fosse admitir isso), espanou uma sujeira inexistente de seu incrível corpete bem cortado cor de safira (sem babado algum), franziu os lábios que estavam pintados com uma cor ousada e analisou o grupo de pessoas com perspicácia.

— A única explicação é que a nova rainha odeia seu próprio gênero. Por qual outro motivo ela escolheria fazer com que *isto* fosse a moda atual? O objetivo certamente é nos fazer ficar horrorosas. Olhe para aquela ali. — Sesily apontou para uma desafortunada touca, uma coisa oval enorme que circulava o rosto de uma jovem mulher de maneira que só poderia ser descrita como um molusco e sua concha, adornada por camadas e camadas de renda rosa e penas. — É como se ela estivesse sendo parida novamente.

A duquesa tossiu, cuspindo seu champanhe.

— Meu Deus, Sesily.

Sesily olhou para ela, o retrato da inocência.

— Diz que estou mentindo. — Quando a duquesa não conseguiu, Sesily adicionou: — Eu vou pedir para minha modista mandar algo que faça aquela pobre coitada parecer maravilhosa. Junto com um convite de uma cerimônia para queimar toucas.

A duquesa deu um risinho.

— A mãe dela jamais permitirá que você se aproxime da garota.

Era verdade. Sesily nunca fora amada pelas mães da aristocracia, e não apenas porque se recusava a usar as modas da temporada. Mesmo se elas ignorassem a bela seda lilás que usava, Sesily era universalmente assustadora para a aristocracia por outros motivos e, Deus queira, por razões muito mais perturbadoras.

Sim, ela era a filha de um minerador de carvão que virou conde e uma mulher um tanto vulgar e muito difícil que nunca fora bem recebida na sociedade londrina. Mas também não era por isso. Não, o terror que Sesily provocava vinha do fato de que tinha 31 anos, era solteira, rica e mulher. E, para adicionar insulto à injúria, não tinha vergonha alguma disso. Ela nunca se recolhera da sociedade para definhar até o fim de seus dias, muito menos se mudara para o campo. Pelo contrário, ela ia para bailes, em sedas decotadas e bem marcadas que não lembravam em nada peças de confeitaria. Sem toucas feitas para debutantes ou solteironas.

E isso a tornava a irmã mais perigosa das Perigosas Filhas do Conde de Wight.

Que grande ironia era que, embora a Rainha Vitória ocupasse seu trono a menos de um quilômetro de distância de Mayfair, a aristocracia toda tremia de medo de mulheres que se recusavam a casar, ou não mostravam interesse algum pelas regras e restrições da nobreza.

Sesily não tinha interesse nenhum no universo respeitável e cheio de normas da aristocracia. Não quando havia tanto para viver, para mudar, no resto do mundo.

Talvez, alguns anos antes, quando ela e suas irmãs chegaram a Londres com fuligem no cabelo e o sotaque do interior do norte do país, ela tenha tido capacidade de sentir vergonha. Mas anos de olhares de desdém e comentários desagradáveis haviam ensinado à Sesily que o julgamento da sociedade ou apagava a luz das estrelas mais brilhantes, ou as fazia brilhar mais forte...

E ela fizera sua escolha.

E era esse o motivo pelo qual a Duquesa de Trevescan a havia chamado até ali, na South Audrey Street, dois anos antes e oferecido à Sesily algo além de um vestido de seda e um cabelo impecável. Ah, Sesily ainda tinha ambos – ela reconhecia uma armadura só de olhar – mas quando usava aquele vestido, era tão provável que estivesse se dirigindo a um canto escuro de Covent Garden quanto a um baile em Mayfair.

Era nos cantos escuros, afinal, que Sesily deixava sua marca, junto com o time de outras mulheres que logo passara a considerar amigas, unidas pela duquesa.

A Duquesa de Trevescan, que havia se casado nova demais com um duque eremita que preferia o isolamento em sua propriedade nas ilhas sicilianas, que se recusava a gastar a juventude em isolamento semelhante, e havia escolhido viver em Londres, em uma das casas mais extravagantes da cidade. Quanto ao que fazia ali, o que os olhos do duque não viam, o coração não sentia, era o que ela costumava dizer.

No entanto, o que os olhos do duque não viam, o resto de Londres via... Quando se tratava de escândalos, a mulher conhecida apenas como *a duquesa* ganhava de todas as outras.

A promessa de escândalo trazia o melhor de Londres para as festas da duquesa. Eles amavam como ela empunhava seu título e oferecia a ilusão de propriedade, a promessa de fofoca a ser sussurrada nos salões na manhã seguinte, e a esperança que aqueles que frequentavam fossem capazes de reivindicar a proximidade com o escândalo da vez... a moeda mais valorizada pela humanidade.

Mas valorizar o escândalo não significava que as mães gostassem de que suas filhas ficassem próximas demais de quem os criava, então Sesily nunca teria a oportunidade de queimar as toucas do batalhão de debutantes que girava no salão de baile dourado.

– É uma pena, sabe – disse ela para a amiga. – Mas não tema, enviarei o presente de forma anônima. Serei uma fada-madrinha para as vítimas da moda horrorosa de 1838, independentemente de as mães delas me quererem como convidada do chá da tarde.

— Você vai ter muito trabalho então; todas as modas de 1838 são horrorosas.

— Sorte a minha que eu sou rica. E desocupada.

— Bem, não tão desocupada nesta noite. — A resposta veio com suavidade e o olhar de Sesily cruzou o cômodo imediatamente, fitando uma cabeça loira que se destacava acima das outras. Sem touca, mas merecendo a destruição da mesma forma.

— Quanto tempo até a mensagem ser entregue? – perguntou Sesily.

A duquesa bebericou o champanhe, evitando de propósito o foco de Sesily.

— Não falta muito, agora. Minha equipe sabe que é sério. Paciência, minha amiga.

Sesily assentiu, ignorando o aperto em seu peito – empolgação. Aventura, a promessa de sucesso, a emoção de fazer justiça.

— É a virtude com a qual tenho mais dificuldade.

— Sério? – retrucou a duquesa. — Eu achava que era castidade.

— Devo confessar que sou melhor com os vícios. — Sesily deu um sorriso torto para a amiga.

— Boa noite, duquesa, Lady Sesily.

O cumprimento veio de trás delas, na voz baixa, quase inaudível, da Srta. Adelaide Frampton, a rainha tímida e reservada das invisíveis, que sempre era acompanhada de sussurros de pena. *Um patinho feio que nunca virou cisne, a coitadinha.*

Os sussurros de Mayfair poderiam ferir outra pessoa, porém tal percepção era perfeita para Adelaide, permitindo que ninguém na sociedade a notasse, e assim poucas pessoas percebessem a forma como seus olhos castanhos permaneciam atentos atrás das lentes grossas dos óculos, mesmo quando ela sumia no meio da multidão.

Apesar de poucos a notarem, ela percebia tudo.

— Srta. Frampton – cumprimentou a duquesa. — Suponho que tudo esteja bem?

— Muito bem – disse Adelaide, as palavras quase imperceptíveis com o vento frio que corria das grandes janelas abertas atrás delas. — Está um calor horrível aqui dentro, não acham?

Sesily buscou a concha prateada na tigela de cristal cheia de ponche, girando-a enquanto decidia se tinha coragem de colocar um pouco do líquido laranja lá dentro.

— Isso parece horrível.

– Os eventos sociais que recebem jovens damas precisam servir licor – respondeu a duquesa.

– Hmm, bem, não sou uma jovem dama precisando de licor há... – Sesily ponderou por um momento. – Quer saber, não sei se já precisei de licor.

– Nasceu forte para bebida?

Sesily sorriu para a amiga.

– Bem, alguns diriam que semelhante atrai semelhante.

A duquesa suspirou, o som cheio de tédio.

– Há um criado em algum lugar com champanhe.

É claro que havia. Champanhe escorria como água da Mansão Trevescan.

– Devo dizer, Lady Sesily... – Adelaide as interrompeu – ...que está *bem quente*.

– Entendo – respondeu Sesily, seu olhar analisando a multidão, percebendo que o homem loiro que observava havia se aproximado das portas que levavam à escuridão do jardim.

Não havia tempo para champanhe. O bilhete destinado ao Conde de Totting havia sido recebido.

Sesily se serviu com um copo do ponche de aparência horrível. No entanto, antes que pudesse retornar a concha para o recipiente, alguém esbarrou em seu braço, derrubando o líquido laranja horroroso na imaculada toalha branca da mesa.

– Ah, não! Deixe-me ajudá-la com isso, Lady Sesily.

Lady Imogen Loveless retirou um lenço de sua retícula, ou ao menos tentou. Ela precisou procurar, primeiro largando de qualquer jeito um lápis e um pedaço de papel em cima da mesa, próximos à tigela, derrubando uma pequena caixinha em formato de concha no carpete felpudo no processo.

– Apenas meus sais de cheiro – explicou ela rapidamente. – Não se preocupem, nada vai acontecer!

Sesily virou com as sobrancelhas levantadas para a duquesa, que observava os movimentos apressados de Imogen com partes iguais de diversão e assombro, o último ganhando quando Imogen tirou três grampos de cabelo da bolsa. Entretanto, pareceu perceber que não podia colocá-los em cima da mesa, e os colocou direto em seu penteado desarrumado, já bagunçado e mantido de forma precária. Só então extraiu o lenço, brandindo-o de forma triunfante. Estava amassado e era bordado com vários pontos tortos formando o que parecia vagamente um sino. Sesily nunca havia visto algo que combinasse tanto com a dona.

Repousou seu copo na mesa e aceitou o tecido com um sorriso.

– Obrigada, Imogen.

– Não encarem, minhas queridas. – A frase veio de uma matrona idosa do outro lado da mesa, acompanhada por duas jovens ingênuas pálidas em roupas horríveis, que pareciam nunca ter testemunhado esse tipo específico do caos.

– Ah, nossa – disse Imogen, seu olhar arregalado se repousando em uma das garotas. – Essa touca é... – Ela pareceu se perder por um instante, mas por fim disse: – Incrível.

Adelaide deu uma risadinha quase imperceptível, e Sesily fingiu um intenso interesse em seu próprio copo.

– Eu gosto em especial da... – Imogen pareceu procurar por uma palavra adequada, movendo a mão na frente de seu próprio rosto – ...ornamentação.

A avó da garota limpou a garganta.

– Lady Beaufetheringstone – disse a duquesa, se inclinando por cima do braço de Sesily em direção à tigela de ponche. – Será que eu poderia servir você e suas...

– Netas – vociferou a dama. – Estamos bem, duquesa, já que estamos de saída. – Ela abaixou a voz para um sussurro ainda audível e disse para as jovens ao seu lado: – É claro que não gostaria que vocês duas fossem vistas com essa companhia... exótica.

Sesily absteve-se de notar que as pobres garotas pálidas podiam se beneficiar de algo exótico na vida. Em vez disso, limpou sua mão grudenta e encarou a mulher mais velha diretamente até que o trio desaparecesse, sem dúvida para fofocar sobre as almas perdidas que assombravam a mesa de refrescos.

– Tente não causar problemas – disse a duquesa discretamente.

– Eu nunca ousaria fazer isso – respondeu Sesily, casualmente. – Estava apenas decidindo começar minha carreira de fada-madrinha com aquelas duas garotas. Pretendo chamá-las para tomar um chá.

A duquesa levantou uma sobrancelha.

– Você nem sequer toma chá.

Sesily abriu um sorriso.

– Nem elas, quando eu terminar meu trabalho.

– Sesily Talbot, tome muito cuidado ou o que eles falam sobre você se tornará verdade.

Claro que tudo já era verdade. Ou a maioria das coisas. Pelo menos as melhores partes. Partes que, infelizmente, eram consideradas as piores para uma grande parcela da sociedade. Dinheiro não comprava bom gosto, infelizmente.

Adelaide se recostou e olhou para o chão entre elas, onde só era possível ver a saia verde-menta de Imogen.

– Por que Imogen está embaixo da mesa?

A duquesa suspirou pesadamente em direção ao cômodo que estava cheio de convidados.

– Você a culparia, considerando a companhia?

Sesily engoliu uma risada.

– Alguma notícia, Adelaide?

– Ah, sim. Sua sala de repouso é a melhor de Londres, Vossa Graça. Muito apropriado para conversas – respondeu Adelaide.

– Ah, é mesmo? – perguntou a duquesa, como se estivessem falando do clima.

– Parece que o Visconde Coleford está lá com a esposa nova. – Transeuntes não perceberiam a tensão na voz de Adelaide, mas ela era clara como cristal para suas três amigas.

Sesily lançou um olhar surpreso para a anfitriã.

– Ele está?

Coleford era um monstro banhado em veneno e disposto a contaminar qualquer um que se aproximasse, desde que fossem mais fracos que ele. Havia casado recentemente com sua terceira esposa, uma mulher quarenta anos mais nova. Londres inteira fazia vista grossa ao fato de que as duas viscondessas anteriores morreram de maneiras misteriosas: a primeira depois da morte do filho e único herdeiro já crescido deles, e a segunda após dois anos de casamento, sem nenhuma informação além disso.

Assim como muitos de seus pares, o velho visconde tivera permissão para abusar de seu poder por tempo demais. O que era o motivo pelo qual, assim como muitos de seus pares, estava na lista delas.

Mas ele não seria o nome cortado naquela noite.

– Inimigos perto... – a duquesa respondeu num sussurro, enquanto dava um sorriso brilhante na direção de um casal que dançava próximo a elas, o editor de vários dos jornais mais populares de Londres e sua bela esposa, a quem Sesily conhecia por frequentar assiduamente o cassino mais exclusivo da cidade.

Uma adição inteligente para o espetáculo daquela noite, que estava prestes a começar.

– Também me parece que o Conde de Totting acompanhou Matilda Fenwick esta noite. – Adelaide arrumou os óculos e balançou a cabeça, os cachos ruivos se agitando. – Dizem que ela será condessa em breve.

Tilly Fenwick era a filha mais velha de um mercador muito rico em busca de um título e havia sido amaldiçoada com um casamento com um homem embriagado pelo poder, que destruía mulheres por diversão. Era esse o motivo pelo qual a futura duquesa viera até elas.

Sesily percorreu o salão com os olhos, encontrando com facilidade os ombros largos que observava durante toda a noite. Do outro lado do cômodo, um dos homens mais bonitos de Londres (e um dos piores), o Conde de Totting, movia-se lentamente, com elegância, em direção às portas abertas.

Uma brisa passou por elas, trazendo o frio de novembro para dentro do salão.

— Mas que calor absurdo — disse Adelaide.

Sesily tremeu e encontrou o olhar da amiga.

— Eu acabei de perceber. Completamente abafado.

Totting se aproximou mais da saída.

— Encontrei! — Imogen saiu de debaixo da mesa, brandindo sua caixinha.

— Que excelente notícia — disse Sesily, pressionando o lenço de volta na mão da outra mulher. — Obrigada.

Imogen enfiou o lenço novamente em sua retícula e começou a recolher os itens dispersos, as mãos voando rapidamente por cima da mesa. Se alguém estivesse assistindo, não veria nada diferente, pelo menos nada além do esperado para Imogen.

Eles não veriam a pílula que ela havia derrubado no copo de licor.

Nem olhariam duas vezes para Sesily pegando o lápis e o papel de sua excêntrica amiga, lançando um olhar para o texto rabiscado ali:

7 – desce
10 – apaga

Sete minutos, então mais dez.

Sesily franziu a testa para Imogen.

— É só isso?

Não era muito tempo.

Imogen piscou.

— Você conhece Margaret Cavendish? A autora?

— Quê?

A amiga excêntrica sorriu.

— *O contrato*. É incrível. "E farei com que seja um meteoro do tempo", ela escreve. Tão poético.

Imogen não reconheceria poesia se o próprio Byron a sequestrasse no meio da noite. Sesily inclinou a cabeça, irritada.

– Sim, bem, eu não acho que Cavendish esteja se referindo realmente à velocidade. Mas o mais importante aqui é que eu supostamente devo... – Ela se impediu de continuar e baixou a voz para não ser ouvida. – Em dezessete minutos?

– Deixa eu te dizer, Sesily – explicou Imogen. – Se alguém consegue, esse alguém é você. Eu acredito em você.

Entrar e sair em dezessete minutos.

– Bem, ninguém nunca disse que eu não era ligeira – disse Sesily, secamente.

Sua resposta foi um trio de risadas.

– Um meteoro de tempo, você disse?

– Para ser sincera, não avancei muito no livro. Mais de dez minutos de leitura e caio no sono – respondeu Imogen, recolhendo o lápis e o papel.

– É uma pena. – Adelaide se compadeceu.

Era um eufemismo. A última coisa de que precisavam era um corpo nos jardins.

Mas havia algo pior, ao menos para Sesily.

– Imogen, você consegue se lembrar de qualquer coisa que leia próximo à hora de dormir?

Imogen pareceu completamente fascinada ao proclamar:

– Nem uma palavra sequer! Não é incrível?

Sesily, Adelaide e a duquesa trocaram olhares. Sesily tinha dezessete minutos, mas seria a única a lembrar deles.

Excelente.

Era inacreditável que Imogen fosse considerada por toda a sociedade como uma causa completamente perdida. A sociedade raramente via a realidade quando se tratava das mulheres.

Sesily olhou na direção das portas e percebeu que o dono dos ombros largos havia desaparecido.

– Não aguento mais este calor.

Ao sinal, Adelaide deu a volta na mesa de bebidas, tropeçou no canto da toalha de mesa e caiu no chão, arrancando gritos de surpresa de Imogen e um "Ai! Minha estimada Srta. Frampton!" da duquesa, e atraindo a atenção de todo o cômodo.

Exatamente como planejado.

Bem, *quase* todo o cômodo.

CAPÍTULO 2

Bem acima do salão de baile, observando tudo da galeria superior, Caleb Calhoun pegava outro copo de champanhe de um criado que passava por perto e assistia ao espetáculo abaixo. Sesily pegou a taça de licor e se embrenhou nos jardins escuros sem sequer olhar duas vezes para a comoção que as amigas causavam.

Ele resistiu à vontade de segui-la.

Outro homem a seguiria, é claro. Outro homem, aquele que era sócio da irmã mais velha de Sesily, que tinha comprado cavalos de seu cunhado e livros de sua irmã, aquele que havia pendurado o sobrinho dela – que era afilhado de Caleb – no joelho, que sentiria a obrigação moral de segui-la pelos jardins e mantê-la a salvo de seja lá qual fosse a confusão que ela estivesse cortejando.

Esse outro homem, um modelo exemplar da nobreza, iria jurar a espada para sua dama.

Mas não havia nada nobre em Caleb Calhoun.

Ah, ele interpretava o papel muito bem, fingindo não perceber a forma como ela enchia um cômodo com seu sorriso brilhante, seu charme sem-vergonha e beleza estontante. Fingindo não notar a maneira que os vestidos em cores vivas se apertavam ao redor dos amplos seios e na curva de sua cintura e nos quadris – cheia de promessas de pecados.

Fingindo ignorá-la.

E ainda assim, ali estava ele, acima do resto da festa, observando-a, menos de seis horas depois de pisar em Londres pela primeira vez em mais de um ano, período em que o Oceano Atlântico tornava impossível notá-la.

Impossível mesmo era não pensar nela.

Rangeu os dentes e voltou seu olhar para a Srta. Adelaide Frampton que mancava enquanto atravessava o salão de baile, fazendo um escarcéu a respeito do tornozelo torcido – apesar de não ser uma confusão nem de perto tão grande quanto a que Lady Imogen Loveless causava com seus acenos frenéticos e seus *saiam da frente, por favor!*

Um mar dos mais finos e brilhantes de Londres engolindo o espetáculo sem pestanejar.

Caleb virou a taça de champanhe desejando que fosse algo mais forte, desejando estar em qualquer outro lugar menos ali, naquele baile bobo dado por uma duquesa, onde nunca seria bem-vindo se não fosse pelo fato da Duquesa de Trevescan achar que era uma excelente piada receber americanos ricos na casa de Mayfair de seu marido recluso, tudo para escandalizar a sociedade.

Ela não havia hesitado quando ele aparecera sem convite.

Aos 35 anos, Caleb havia saído da pobreza das ruas de Boston e se transformado em um homem extremamente rico. Gostava de pensar que seu sucesso vinha da felicidade com o que possuía – dinheiro e poder na costa ocidental do Atlântico era o suficiente para ele. Ele era um rei em Boston e não tinha aspiração alguma de assumir tal coroa no país em que se encontrava.

De sua parte, Caleb estava ciente de que sua presença numa casa ducal era um golpe, apesar de só ele compreender sua intensidade.

Estar ali também lhe dava a oportunidade de não reparar em Sesily Talbot, o que era muito mais complicado quando ela se inclinava por cima do bar dele, servindo-se da garrafa do bourbon favorito dela.

Não que ela ainda fizesse aquilo.

Ela mal frequentava a taverna agora, lhe disseram.

Caleb não se importava. Estava do outro lado do oceano! Ela era uma mulher adulta, bastante capaz de tomar conta de si mesma.

Não era problema dele.

Xingou baixinho e retornou à atenção para as portas de vidro que levavam à escuridão dos jardins.

Quem ela ia encontrar?

Deixou a taça vazia na bandeja de um criado que passava por perto.

Rangeu os dentes com o pensamento, o músculo em sua mandíbula dolorido só de pensar que qualquer homem que tivesse a sorte de encontrar Sesily Talbot não continuaria um cavalheiro por muito tempo.

Mas Caleb conhecia Sesily Talbot há dois anos e, se sabia algo sobre a mulher que Londres chamava de *Sexily* por trás de seus leques e em suas salas de jogo secretas, era que ela sabia se virar sozinha. Ela conhecia seu poder e o exercia com precisão – com homens e mulheres, igualmente. Nenhum golpe a acertava, nunca a vira perder.

Não havia oponente à altura dela.

Ele poderia ser um oponente à altura.

Ele não o seria, mas era capaz.

Apesar disso, seguiu até as escadas, olhando por cima da multidão de figurões abaixo – reconhecendo vários que gostavam de bourbon contrabandeado e alguns que poderiam dar bons socos. Nem todos sem propósito, ele supunha.

Jesus, ele odiava Londres. Odiava a forma como a cidade apertava seu pescoço enquanto estava nela, enevoada por seu passado e seus pecados, a ameaça de que tudo poderia ser revelado se ficasse ali por muito tempo pesando sobre seus ombros.

E ainda havia a tentação que tornava a ameaça ainda mais palpável: Sesily Talbot.

Em poucos minutos, ele saíra para o frio de novembro, encolhendo-se no casaco contra a fúria do vento.

Ela não usava nem uma capa, nem sequer um xale, e o frio seria desconfortável, castigando a pele nua.

Caleb fez o melhor que pôde para tirar a imagem da pele nua de Sesily de seus pensamentos enquanto descia os degraus que o levavam para longe da varanda e mais para dentro dos jardins envoltos em escuridão. Parou para escutar, procurando algum barulho, mas sabendo que era improvável que ela fosse ouvida com facilidade. De qualquer forma, o vento forte balançando as folhas tornava isso quase impossível, exigindo que usasse apenas seu instinto e conhecimentos sobre Sesily Talbot se quisesse encontrá-la.

Não seria algo difícil, já que Caleb gastara os dois últimos anos remoendo, contra sua vontade, tudo que sabia sobre Sesily Talbot.

Sesily estaria no labirinto.

E havia apenas uma razão para uma mulher como ela entrar num labirinto em uma noite fria de novembro – a companhia de alguém que pudesse aquecê-la.

Ele ficou tenso com o pensamento, mesmo depois de dizer a si mesmo que o que Sesily fazia tarde da noite não era assunto dele... ou de qualquer outra pessoa. Ao longo dos anos, os escândalos dela (junto com os de suas irmãs) haviam sido manchetes constantes em todos os jornais de fofoca de Londres, tornando-a alvo de desprezo público e de admiração privada. Havia tantas casas que a rejeitavam quanto as que a acolhiam com deleite.

Para onde Sexily ia, os olhos da sociedade a seguiam.

Inclusive no labirinto da Mansão Trevescan, Caleb considerou com certa irritação. Ele não se importava em encontrar Sesily nos braços da nova paixão dela. Certamente não tinha interesse algum em ouvir os sons de prazer, ou em vê-la ficar corada com o calor que subia por sua pele enquanto aproveitava.

Relaxou as mãos, desfazendo o punho que havia se formado sem perceber enquanto pensava.

Não se importava mesmo.

Não ligava para a pessoa com quem a mulher se encontrava, ou para o que ela estava fazendo nas profundezas do labirinto de sebes. Deveria dar as costas e ir embora.

Caleb atravessou o arco de entrada do labirinto.

Merda. Ele não iria dar as costas e ir embora.

À sua esquerda, em uma trilha escura quase imperceptível na luz longínqua do que parecia ser uma tocha feita para atrair os escândalos para seu destino, Caleb notou uma movimentação.

Não só isso, mas algo veloz.

Sesily saiu da escuridão direto de encontro a *ele*.

Ela não o percebeu de primeira, ocupada demais com suas saias elaboradas. Uma vez que terminou de ajeitá-las, jogou algo que reluziu com a luz das tochas enquanto caía nas sebes. O copo de ponche.

Sesily parou de chofre quando percebeu a presença dele, a respiração rápida e curta, mas não de excitação. De cansaço.

A mão dela voou para o colo, para o decote do vestido (ainda maior do que antes?). A frustração percorreu Caleb ao notar isso... ao pensar nas possíveis atividades que a deixariam tão corada.

– Caleb – disse ela surpresa, e ele odiou a facilidade com que ela proferiu o nome dele. A familiaridade, como se fosse dona dele, mesmo depois de um ano. E então ela sorriu como se estivessem em outro lugar, como se estivesse feliz em vê-lo. – O que está fazendo aqui?

Ele não responderia àquela pergunta.

– Eu poderia te perguntar o mesmo.

– Está surpreso de me ver rondando os jardins? – ela gracejou, o flerte típico de Sesily em cada palavra, mas manchado pela urgência, como se ela tivesse outro lugar para ir. – Você seria o único.

Ela olhou por cima do ombro e de volta para ele, oferecendo um sorriso largo e sedutor que continha uma dúzia de sugestões que aceitaria com felicidade se ele fosse outro homem. Se ela fosse outra mulher.

No entanto, se assim fosse, Caleb não teria percebido a breve emoção que precedeu a sedução sensual, o deleite e a promessa de diversão ilimitada.

Não teria percebido o medo.

Ficou alerta, olhando para além dela na escuridão, com a esperança de que o tom casual escondesse sua raiva quase instantânea.

– Que encontro rápido.

– Você estava lá dentro? – Ela ignorou a observação dele, todos os indícios de nervosismo sumindo de suas palavras, mesmo enquanto caminhava em direção a Caleb, tentando ultrapassá-lo no corredor do labirinto.

– Há outra opção?

– Com você, recém-chegado? – Ela fez uma pausa. – Claro que é possível que você estivesse tão desolado pelo tempo em que passamos separados que ignoraria a festa completamente para me encontrar.

Ele pressionou os lábios, ignorando como as palavras reverberavam pelo seu corpo.

– Esperando na escuridão, na esperança implausível de que você pudesse aparecer?

– Eu sou muito boa em aparecer para causar encrenca.

– Tenho a impressão de que não sou a encrenca que você está procurando esta noite.

– E, assim, meus sonhos de menina são destruídos. – Ela tirou um relógio de sua retícula, o checou contra a luz do salão atrás de si, depois passou por Caleb. Ela resmungou, frustrada: – Você está aqui para um encontro? Vou tentar fazer com que meu coração fique inteiro.

Ele ignorou a provocação e se moveu para bloquear o caminho dela, forçando-a a parar.

– Com quem você estava?

– Ora, Sr. Calhoun – respondeu ela, fingindo choque. – Um cavalheiro nunca questionaria tal coisa.

– Eu nunca disse que era um cavalheiro.

Ela o observou de maneira afetada, o olhar intenso fazendo fogo correr nas veias de Caleb.

– E, ainda assim, nunca vi nenhuma prova do contrário.

– Sesily... – ele rosnou em aviso.

– Sinto muito, americano, mas não tenho tempo.

Ele se virou enquanto ela passava em direção à entrada do labirinto.

– Tem algum lugar para estar?

– Tenho um lugar para não estar, na verdade – respondeu ela, acelerando o passo, caminhando na direção das luzes brilhantes do salão de baile.

Ele a seguiu, alcançando-a com facilidade.

– O que você estava fazendo aqui?

Ela não desacelerou, mesmo enquanto lançava um sorriso cheio, muito bem ensaiado, que teria atordoado um ser humano despreparado.

– Uma lady deve ter seus segredos.

Ela queria que ele pensasse que Sesily estivera num encontro romântico na escuridão, e outros até cairiam naquilo. Mas ele havia visto a verdade nos olhos dela: não queria que ninguém soubesse o que estava fazendo naquele labirinto.

O que significava que Caleb deveria descobrir.

– Justo. – Ele parou e virou nos seus calcanhares, retornando para o labirinto.

– Não! – ela chiou, olhando para o relógio em sua mão novamente.

Ele também olhou.

– O que está te deixando tão preocupada por estar atrasada?

– Ah, pelo contrário – disse ela, olhando na direção do labirinto. – Meu medo é que eu *não* me atrase.

– Sesily.

Havia luz dourada suficiente vinda do salão de baile para ele conseguir vê-la, vê-la de *verdade*. Ele mordeu os lábios para não xingar com a frustração ao perceber como seu coração se apertou. Não importava o que tinha esperado, um ano longe não havia feito nada para impedir a reação que Caleb tinha quando via aquela mulher. E não era para ser uma surpresa tão grande, porque Sesily Talbot havia sido esculpida por anjos. Pele dourada e macia, o cabelo brilhando como o céu noturno, e um rosto redondo, bonito, que ameaçava colocar alguém de joelhos mesmo numa situação como aquela, em que ela franzia os lábios e considerava sua próxima ação.

Ele quase se virou e foi embora outra vez, para Southampton, para Boston. Pelo menos com um oceano de distância, ele não teria a tentação.

Mentiroso.

Foi salvo de continuar pensando no assunto ao ouvir um som atrás deles – algo se movia no labirinto. Seria impossível não ouvir, já que não soava nada gracioso, suave ou secreto. Era como se houvesse um animal de grande porte solto dentro das sebes, um touro ou um boi, algo que galopava.

E gemia.

Ele olhou para Sesily de novo.

– O que você fez?

– O que te faz pensar que tenho algo a ver com isso?

Depois, ele ficaria impressionado com cara de pau dela. A forma com que ela segurara sua mão, como se fosse a coisa mais comum do mundo, e o puxara para a escuridão abaixo da árvore mais próxima.

– Minha irmã sabe que você voltou? – A pergunta era perfeitamente ordinária, como se estivessem dentro do baile, ao lado da mesa de refrescos, onde as amigas dela certamente continuavam a criar confusão.

– Sim, fui primeiro ao Cotovia.

A Cotovia Canora, a taverna no Covent Garden da qual Caleb era sócio com a irmã mais velha de Sesily, Seraphina Bevingstoke, a Duquesa de Haven.

– E eu, sempre a última a saber – reclamou ela, se virando para empurrá-lo contra o tronco da árvore.

Depois, ele iria se punir por não resistir, por não durar nem 24 horas naquele país maldito antes de cair em tentação. Mas como deveria resistir a Sesily Talbot enquanto ela se pressionava contra ele, as mãos subindo pelo seu peito, os dedos se acomodando em seus cabelos? Ele era apenas um ser humano, afinal.

– Não estava ciente de que deveria lhe informar de meu paradeiro. – Um de seus braços passou pela cintura dela, puxando-a mais para perto.

Apenas para garantir que eles não perderiam o equilíbrio, é claro.

Não havia nenhum outro motivo. Definitivamente não era porque ele a queria ali.

– Por que começar agora? – disse ela, a pergunta pontuada por outro gemido vindo do labirinto.

Sesily se aproximou ainda mais dele, alinhando seus corpos de maneira que o fez sentir raiva da mera existência de tecidos.

– Jurei que nunca faria isso — Sesily falou novamente e seus dedos seguraram os cabelos dele, puxando o rosto de Caleb mais para perto.

Ele deveria resistir.

– Fazer o quê?

– Te beijar – respondeu Sesily, e por um momento as palavras tão decididas queimaram por todo o corpo de Caleb.

Ele deveria impedi-la.

Mas não havia como impedir Sesily Talbot.

– Você não merece – continuou ela, com um sussurro mais para si do que para ele, mesmo enquanto ficava na ponta dos pés, o movimento fazendo com que a mão dele deslizasse para a curva maravilhosa de seu traseiro.

Por que diabos não?

Ele realmente não merecia. Mas ainda queria saber por que Sesily acreditava que não era merecedor. Ela não tinha motivo algum para pensar aquilo.

– Infelizmente, as circunstâncias pedem por isso...

Não. Ele não iria beijá-la. Era o caminho para a loucura. Não importava que estivesse sentindo o traseiro e os seios dela contra si, nem a maneira como os lábios dela se curvavam em promessa, muito menos o fato de que ela nunca havia encontrado um escândalo do qual não gostasse.

O que importava era que ela era a irmã de sua sócia e a pessoa mais próxima que tinha de uma amiga; que ela era uma lady inglesa. Era a filha de um conde, cunhada de quatro dos homens mais ricos da Grã-Bretanha, três com títulos veneráveis.

O que importava era que ela era um furacão.

Espera... *infelizmente?*

– Que circunstâncias?

O animal dentro do labirinto xingou, com raiva e dor. Caleb tentou se virar para olhar, mas ela estava ali, os dedos na curva de seu maxilar, puxando-o de volta.

Ela estava ali, a menos de uma respiração de distância.

Merda. Ele não ia beijá-la.

Tinha quase certeza disso.

E não a beijou.

Ela o beijou primeiro.

Mas não importava mais quem havia beijado primeiro, porque a única coisa no mundo eram os lábios macios e cheios de Sesily contra os seus, quentes e doces e perfeitos, e como ele poderia se negar aquilo? Ela estava *bem ali*, em seus braços como um presente que ele não merecia, que não podia aceitar.

Mas ele não era um tolo. Ele abriria, olharia. Experimentaria. Só por um momento.

E então faria o que era certo.

Os lábios dela se suavizaram, se abrindo em um pequeno suspiro, e ele experimentou, então, sua língua deslizando contra a dela enquanto ela se pressionava mais contra ele. Sesily era deliciosa, os sons que fazia, sua aparência, a sensação dela em seus braços. E ele não queria parar, porque não conseguia lembrar a última vez que se sentira assim – como se tudo estivesse certo.

Mas, é claro, nada estava certo.

– EI!

Ela interrompeu o beijo ao ouvir o som alto, ofendido e próximo o suficiente para distrair Caleb de seu novo objetivo de vida – beijar Sesily Talbot novamente. Naquele mesmo instante. No entanto, para fazer aquilo, precisavam estar sozinhos, o que exigia uma resposta ao homem que saíra tropeçando do labirinto com as mãos na cabeça, como se estivesse com uma enxaqueca de matar.

Antes de Caleb virar a cabeça, Sesily sussurrou:

– Não dê a ele nenhum motivo para parar.

Ela não queria ser vista.

Apesar da curiosidade, Caleb sabia que era melhor não a pressionar. Em vez disso, ele a abraçou forte contra seu corpo, virando apenas o suficiente para garantir que ela estivesse escondida nas sombras.

– O que aconteceu?

Ela balançou a cabeça. Seja lá o que fosse, ela precisava de sua ajuda.

– Tudo bem – sussurrou ele, olhando por cima da cabeça dela para o homem que caminhava em direção ao baile.

– É você, Calhoun? – o homem falou de maneira arrastada. – Achei que você tinha decidido ficar do seu lado da poça. Má sorte para nós, eu suponho. – Havia lascívia nas palavras. – A família dessa garota sabe que ela está montada em lama americana?

Caleb ficou petrificado, reconhecendo-o imediatamente.

Jared, o Conde de Totting, era um desgraçado de todas as maneiras. Rico e convencido, com apoio suficiente para torná-lo perigoso quando decidia tocar o terror. E era o que fazia. Havia sido banido da taverna de Caleb logo depois que eles abriram; o conde era o tipo de homem que nunca deixava um pub sem começar uma briga, e isso nas noites boas. As ruins eram o motivo pelo qual metade dos bordéis de Covent Garden não o deixavam passar da porta.

E Sesily estivera no labirinto com ele.

Caleb não gostava daquilo. Na verdade, estava prestes a mostrar para esse babaca o quanto aquilo o desagradava.

Os dedos de Sesily se apertaram em seu braço, agora prontos para a batalha.

– Caleb – sussurrou ela, seu nome tão suave quanto seda saindo dos lábios dela. – Por favor.

Ele poderia não ter ouvido. Poderia ter ignorado o pedido e o aviso, e permitido que seu senso de honra mal direcionado derrubasse aquele desgraçado. Mas, naquele momento, o conde saiu da escuridão para a luz dourada que vinha da muralha de janelas que ladeavam o salão de baile da Mansão Trevescan... permitindo que Caleb pudesse ver o rosto dele inteiramente.

E a prova de que não poderia fazer nada pior do que Sesily fizera.

Caleb olhou para ela, com cuidado para não demonstrar seu choque.

– Por favor – ela pediu, os dedos presos como vinhas nele, as palavras quase inaudíveis. Ele ouviu o resto como se ela tivesse gritado: não diga nada.

Não podia concordar com aquilo. Em vez disso, Caleb sorriu seu melhor sorriso americano descuidado e disse:

– Divirta-se esta noite, Totting.

O conde disse exatamente o que ele achava que Caleb podia fazer com a diversão e mancou de volta para o baile.

Uma vez que o homem estava longe, Caleb se inclinou, perto o suficiente para sentir o calor que Sesily emanava, para se deleitar em seu cheiro que lembrava amêndoas açucaradas. Mas não iria pensar muito em nenhuma dessas coisas – estava chocado demais para isso.

– Você vai me contar tudo – sussurrou para ela em seu ouvido. – Como pagamento por manter seu segredo.

Ela se virou para encará-lo, a luz dourada se tornando prateada em seu rosto.

– Eu acho que nós dois sabemos que isso nunca vai acontecer – Sesily explicou. – Além disso, deixei que me beijasse, e isso já é pagamento mais do que o suficiente...

– Você que me beijou.

Sesily deu um pequeno meio-sorriso.

– Tem certeza?

– Sesily, o que diabos você está aprontando?

Ela havia voltado a jogar seus jogos.

– O que faz você pensar que eu tive algo a ver com aquilo?

– Porque você é rica e bonita, com a liberdade que vem com ambas as coisas.

– Você me acha bonita? – perguntou ela, como se tudo estivesse perfeitamente normal.

– Eu acho que você não tem medo de porra nenhuma, o que faz com que você seja extremamente perigosa.

Ela olhou para trás dele, observando enquanto o conde subia os degraus para voltar ao baile sem suspeitar de nada.

– Perigosa para quem? – perguntou casualmente, como se estivessem em qualquer outro lugar.

Para mim. Caleb engoliu a resposta.

— Para você mesma.

Ela lhe lançou um olhar rápido e cortante e então retornou a atenção ao conde.

— Bobagem, fiz exatamente o que qualquer boa garota faria se estivesse com problemas.

— E o que seria isso?

Ela sorriu.

— Eu achei um herói de verdade para me proteger.

Ela não era só perigosa. Também era a garantia certa da morte dele.

— Jesus, Sesily. Você acha que ele não vai vir atrás de você quando...

— Ele não vai se lembrar de nada dos últimos dezessete minutos — sussurrou ela, fazendo um gesto para ele ficar em silêncio. — Olhe.

O rosto dela estava virado completamente para o salão de baile agora, a animação pura e desavergonhada inegável sob a luz da vela.

— Está acontecendo — disse ela suavemente enquanto Caleb a acompanhava para assistir a Totting avançando na multidão de pessoas. — Observe.

Em poucos segundos, os leques começaram a se agitar, a atenção se virando para Totting vinda de todo canto do recinto. E então vieram os sussurros — as cabeças inclinadas em conversas sérias ao redor do cômodo. E então... as risadas.

Os dedos apontados.

O massacre.

E Totting, estúpido arrogante que era, não tinha ideia de que a atenção estava direcionada a ele. Ficou tão confuso que até se virou, procurando a pessoa que certamente estaria atrás dele.

Foi quando Caleb viu o trabalho de Sesily em todo o seu esplendor glorioso e horripilante.

Ali, atravessando a testa larga do conde, havia escrita uma única palavra em tinta escura e permanente, numa caligrafia impecável:

PODRE.

Cinco letras, e nada que Londres já não soubesse. Que fingira não ver, porque dinheiro, nome e privilégio traziam poder inegável e invencível quando se tratava de homens com títulos de nobreza.

Mas, naquela noite, Sesily vencera. Ela negara esse poder.

E dera permissão para que o resto da aristocracia fizesse o mesmo.

Caleb olhou novamente para ela e viu a emoção em seu rosto. Sentiu no próprio peito — não que ele fosse admitir. Orgulho.

— Sesily Talbot, você brinca com o perigo.

– Você me decepciona, Sr. Calhoun – disse ela, as palavras soando distraídas enquanto ela observava o espetáculo que se desenvolvia no palco à frente deles. – Eu achei que, após ver o que viu hoje, saberia que não tenho necessidade de brincar com o perigo.

Deveria deixá-la ali, na escuridão, para achar seu caminho de volta ao baile, ou de volta para casa, ou seja lá para onde valquírias iam quando terminavam suas batalhas.

Deveria se afastar daquela mulher que era um risco para ele desde o momento em que a vira pela primeira vez.

E certamente não deveria lhe perguntar:

– E por que seria isso?

Mas ele perguntou e observou enquanto os lábios carnudos e vermelhos de Sesily se curvaram antes de responder, a satisfação pura que brilhava em seu olhar como um soco no estômago.

– Você não percebeu, americano? Eu *sou* o perigo.

CAPÍTULO 3

O Canto
Covent Garden
Três noites depois

Não havia muitos lugares em Londres onde um escândalo ambulante podia beber e socializar sem ser percebida, mas O Canto, escondido nas profundezas de Covent Garden e acessível apenas para quem conhecia a rede de ruas entre a Bedford Street e a St. Martin's Lane, era um deles.

O que tornava o pub um dos locais que Sesily mais frequentava.

Sim, havia vários cassinos que recebiam mulheres (inclusive um que era exclusivo para elas), um bocado de pubs onde mulheres eram protegidas (incluindo o de sua irmã), e o número 72 da Shelton Street – um clube de damas que dava algumas das melhores festas de Londres e se especializara em prazer feminino de todos os tipos. Embora a discrição fosse certa em todos esses lugares, aquelas que os frequentavam em geral estavam lá para serem vistas. Nas raras circunstâncias em que não queriam ser reconhecidas, ninguém sabia fugir – e ser reconhecida complicava as coisas.

Duas vezes mais quando você poderia ser ouvida discutindo a destruição dos piores elementos da sociedade.

O Canto não era o lugar para ser vista. Era para viver. Para beber, dançar e rir, sendo bem recebida sem hesitação nenhuma.

O tipo de local que parecia um lar para quem passava os dias sob a censura ríspida da sociedade. Quem falava exatamente o que a sociedade podia fazer com a censura... se ao menos a sociedade conseguisse encontrar essas pessoas. Eles nunca encontrariam.

O bar perfeito para quatro mulheres que tinham como trabalho evadir as normas que a sociedade e o mundo insistiam que seguissem, e que faziam tudo para ajudar quem quisesse fazer o mesmo.

No pub, ninguém se importava que Sesily fosse um escândalo, ou que Adelaide fosse uma das invisíveis, ou que Imogen fosse estranha, ou que a duquesa vivesse como se nunca tivesse se casado. E, por isso, as quatro faziam daquele lugar seu ponto cativo.

– Tive notícias da Srta. Fenwick esta manhã – disse a Duquesa de Trevescan quando Sesily se acomodou na cadeira ao seu lado, numa mesa de canto no fundo do salão principal.

Era um dos únicos lugares n'O Canto que não era iluminado com candeeiros de vidro colorido, nem cheio de gargalhadas e gritos de animação ou música barulhenta que em breve atrairia metade dos presentes para dança.

– Feliz com nosso trabalho, espero – falou Sesily, lançando beijos rápidos para Imogen e Adelaide, sentadas do outro lado da mesa. Ela sorriu para o garçom que apareceu ao seu lado. – Boa noite, Geoffrey.

– Hoje vai querer uísque novamente, meu bem? – Ele deu uma piscadela e Sesily imaginou por um momento que poderia achá-lo bonito em outro lugar, em outro momento.

Quatro noites antes. Um ano antes. Dois.

Ela assentiu.

– Sou um tédio, eu sei.

– Impossível – respondeu ele, e foi buscar a bebida.

Adelaide piscou por trás dos óculos imensos.

– Como é que a gente esperou 45 minutos para alguém nos notar e você chega aqui no auge da noite e é atendida em poucos segundos?

– Meu charme indescritível – respondeu Sesily com um sorriso torto, enquanto roubava uma cenoura tostada do prato de Adelaide.

– Isso e metade de Londres querer ficar no rala e rola com você – apontou Imogen.

– Só metade? – retrucou Sesily, retirando a capa. – Assim você me ofende.

– Com esse vestido, talvez mais que a metade.

Sesily olhou para a seda cor de vinho, novíssima e com um decote profundo, apertada o suficiente para exibir os seios amplos. Quando ela se levantasse, ressaltaria cada curva e protuberância. Era o mínimo, já que havia custado uma fortuna.

– Pode ter certeza absoluta de que é mais da metade – gracejou. Sua aparência estava *excelente*.

Imogen bufou uma risada, Adelaide balançou a cabeça gargalhando, e voltou sua atenção para o jornal de fofoca, enquanto a duquesa bebia seu champanhe como se estivesse no tribunal, o que Sesily acreditava ser o caso. Nos dois anos em que Sesily trabalhara ao seu lado, a duquesa havia utilizado sua ampla influência para resolver questões que chamava apenas de *problemas* – vários para as mulheres daquele cômodo.

Maridos brutos com punhos pesados, pais e irmãos que viam filhas e irmãs como gado, donos de empreendimentos que tratavam mal seus empregados, donos de bordéis que não respeitavam o trabalho das garotas, homens que não recebiam bem um *não*.

Sua memória a levou ao passado, para a reunião na Mansão Trevescan, quando a duquesa havia convidado Sesily a se juntar a ela. Propusera uma nova forma de parceria, para a qual Sesily tinha uma qualificação única. O escândalo indomável, que nunca era levado a sério, e capaz de agir à plena vista do mundo.

Sesily ainda conseguia sentir como seu coração havia acelerado com a oferta – ser parte de algo maior do que si.

Trilhar um novo caminho, que a levara até ali. Para aquela mesa, três dias depois de ter libertado Tilly Fenwick de um casamento que a destruiria... ou pior.

– O que a Srta. Fenwick disse?

A duquesa sorriu e inclinou sua taça na direção de Sesily.

– Bem, começou com agradecimentos efusivos.

O orgulho explodia no peito de Sesily.

– E o noivado?

– Parece que o Sr. Fenwick decidiu que há pouco valor em ter uma filha que é uma condessa se todo mundo a chamar de Condessa Podre pelas costas.

– Na cara dela, a essa altura – disse Sesily.

A sociedade podia não ser capaz de retirar o título de Totting, mas podia eliminar o valor dele por uma geração ou duas.

– Então a pobre Tilly vive mais um dia para se casar com outro – disse Adelaide detrás de seu jornal.

– Bem, agora Tilly Fenwick tem um grupo tão comprometido de benfeitoras... seu pai talvez tenha que pensar duas vezes da próxima vez.

– Garota de sorte – comentou Sesily, casualmente.

Era a verdade. Enquanto várias da multidão variada e barulhenta d'O Canto se maravilhavam com o imenso poder da duquesa e como ela fazia o melhor para usá-lo para o bem, poucas reconheciam que ela havia se alinhado com uma ampla rede composta pelas mulheres mais temíveis de Londres... incluindo o trio daquela noite.

Praticamente ninguém sabia daquilo, e aqueles que sabiam nunca contariam.

O quarteto havia se unido em circunstâncias nascidas do sincronismo e da necessidade. A duquesa estava em busca de mulheres brilhantes que não temessem a sociedade, e as encontrou em Imogen, que veio com conhecimento em coisas extremamente úteis e perigosas; Adelaide, cujo exterior dócil a transformava em uma ladra exemplar; e Sesily – a indecorosa Sesily –, que chocara a sociedade tantas vezes que poucos notavam quando ela desaparecia de um baile com um cafajeste a reboque.

Ela não havia feito exatamente aquilo três noites antes? Deixado o baile, sem ninguém suspeitar de nada, sob o pretexto de um escândalo – completamente invisível?

Mas não completamente.

Caleb a vira.

Ele a encontrara.

E a protegera.

Ela bebeu, tentando afastar os pensamentos. Aquele não era o momento para lembrar do homem e seus ridículos ombros largos e seu rosto irracionalmente bonito e a forma como ele a tinha beijado como se estivesse esperando por aquilo por toda a sua vida.

Claramente não era o caso, ou ele não teria adquirido o hábito de *fugir do país* todas as vezes que a via.

Ela limpou a garganta e voltou a atenção para assuntos mais importantes.

– Se você me perguntasse, eu diria que o Lorde Podre recebeu um presente gigantesco. Poderia ter sido bem pior. Francamente, eu preferiria que tivesse sido bem pior.

– Eu me ofereci para lidar com o problema – disse Imogen. – Todas vocês me disseram *categoricamente* que ele precisava acordar.

A duquesa deu uma risadinha.

– Ele realmente precisava acordar.

Quando Imogen não respondeu, Adelaide abaixou o jornal.

– Você entende isso, Imogen? – Com o silêncio que se seguiu, Adelaide continuou: – *Você entende, Imogen?*

– Ah, mas é claro – respondeu Imogen, finalmente, com má vontade.

– Que bom.

Imogen cruzou os braços num silêncio desafiador quando o garçom se aproximou com o uísque de Sesily. Ela esperou até que o homem desaparecesse, corado com o sorriso de gratidão que recebeu, e então adicionou:

— Estou falando apenas que se ele não tivesse acordado...

— Se ele não tivesse acordado, nós teríamos que lidar com um cadáver – interrompeu Sesily, roubando metade de uma batata do prato de Adelaide.

— Não é como se a gente não conseguisse lidar com um cadáver – respondeu Imogen.

— Eu não vou perguntar as formas com que você lida com cadáveres – disse Sesily. – Mas tenho certeza de que mesmo se tivéssemos nos livrado dele, eu estaria em um barco em direção a algum lugar, fugindo dos garotos de Peel só para me manter a salvo.

A polícia metropolitana de Robert Peel era um inimigo muito mais formidável e que exigia soluções mais criativas para os problemas que o quarteto resolvia. Não, a Scotland Yard definitivamente não aceitaria tranquilamente a morte de um conde.

Mas o conde não estava morto. Sua situação era pior, destruído pela verdade – uma verdade que só havia sido reconhecida em olhares trocados por homens e jovens mulheres que davam meia-volta todas as vezes que o viam, pois tinham o benefício do privilégio e do aviso.

A verdade que havia sido ignorada desde que ele não causasse mal para um igual.

Todos sabiam a verdade sobre Totting, e ninguém havia tentado impedi-lo, então Sesily, Adelaide, Imogen e a duquesa haviam feito o que outros não fariam. E Sesily não se importava nem um pouco que tivesse sido por suas mãos.

Agora, toda a aristocracia finalmente poderia virar as costas para o Conde de Totting, cheia de covardia, alívio e do deleite que vinha de assistir à queda de um dos poderosos.

— A *Gazeta de Escândalos* já deu a notícia, com o que chama de Um Fim Podre – contou Adelaide.

— É claro que estão chamando assim, sempre na cara – disse Sesily, brindando com a duquesa com seu copo de uísque. – Eu me pergunto como eles souberam dessa fofoca tão rápido.

— Coincidentemente o editor estava presente no baile. Você acredita nisso? Que sorte! – respondeu a duquesa com uma risada. – Agora o nosso trabalho é proteger o resto da cidade do bastardo. Não seria a pior coisa do mundo se ele caísse nas mãos erradas em algum lugar do East End.

Adelaide levantou os olhos.

— Deus sabe como existem muitas mãos erradas que adorariam pegá-lo.

– E *eu* sou a perigosa – disse Imogen.

– Você gosta de colocar fogo nas coisas.

– Com substâncias químicas – retrucou Imogen. – Não com minha própria raiva.

Adelaide sorriu e deu de ombros de forma inocente.

– Sério, Imogen, não sei do que está falando.

Sesily não conseguiu conter a risada. Adelaide podia ser considerada tépida e dócil por grande parte de Mayfair... mas tinha um senso de justiça ferino e uma vontade de fazer o que fosse necessário para exercê-lo.

– De qualquer forma, nenhuma das maneiras preferidas de justiça de vocês será feita – a duquesa disse. – Sei de fontes confiáveis que muitas dívidas de Totting vencem nos próximos dias, todas de emprestadores nada razoáveis. Que azar, não?

A Duquesa de Trevescan tinha uma rede vasta de informantes que ia dos palácios reais às tavernas do porto. Ela conhecia todo cafajeste de berço nobre de Londres, e um grande número dos de berço nem tão nobre assim. Totting iria precisar mais do que sorte para escapar dos cantos sombrios de Londres sem um arranhão.

– Se o podre não fosse um verme desprezível, eu até sentiria pena – disse Sesily.

– Deixando de lado o estado dele, todos estão se perguntando quem poderia ter arruinado a reputação do conde – falou Adelaide.

– Aquilo pode ser chamado de reputação?

– Meia dúzia de nomes cogitados só nesta coluna.

– Ah? – Sesily casualmente apontou para o prato da amiga. – O que é isso, linguado? Você vai comer?

Adelaide botou o jornal na mesa de uma vez.

– Alguém poderia chamar uma das pessoas da massa de adoradores dela para alimentá-la?

A duquesa agitou a mão na direção de um garçom que passava por perto. Uma vez que mais comida foi pedida, Adelaide disse:

– Os culpados mais cotados parecem ser um rival parlamentar...

– Por favor, nenhum homem da Câmara dos Lordes teria coragem – disse Sesily.

– ...um agente de apostas para quem ele deve uma grande quantidade de dinheiro...

– Sem lógica alguma, uma casa de apostas teria feito um estrago muito pior na cara dele.

– Mas não em seu título! – Imogen proclamou com felicidade.

– Não, certamente não.

Adelaide continuou:

– E uma ex-amante que aparentemente estava devastada com a perda de sua companhia.

– Essa certamente é uma suspeita que o próprio Totting sugeriu, porque até uma pessoa com metade de um cérebro entende que ninguém nunca ficaria devastado com a perda da companhia daquele verme – zombou Sesily.

Quando ela encontrou o conde no labirinto naquela noite, ele foi tudo menos um cavalheiro. Ela tinha sorte de que ele havia aceitado tomar a bebida que oferecera, então não precisara tirar a lâmina escondida embaixo de suas saias.

Deixando de lado as atividades noturnas de Sesily e suas amigas, mulheres sensatas não saíam de casa sem uma arma. Não na Londres de 1838, pelo menos. Uma rainha no trono havia garantido que vários homens perdessem completamente o juízo.

– Cuidado, Sesily – disse a duquesa. – Você está começando a parecer triste que seu nome não está na lista.

– Você precisa admitir que há uma falta de criatividade aí.

– Não admitirei coisíssima nenhuma, além de que vou manter as suspeitas distantes da real culpada e garantir que a verdade seja o segredo mais bem guardado de Londres.

– Justo – respondeu Sesily. – E então? O que vem a seguir, agora que encerramos com o Apodrecido?

– Há um agiota mirando as viúvas de St. Giles – disse Imogen. – Não me importaria que a má sorte o encontrasse.

– E Coleford – interveio Adelaide, um ódio frio transpassando sua voz enquanto se lembrava do visconde do baile. – Não tenho vergonha de dizer que estou disposta a fazer praticamente qualquer coisa para destruí-lo.

O rumor era que o Lorde Coleford estava utilizando seu papel como benfeitor do Foundling Hospital para ajudar um par de irmãos monstruosos que convencia mães a tirarem a roupa com a promessa de encontrar os filhos que elas haviam entregado há tempos para o orfanato.

– Uma grande coincidência é que planejei nesse sentido. Acredito que você vai receber um convite da nova viscondessa para jantar. Eu insisto que aceite – disse a duquesa, antes de adicionar para Sesily: – Você também.

Sesily concordou, mais do que disposta a aceitar qualquer plano para destruir esse homem terrível.

– Alguma notícia sobre os ataques?

Nos últimos meses, uma grande quantidade de atentados havia ocorrido por toda a cidade – cassinos, tavernas, clubes de prazer e mais, todos com um denominador comum: eram de mulheres e frequentados, em sua maioria, por elas.

O que havia começado com algumas brigas, desentendimentos aqui e ali, havia se transformado em algo mais sério recentemente. Um bordel secreto e grã-fino em Kensington, que pertencia às mulheres que ali trabalhavam, havia sido queimado. Até o número 72 da Shelton Street – um dos clubes mais bem protegidos de Londres – fora atacado e destruído, e agora estava no processo de reconstrução. O mesmo havia acontecido com um cassino próximo dali, um que só tinha mulheres como membros.

Eram lugares nos quais as mulheres tinham poder. E onde quer que isso acontecesse, fosse um trono, um clube, ou um labirinto, havia homens querendo tomá-lo.

– É muito fácil contratar um brutamontes – disse a duquesa, balançando a cabeça. – Dá para substituí-los em um instante. Aparentemente, a força bruta agora é oferecida pela gangue d'Os Calhordas.

Sesily fez uma careta ao ouvir o nome – era uma gangue de rua que se vendia para quem podia pagar mais.

– Mas eles não são o dinheiro.

– Não mesmo – concordou a duquesa. – Acredito que haja dinheiro vindo da Câmara dos Lordes envolvido nisso. Ninguém gosta da liberdade que uma mulher no trono inspira, muito menos os homens que se beneficiam em deixar as mulheres presas sob suas garras. Estamos trabalhando para descobrir.

Sesily grunhiu sua frustração. As quatro estavam tentando rastrear a fonte dos atentados há meses, e ela estava ficando impaciente com a falta de pistas sobre a identidade dos homens que aterrorizavam a cidade.

Enquanto isso, elas se ocupavam com homens como Totting, que merecia seu próprio castigo.

– Sesily – chamou a duquesa como se pudesse ouvir seus pensamentos.

Ela a encarou.

– Pois não?

– Só nós quatro sabemos sobre o que aconteceu nos meus jardins, não é mesmo?

O coração de Sesily acelerou. A duquesa estava preocupada com as identidades delas serem descobertas. Ela bebeu, ignorando a emoção que vinha com a memória que acompanhava a pergunta. Caleb Calhoun, alto e largo, se colocando entre ela e o perigo.

– Bem, nós e a Srta. Fenwick.

O silêncio recaiu, pontuado por gritos e risadas vindas de longe, de alguma maneira mais leves que o peso do olhar de suas amigas fixos nela.

Ela olhou para longe, para o resto do cômodo.

– Ah, ali está Maggie! – disse ela alegremente, sabendo que era uma observação ridícula. É claro que era ali que Maggie estava.

Estar n'O Canto era estar com Maggie O'Tiernen, a dona e proprietária – uma mulher negra que havia saído da Irlanda para Londres assim que conseguiu construir uma vida nova para si, na qual pudesse viver com liberdade e sendo quem verdadeiramente era. Ao fazer isso, ela havia construído um dos lugares mais acolhedores de Londres. Seja lá quem você fosse, quem você amasse, qual fosse sua jornada para chegar até o seu verdadeiro ser, havia um lugar para todas as mulheres n'O Canto.

Sesily tentou desesperadamente atrair a atenção da animada e barulhenta Maggie, que certamente viria resgatá-la dos olhares questionadores de suas companheiras – se não estivesse ocupada contando uma de suas histórias incríveis para uma audiência tão atenta.

– Espera aí. – Imogen havia reparado que havia algo de errado na conversa, o que significa que algo estava *muito* errado na conversa. – O que aconteceu?

– Conte-nos – disse a duquesa de forma casual e nem um pouco casual ao mesmo tempo, servindo-se de mais champanhe. – Como você evitou ser descoberta nos meus jardins?

– Bem – ela ponderou. – Estava escuro.

As sobrancelhas das três se levantaram.

– Você é, e digo isso com todo o carinho do mundo, a pior mentirosa que eu já conheci – retrucou Adelaide.

– Não dá para todo mundo viver a vida mentindo para almofadinhas e roubando os segredos deles, Adelaide.

– E por que não? – retrucou Adelaide.

A duquesa suspirou.

– Quem sabe, Sesily?

Sesily olhou para a outra mulher – a mulher que as havia reunido.

– Eu sinto que você está me perguntando isso apenas por cerimônia.

Os lábios vermelhos da duquesa se curvaram.

– É claro que estou. Você acha que deixei você lidar com aquele problema em particular sem garantir sua segurança?

Sesily sentiu a irritação subir pelo seu peito.

– Você tinha vigias no jardim?

– Se eu soubesse que você seria... tão bem cuidada... – A duquesa deixou as palavras no ar e Adelaide e Imogen morderam a isca rapidinho.

– Calma aí!

– Bem cuidada como?

Merda. Ela teria que contar. Elas eram incansáveis.

– Não foi nada!

– Eu não chamaria aquilo de *nada* – respondeu a duquesa.

Sesily lhe lançou um olhar cortante.

– Ele nunca contaria para ninguém o que aconteceu.

– *Quem* nunca contaria?

– O que aconteceu?

Sesily estreitou os lábios na direção da duquesa, que passava um dedo de forma descuidada na taça de champanhe.

– Todo mundo *acha* que você está acima da fofoca e da diversão, mas você se *deleita* nela.

A duquesa abriu um sorriso imenso.

– De fato, eu adoro. E é melhor que você conte a verdade para elas antes que Imogen decida utilizar seja lá qual for a arma que criou mais recentemente para te apressar.

Sesily grunhiu e, pegando a deixa, Imogen respondeu:

– Você sabia que se você colocar fogo num lenço depois de inseri-lo numa garrafa de bebida alcoólica, tem tudo que precisa para causar uma bela explosão?

– Não fazia ideia, na verdade – disse Sesily.

– Pode ser útil para lidar com quem te viu no jardim, é só o que quero dizer.

– Não há necessidade alguma de explodi-lo – disse ela. – Caleb Calhoun é sócio de minha irmã. E, se não fosse, ainda seria amigo dela. Só isso já garantiria que ele nunca revelaria o que viu nos jardins.

– Não foi sua irmã que ele viu nos jardins – ressaltou Imogen.

– Nós mal conhecemos o homem – adicionou Adelaide.

Sesily não gostou do quão defensiva estava se sentindo em relação a Caleb, que nunca tinha feito muita coisa para merecer sua defesa nos últimos dois anos. Ele mal estava em Londres na maior parte do tempo, e, quando estava, parecia fazer tudo o que podia para evitá-la, o que doía, se fosse sincera. Mas alguns homens apenas eram decentes – e Caleb era um deles.

Ele não beija como se fosse um homem decente.

Ela afastou o pensamento enquanto a duquesa dizia:

– Eu não me apoio em lealdade teórica para manter segredos, preciso de prova e garantia. – A duquesa de recostou em sua cadeira, um colar de diamantes incrível brilhando no pescoço. – Caleb Calhoun não é estúpido, e se ele está prestando atenção em você...

– Ele não está.

A duquesa lhe lançou um olhar de descrença.

– *Se ele está prestando atenção em você* – repetiu ela –, isso significa que ele está prestando atenção em *nós*, e não vai demorar muito tempo para ele entender que nossas noites de devassidão n'O Canto não são exatamente o que parecem. Precisamos de alguma garantia. O que significa que é a hora de descobrir os segredos do americano.

– Eu já disse, ele não vai falar nada. Mesmo se não fosse amigo de Seraphina... mesmo se não tivesse dezenas de milhares de libras compartilhados em um negócio com ela nos dois lados do Atlântico, não é como se ele devesse algo à aristocracia.

– E você sabe disso porque...

– Ele é americano.

A duquesa considerou as palavras.

– Bem, americano ou não, ele faz negócios o suficiente deste lado do Atlântico para me fazer querer ter certeza absoluta a quem pertence a lealdade dele. E eu gostaria que ela estivesse conosco.

– Informação.

Não era uma conclusão difícil de se chegar. A duquesa construíra sua vida com aquela moeda de troca particular, e, nos últimos dois anos, Sesily, Adelaide e Imogen se juntaram a ela. Entre elas, mantinham alguns dos segredos mais cobiçados da cidade, compreendendo o que muitos não entendiam: que segredos guardados eram mais poderosos que revelados.

Mas, para que um segredo fosse descoberto, ele precisava existir.

Sesily balançou a cabeça.

– Não há nada.

– Hmm.

– Você acha que nesses dois anos eu não investiguei o homem que é sócio de minha irmã?

– Bom, primeiro, eu não acho que sua investigação tenha algo a ver com sua irmã. – Sesily não gostou da observação casual da duquesa, mas mordeu a língua. – E, se os eventos nos meus jardins são algum sinal, você certamente... o investigou bem.

– Calma lá! – Os olhos de Imogen se arregalaram.

– O que aconteceu nos jardins?

– Nada! – Deus do céu, ela estava corando? Horrível. Tudo aquilo era horrível. – Eu fiz o que foi necessário para evitar ser descoberta. – A duquesa deu um meio-sorriso e bebeu mais de seu champanhe. – A propósito, quem é que bebe champanhe numa taverna?

A outra mulher deu de ombros.

– A duquesa.

– Vocês... – Adelaide parou, e então abaixou a voz para o sussurro mais alto que Sesily já ouvira. – *Sabe?*

– Ela quer perguntar se vocês ficaram no rala e rola – disse Imogen com praticidade.

– Sim, Imogen, eu já tinha entendido isso – Sesily fez uma pausa. – Não, não foi o caso. Acredite se quiser, Caleb Calhoun não pertence à metade de Londres que deseja ficar no rala e rola comigo. – Pausou novamente antes de adicionar: – Também acho que seria bom se nós encontrássemos outra expressão para o ato. Essa não é... nada agradável.

– O que você preferiria? Vocês *foram observar o tempo? Jogaram toque-emboque?*

Adelaide gargalhou e Sesily lançou um olhar para ela.

– Não incentive.

– Vocês *podaram a moita?*

– Qualquer coisa soa lasciva quando você fala desse jeito, Imogen – constatou Adelaide.

Imogen sorriu.

– É verdade, não é mesmo?

A duquesa decidiu entrar na conversa naquele momento, para alívio de Sesily.

– Não houve nenhuma discussão sobre o clima, ninguém jogando toque-emboque ou podando moitas. Sesily fez o que tinha que fazer para não ser descoberta.

– Que foi...

– Eu o beijei.

– Ele deve ter gostado – disse Adelaide.

– Poderíamos usar isso contra ele – sugeriu Imogen. – Sua irmã não vai gostar que ele tenha te arruinado.

Seraphina teria a impressão de que Caleb havia sido o arruinado em questão, mas antes que pudesse falar isso, a duquesa disse:

– Não é o suficiente.

Como se aquela fosse uma conversa perfeitamente comum e não uma discussão sobre a melhor forma de chantagear o homem que Sesily havia beijado três noites antes.

– Não vamos usar isso contra ele! – falou Sesily, cheia de vergonha. – Eu preferia que todas vocês esquecessem disso.

– Ah – falou Imogen.

– O que isso significa?

– Você *não* gostou.

Só que ela tinha gostado. Tinha gostado até demais.

– Ah, não. – Adelaide comentou. Maldita Adelaide que sempre via tudo. – Você *gostou*.

– Sim, de fato – resmungou Sesily.

– E ele...

– Ele pareceu não se afetar em nada – disse ela, odiando o rancor que envolvia suas palavras.

As três mulheres se inclinaram para frente em suas cadeiras.

– O quê...

– Calma aí!

– Ele claramente é um babaca.

Elas podiam atormentar seu juízo, mas naquele momento, Sesily não poderia ter pedido por amigas melhores. Todas elas pareciam completamente ofendidas por ela, e Sesily se sentia um pouquinho melhor.

Muito pouquinho melhor.

Porque Sesily estivera esperando por dois anos para beijar Caleb Calhoun, e, de todos os milhares de formas que imaginou que ele poderia responder, nunca cogitara que ele sequer se abalaria.

Ela o imaginou devastado pelo beijo. Destruído. Algumas vezes, se permitia imaginar o brutamontes se ajoelhando à sua frente e agradecendo a Deus pelo beijo.

Mas nunca pensou que ele não iria sentir nada.

Maldição.

Por um instante, naquela noite, sob a árvore no jardim da duquesa, quando a mão dele passara por sua cintura e a puxara para perto, o calor do corpo de Caleb queimando contra seu peito, e o cheiro – e o gosto – igual ao defumado do uísque escocês... por um momento, ela achou que o havia afetado. Podia jurar que os lábios dele haviam se suavizado, que ouvira um pequeno gemido.

Mas Totting saíra do labirinto e Calhoun a olhara da maneira que sempre fazia nos momentos breves em que estava em solo britânico e encontrava tempo e vontade de olhar para ela – os olhos sem emoção alguma, como se estivesse beijando a árvore e não ela.

O desinteresse era a pior parte. Em trinta anos, Sesily havia provocado muitas, muitas emoções do mundo como um todo. Ela entretinha e era tentação, ganhava amigos e seduzia estranhos, era motivo de deleite e, uma vez ou outra, de desgosto. Mas nunca, nunca, fora esquecível.

Essa era a pior parte.

E, para piorar, havia o fato de que queria de forma tão desesperada que Caleb Calhoun se lembrasse dela.

Apesar de que, sendo sincera, ela raramente tinha certeza se gostaria de ser lembrada por um abraço apaixonado ou por um soco na cara apaixonado. Talvez não houvesse muita diferença entre os dois.

– Você tem certeza de que não gostaria que eu testasse minha explosão de gin nele? – questionou Imogen, interrompendo os pensamentos de Sesily.

– Não parece tão ruim assim – considerou.

– Resolveria o problema de ele saber mais do que gostaríamos – disse a duquesa. – Embora seja gentil demais. Agora estou duplamente interessada nos segredos que ele tem. Por nossa segurança e por sua honra.

– Você não pode puni-lo por não me desejar.

O olhar da duquesa se estreitou.

– E por que não?

Sesily gargalhou novamente.

– De qualquer forma, não há nada a ser encontrado. Ele não bebe ou faz apostas em excesso. Nem sequer é filiado a algum clube aqui.

Quando estava em Londres, Caleb estava no pub do qual era sócio com a irmã de Sesily, ou na casa da cidade que ele mantinha em Marylebone, fazendo seja lá o que homens fizessem sozinhos em casa.

– Nenhum dos clubes da St. James iria receber bem um americano – disse Imogen.

– O Anjo Caído o acolheria – Sesily apontou, se referindo ao cassino na St. James que fazia os outros clubes de cavalheiros da rua parecerem um tédio completo. – Mas ele não quer, eu estou dizendo, ele é completamente desinteressante.

Pelo menos era o que ela falava para si mesma.

– Hmmm – disse a duquesa novamente. – E você não acha que isso é estranho? Segredo nenhum?

– Todo mundo tem um segredo – Adelaide adicionou. – E essa é a única verdade.

– Você está se oferecendo para seduzi-lo para descobrir? – Sesily odiou o gosto que a brincadeira tinha em sua boca.

– Não. Mas, sério, Sesily. Se um homem com Calhoun vive a vida de um monge, essa é a maior prova de que ele esconde algo. – Uma pausa. – Provavelmente algo *bom*.

Ela estava certa, era claro. Se fosse qualquer outra pessoa, Sesily se sentiria da mesma maneira.

– Bem, em Londres que não é, provavelmente é na América – disse ela. – É por isso que ele sempre está lá e nunca aqui.

Não que Sesily se importasse com onde ele estava.

Mentirosa.

A duquesa assentiu.

– Mas na melhor das circunstâncias levaria três meses para conseguir respostas do outro lado do mundo. Precisamos agir agora.

Sesily engoliu a irritação, ciente de que deveria concordar com o plano da duquesa. Caleb as havia visto em ação. Sesily deveria estar tão preocupada com garantir o silêncio dele quanto suas amigas. Não queria nenhum motivo adicional para pensar no homem.

E, mesmo assim, não queria que ninguém além dela soubesse dos segredos que ele escondia.

– Imagino que sua irmã tenha alguma ideia – disse a duquesa de forma prática. – Talvez eu vá visitá-la.

– Não. – As três arregalaram os olhos com o tom ríspido da resposta. Sesily limpou a garganta. – O que quero dizer é que eu posso resolver isso.

As sobrancelhas da duquesa se ergueram.

– Eu não acho que essa seja uma boa ideia.

– Por que não? – perguntou Adelaide, sempre atenta, seus olhos imensos atrás dos óculos.

Imogen até esboçou alguma curiosidade, finalmente demonstrando interesse na conversa.

– Sim, por que não? – Ela olhou da duquesa para Sesily, que não havia recuado com a atenção que recebera da duquesa.

– Nenhum motivo em particular.

A duquesa se recostou na cadeira, sua expressão clara: *ou você conta, ou eu conto.*

Sesily suspirou e depois resmungou:

– Está certo. É porque certa vez... muito tempo atrás...

– Não faz tanto tempo assim – a duquesa interveio.

Ah, se assassinar uma duquesa não fosse um crime hediondo!

– Dois anos atrás... eu achei que talvez ele fosse...

A *pessoa certa.*

O silêncio recaiu sobre a mesa, como se ela tivesse falado em voz alta.

– Ah.

Sesily se encolheu com a resposta suave e compreensiva de Adelaide.

– Como eu disse, foi anos atrás.

– Só dois, na verdade – disse a duquesa. – E isso partiu seu coração, se eu me lembro corretamente.

– Não partiu meu coração. – respondeu ela. – Foi... uma rejeição. Todos nós somos rejeitados em algum momento da vida.

– Não você.

– Bem, eu fui rejeitada naquela vez. E, de qualquer maneira, eu estava equivocada.

– De qualquer maneira, sugiro que a gente experimente meu novo explosivo com ele.

– Como? – questionou Adelaide.

– Olha, acho que teríamos que fazer na casa dele, porque aposto que Seraphina não gostaria se explodíssemos a taverna dela.

– Não tem como explodir Calhoun, Imogen? – questionou Adelaide. – Como ele partiu o coração de Sesily?

Ela ia morrer de vergonha.

– Ele... – hesitou Sesily. – Olha, o termo "partiu meu coração" é realmente um exagero.

– Ele recusou a investida dela e fugiu do país no mesmo dia.

– Que droga, duquesa!

A outra mulher arregalou os olhos, seus brincos de diamante brilhando sob a luz das velas.

– Eu só estou tentando agilizar a história!

– Você contou para ele? Que você achou que ele podia ser...

Não fale em voz alta.

Ela interrompeu Adelaide.

– Sim.

– Ah, minha querida. Que vergonha.

– Não foi pior que contar essa história – disse Sesily.

– O que ele falou?

Ele não havia dito nada. Ele só...

– Como eu disse, ele foi embora.

– Bem, ele voltou agora, então continuo sendo a favor de explodi-lo.

Sesily suspirou exasperada.

– Será que podemos considerar este assunto encerrado agora? – Ninguém a pressionou por mais informação, graças a Deus, e ela adicionou: – Estou dizendo para vocês, ele não é uma preocupação. Não é como se ele fosse chamar a Scotland Yard para investigar o que aconteceu no jardim.

– Tem certeza? – disse Adelaide.

– Sim.

– Hmm.

Sesily franziu a testa.

– Por quê?

– Tenho certeza de que não é nada demais – disse Adelaide, – mas o Sr. Calhoun acabou de entrar pela porta.

Sesily precisou de toda a sua força para não se virar para olhar.

– E por que diabos ele estaria aqui? Ele tem o próprio pub a menos de cinco minutos daqui.

– Eu não faço ideia, mas não gosto disso. – Adelaide estreitou os olhos atrás dos óculos.

– Por que não? – Sesily sentiu um frio na barriga.

Não olhe. Não olhe.

– Ele está com Thomas Peck.

Ela olhou, por fim, encontrando Caleb no mesmo instante. Ignorando a forma como seu coração se acelerava, ela considerou o homem de barba ao seu lado, mais alto que Caleb e tão largo quanto ele. Thomas Peck, o orgulho da Bow Street, e agora um dos rostos mais conhecidos da Polícia Metropolitana.

– Se essa é a companhia que ele mantém, parece que realmente teremos que descobrir os segredos do Sr. Calhoun – comentou a duquesa, num tom monótono.

E então estava decidido. Sesily se levantou, sabendo o que tinha que fazer.

– Vou descobri-los.

CAPÍTULO 4

O que ela estava fazendo ali?
Não que ele devesse ter notado. Havia dezenas de mulheres na taverna – parecia uma centena, com a parede de calor e perfume que o atingiu quando atravessou a porta saindo da noite gelada.

O estabelecimento de Maggie O'Tiernen sempre estava cheio de mulheres, de forma compreensível, uma vez que prometia segurança, proteção e a ausência de censura para membros de todas as classes sociais, permitindo que tivessem um nível de privacidade e privilégio que dificilmente teriam em outras tavernas.

Caleb vivera toda a vida em tavernas. Era dono de doze delas e havia trabalhado com afinco para transformá-las em lugares que acolhessem mulheres. Mas, enquanto os seus pubs tinham que trabalhar para aquilo, O Canto havia nascido daquela maneira.

Assim, o estabelecimento de Maggie estava lotado todas as noites. Cheio de mulheres que dançavam, bebiam e gargalhavam – o suficiente para tornar complicado discernir uma delas da multidão. Várias com sorrisos largos e gargalhadas sem freio. Várias com a pele sedosa e curvas avassaladoras. Várias morenas. Várias bonitas.

Ele não deveria ter notado uma em meio às outras.

Mas é claro que notou. Mal teve a chance de olhar a aglomeração para registrar o grupo que dançava sob a luz dos lampiões no canto mais distante do cômodo, para ouvir o bater de copos à sua direita e a risada alta e vigorosa de Maggie no bar à sua esquerda, para sentir o cheiro de perfume e cerveja e de algo delicioso que era preparado na cozinha... e lá estava ela.

Sesily estava longe demais para ser notada. Ele não deveria ter sido capaz de discernir o cabelo escuro brilhando na luz laranja do pub enquanto ela se virava para encará-lo. Não deveria ser capaz de detectar o vermelho em seus lábios ou o quão grande era o decote do vestido que ela usava, claramente comprado pelo próprio diabo. Não deveria ser capaz de notar a *chemise* pecaminosa, nem a maneira com a qual ela emoldurava os seios enquanto Sesily respirava, ou a curva de seu quadril. Nem sequer deveria ser capaz de ouvir sua risada acima das outras, ou sentir seu cheiro, quente e rico como tortas de amêndoa.

Mas havia feito tudo isso. Instantaneamente.

Porque Caleb sempre fora capaz de ver todas essas coisas. Ouvi-las. Sentir o cheiro. Desde a primeira vez que a conhecera, dois anos antes.

– Puta que pariu.

O que ela estava fazendo ali?

Ao seu lado, Thomas Peck, um dos melhores detetives de Londres, ficou tenso.

– Você viu algo?

Sempre. Se ela estivesse em algum lugar, ele a veria.

– Não. – Caleb adentrou o cômodo, ciente da atenção que eles atraíram de uma mesa próxima cheia de mulheres. Ele não era bobo, sabia que era o tipo de homem em que as pessoas reparavam, e era ainda pior quando era um dos únicos homens do recinto. Não gostava de estar n'O Canto quando o pub estava cheio, não gostava do sentimento de que estava invadindo algo. – Vamos falar com Maggie e ir embora.

Fazendo tudo o que podia para ignorar Sesily, Caleb redirecionou sua atenção para a proprietária d'O Canto, a pessoa mais alta do recinto, com os cabelos pretos preso num coque torcido alto em sua cabeça, reinando sobre seus súditos enquanto servia cerveja, flertava sem discriminação e observava a multidão. Estava inclinada por cima do balcão, conversando com uma mulher indiana, quando seu olhar se cruzou com o de Caleb. Houve um momento de surpresa – homens dificilmente frequentavam.

O Canto, especialmente naquele horário – e a atenção de Maggie se virou para o companheiro de Caleb, o reconhecimento claro em seu rosto, seguido do desgosto. Ela levantou uma sobrancelha na direção dele e indicou o canto mais distante do bar, onde era mais tranquilo. Mas não seria tranquilo por muito tempo com a mesa de Sesily por perto.

Tensionando o maxilar, Caleb seguiu as instruções de Maggie e ela seguiu sua conversa. Ele conduziu Peck pelo cômodo, tentando não perceber o olhar atento de uma mesa escondida no canto que seguia seus movimentos.

Enquanto caminhavam, Peck questionou:

– Tem certeza de que O'Tiernen vai conversar conosco?

– Ela vai conversar *comigo* – disse Caleb. – Mas suponho que já soubesse disso, ou você não teria me arrastado até aqui com você.

– Eu não te arrastei até aqui, Calhoun. Eu te pedi um favor.

– Certo – retrucou Caleb. – E eu disse que sim porque sou um homem extremamente generoso e gentil, e não porque você é um dos caras do Peel.

Peck não gostou da descrição casual, mas Caleb não confiava em nenhum agente do governo, então não seria gentil. Ainda assim, Peck sabia que não teria atravessado a porta sem ter Caleb como garantia de que era confiável.

– Você não pode negar que eu lhe dever um favor não é a pior coisa do mundo.

Caleb não conseguia pensar em muitas coisas piores do que estar perto de um oficial da lei, mas achava que, se tratando da categoria, Thomas Peck não era dos piores. Era um tipo decente que havia feito seu nome antes mesmo da formação da Força de Polícia Metropolitana como um dos poucos Bow Street Runners que se importava com a justiça honesta em vez de encher os próprios bolsos.

Quando Peck bateu na porta do A Cotovia Canora mais cedo naquele dia, estava pensando em justiça. Nos meses mais recentes, meia dúzia de locais no East End, todos eles posse de mulheres ou administrado por elas, haviam sido revirados em uma revolta, um ataque ou um roubo – nenhum deles reportado às autoridades. Peck não era um tolo, sabia que havia algo acontecendo e queria descobrir o quê.

Mas, para tanto, precisava de alguém que conversasse com ele. Algo que não conseguiria na maioria dos lugares – clubes exclusivos com associação sigilosa das mulheres mais ricas de Londres. O bruto e desajeitado Thomas Peck, que mal sabia dar nó em uma gravata, não conseguiria atravessar aquelas portas.

O Canto, porém, era conhecido por sua porta aberta, mesmo que homens fossem raramente bem-vindos ao local. Entretanto, o policial sabia que não poderia ir sozinho – suas perguntas não eram aquelas respondidas com facilidade, até porque a Scotland Yard não era algo em que os frequentadores d'O Canto, que ficava nas profundezas de Covent Garden, confiavam. E com razão.

Se Peck quisesse conseguir mais informações sobre seja lá quem estivesse com ódio e sede de vingança o suficiente para atacar todos os lugares que eram seguros para mulheres, precisaria da ajuda de alguém que Maggie conhecesse. E, apesar de Caleb preferir engolir seu próprio braço a ser visto com um membro da Polícia Metropolitana, também queria que o responsável pelos ataques no Garden fosse pego, e não apenas porque A Cotovia Canora era de uma mulher e as aceitava e acolhia.

Além disso, recusar o pedido de Peck iria chamar a atenção indesejada da Scotland Yard, e Caleb não poderia se arriscar assim.

O que significava que estava ali para tratar de negócios, e não pela mulher belamente sentada a não mais de dez passos de onde Maggie esperava por ele. Encontrou os olhos azuis dela por um segundo, e desviou o olhar.

Ele tinha seus próprios problemas para resolver naquela noite, Sesily Talbot teria que esperar.

Você não percebeu, americano? Eu sou o perigo.

Como se qualquer pessoa com sangue correndo nas veias não fosse capaz de perceber aquilo só de olhar para ela.

Maggie os encontrou no fundo do bar.

— Você esqueceu de ajustar seu relógio, americano? Sabe muito bem que não deve aparecer na minha porta a essa hora. E ainda por cima com companhia tão desagradável. — O sorriso fácil que ela oferecia ao resto do cômodo havia desaparecido. Ela inclinou a cabeça na direção do detetive. — Ele é péssimo para os negócios.

Caleb assentiu, virando as costas para Sesily, que havia se acomodado descaradamente para assistir ao espetáculo.

— Para os meus também.

— *Aye* — ela respondeu, o sotaque de Galway pesado em sua voz. — Mas isso pouco me importa. Cerveja?

— O que você está servindo?

Seu olhar se estreitou e ela se virou, enchendo uma caneca em um barril próximo.

— A cavalo dado não se olha os dentes, americano.

Caleb levantou o copo e fez um brinde a ela.

— Justo.

Ele bebeu de uma vez, esperando a lavagem que comumente era encontrado nas tavernas de Londres, mas encontrando, em vez disso, algo potente e inesperado. Abaixando o copo, inspecionou o seu conteúdo e olhou para a proprietária.

— O que é isso?

Ela sorriu. Ninguém amava mais um segredo do que Maggie.

– Vai te derrubar, não?

– Com certeza. Onde você conseguiu?

– Há uma nova cervejaria na cidade.

– Eu gostaria de conhecê-la.

– Veremos. Eu não estou me sentindo muito generosa com você no momento, americano, já que trouxe a Yard para meu estabelecimento. – Ela lançou um olhar para Peck.

– Não estou aqui para beber – disse ele.

– Nossa, mas que surpresa. – A resposta foi seca como o deserto.

O detetive se inclinou por cima do bar o suficiente para garantir que ninguém mais os ouvisse nos sons da taverna.

– Estou caçando os homens que reviraram O Canto algumas semanas atrás.

Era a coisa errada para se dizer, mas Caleb não iria fazer nada para ajudar Peck. Não quando Maggie lhe lançou um olhar e tirou o pano que pendia de sua cintura para passar no mogno de forma teatral.

– Revirou que canto?

Ela não entendera de propósito. Caleb soube do dano que O Canto havia sofrido. Cadeiras e mesas destruídas, candeeiros e cortinas arrancadas das paredes, um depósito inteiro de barris destroçado, duas janelas que davam para a rua quebradas antes que Maggie e alguns clientes expulsassem os responsáveis com, se as histórias fossem verdadeiras, pedaços de vidros e um cutelo.

– Srta. O'Tiernen, depois você ficou fechada por uma semana – disse Peck, a descrença em sua voz piorando suas chances de conseguir tirar alguma informação útil de Maggie.

Ela virou seu olhar gélido para ele.

– Reformas.

Havia milhares de motivos para ela não querer que a Scotland Yard soubesse do que ela sabia, e Caleb reconheceu pelo menos uma dúzia em seu olhar. Incluindo o que ele mais odiava: medo.

Peck abaixou a voz.

– Eu acredito que os homens que a atacaram são membros de uma notória gangue que está cometendo crimes por toda a cidade, conhecida como Os Calhordas, e gostaria de lhe ajudar.

Ela encarou Peck, a descrença clara em seu rosto.

– Você gostaria de me ajudar. – Fez uma pausa e então: – Detetive... você entra aqui e me conta sobre Os Calhordas como se eu não os conhecesse desde quando você ainda estava aprendendo a atirar com essa arminha que está amarrada em sua cintura. As mulheres deste cômodo esqueceram mais coisas sobre Os Calhordas do que o que vocês sabem sobre eles.

– Eu quero saber mais sobre eles – disse Peck.

– E então o que... você irá brincar de nos proteger? Nos manter a salvo? – desdenhou Maggie.

– Sim – respondeu Peck sem hesitação.

Maggie deu um sorriso seco, experiente com anos de ser a única que poderia se proteger.

– Mas só até Mayfair te chamar, não é?

Caleb não pôde evitar seu próprio sorriso. Ele não imaginou que Tommy Peck recebesse esse tipo de tratamento com frequência.

– Como eu já disse – continuou Maggie –, nós estávamos fechadas para reformas.

Peck ficou tenso, frustrado, e Caleb interveio antes do policial garantir que os dois nunca mais pisassem ali. Não conseguiriam nada de Maggie, não naquela noite. E provavelmente nunca. Ele colocou uma mão nos ombros de Peck.

– É, foi uma reforma.

– E a menos que estejam aqui para divertir minhas clientes com uma luta... – Ela abertamente apreciou os peitos largos de ambos, antes de encontrar o olhar de Caleb. – 'Cês não são bem-vindos durante os horários de funcionamento. Sugiro que você volte ao seu pub e você... – ela olhou para Peck com um sorriso falso – volte a realizar o trabalho de Sua Majestade. Não precisamos de você aqui. A menos que nos dê um gostinho dos seus músculos.

Ela aumentou o tom de voz no final da frase e Caleb rangeu os dentes, sabendo sem dúvida de que pelo menos uma mulher do cômodo ouvira aquele convite.

– Você vai lutar, americano?

Jesus. Sesily apareceu atrás dele, perto o suficiente para que pudesse ser tocada. Quando ela se movera? Como ele não havia percebido? Caleb se virou e lançou seu olhar mais frio, tentando controlar sua pulsação acelerada.

– Você ia amar, não é mesmo?

Ela os olhou de cima a baixo lentamente, parando tempo demais em Peck. Tempo suficiente para Caleb começar a considerar de forma séria a proposta para uma luta.

O que essa mulher fazia com ele?

— Diga para mim, Detetive, quem você julga que ganharia esta luta específica?

As sobrancelhas de Peck se levantaram em surpresa diante daquela pergunta ousada.

— Mil perdões, minha lady?

— Não tem necessidade de cerimônia. — Ela deu um sorriso largo e cálido, atordoando o detetive com a força de seu charme e levando Caleb a pensar nas melhores formas de se livrar do corpo de um membro da Polícia Metropolitana. — Por favor, me chame de Sesily.

Só por cima do cadáver de Caleb.

— Nem pense em chamá-la assim.

Sesily arregalou os olhos, com inocência, como se tal característica fosse possível em uma encrenqueira como ela.

— Ora, Sr. Calhoun, não estava ciente de que você estava numa posição que poderia decidir como as pessoas me tratam. — Com essa tirada, ela sorriu novamente para o detetive. — Detetive, você é mais do que bem-vindo para me chamar de Sesily, mas apenas se me disser quem você acha que triunfaria em um confronto entre vocês dois.

Peck não era um tolo, nem um monge. Então retribuiu Sesily com o seu melhor sorriso e disse:

— Creio que seria eu, minha lady.

O título honorífico foi a única razão para que Thomas Peck, o orgulho da Scotland Yard, continuar de pé naquele momento, principalmente depois de Sesily se aproximar dele, se posicionando entre Caleb e o policial, como uma hera. Ou uma daquelas cobras que apertavam sua presa até matá-la e então as engolia por inteiro.

Ela levantou o rosto para olhar para Peck, que Caleb supunha ser bonito para quem gostava de barbas e mármore esculpido.

— Tão confiante!

— Ah, nós estamos apostando? — Imogen Loveless havia se aproximado, suas palavras diretas e sanguinárias. — Eles vão lutar?

— A gente pode sonhar — respondeu Sesily, flertando intensamente. — Neste momento, estamos discutindo o possível vencedor.

— Nem todos nós estamos fazendo isso — resmungou Caleb, dando um passo para trás quando Lady Imogen se enfiou no espaço próximo a Sesily e ficou na ponta dos pés para examinar melhor os ombros de Peck.

Isso chamou a atenção do detetive e algo mudou nele, sua postura se endireitando, seus ombros parecendo maiores.

— Com licença, senhorita.

– Eu aposto no americano se tiver uma luta! – Adelaide Frampton adicionou com felicidade a distância.

– Ninguém vai lutar – resmungou Caleb novamente, ignorando o sentimento de gratidão que sentira porque alguém acreditava nele nessa competição hipotética.

– Você parece ser muito robusto – comentou Lady Imogen para Peck. Ele limpou a garganta.

– Eh... obrigado?

– Você joga toque-emboque?

– Não...?

Caleb não conseguia mais acompanhar a conversa esquisita. Ele tinha seus próprios problemas, no entanto, porque Sesily havia se pressionado contra ele no espaço apertado, seus belos olhos o encarando, as curvas suaves contra seu peitoral firme enquanto ela e a amiga o avaliavam como se ele fosse um cavalo reprodutor.

Respirou profundamente e deu um passo para trás, colocando espaço entre eles. Exigindo espaço entre eles.

Ela encontrou seus olhos.

– Sr. Calhoun, sinceramente. Não há muitos motivos para homens como você virem para O Canto, logo suponho que o mais óbvio seja que estão aqui para uma luta de entretenimento. Você não precisa fazer essa cara de quem sentiu um fedor horroroso.

Não era horroroso. Era magnífico. Exuberante e bonito e um cheiro que deveria ser impossível de encontrar num pub escuro nos labirintos de Covent Garden. Mesmo assim, levantou uma sobrancelha e disse:

– Parece muito com enxofre, na verdade.

O olhar dela se acendeu com humor e Lady Imogen respondeu, sem jeito:

– Ah, provavelmente sou eu. Estou testando nossos novos explosivos.

Peck arregalou os olhos e olhou para Caleb por cima do cabelo desgovernado da mulher.

– Explosivos?

– Hmm – disse ela, antes de concordar com a cabeça uma vez, sua inspeção finalmente completa. – Aposto nesse aqui. Ele é um pouco mais alto e recebeu treinamento adequado.

Treinamento adequado era exatamente o motivo pelo qual Caleb nocautearia Peck de primeira. Não havia lugar para regras numa briga de verdade.

De sua parte, Peck não pareceu saber como responder então ele se restringiu a mais um "Obrigado" meio sem jeito.

– Espero não o ter ofendido, Sr. Calhoun – disse Lady Imogen em um tom que sugeria exatamente o oposto.

– Oh, Caleb não se ofendeu. – Sesily fez um gesto com a mão. – São apenas fatos, Imogen.

Ela jogou uma isca, e ele sabia muito bem que não deveria morder.

– Não há como saber, já que não haverá uma luta esta noite, queridas – interrompeu Maggie. – Esses dois custam mais do que valem e estão de saída. Neste instante.

Sesily fingiu estar desapontada.

– Algum outro momento, então – disse ela antes de passar por ele até o balcão. – Maggie, você teria uma daquelas suas deliciosas tortas de porco esta noite?

E, simples assim, os homens foram dispensados como se nem estivessem ali. O que era algo que Caleb desejava todas as vezes que se encontrava com Sesily.

Pelo menos era o que dizia para si mesmo.

– Quem é ela? – perguntou Peck, baixinho.

Ela não é para você.

Precisou resistir à vontade de responder rispidamente e tomou a dianteira.

– Sesily Talbot. Não é parte de sua investigação – respondeu, tenso.

Mas, assim que falou isso, sentiu que não era verdade.

– Não a Talbot, eu já ouvi falar dela... – Caleb rangeu os dentes. Claro que Peck havia ouvido falar dela. A vida de Sesily era toda baseada em ser a mulher da qual todo mundo já tinha ouvido falar. – Eu quero saber da outra. A que achou que eu poderia te derrubar.

– A que estava errada, é isso? Imogen Loveless. *Lady* Imogen Loveless – disse ele, se certificando de adicionar a parte mais importante.

– Lady?

– Filha de um conde, com um gosto peculiar por explosivos, creio eu.

Do lado de fora, a rua estava vazia e o ar estava gélido, e antes mesmo da porta d'O Canto fechar, Caleb encurralou Peck.

– Eu lhe disse que nada bom iria vir de uma visita a Maggie.

– Não é verdade – retrucou o detetive. – Eu consegui entrar e falar com ela. Ela sabe que eu sei que alguém está atrás de estabelecimentos como o dela. E, talvez, em breve ela acredite em mim quando digo que quero pegá-los.

Caleb o olhou de soslaio.

– Você sabe que é improvável que alguém do East End confie em um tira.

Peck travou a mandíbula com a gíria.

– Eu cresci aqui, não sou o inimigo.

Caleb tinha experiência suficiente para saber que uma coisa não implicava em outra, mas ficou calado. Não era amigo nem conselheiro de Peck e não tinha desejo de se aproximar de um policial. Era a última coisa de que precisava.

O que precisava mesmo era partir para a América e nunca mais retornar. Imediatamente.

– Detetive!

Maldição. Ela os seguira.

Caleb abaixou a cabeça e apertou o casaco contra si, se recusando a se virar para olhar a taverna iluminada... e Sesily.

Não fora chamado, o que significava que poderia ir embora. Sesily era problema de Peck agora, e o outro homem já tinha respondido a seu chamado amigável.

– Detetive!

Ela se aproximou, um pouco ofegante, o som que fazia era parecido com pecado o suficiente para fazer um corpo imaginar como seria ser quem deixava Sesily Talbot sem ar.

Não. Ele não pensaria naquilo. Voltaria para sua taverna, onde tinha um negócio para administrar. Seja lá qual fosse a encrenca que ela estivesse causando naquela noite, não era de sua conta.

– Lady Sesily – cumprimentou Peck, gracioso e cavalheiro, como se tivesse todo o tempo do mundo para Sesily.

Bom. Melhor Peck do que ele.

Caleb tinha acabado de se forçar a se afastar quando ela disse, animada:

– Você não se importaria se eu conversasse com seu amigo... por um minutinho?

Caleb parou de uma vez.

– Eu prometo que o devolvo antes mesmo de você reparar que ele saiu do seu lado.

Ele olhou por cima do próprio ombro.

– Não temos nada para conversar.

– Não se preocupe, Sr. Calhoun, só eu vou falar. – Ela sorriu.

– Eu não tenho dúvidas disso – disse Caleb, e o sorriso de Sesily aumentou. Ela era imperturbável, era irritante.

– Não há necessidade alguma de devolvê-lo, Lady Sesily – interrompeu Peck com um aceno na direção da taverna. – Tenho trabalho a fazer e já me disseram que sou péssimo para os negócios.

– Ah, eu não levaria para o lado pessoal – retrucou ela. – Na hora que decidiram que não topariam uma luta, vocês *dois* se tornaram péssimos para os negócios.

Peck riu da piada e passou uma mão pela mandíbula, sorrindo com timidez.

– Me sinto um pouco melhor em saber disso.

– Da próxima vez, deveriam aceitar a proposta – sussurrou ela. – Você se surpreenderia com o resultado.

– Com a Srta. O'Tiernen?

Ela deu de ombros.

– Provavelmente não, mas *eu* adoraria a vista.

A mulher simplesmente não conseguia deixar de flertar.

– Vou me lembrar disso – respondeu Peck antes de tirar o chapéu na direção dela e desaparecer rumo ao próximo destino, seja lá qual fosse, em busca de informações que ninguém lhe daria de boa vontade.

Sesily o observou desaparecer na escuridão antes de dizer, suavemente:

– Ele parece ser uma pessoa decente. Pena que é um tira.

– O que você quer, Sesily? – A pergunta saiu mais ríspida do que Caleb pretendia.

Sesily olhou para Caleb, como se estivesse surpresa com a presença dele ali. Como se ela não tivesse ido atrás dele.

– Certo! Claro. – Ela olhou ao redor por um momento antes de ir na direção de uma passagem escura a alguns metros de distância. Quando ele não a seguiu, se virou novamente. – Sr. Calhoun, se o senhor não se importa...?

Ele cruzou os braços.

– Eu me importo, na verdade. Não estou a fim de ser estrangulado.

– Ah, estrangulamento era uma opção? Que pena que não trouxe meu garrote!

– Depois de ver o que você pode fazer com um homem, estou surpreso em saber que você não anda com ele o tempo todo.

Ela lhe lançou um olhar perigoso.

– Me siga.

Fosse por curiosidade ou senso de preservação, ele a obedeceu, se aproximando do espaço apertado onde Sesily estava com as costas pressionadas contra a porta.

– Você não deveria estar aqui sozinha.

– Não estou sozinha.

– Você estaria, se eu não estivesse aqui.

– Mas você está aqui, e eu estou perfeitamente segura.

– Tem certeza? Eu soube que sou o mais provável perdedor numa luta – respondeu ele sem pensar. Sem perceber como soaria.

Ela deu um meio-sorriso divertido, transformando o silêncio da rua em algo ensurdecedor.

– Você não gostou daquilo.

É claro que não tinha gostado, mas ele nunca admitiria em voz alta.

– Eu não ia dizer que Peck não era um vencedor – continuou ela. – Você atrai mais moscas se usar mel. Não que você já tenha tentado algo assim comigo.

– Eu não tenho intenção alguma de te atrair, Sesily.

– Sim, sim, você já deixou isso claro o suficiente – disse ela e por um instante, Caleb achou que tinha ouvido uma tensão em suas palavras, antes de receber outro sorriso sedutor. – Embora não consiga imaginar por que não tem a intenção, eu sou uma mosca muito bela.

Jesus, essa mulher tentaria um santo.

– E o que te faz querer atrair Peck?

– A pessoa teria que estar morta para não reparar em Thomas Peck, Caleb. Ele é uma lenda.

Algo quente e raivoso se acendeu dentro dele.

– Eu deveria ter adivinhado. Pobre Peck, escolhido para o seu jogo favorito.

– E qual seria o jogo?

– Escândalos sem sentido. Qual o destino que o espera?

– O que eu decidir para ele. Dificilmente recebo reclamações.

Aquilo já era demais.

– Acho que o Conde de Totting deve ter uma ou...

Sesily cobriu os lábios dele com a palma da mão, impedindo-o com sua pele macia. Por que ela não estava usando luvas?

– Eu estaria mais preocupada com o seu próprio destino, americano – ela sussurrou rispidamente na escuridão. – Andando por aí com um oficial da Scotland Yard. Eu não gosto da ideia de que o seu Sr. Peck saiba sobre o que você viu naquela noite.

Ela não podia pensar que ele a entregaria para Peck, podia? Claro que não falou isso para Sesily. Em vez disso, esperou ela abaixar as mãos antes de dizer:

– Eu te asseguro de que Peck não está interessado nas suas atividades noturnas.

– Bom. Sugiro que siga o exemplo dele, nenhuma delas é da sua conta.

Foi a vez de Caleb ficar incomodado.

– Claro que são da minha conta.

– Como?

– Mesmo deixando de lado minha responsabilidade com sua irmã, minha amiga...

Ela revirou os olhos.

– Me poupe de sua honra masculina má direcionada. Eu não preciso dela.

– Ela também é minha sócia...

– O que não tem nada a ver comi...

– Reputações são pintadas com pincéis largos, Sesily.

Ela riu da declaração ridícula.

– Mesmo que não estivéssemos falando de uma taverna que é da minha irmã que se divorciou e então se casou novamente com o mesmo homem, acredito que é tarde demais para minha reputação, Calhoun. Os poderosos de Londres me chamam de Sexily.

Ele rangeu os dentes com o apelido, cheio de humor indecente e desdém horrível.

– Eles não deveriam te chamar assim.

– E por que não? – Ela estava... ofendida? – De verdade, assim você me faz uma desfeita.

– Por quê? Eu não te chamo assim.

– Sim, estou ciente. E que pena, uma vez que é a verdade.

Claro que era.

– O que nos traz de volta ao nosso assunto.

Qual era o assunto? Não era o beijo. Não podia ser o beijo.

Um grito soou a distância, relembrando-o de que estavam a céu aberto numa rua londrina, e ele não deveria estar pensando sobre beijos.

– Ninguém pode saber o que aconteceu. Não seu amigo Peck...

– Ele não é meu amigo.

Sesily pareceu surpresa com a rapidez com que negou a associação.

– Você se responsabilizou por ele no momento em que entrou no bar com ele.

Caleb suspirou, frustrado.

– Eu não tive escolha.

– E por que não? – A pergunta foi rápida demais, curiosa demais.

Ele respondeu com uma meia-verdade.

– Porque eu prefiro que a Scotland Yard fique me devendo um favor do que achar que me deve algo completamente diferente.

Ela levantou uma sobrancelha.

– Preocupado com seu uísque ilegal?

Toda taverna que se prezasse servia uísque ilegal, mas era uma resposta melhor do que a verdadeira.

– Exatamente.

– Eu acho que não – disse ela, e ele sentiu uma onda de irritação. – Você está mantendo seus segredos, Caleb. E, se eu precisar descobri-los para poder manter o meu seguro, farei isso.

Não era uma falsa ameaça, mas uma promessa, e Caleb não gostava. Não queria que ela se aproximasse de seus segredos. Seu passado não era nada divertido, e a ideia de envolvê-la nele o deixava furioso. Mas não poderia mostrar como ela o afetara, seria como brandir uma bandeira vermelha na frente de um touro.

Em vez disso, deu uma risada forçada e disse:

– Eu sou um livro aberto.

– Você é o oposto disso e nós dois sabemos – respondeu Sesily, casualmente. – Mas existem coisas piores do que a Scotland Yard te devendo um favor. Ao que me parece, você está colhendo muitas benesses esta semana.

– O que você quer dizer?

– Eu quero dizer que também te devo um favor. Por me esconder de forma tão condescendente nos jardins.

Não houvera nada condescendente naquele momento, quando ela o havia envolvido e roubado seu fôlego mesmo enquanto ele a pressionava contra si e tomava tudo que ela lhe oferecia.

Sesily se aproximou de Caleb e ele não se afastou, adorando a tentação que ela exalava mesmo que se odiasse por não ser mais responsável. Por não lembrar que ela era a irmã de sua amiga, que estava fora do seu alcance.

– Você está me oferecendo uma recompensa?

– Só falar o que quer. – Ela colocou uma mão no peito dele, e Caleb se perguntou se Sesily podia sentir a sua pulsação através da lã de sua sobrecasaca.

Ele balançou a cabeça.

– Não.

– Então devo eu mesma escolher?

– Você acha que me conhece o suficiente para saber o que eu quero?

– Eu sei exatamente o que você quer. Mas estou disposta a esperar que descubra sozinho.

– E o que seria?

Sesily lhe lançou um sorriso, uma gata com sua presa, e apesar de não ter respondido, ele conseguia ouvir da mesma forma.

Eu.

Direta. Arrogante. Ousada e perfeita e verdadeira. Porque ele a queria, e a queria por tempo suficiente para saber que provavelmente nunca deixaria de desejá-la.

Ele também nunca a teria, e foi essa verdade que rugiu dentro dele. Frustrante e raivosa e indesejada e familiar. Quantas vezes não tinha ouvido aquele rugido quando pensava naquela mulher, que o tentava ao ponto de fazê-lo quase perder o juízo, e a qual ele nunca poderia ter?

Só que dessa vez, ela também ouviu, seu olhar atento na direção da taverna atrás dela, onde a porta tinha se escancarado, espalhando mulheres pela rua.

O rugido não estava em sua cabeça, estava dentro d'O Canto.

E Sesily já havia passado por ele, na direção do bar.

CAPÍTULO 5

Sesily ignorou o grito de Caleb – não era possível que ele achasse que daria ouvidos, não é mesmo? – e atravessou a multidão de mulheres que saíam pela porta d'O Canto, desesperada para entrar... e enfrentar seja lá o que estivesse ali dentro.

Do lado de dentro, meia dúzia de homens com rostos horrorosos e pedaços de madeira piores ainda haviam adentrado a taverna pela porta de trás, depois das cozinhas. Eles tinham a destruição como objetivo – destruição ajudada pelo caos absoluto que causaram quando atravessaram a porta.

Ela olhou para a mesa onde estivera sentada com suas amigas. Vazia.

Uma análise rápida do cômodo a fez ver Adelaide e a duquesa, mais altas do que a aglomeração do outro lado do recinto, se movimentando na direção de um pugilista que ia rumo a uma das lamparinas a óleo na parte superior da parede. Se ele estivesse planejando incendiar o lugar, as duas eram mais do que capazes de impedi-lo.

– Imogen – sussurrou Sesily, procurando pela amiga que faltava. Não demorou a encontrá-la: em cima de uma cadeira no centro da taverna, descarregando os itens de sua retícula sempre presente.

Sesily não podia garantir que Imogen não fosse incendiar o lugar, mas pelo menos não o faria de propósito. Antes de Sesily considerar essa possibilidade, um grito próximo a fez retirar sua melhor adaga de onde estava presa contra a coxa, abaixo do bolso falso de seu vestido de seda.

Mal começara a se aproximar da briga quando uma mão pesada a impediu, os dedos apertando seu braço. Ela girou, ansiosa para enfrentar seu captor, a adaga já levantada e pronta para atacar. No entanto, Caleb não era desleixado e estava pronto para ela, mesmo que tivesse arregalado os olhos ao ver a lâmina afiada.

Ele a segurou pelo punho, conseguindo por pouco se esquivar de um corte na bochecha.

– Nós vamos ter que conversar sobre algumas coisinhas quando isso daqui acabar. O fato de que, se eu fosse um pouco mais lento, você teria arrancado meu olho é só uma delas.

– Hesitar numa batalha é para romances dramáticos e encenações – respondeu ela.

Caleb a soltou, a admiração clara em seus olhos verdes, e Sesily prometeu para si mesma que aproveitaria a memória daquela expressão da próxima vez que estivesse sozinha. Mais gritos encheram o lugar e Imogen exclamou um "Há!" de cima da mesa em que estava, o que significava que havia encontrado seja lá qual fosse a arma assustadora que buscava.

– O que mais? – perguntou Sesily, enquanto considerava seu próximo movimento, apertando a adaga com mais força.

– O que mais o quê? – retrucou Caleb, virando-se para enfrentar outro homem com um pedaço de pau de aparência tenebrosa. Ele bloqueou um golpe e retribuiu com um soco tão brutal quanto o que recebera.

Impressionante.

– Sobre o que mais vamos conversar quando isso aqui acabar? Além de eu quase ter arrancado seu olho?

Ele continuou brigando, como se fosse perfeitamente comum conversar enquanto era atacado.

– Nós vamos conversar sobre o fato de que você correu para *entrar* aqui quando todo mundo estava correndo para *sair.*

Ela o observou acertar um lindo soco direto.

– Muito bem.

– Obrigado – respondeu ele. – Parece que eu posso ganhar uma luta afinal, não é mesmo?

Ela engoliu o próprio sorriso ao perceber que ele ainda estava ofendido com aquilo.

– O que você queria, que eu fugisse?

– É exatamente isso que eu esperava que você fizesse – disse ele, enquanto capturava a mão do oponente que segurava o pedaço de pau e a esmagava contra um pilar de madeira duas vezes, até o adversário soltar a arma.

Era uma pena que Caleb estivesse de casaco. De verdade. Ela adoraria ver os músculos dele em ação.

Sesily deu uma risada curta.

– Me diga, americano, quando foi a última vez que você me viu fugir de algo?

– Isso aqui não é um cavalo arisco fora de controle num estábulo, Sesily, isso aqui é sério.

– Primeiro, eu nunca, jamais, correria na direção de um estábulo.

O som alto de algo quebrando veio de algum lugar atrás de si, acompanhado de vários gritos. Sesily olhou para o lado oposto ao que Caleb estava e viu um homem gigantesco jogando uma mesa na direção de um grupo de mulheres que se encolhia ali perto.

A ira encheu o peito de Sesily enquanto apertava com mais força o cabo da adaga contra a palma da mão.

– Em segundo lugar, se você acha que eu não consigo perceber o quão sérios são esses homens, você não me conhece.

Ela aumentou o tom de voz e gritou na direção da briga:

– Ei! Por que você não enfrenta alguém armado, seu cavalão? – O homem se aproximou de Sesily, que lhe lançou seu sorriso mais atordoante e disse: – Ou você tem medo de uma mulher te derrubar?

O futuro oponente veio na direção dela, jogando outra mesa para o lado como se fosse um graveto, enquanto, atrás dele, várias pessoas da clientela d'O Canto correram para socorrer as mulheres que ele ameaçara. Mithra Singh, uma cervejeira brilhante que estava tomando os pubs do East End, as conduziu para fora do prédio.

Ao mesmo tempo, Lady Eleanora Madewell e sua bela parceira norueguesa – conhecida apenas como Nik na maior parte do Garden por ser associada aos maiores contrabandistas da Grã-Bretanha – foram para o canto mais distante do cômodo, onde a duquesa e Adelaide precisavam de reforços.

Sesily se agachou, a arma em punho.

– Vamos começar?

O homem gigantesco resmungou, e ela se perguntou se ele era capaz de comunicação com linguagem complexa.

– Sesily... – avisou Caleb, lançando outro soco. – Não ouse... – As palavras se perderam quando ele foi atingido com um som seco. – Desgraça.

Ele voltara para a luta, o que era muito bom para Sesily, já que ela estava observando o brutamontes que ia em sua direção, aguardando o momento certo para atacar. O que não tinha de músculos, ela compensava com habilidades inesperadas, mas o elemento surpresa ainda era essencial.

– Você é um brutamontes exemplar – disse Sesily com alegria enquanto seu oponente se aproximava. – De verdade, Drury Lane devia te botar no palco.

Seu oponente franziu a testa em confusão.

– Sesily... – chamou Caleb novamente.

– Sinceramente, Caleb, você deveria vê-lo. É como um ogro das histórias de criança.

– Eu não preciso vê-lo, porra! Não o provoque...

Sesily perdeu o resto das instruções quando o oponente lançou um soco. Ela se esquivou e, na falta de equilíbrio dele, o golpeou, abrindo uma ferida longa em seu flanco. Ele gritou com a dor e ela berrou um "Desculpa!" enquanto abaixava, pegava a perna de uma cadeira e, usando o impulso do movimento, a quebrava contra a mandíbula do brutamontes antes que ele pudesse segurá-la.

A cabeça do adversário foi para trás e ela se virou, sabendo que tinha alcançado seu objetivo, antes de ele cair em cima de outra mesa, a força do corpo enorme esmagando a madeira como se fossem palitos de fósforo.

– Que inferno! – disse Sesily. – Agora eu também quebrei uma mesa.

– O que você fez?

Ela se virou para olhar para Caleb, que a encarava, seu próprio adversário se contorcendo de dor.

– Homens nunca sabem o que fazer com uma mulher que sabe lutar. Eles sempre esquecem de uma informação vital.

– E qual seria ela?

– Que, quando nós entramos numa briga, é para vencer. – Ela levantou o queixo na direção do homem com quem ele estivera lutando. – Você precisa de ajuda?

Os olhos dele se estreitaram.

– Claro que não. Que inferno, Sesily. Este lugar está em perigo, você está em perigo. Você correu na direção dele como uma louca, sem esperar por mim.

– E, se eu tivesse te esperado, você me deixaria entrar?

– Claro que não.

– Homens são ridículos.

– Por te querer a salvo?

– Por acreditar que vocês não são o maior perigo para nós. – Ela abriu os braços. – Olhe ao redor.

Caleb absorveu a informação, mas não teve tempo de comentar ou pensar no assunto ao ver que seu oponente se endireitara e vinha em sua direção. Com uma careta, deu as costas para Sesily, falando por cima do ombro:

— Eu estou colhendo meu favor. Quero que você caia fora daqui. Tenho certeza de que conhece meia dúzia de maneiras de sair desse prédio.

— Eu de fato conheço – disse ela. – Mas não vou a lugar algum.

— De muito vale um favor – respondeu ele. – Mulher infernal.

Ela não conseguiu conter sua gargalhada.

— Maldição, Sesily...

Sua resposta foi interrompida por um grito seguido de um som alto de algo sendo destruído. O olhar de Sesily buscou Maggie, alta e imponente atrás do bar, mas em menor número; dois homens iam na direção dela, com a clara intenção de violência.

— Não aprendeu a lição que te ensinamos da última vez, não é mesmo? – um dos brutamontes falou, e Sesily conseguia ouvir o ódio em suas palavras enquanto se aproximava. Quando chegou mais perto, ela o reconheceu: Johnny Crouch, um pugilista local que andava com Os Calhordas. O boato era que ele tinha sido visto em vários dos ataques recentes.

— Sesily! – gritou Caleb a distância, do meio de sua briga, sem dúvida querendo impedi-la, querendo que ela esperasse por ele ou alguma outra bobagem do tipo.

— Eu nunca fui muito boa com minhas lições, Johnny – Maggie retrucou, pegando uma garrafa de uísque, a arma mais próxima.

— Que pena, então – respondeu ele. Eles estavam perto de Maggie agora. – Dessa vez, você não vai ter a oportunidade de se lembrar. Trazer um tira até aqui não foi inteligente. Não podemos ter o detetive bisbilho-tando por aí.

Sesily apertou os dentes com as palavras. Os Calhordas estavam observando O Canto. Haviam visto Caleb e Peck entrarem mais cedo e não faria diferença se Maggie não tivesse dito nada – ela seria punida apenas por sua porta estar aberta.

A raiva subiu pela jovem, quente e abundante, enquanto alcançava os três.

— Você já reparou, Maggie – ela começou, levantando as saias e reve-lando as calças que usava por baixo, feitas para que a movimentação fosse confortável. Subiu em uma cadeira e saltou sobre o balcão sem hesitação. –, que, quanto mais esses brutamontes falam, mais fácil fica derrubá-los?

O vilão em questão se virou para encará-la, o nariz torto revelando que havia sido quebrado múltiplas vezes, junto com uma cicatriz sinistra em um dos olhos brilhantes. Ela sorriu.

– Olá, Johnny.

O olhar de Crouch se demorou do decote farto de Sesily.

– Quem é você?

Resistindo à vontade de se encolher com a inspeção nojenta do homem que claramente era o líder do grupo terrível, Sesily disse:

– Honestamente, estou desapontada que você não se lembre de mim. Mas vamos deixar isso de lado. Você estava ensinando algo para Maggie, não?

– Sesily! – O urro de Caleb atravessou o ruído da batalha, mas Sesily o ignorou.

– É isso mesmo, nós vamos dar uma lição nela. Ela vai pensar duas vezes antes de abrir esse lugar novamente. Mulheres têm que saber seu lugar. – Ele tentou alcançar o sapato de Sesily em cima do balcão, a mão deslizando pelo tornozelo dela. – Isso inclui você.

Se aproxime.

Sesily engoliu a bile que subiu pela garganta com as palavras lascivas e testou o peso da perna de mesa que segurava atrás das saias.

– Ninguém nunca te disse que você não deve tocar mulheres sem a permissão delas?

– Ninguém que valha a pena ouvir – ele retrucou, seus dedos sujos subindo pela perna dela, deixando a seda imunda. Ela adicionou "destruir seu novo vestido" à lista de crimes capitais de Crouch.

Mais perto.

Algo quebrou no canto mais distante do cômodo, seguido por um grito de dor masculino.

– Parece que seu amiguinho que queria incendiar tudo foi impedido. Você vai receber o que merece em breve.

– E quem vai me dar, gata? – A mão dele envolveu a panturrilha de Sesily. – Você?

Ela abriu um sorriso brilhante.

– Você ficaria surpreso em ver o quão afiadas são minhas garras. – Sem hesitar, ela o atingiu com a perna da mesa, lançando-o de encontro aos barris atrás dele.

Seu companheiro, maior e claramente menos inteligente, berrou:

– Johnny! Que que 'conteceu?

– Sua vaca! – Johnny cuspiu enquanto lutava para ficar de pé, a fúria nos olhos.

Um urro soou atrás dela, seguido por outra mesa destruída.

– Tudo bem, Maggie? – perguntou Sesily.

– Tudo ótimo. – Com um giro do pulso, Maggie bateu a garrafa no canto do bar, segurando-a pelo pescoço com o lado pontudo e desigual para cima.

– Impressionante. — Sesily inclinou a cabeça.

– Eu me viro como posso. Nem todas nós podemos ter adagas gravadas com nossas iniciais – respondeu Maggie.

– Eu preciso encomendar uma para você.

– Obrigada, flor.

Então não havia mais tempo para conversas, porque Johnny tinha ficado de pé novamente e Sesily estava saltando para trás do bar, colocando-o entre as duas. Ele não hesitou em segui-la – com uma agilidade impressionante, considerando que tinha acabado de levar uma paulada na cabeça – e Sesily se afastou quando ele foi em sua direção, pronto para puni-la.

O coração dela acelerou e estava preparada para lutar mesmo depois de ouvir um ruído de algo se quebrando e um grito atrás dela.

– Esse deve ser outro dos seus garotos sendo derrubado – disse ela. – Veja bem, se há uma coisa que aquele bruto americano gosta menos do que eu estar aqui, é que *vocês* estejam aqui.

O nervosismo passou pelas feições de seu adversário e ele olhou para além de Sesily, buscando prova de suas palavras. Mas, em vez de encontrar motivos para temer, encontrou algo completamente diferente.

– Não um dos *meus* garotos. – Um sorriso malicioso, triunfante surgiu em seu rosto.

Sesily ficou nervosa. Ela não conseguiu se impedir de virar, apenas para encontrar o brutamontes que estava lutando contra Caleb jogando mesas para longe em seu caminho até o balcão.

E nada de Caleb.

Onde ele estava?

Ela hesitou, o pânico dominando os pensamentos quando não conseguiu vê-lo. E, ao hesitar, o gigante a alcançara, a mão segurando Sesily pelo pulso esquerdo, forte e desconfortável. Desagradável.

Ele iria quebrar seu pulso.

– Sesily! – O grito de Adelaide veio do outro lado do cômodo, seguido por um insistente "Imogen!".

– Estou vendo! – respondeu Imogen, mas não adiantava. Ela não estava próxima o suficiente.

Mithra estava atravessando a porta. Nora e Nik estavam tirando mobília quebrada do caminho enquanto atravessavam o pub.

Todo mundo estava longe demais.

Sesily se encolheu e se curvou quando o brutamontes apertou seu pulso, e fechou sua mão direita – não a dominante, mas ainda assim capaz de dar um belo soco – e deixando-a voar, atingindo uma das bochechas imensas de seu captor em uma altura suficiente para formar um hematoma no dia seguinte.

Não que ele parecesse o tipo de homem que tinha um espelho ou que olhasse para um regularmente.

Além disso, o soco não pareceu ter impacto nenhum. Ela tentou atacá-lo novamente, dessa vez atingindo-o com um soco ao mesmo tempo em que levantava o joelho contra a virilha dele, seu olhar se desviando para o corpo no chão a certa distância.

– Caleb! – ela gritou, indo na direção dele.

Só que o brutamontes enorme a segurou por trás.

Ela se debateu, incapaz de se soltar das mãos dele, procurando algum aliado e encontrando a duquesa a alguns metros de distância, se movimentando rapidamente, buscando algo afiado e perigoso em seus bolsos.

Sesily balançou a cabeça.

– Caleb precisa de ajuda!

Mal terminou de falar quando o braço de seu captor envolveu seu pescoço, como aço. Apertado, apertado demais. Ela segurou a mão dele, arranhando-o. Debatendo-se mesmo sabendo que ele era grande e forte demais. Ele iria matá-la.

Será que já havia matado Caleb?

Ele odiaria ter de morrer por ela.

Sesily não conseguia respirar, mas conseguia ver as meninas indo em sua direção para ajudá-la de todos os lados. E então não conseguiu ver mais muita coisa, mas podia ouvir – gritos e colisões e um grito assombroso, e achou que conseguia ouvir Imogen falando algo sobre reações químicas e então tudo parecia tão distante...

CAPÍTULO 6

— Mas que desgraça, Sesily, acorda. Agora!
Considerando as formas possíveis de se acordar uma pessoa, essa não era a mais delicada, mas funcionou. Sesily sentia uma dor de cabeça lancinante e respirou fundo com a dor intensa. Franziu a testa.

Ouviu um palavrão horrendo naquele sotaque americano que nunca falhava em chamar sua atenção.

— Assim mesmo. — Outro rosnado insistente. — Acorde.

Claridade atravessou suas pálpebras e ela virou o rosto para longe, na direção da escuridão e do calor.

— Não!

— Sim. Abra os olhos, Sesily.

Ela levantou uma mão para dissipar a luz brilhante.

— Faça parar — disse ela para a escuridão. — É claro demais.

Houve um silêncio de hesitação antes de Caleb dizer:

— Tudo bem. Abra os olhos.

Ela não queria. O que queria era se enrolar contra a almofada quentinha, com o cheiro de couro e âmbar, até a dor em sua cabeça desaparecer.

— Não.

— Ah, pelo amor...

A almofada se mexeu. Não era uma almofada, era Caleb. E ele a moveu como se ela não pesasse nada, para revelar seu rosto.

Sesily resmungou seu desconforto, mas a claridade diminuiu. Graças a Deus.

— Sesily Talbot, se você não abrir a porra dos seus olhos neste minuto... — O aviso estava cheio de fúria e de outra coisa. Será possível que fosse... medo?

Ela abriu os olhos.

A luz do lampião continuava clara o suficiente para fazê-la sofrer. Seu estômago se revirou e ela colocou os dedos em suas têmporas enquanto se lamentava.

– Pronto. Está feliz?

– Não. – A resposta veio curta enquanto ele levantava o lampião, aceso na menor intensidade, para observá-la. – Olhe para mim.

– Você é *tão* mandão. – Ela obedeceu, descobrindo rapidamente que a dor não era o único motivo pelo qual estava enjoada. Eles estavam em uma carruagem, que se movia num pique extraordinariamente rápido. Sesily engoliu o nó na garganta.

– Eu não teria que ser se você fosse mais dócil – ele comentou, distraído, segurando o queixo dela e levantando-o na direção da luz, sua atenção nos olhos dela. – Fique parada.

– Isso pode ser... – Ela fechou os olhos e respirou fundo – ...difícil.

Com outro palavrão, ele se virou, adicionando um segundo movimento ao primeiro que já a ofendia. O estômago de Sesily revirou e ela se segurou para não colocar tudo para fora. Não ali. Não com ele.

O horror lutava com a raiva e a vergonha.

– Talvez você pudesse... – *Me jogar para fora da carruagem. Me libertar do meu sofrimento.*

Não tinha certeza do que queria pedir, mas ele achou uma terceira opção, segurando-a firmemente contra seu peito, girando-os para que ele a protegesse com seu grande corpo, e levantando o pé com uma bota pesada para chutar a janela da carruagem, vidro voando por todo lado na rua em que passavam.

Surpresa e algo muito parecido como empolgação afastaram a náusea que Sesily sentia por um instante.

O veículo diminuiu a velocidade por causa da explosão, e o cocheiro berrou:

– Senhor?

– Pode seguir! – gritou Caleb de volta, tirando um lenço de seu bolso e enrolando ao redor da mão, limpando o vidro quebrado dos cantos da moldura da janela antes de movê-la para pegar a brisa que entrava na carruagem. – Respire.

Ela o fez, fechando os olhos e deixando o ar fresco a cobrir, a náusea em seu estômago quase controlada.

– Obrigada.

– Não ia deixar você vomitar na minha carruagem.

– Muito bem, então nós dois estamos muito gratos por como tudo terminou. – Ela respirou fundo novamente. – É claro que pagarei pelo vidro novo.

– Não precisa. – A mão dele voltou para o queixo de Sesily, mas ela não respondeu. Abriu os olhos para encontrá-lo diretamente à frente. – É pagamento suficiente saber que Atena pode ser derrubada por um passeio de carruagem.

– Atena? – Ela não deveria gostar daquilo. E, mais ainda, não deveria mostrar o quanto gostava.

– Era o que você parecia – disse ele, encarando-a nos olhos. Não. Não em seus olhos, mas inspecionando-os. Sem dúvida buscando por alguma evidência de que ela fora ferida. – Se lançando numa luta, como se tivesse nascido num campo de batalha. – Quando ele falou, sua voz era grave e suave, e, se ela não soubesse, pensaria que se importava com ela. O que, é claro, não era verdade. Menos de uma hora antes ele havia deixado bem claro. *Eu não tenho intenção alguma de te atrair.* – Mas mesmo Atena precisa de guerreiros, sua maluca.

A última frase carregava um tom com o qual ela estava confortável, e Sesily sentiu-se grata, pois não sabia como responder à gentileza. Ele nunca era gentil com ela.

– Onde estão minhas amigas?

– Aquele grupo de mulheres completamente diferentes umas das outras que lutaram ao seu lado? – Ela o observou enquanto ele a inspecionava, sua fisionomia desmentindo suas palavras gentis: lábios apertados, mandíbula tensa, narinas infladas no que ela sabia que era frustração. – Eu suponho que elas sejam suas guerreiras.

– Nós somos guerreiras uma das outras – respondeu Sesily enquanto ele levantava o queixo dela, virando-a em direção à luz do lampião novamente. Ela permitiu, ignorando o arrepio que ele lhe causava quando colocava os dedos em sua garganta, acariciando a pele sensível. – Todas elas estão bem?

– Você consegue respirar?

– Sim. Minhas amigas... elas estão...

Ele pressionou gentilmente no pescoço dela.

– Sente alguma dor?

Sesily segurou as mãos dele, seus dedos se prendendo contra seu pulso. Esperou que ele finalmente olhasse para ela.

– Minhas amigas, Caleb.

– A duquesa nos trouxe até a carruagem, junto com a Srta. Frampton. Elas me garantiram que conseguiam sair de lá sozinhas.

Sesily assentiu. Elas nunca tiveram dificuldade em escapar de brigas antes. Uma memória retornou. Nik e Nora. Mithra. Maggie.

– E as outras? Maggie?

– Todas a salvo. Lady Imogen colocou o homem que te machucou para dormir com um elixir misterioso e um lenço.

– Ah, sim. Ela tem muito orgulho desse truque.

– Ela devia ter mesmo – disse ele, admirado. – Só queria que ela tivesse deixado ele para mim para eu ter o prazer.

– Você também tem um lenço mortal?

– Não preciso de um lenço para punir o homem que fez isso com você.

A calma das palavras fez com que ela sentisse outra onda de empolgação, mas, antes que pudesse pedir que elaborasse, Caleb havia voltado a atenção para o pescoço dela. Sesily o observou e aproveitou a oportunidade para estudá-lo. Suas sobrancelhas franzidas e, ali, pertinho da linha onde os cachos cor de mogno estavam colocados para trás, desarrumados, um líquido vermelho-escuro escorria por sua têmpora.

A mão dela voou para o rosto de Caleb.

– Você está sangrando!

– É bobagem – disse ele, esquivando-se do toque e pressionando a palma da mão na pele logo acima do decote do vestido de Sesily, quente e firme. Segura. – Respire mais uma vez.

– Eu sou perfeitamente capaz de respirar, Caleb – disse ela, em desafio. – Estou viva, não estou?

– Inacreditavelmente, sim, principalmente se a gente considerar que você quase conseguiu que te matassem.

– Só porque eu pensei que você estava... – Ela parou antes de terminar a frase.

Ele estreitou os olhos.

– Eu estava o quê?

– Você está sangrando. Me deixe...

Caleb segurou o pulso dela.

– Você achou que eu estava o que, Sesily?

Ela girou contra a mão de Caleb.

– Achei que você estava morto. Te vi no chão. Então... me distraí da luta.

Era a coisa errada a se dizer e Caleb se retesou como se tivesse sido atingido por um golpe, soltando-a.

– Você nem deveria estar no meio da briga para início de conversa. Sua garganta... – Ele limpou a própria. – Ela está doendo?

Sesily engoliu cautelosamente.

– Não muito.

– Mas vai doer. Você deve amanhecer rouca.

– Eu vou ficar bem – disse ela, afastando as mãos dele. – Eu estou bem. Mas, Caleb, você está sangrando. E você também ficou desacordado.

Ele se esquivou do toque dela novamente, levantando-se para o assento à frente, se encolhendo no canto mais longe possível.

– Não preciso de sua ajuda. Você deve se preocupar com não colocar para fora os conteúdos do seu estômago. Nós chegaremos em breve.

– Chegaremos aonde?

– Na casa da sua irmã.

A náusea voltou.

– Não!

– É isso ou a casa dos seus pais.

– Então eu escolho Park Lane. – A grande, bela casa da família do Conde e da Condessa de Wight.

Ele assentiu.

– Não estou com os trajes adequados para encontrá-los, mas suponho que eles compreendam quando eu explicar o que ocorreu esta noite.

Ela lhe lançou um olhar cortante.

– E como você pretende explicar a eles? Vai começar com o fato de que eu estava perfeitamente a salvo até você aparecer do nada com seu amigo da Scotland Yard? Até que vocês praticamente invocaram uma gangue de brutos ao se meter em assuntos que não lhes dizem respeito?

Os olhos de Caleb se encheram de surpresa, seguido por uma epifania.

– Você acha que eles estavam observando o bar da Maggie.

– Creio que qualquer pessoa como Maggie, que se orgulha de um local seguro para quem está acostumada a se sentir insegura, é inimiga daqueles homens e seja lá quem os financia. – Ela parou um instante, se virando para o ar fresco, incomodada com a dor em sua garganta e o mal-estar no estômago. – E acredito que você teria chegado à mesma conclusão se tivesse parado um instante que fosse para pensar.

Caleb ficou em silêncio por muito tempo depois de sua censura, e ela se perguntou se ele nunca mais iria falar. Talvez ele só procurasse o barco mais próximo e voltasse para Boston.

Ela não tinha tanta sorte assim.

– Pode até ser verdade, mas não há dúvidas de que você estaria muito mais segura se seus pais trancassem as portas e as janelas para garantir que não se metesse em encrenca.

– Não sou uma criança, Caleb.

– Você acha que não consigo ver isso?

Ela continuou como se ele não tivesse falado.

– Sou uma mulher crescida. Acho que é divertido até que você acredite que algo tão pequeno como uma fechadura fosse me impedir de viver minha vida.

– Acredito que algo tão pequeno como uma fechadura te manteria viva. Ponto-final.

– Você está sendo dramático – disse ela.

Ele arregalou os olhos.

– Você estava *inconsciente!*

– *E agora estou perfeitamente bem!* – Os dois se encararam, a carruagem subitamente parecendo muito menor do que antes. – Não há motivo algum para você se envolver nos meus assuntos. Nada disso é da sua conta.

Caleb lhe lançou um olhar sombrio.

– Menos de uma hora atrás eu te arrastei de dentro de uma taverna destruída, Sesily, então acredito que isso é da minha conta, sim.

Ela se virou para a janela, apesar de achar que a possibilidade de vomitar não vinha mais do movimento da carruagem.

– Entendo, você se pintou como o herói nessa situação.

– Me esclareça então como isso tudo não acabaria com sua família inteira me agradecendo por te ajudar e aceitando minha sugestão perfeitamente razoável, se me permite a opinião, de que você seja enviada para o interior. Para sempre.

Sesily sorriu na direção dele.

– Ah, sem dúvida meu pai e minha mãe iriam se dobrar em gratidão – disse ela. – Trazendo a filha indomável deles pela mão. Inclusive, ousaria dizer que os agradecimentos deles iriam acabar por te oferecer um pagamento que você não tem *intenção* alguma de coletar.

Caleb ficou paralisado e Sesily se sentiu grata em descobrir que Caleb Calhoun continuava sendo um homem inteligente, apesar de todas as evidências do contrário que recebera nos últimos quinze minutos.

– Você está falando de casamento.

Sesily odiou a forma que ele dissera as palavras, como um arranhão desagradável. Uma faca pressionada forte demais contra um prato. Mas ela nunca demonstraria aquilo. Em vez disso, escolheu ser cara de pau.

– Exatamente! Minha mãe atravessaria o Hyde Park de cambalhotas se você me tirasse da solteirice. E quanto ao meu pai... – Ela pausou para causar um efeito dramático. – Bem, considere bem o dote, porque tenho certeza de que ele se separaria com felicidade de cada centavo que ganhou tão arduamente se isso fosse te encorajar a me tirar do lugar de honra ao redor do pescoço dele.

O olhar de Caleb se estreitou.

– Seus pais nunca forçariam um casamento entre nós.

Forçar. Incrível como tanta coisa poderia estar por trás de uma palavra tão pequena.

Ela gargalhou, alto e límpido como vidro quebrado.

– Meus pais fariam um casamento arrasador se você se dignasse a pedir minha mão em casamento. E acho que eles fariam que fosse impossível você não pedir minha mão em casamento se aparecesse às duas da manhã comigo a tiracolo assim, com as saias imundas e meu penteado fora de prumo.

Caleb a observou na escuridão por muito tempo, a luz fraca lançando sombras no rosto perturbado dele, o músculo de sua mandíbula prestes a estourar.

– Você está certa.

Ela odiou as palavras mesmo que soubesse que eram as que queria ouvir. Odiava seu triunfo, mesmo que soubesse que não queria se casar com Caleb da mesma forma que ele não queria se casar com ela.

Mas ele precisava parecer tão horrorizado?

Ela se virou para o lado de fora.

– Você sabe que estou certa. Mas não há motivos para se preocupar. Você não está a caminho da forca.

– E por que não?

Ela o olhou de soslaio.

– Primeiro, como disse, sou uma mulher crescida, não uma menina para ser empurrada em direção ao altar. E, depois, os meus pais estão no sul da França até a primavera.

Em outra noite, com outro homem, ela talvez tivesse se divertido com a gama de emoções que passaram pelo rosto de Caleb, se deliciando com a culpa e a surpresa e o choque e a frustração e a exasperação que ele não conseguiu esconder dela.

Mas não era outra noite, ele não era outro homem. E Sesily não gostou nadinha de que a emoção final foi alívio.

– Então isso foi o quê? Você brincando com a minha cara?

Sesily deu seu melhor sorriso.

– Eu te disse que eu era um perigo.

– Deus sabe como isso é verdade.

– Me deixe em casa, por favor.

– Não.

Ela virou a cabeça, odiando a recusa casual e a maneira que ele cruzou os braços imensos sobre o peito imenso e se recostou contra um canto como se isso fosse uma diligência americana em que ele mal cabia e não uma carruagem de tamanho perfeitamente aceitável.

– Perdão?

– Não vou te deixar sozinha na Mansão Talbot no meio da noite.

– Acredite se quiser, mas eu já passei vários meios da noite na Mansão Talbot.

– Bem, em primeiro lugar, considerando suas ações nesta noite, não tenho tanta certeza de que isso seja verdade. – *Justo, mas ela não iria admitir em voz alta.* – E, em segundo lugar, se seus pais não estão aqui, você precisa de uma acompanhante.

Ela arregalou os olhos.

– Você se esqueceu de que eu tenho 30 anos?

– Não, Sesily, nunca conheci uma mulher que gostasse tanto de me dizer a sua idade. – Ele fez uma pausa. – Então voltamos ao meu plano original. Estou te levando até sua irmã.

– Não.

Sesily preferia se jogar da maldita carruagem do que ser entregue para sua irmã.

– Sesily. — Ele suspirou, frustrado.

– Eu não preciso de uma acompanhante! – gritou ela.

– Esta noite você precisa, sim – ele gritou de volta.

Deus do céu, ele era insuportável.

– Certo, neste caso você terá que dirigir ao redor de Londres até meu retorno para minha casa ser seguro. Não serei levada até a Mansão Haven no meio da noite.

– E por que diabos não seria?

Havia milhares de motivos.

– Minha irmã não é minha guardiã.

– Nem eu.

– E, mesmo assim, não consigo fazer com que você pare de agir como se fosse.

– Que inferno, Sesily, você quase foi morta hoje! Em... uma tentativa imprudente... de chamar atenção?

Ela estava se sentindo menos enjoada naquele momento. Na verdade, sua náusea havia sido superada pela raiva.

– Uma tentativa de *chamar atenção*?

Caleb teve a decência de desviar o olhar, aparentemente percebendo que havia cometido um erro.

– Eu não...

– Você, sim – ela o interrompeu, sua irritação ainda maior. – Você disse isso. Ah, a indecorosa Sesily, em seu melhor, uma ingênua sem graça, em seu pior, uma trágica devassa, mas de todo jeito, cansada e solitária sem um homem ou uma família para mantê-la sob controle. Com nada a fazer a não ser desperdiçar seu tempo e se jogar na imprudência.

– Eu não falei nada disso. – As palavras vieram em um resmungo que quase soou como culpado.

– Não hoje – ela retrucou, se odiando por falar aquilo.

O olhar de Caleb encontrou o dela e o ar entre eles crepitou como fogo.

– Eu nunca falei nada do tipo.

– Não, mas você já pensou – Sesily respondeu. – Você, como o resto do mundo, pensou exatamente isso quando nos conhecemos. O pior tipo de mulher. Um escândalo fora de controle. Uma ameaça. Batizada Sexily pelos homens de Londres e que gosta do nome, não sabia?

Ele se inclinou para a frente abruptamente.

– Não. Não se chame assim.

– Por que não? E não é verdade?

Teria gargalhado com a forma que ele lutou para achar a resposta correta na escuridão, se não estivesse tão furiosa com ele.

– Você, como o resto de Londres, acha eu só deixo a vida me levar. Que vivo pelo balançar de minhas saias e a brisa no meu cabelo. Você acha que eu corri de volta para a briga num capricho e agora me devolve para minha irmã, esperando que ela me prenda, que me mantenha fora da próxima briga.

Os lábios dele se estreitaram em uma linha quase impossível.

– Uma baboseira, tudo isso – disse ela, voltando-se novamente para a janela, as lojas de Picadilly passando depressa, a casa de sua irmã cada vez mais próxima. – O Canto é segurança. É uma bênção para aquelas de nós que não têm a vida da minha irmã. A que elas escolheram. E, quando os homens vieram para ele, fiz o que qualquer pessoa faria, o que *você* fez, a propósito: eu lutei.

Sesily voltou sua atenção para Caleb, a raiva e a frustração crescendo em seu peito, a vontade de fazer mais do que só gritar com ele. Fazendo-a querer gritar com todos os homens que pisaram no bar da O'Tiernen naquela noite e ameaçaram o lugar que ela amava.

— Eles vieram atrás das minhas amigas e lutei. Não foi impulso, ou um equívoco ou um capricho. Eu não o fiz sem pensar. E não foi estúpido nem imprudente e não preciso explicar isso para ninguém, muito menos minha irmã que ama me chamar de imprudente, só porque você não conseguiu manter suas mãos longe de mim o suficiente para ir embora. Esse erro foi *seu*. Não meu. E, se você sente algum tipo falso de responsabilidade ou culpa ou um sentimento heroico por causa disso, o problema é todo seu. Não vou pagar por ele.

As palavras quase se embolaram no final, ecoando no silêncio pesado da carruagem, pontuada com o som de rodas e cascos de cavalo batendo nos paralelepípedos. Sesily o observou por um longo momento, se perguntando se ele sequer havia escutado o que ela dissera. Se perguntando se ele responderia, mas logo decidiu que não se importava.

Ela se virou para a janela enquanto ele dizia:

— Era para eu te deixar lá? Inconsciente?

Ela respirou profundamente, engolindo apesar da dor na garganta, antes de adicionar:

— Eu não estava sozinha. Eu tinha minhas amigas. E não pedi para você me salvar. Na verdade, sequer precisaria de ser salva se não fosse...

— Por minha interferência. Sim. Você já deixou isso claro o suficiente. — As palavras de Caleb eram como aço. Ele estava irritado.

Excelente. Ela também estava.

E então, ele finalmente, finalmente, disse:

— E o que então? — E em seu tom Sesily percebeu: ele estava lhe dando a vitória.

— E o que então, o quê?

— Em algum lugar, seja na calada da noite ou no sol do meio-dia, você vai ter que sair dessa carruagem.

— Não vejo motivos para isso.

— Porque é só questão de tempo até que você vomite nela inteira ou os cavalos precisem descansar. Então para onde vamos? Para onde posso te levar, um lugar onde alguém vai cuidar de você? Onde receba o cuidado que precisa, caso necessite?

Ela suspirou.

— Eu não preciso disso.

— Menos de uma hora atrás você estava quase morta. Eu não vou te levar para uma casa vazia para ir sorrateiramente até seu quarto como se nada tivesse ocorrido.

Homem irritante.

– Me leve para a Mansão Trevescan. – A duquesa tinha uma dúzia de quartos de hóspedes e uma preferência por servir cafés da manhã de tirar o fôlego.

– Não. – Ele balançou a cabeça firmemente. – O resto de Londres pode até não perceber, mas vocês quatro estão tramando algo e não vou deixar você se meter nisso. Pelo menos não hoje. – Ele parou um instante e então adicionou: – Você derrubou um oponente que era mais forte, maior e mais cruel hoje.

Sesily dispensou as palavras com uma mão.

– Me encontre uma mulher que nunca precisou...

– Sim, mas essa é a segunda vez em uma semana. O que diabos vocês quatro estão fazendo?

Merda. Era exatamente o que a duquesa temia. Caleb, um homem que era mais perceptivo do que a maioria, com um interesse novo nas atividades delas. Aquilo significava duas coisas: primeiro, elas precisariam de informação a respeito dele. O suficiente para comprar o silêncio dele, se fosse necessário.

– Você não vai me contar, vai?

Segundo, ela precisava despistá-lo. Sesily colocou os dedos na ponte do nariz.

– Caleb, eu tenho uma dor de cabeça horrenda, um estômago nauseado e enfrentei uma gangue de brutamontes hoje. Por favor...

Caleb levantou o braço e bateu três vezes no telhado.

O veículo se virou imediatamente.

Inspirando profundamente e segurando na moldura da janela destruída para manter seu equilíbrio e seu estômago intactos, Sesily questionou:

– Para onde vamos, então?

– Para a minha casa.

Ela arregalou os olhos.

A casa dele.

Que ideia estranha, ele ter uma casa.

Um lugar com uma lareira e uma cozinha e um quarto. E uma cama. Um lugar cheio de segredos e ele a estava levando para lá.

Sesily se virou para a janela, grata por ter uma desculpa para desviar o olhar.

Para respirar.

Estava grata pelo ar fresco e gelado quando ele adicionou:

– Mas você vai ficar me devendo, Sesily. E eu sou um homem que cobra favores.

Sesily conseguia ouvir a verdade em suas palavras – mesmo com elas se amontoando dentro dela, mais promessa do que ameaça, fazendo-a se perguntar de que maneiras ele poderia cobrar o favor. Com outro homem, em outro lugar, em outro momento, ela teria a coragem de pedir para que fosse mais claro.

Com outro homem, em outro lugar, em outro momento, ela nem sequer teria se importado tanto assim com a resposta.

Mas ela se importava, então ficou em silêncio – um silêncio heroico, se fosse sincera – com medo de que, se ela o pressionasse demais, ele voltasse ao plano original e a levasse até a irmã.

A carruagem deu meia-volta em Picadilly e subiu pela Regent Street, passando direto por Mayfair. Sesily mordeu a própria língua, se recusando a falar enquanto eles entravam no novo bairro, onde ela sabia que ele mantinha uma residência.

Uma residência que tinha sido aberta duas vezes nos dois anos desde que ela o conhecera.

Não que tivesse reparado. Ou tivesse procurado saber.

A carruagem desacelerou, virando rapidamente em várias ruas, numa rede de ruas mais quietas de Marylebone, o silêncio acentuando o desconforto em seu estômago. Quando o veículo parou, ela não esperou que ninguém abrisse a porta, saindo para a rua por sua própria conta. O ar fresco na carruagem havia ajudado, mas nada melhor para o enjoo de movimento do que o chão firme.

Só então considerou o número dois da Wesley Street – limpa e bem mantida, seus três andares se erguendo a partir da calçada ladeada por árvores. A carruagem partiu e Sesily olhou para os dois lados da rua. Não havia uma alma sequer.

– Para dentro – Caleb murmurou a ordem e passou por ela, subindo os degraus até a porta branca, e colocou uma chave na fechadura. Lá estava ela: a casa de Caleb Calhoun em Londres.

Ele se afastou da porta para revelar a escuridão lá dentro, iluminada precariamente por uma única lamparina deixada em uma mesa próxima à porta, provavelmente por um criado mais atencioso antes de se recolher.

– Obrigada – disse ela com felicidade, se deleitando na surpresa e na irritação presentes no rosto bonito de Caleb quando entrou no vestíbulo da casa, que tinha o mesmo aroma do homem. Âmbar e couro e papel e uísque. Ela parou um momento para sentir o lugar – o santuário londrino dele – e Caleb aumentou a luz da lamparina, só o suficiente para poderem discernir melhor o lugar que ele chamava de casa.

Havia uma sala de estar à esquerda, e na luz fraca, era possível ver um canapé baixo e uma cadeira de couro larga, ambos virados para uma lareira grande e ornada onde o fogo havia enfraquecido. Aqueles criados invisíveis novamente.

Havia uma pequena mesa coberta de papeis, provavelmente relacionados à taverna que ele tinha com a irmã dela. Ou talvez relacionados a uma das várias que ele tinha na América.

– Seu escritório? – perguntou ela.

– Ninguém nunca vem até aqui. E todos os cômodos têm o mesmo propósito.

Sesily adentrou o cômodo, e sua sapatilha afundou no tapete, o mais luxuoso que já havia pisado. Ela não conseguiu evitar o sorriso. Caleb Calhoun podia fingir ser o americano simples, que não precisava de nada além de um pedaço de pão e uma pilha de feno para sobreviver, mas ele gostava de um bom tapete. E uma cadeira larga.

– Desculpa a... – Ele perdeu o fio da meada, balançando uma mão na direção dos papéis antes de passar os dedos pelo cabelo. Ele estava nervoso? – Eu não estava à sua espera.

Sesily deu um sorrisinho.

– Eu também não estava à minha espera.

Ele não pareceu se divertir. Em vez disso, limpou a garganta e deu as costas para o cômodo, indo na direção da escadaria no fim do corredor. Ela o seguiu, incapaz de resistir à vontade de bisbilhotar outro cômodo quando passou pela porta aberta. Estava escuro demais lá dentro, mas percebeu um móvel gigante. Talvez um piano? E então a luz desapareceu e Caleb com ela. Sesily se apressou para acompanhá-lo, alcançando-o na base da escadaria que se avolumava na escuridão acima. Levantou as saias e o seguiu até o primeiro andar, e então para o segundo, onde ele parou do lado de fora de outra porta aberta, a única luz lá dentro das cinzas de outro fogo fraco.

Um quarto.

O coração de Sesily se acelerou. Caleb entrou e ela aguardou na porta enquanto ele acendia mais lâmpadas, se perguntando qual seria a melhor forma de se apresentar para que, quando ele se virasse, ela parecesse inocente e tentadora ao mesmo tempo.

Vamos lá, Sesily, você já fez isso antes.

Havia quebrado sua parcela de corações. Com certeza ela conseguiria fazer esse americano notá-la.

Mas ele nunca a notava.

Não fora daquela maneira que ele quebrara o coração *dela*? Ao não reparar nela? Ao deixar claro que não queria ter nada a ver com ela?

As memórias voltaram, invocadas pela escuridão, como sempre faziam.

Eles estavam do lado de fora da casa de campo da irmã dela, e Sesily havia feito de tudo para seduzi-lo, com seus sorrisos provocadores e respostas inteligentes e curvas magníficas, esse homem impossível, que a recusara mesmo que ela soubesse que ele a queria.

Eu sei que não devo chegar nem perto de você, ele havia dito. *Você quer amor.*

Ela havia resistido às palavras na ocasião, se convencendo de que ele estava errado. O amor era para as outras mulheres, mulheres que queriam casamento e crianças e casas de campo gigantescas com bobagens e lagos e troços.

Sesily não queria amor. Ela queria *Caleb*, e nada além disso. Nada complicado. Só que Caleb Calhoun não era nada além de complicado.

Se era para ele ser o único homem que ela quisera na vida e nunca conseguiu ter, que fosse.

Sesily cruzou os braços, a memória e a frustração se acendendo enquanto resistia ao instinto de atrair o interesse dele novamente. Já tinha feito aquilo o suficiente, e para nada. Além disso, mesmo se ela atraísse esse americano imenso, aquela não era a noite para isso.

Ela estava cansada e provavelmente estaria dolorida pela manhã.

Quando Caleb acendeu o que pareceu ser a centésima vela, Sesily percebeu que esse era um quarto muito bom. Completo, com uma cama excelente em que ela dormiria feliz.

Só que ao perceber a cama excelente, a pilha de livros numa mesinha de cabeceira, e o fogo na lareira, lhe ocorreu que esse não era um quarto qualquer.

– Esse é o *seu* quarto – disse ela.

Ele resmungou uma resposta de onde mexia com um lampião, e ela ficou boquiaberta. Certamente ele não pretendia que... ela... eles dois...

Afastou o pensamento e a reação instantânea que teve com o pensamento e se focou no que ele estava fazendo.

– Você tem muitas velas.

Ele levantou um fósforo para um lampião no canto mais distante do quarto.

– Não é algo que todo mundo tem?

Não daquele jeito.

– Você lê muito de noite?

– Eu gosto de ver o que estou fazendo.

– O quê? Ou com quem? – A pergunta indecente chamou a atenção e ele a encarou. Um *acerto*. – Ah! Você finalmente percebeu que estou aqui.

Caleb estreitou o olhar, como se tivesse algo para falar, mas ele não conseguiu porque o lampião acendeu naquele momento e a chama queimou a ponta de seus dedos. Ele xingou, e Sesily achou que era tanto para ela e quanto para o lampião, antes de fechar a portinha de vidro.

– Acredite se quiser, Sesily, não estou radiante com sua presença aqui. É a última alternativa.

Claro que era. Mas não havia necessidade de dizer, havia? Ela engoliu o orgulho ferido e se desencostou da porta, entrando no cômodo.

– Você não precisa reescrever a história, americano. Eu te propus uma alternativa muito boa.

Caleb não se moveu, mas a observou cuidadosamente enquanto ela se aproximava da cama e apoiava os dedos na cabeceira.

– Se você prefere que eu esteja fora de sua vista, fico feliz em ficar em um quarto menos sofisticado.

O olhar dele fitou o lugar onde os dedos dela encostavam na cama e então retornou para ela.

– Só tem esse na casa.

Ela inclinou a cabeça.

– Só tem um quarto.

Caleb fez uma careta.

– Eu nunca estou aqui. Não preciso de aposentos para hóspedes. Sesily sorriu.

– Então só tem uma cama.

Ele cruzou o cômodo, na direção da porta.

– E ela é sua.

– Caleb – disse ela e então ele estava perto, perto o suficiente que ela poderia tocá-lo se desejasse. Não que ela quisesse. – Eu não posso te expulsar da sua cama.

Ele a encarou, uma resposta pronta em seus lábios. Ela podia vê-la, graças a todas as luzes ao redor do quarto que tornavam impossível não ver qualquer coisa. Mas, antes que pudesse falar, as luzes tornaram impossível que ela se escondesse dele, do olhar que ele tinha focado em sua bochecha.

Caleb franziu a testa, algo parecido com nojo passando por suas feições, e Sesily se encolheu.

– T-tem alguma coisa... – Ela levou uma mão à bochecha. – No meu rosto?

A resposta demorou muito mais do que deveria, e ela observou o músculo que se tensionava na mandíbula do homem, como se ele estivesse se segurando para não dizer o que estava pensando.

– Você é... – As palavras se perderam, o olhar de Caleb descendo do seu rosto para o pescoço e para a pele nua acima do decote do vestido que ela usava.

Havia muito tempo que Sesily se vestira para alguém além dela mesma, mas ali, naquele instante, ela desejou que pudesse ter um espelho, para poder ver o que ele via.

Ela realmente queria aquilo?

Colocou o pensamento de lado.

– O que é?

A pergunta pareceu trazê-lo de volta de seus pensamentos e ele balançou a cabeça.

– Você deveria se lavar.

E, com aquilo, ele deixou o quarto.

CAPÍTULO 7

Era óbvio que aquilo era um erro. Nada bom viria de ter Sesily em sua casa no meio da noite.

Caleb conhecia decisões ruins muito bem. Tomara várias delas na vida – decisões que arriscaram sua vida e reescreveram seu futuro. Sabia que vinham de emoções descontroladas. E ele havia colocado como meta manter as emoções sob controle.

Mas Sesily era emoção em estado bruto. Era alegria e raiva e deleite e tristeza e frustração e uma dúzia de outros sentimentos a qualquer instante, e isso a tornava igualmente tentadora e assustadora, como o inferno. Era esse o motivo pelo qual Caleb fizera uma promessa, dois anos antes, na primeira vez que fora atingido pelo fogo dela, que ficaria o mais longe possível de Sesily. Ele era um homem sensato, e sabia muito bem como a banda tocava.

Mas, ao ver Sesily ficar desacordada nos braços de um bandido n'O Canto, a sensatez havia desaparecido, consumida pelo pânico e a raiva que corriam por ele. E Caleb também se tornara emoção pura. Não conseguia se lembrar quanto tempo se passara entre a queda dele no chão grudento da taverna e o momento em que ele carregara Sesily para fora da briga, e aquilo o preocupava bastante. Sem a sensatez, a ira o guiara. Seguida pelo medo. E ele sabia muito bem como aquela combinação podia ser perigosa.

Quando a razão retornara, na carruagem, ele deveria ter dado ouvidos a ela. Mas assim que Sesily abriu os olhos e o medo foi substituído por alívio, e quando ela se irritou com o que havia acontecido e com os planos que ele tinha para ela, pela culpa... aquilo o havia deixado, de forma inacreditável, ainda mais fora do controle.

Pelo menos ele tentava se convencer de que havia sido a emoção que o tirara do prumo. A outra possibilidade não valia o pensamento, de que fora a própria Sesily que causara aquilo.

Fosse como fosse, fosse a culpa, o alívio, a ira ou o medo... isso os levara até seu refúgio, onde ele não recebia visitas. Onde certamente nunca pretendera recebê-la.

E então ele a levara para o próprio quarto.

Para a própria cama.

Tentando se convencer de que estava ignorando o som da exuberante saia de seda, alta como um tiro. Que não conseguia ouvir a respiração suave de Sesily, praticamente inaudível ao mesmo tempo em que estava em todo lugar. E ele não percebera o cheiro da mulher, selvagem e belo e fazendo-o pensar em raios de sol calorosos e amêndoas.

Fingindo que ela não era suave e sinuosa e quente e exuberante como um doce numa vitrine, envolvendo-o cada vez mais enquanto ele se ocupava de acender a maior quantidade de velas possível no quarto escuro, como se aquilo pudesse expulsar todas as coisas sombrias e pecaminosas que gostaria de fazer com ela.

Caleb se virou e a olhou, e percebeu que a luz havia sido um grande erro, porque subitamente era possível ver uma mancha de sujeira escura na bochecha de Sesily, do chão da taverna, e que era quase do mesmo tom da pele dourada no decote profundo que ela usava. E, entre as duas coisas, os hematomas no pescoço – um lembrete do quão próximo ela estivera do perigo. De algo pior ainda.

A ira retornou e Caleb havia partido, não confiando em si mesmo nem para falar, imagine para ficar ali.

Não confiava em si mesmo para ficar distante e sem ser afetado por essa mulher que sempre parecia estar perto demais, que parecia mexer demais com ele.

Mas partir também foi um erro, porque de alguma forma, nos poucos minutos desde que chegaram, Sesily havia preenchido sua casa, e não havia lugar para onde escapar. Caleb havia se ocupado na cozinha, esquentando leite para ela – tentando se convencer que se ele a tratasse como trataria uma criança, ela deixaria seus pensamentos, ignorando completamente que sua governanta lhe daria uma bronca por usar a panela errada.

Talvez ela também lhe desse bronca por todos os pensamentos pecaminosos que ele não conseguia tirar da cabeça.

O leite fora mais um erro, pois, quando ficou quente, não havia alternativa a não ser retornar para onde Sesily estava. Ele o fez, mesmo tentando se convencer de que não queria aquilo, de que deveria achar uma cadeira confortável no térreo e cochilar até de manhã, quando ele a levaria para casa, sã e salva.

Não seria o lugar mais desconfortável em que já passara uma noite.

Mas e se ela precisasse dele?

E se ela tivesse dificuldade para respirar de noite?

E se os homens que a atacaram em Covent Garden a encontrassem?

E se eles tivessem sido seguidos? Caleb não estivera em sã consciência, deveria ter prestado mais atenção. Poderia tê-la colocado em perigo mais uma vez.

Então retornou, o copo de leite quente na mão, subindo as escadas. Convencendo-se de que estava agindo de forma nobre, protegendo uma dama, como uma porra de um cavalheiro.

Bateu na porta do quarto e entrou quando ela o chamou, sentindo-se imediatamente grato por Sesily ter apagado metade das velas, facilitando a tarefa de evitar olhar para ela.

Excelente. Ele iria apenas colocar o leite na mesa de cabeceira e sair. O corredor do lado de fora era perfeitamente confortável para uma noite de sono. Não era como se ele fosse dormir, afinal.

Assim que tivesse certeza de que ela estava respirando, iria embora.

Assim que tivesse certeza de que ela estava confortável.

Caleb não era um monstro e era perfeitamente capaz de evitar essa mulher. Já tinha feito isso antes. Com um oceano de distância entre eles, mas tudo bem.

Ele mal a notaria em sua cama.

De fato, ele não iria notá-la em sua cama porque ela não estava lá.

Estava atrás do biombo.

Tomando banho.

E toda a pretensão de cavalheirismo voou pela maldita janela.

O vestido dela – da cor da tentação – estava dobrado em cima de uma cadeira próxima ao biombo, o que significava que ela não o estava vestindo. Não que fosse necessário um poder de raciocínio superior para perceber aquilo, já que Caleb podia vê-la através da tela. Ela havia levado uma luz consigo, então sua sombra se projetava contra a tela, uma peça feita de tecido de vela de navio completamente comum que ele nunca imaginara que pudesse revelar tanto.

Mas com Sesily curvada na direção da bacia, era como se fosse clara como um vidro, a silhueta da mulher generosa e perfeita para caralho quando ela se endireitou e passou um pano lentamente pelo braço e atrás do pescoço.

– Você está se lavando – disse ele, porque era uma coisa para falar. Ele deveria dar meia-volta e ir embora.

Foi Sesily que deu meia-volta, as curvas sinuosas roubando o que restava do fôlego de Caleb.

– Você que mandou – disse ela, continuando com seus movimentos vagarosos, como se aquilo fosse perfeitamente comum.

Jesus. Ele tinha mandado, não tinha? E estava falando sério. Queria que ela lavasse a noite do corpo, da memória, assim como ele gostaria de apagar da própria.

Só que agora, enquanto a observava, não conseguia imaginar a possibilidade de esquecer daquela noite.

– Caleb? – A palavra suave e curiosa o trouxe de volta.

Merda. Ele ainda estava olhando. Tossiu, o rosto subitamente queimando com a ideia de que havia sido pego encarando, e deu as costas, deixando o copo de leite na superfície mais próxima.

– Aye.

– Cuidado, americano, você quase soou como um britânico agora. – Havia um sorriso na voz dela.

Caleb se tensionou com as palavras antes de entendê-las.

– Jamais.

– Aqui não pode ser tão ruim assim, pode? – disse ela, como se tudo estivesse normal e ele não estivesse encarando suas botas ou o tapete ou o mofo no teto ou qualquer outra coisa menos a sombra dela, piscando como tentação pura.

Ela estava pelada lá atrás?

– Se você passasse menos tempo em Boston, poderia gostar mais daqui – adicionou ela.

– Eu preciso estar em Boston – ele falou, as palavras baixas e num tom de desagrado, como se sua própria voz soubesse o que era bom para ele. Era a verdade. Ele tinha negócios em Boston, uma casa, uma meia dúzia de amigos decentes, uma vida.

E, todas as vezes que pisava em Londres, arriscava tudo aquilo.

Caleb fingiu não reparar que ela continuava sua ablução, o som da água se movendo na bacia – tinha que estar fria se ela havia usado a água limpa que havia deixado na jarra, mas ele não iria se oferecer para esquentá-la, nem se perguntar se ela estava usando o mesmo sabonete que ele usava e que cheiro deixaria na pele dela.

– E, ainda assim, você está aqui – retrucou ela. – Por quê?

– Sua irmã vai ter um bebê. – Não era toda a verdade, mas tampouco era uma mentira completa.

Não havia como não perceber o humor no tom quando Sesily disse:

– Não estava ciente de que você era uma parteira.

Ele fez uma careta e se afastou até a janela, onde encarou os telhados de Marylebone.

– Alguém precisa manter o Cotovia em ordem enquanto ela... continua a se reproduzir.

– Se reproduzir!

A gargalhada de Sesily vinda de trás do biombo o esquentou e ele voltou a se aproximar, mesmo sabendo que não deveria, não tinha capacidade para impedir.

– Você chamaria de outra coisa?

– Como sou uma de cinco filhas, Sera e Haven ainda não atingiram o patamar para chamar de reprodução para mim. Dois parecem um número perfeitamente razoável de crianças se você gosta desse tipo de coisa.

– Hmm. E você gosta? Desse tipo de coisa? – perguntou ele.

– De crianças?

– Uhum. – Por que diabos ele estava perguntando aquilo? O interesse de Sesily Talbot em crianças não tinha nada a ver com a vida dele.

– Devo lhe informar que sou uma tia excelente.

– É mesmo?

– São nove até agora. O novo de Sera e Mal será o décimo.

– Meu Deus do céu.

– Eu concordo – disse ela. – Mas sou excelente em subir em árvores, fazer lama e em perturbar pais... três exigências absolutas para boas tias.

Ele não conseguiu evitar o meio-sorriso que veio ao ouvir a resposta.

– Eu achei que as tias deviam se comportar melhor do que as crianças.

– Como são as crianças que definem o papel, eu acho que o mais justo é que as crianças decidam as expectativas para ele.

Caleb gargalhou com aquilo, uma risada surpreendente que conteve assim que a soltou.

– E você bate todas elas.

– Que ultraje – disse ela. – Eu excedo todas elas.

Claro que sim. O propósito de vida de Sesily Talbot era exceder todas as expectativas.

Não que ele fosse admitir aquilo em voz alta.

– Bem – disse ela depois de um tempo. – Você é um bom amigo, vindo até aqui porque Sera pediu. Dessa vez... e da última vez.

Caleb era um amigo horrível, desejando a irmã nua de Sera em seu quarto na calada da noite.

– Ela me escolheu como padrinho do filho dela. É difícil me recusar a vir para o batizado.

Ele se arrependeu das palavras assim que as disse. A memória da última vez que estivera em Londres, a última vez que vira Sesily, no batizado do pequeno Oliver, cercada pela família dela, bela e feliz.

Menos quando ela olhava para ele.

O que não acontecera com frequência. Ele percebera, porque havia sido impossível não olhar para ela.

Limpou a garganta, sabendo que deveria sair. Sesily estava segura apesar de todas as provações da noite, e a presença dele não era necessária. Não havia motivo para que estivesse ali, no quarto, enquanto a mulher se lavava. Nem mesmo de costas, nem mesmo evitando cuidadosamente olhar para o reflexo do biombo na janela escura.

– Suponho que não tenha um roupão para me emprestar?

Ele se virou e a viu olhando pela lateral do biombo, o cabelo escuro se soltando do penteado, suas bochechas rosadas da água gelada, os olhos azuis expressivos com a pergunta.

A pergunta... que era...

Se ele tinha um roupão?

– Um roupão – disse ele.

– O meu vestido está imundo, preferiria não dormir com ele.

– Claro que não – concordou ele. Então ela queria uma peça de roupa dele. Mais uma vez, algo completamente comum.

Era claro que ele estava pagando pelos seus pecados.

– Acho que você não iria gostar se eu tirasse minha *chemise* – adicionou ela alegremente.

Pelo contrário, Caleb imaginava que iria gostar muito daquilo, mas em vez disso, travou os dentes e disse:

– Certo.

Essa noite inteira era um erro do caralho.

Foi até o guarda-roupas e revirou as coisas, procurando algo adequado para entregar à irmã solteira de sua sócia, cuja presença ele havia evitado diligentemente pelos últimos dois anos colocando um oceano entre eles, até retornar bem a tempo de beijá-la num jardim e vê-la ser atacada por bandidos em Covent Garden.

Algo apropriado para uma mulher que ele certamente não desejava.

Infelizmente, não havia uma armadura no armário.

Caleb pegou a primeira coisa que encontrou, então se virou e entregou para ela de um canto do biombo, hesitando um instante para ter certeza de que ela pegara a roupa antes de voltar para a segurança da janela.

Houve uma pausa.

– Então você não tem um roupão.

– Eu não preciso de um. – Quando ela não respondeu, ele se sentiu compelido a explicar, mesmo sem entender o porquê. – Eu tenho três criados e nenhum deles é pessoal, e ninguém entra no quarto quando estou deitado ou despido.

– Ninguém?

Ele se virou com a pergunta. Como não se viraria? A mulher estava perguntando sobre amantes.

E, ainda assim, antes que pudesse responder, ela estava falando, rápido, claramente nervosa.

– Sinto muito, isso não foi... – Ela saiu de trás do biombo. – Apropriado.

Deus do céu, ele estava sendo testado.

Sesily deveria estar ridícula – vestia uma das sobrecasacas de Caleb em cima da *chemise*, e tudo estava fora de proporção. Era tudo muito longo, os ombros largos demais, e a linha das lapelas não fazia esforço algum para esconder o tecido fino e, abaixo, o volume dos seios dela.

E a chemise era tão fina que ele podia vê-la. A curva de sua cintura, suas coxas, e o lugar entre elas...

Não olhe. Um cavalheiro não olharia.

Uma sombra que lhe dava água na boca.

– Espero que esteja certo – ela deu de ombros.

Do que ela estava falando?

– Hmm? – respondeu ele, o som como rodas batendo em paralelepípedos.

Se recomponha, homem.

– Que ninguém vai entrar – ela respondeu, se aproximando. – Minha aparência certamente está absurda.

Ela parecia terra firme depois de um mês navegando.

Caleb resistiu à vontade de recuar. Não que recuar fosse uma opção já que suas costas estavam pressionadas contra a janela. Ele supunha que se jogar da janela não fosse uma opção razoável.

Apesar de começar a não parecer a pior das ideias do mundo quando ela se aproximou ainda mais.

– Você realmente deveria ter um roupão à mão.

– Para o caso de eu encontrar com outra mulher que se recusa a ir para casa?

Algo passou pelo olhar dela.

– Eu esperaria que você fosse acostumado a mulheres que não querem ir para casa.

– Me desculpe por desapontá-la.

Sesily riu, próxima o suficiente para o som parecer um segredo, e ele gostou demais daquilo. Caleb não podia gostar da risada dela, era o caminho para a perdição. Aquele caminho, e todos os outros, ao que parecia. Nem dos olhos dela, de um azul rico e belo, rodeados por preto. Ou de seu rosto em formato de coração e as bochechas rosadas, a boca larga e os lábios cheios que eram ainda mais perigosos agora que conhecia o sabor que tinham.

– Como você está se sentindo? – perguntou, tentando colocar algum grau de normalidade naquele momento completamente atípico.

Ela interrompeu a aproximação, repousando uma mão na pele macia do pescoço, que já escurecia com um hematoma.

– Não está tão ruim.

Mas também não estava tão bom. Ele rangeu os dentes. Deveria ter matado o homem que fizera aquilo com ela.

Ele queria matá-lo.

Mas, acima disso, queria que Sesily estivesse segura.

– Amanhã deverá ficar bem desagradável – disse ele.

Ela sorriu.

– Mais importante, amanhã deverá ficar desagradável de *olhar*.

– Ninguém irá se importar com isso. – Era necessário mais do que um pescoço com hematomas para fazer com que Sesily Talbot fosse desagradável de olhar.

Antes mesmo de sua fala, ela havia franzido a testa, o olhar focando em Caleb. Ela esticou a mão na direção dele.

– Você ainda está sangrando.

Ele não achava que aguentaria o toque dela. Não daquela forma, naquele lugar.

Virou a cabeça.

– Não é nada.

– Não é nada coisa nenhuma. – Ela fez uma careta e se afastou dele, buscando um pedaço de tecido de trás do biombo. – Me permita...

– Não. – Ele se esquivou do toque dela.

– Caleb...

– Não, eu estou bem. Você deveria descansar. Ou você precisa que eu te lembre que você estava desacordada menos de uma hora atrás?

– *Você* também estava desacordado.

– Não foi nada.

– Não foi nada coisa *nenhuma*. Você levou um golpe na cabeça e está sangrando.

– Deixa isso para lá – ele resmungou, segurando o pulso dela. – Sesily, deixa quieto.

Ela ficou imóvel, o olhar quente, e Caleb sabia que ela não tinha intenção alguma de abrir mão da questão. Mas não imaginou que ela diria:

– Você cuidou muito bem de mim, minha irmã ficará grata.

Tampouco imaginou como ficaria ele irritado com aquela referência a Seraphina.

– Ela é uma boa amiga.

– E você honrou sua amiga, cuidando da irmã dela. – Sesily parou um instante. – Agora, me deixe honrar minha irmã e cuidar do amigo dela.

Caleb levou uma mão às têmporas, tocando o local que ardia.

– Não está sangrando. Pelo menos não mais.

– É necessário limpar.

– Eu o farei quando você dormir.

– E por que não me deixar fazer agora, e então nós dois vamos dormir?

Como se ele fosse dormir ali com ela.

Outro impasse. Outro silêncio, preenchido com força de vontade.

Ele suspirou, soltando-a.

– Você é teimosa demais.

– E você, tão manso – retrucou ela antes de sorrir. – De qualquer forma, é parte do meu charme.

– É isso que é? Charme?

– Você não notou como sou charmosa? – Caleb se encolheu com a ardência que o tecido provocou quando encostou em sua pele, e ela parou, observando-o. – Você me ofende.

– É impossível não te notar. – Merda. Ele não queria dizer aquilo.

Os lábios de Sesily se curvaram num fantasma de um sorriso e ela voltou ao trabalho.

– Cuidado agora, Sr. Calhoun... ou você vai me deixar convencida.

Mesmo ciente de que não devia, Caleb a observou focada nos ferimentos dele, em seu olhar de concentração e a sobrancelha franzida, um pedacinho dos lábios preso entre os dentes. Ele queria deslizar o dedo na ruga entre as sobrancelhas, suavizar aqueles lábios, beijá-los.

Mas ela não era para toques ou beijos.

Sesily não era para ele.

Aquela boca não era para ele. Não importava que a tivesse beijado menos de uma semana atrás.

– Você se lembra da primeira vez que conversamos? – A pergunta suave o distraiu e ele encontrou os olhos dela, não mais em seus ferimentos, mas o observando.

De forma heroica, se afastou do toque dela, colocando espaço entre eles.

– Você estava se esforçando para escandalizar um batalhão de mães alcoviteiras.

Ela sorriu e balançou a cabeça.

– Eu quis dizer a primeira vez que conversamos *sozinhos*, mas estou impressionada que você se lembre do nosso primeiro encontro.

Caleb se lembrava de cada maldito minuto que gastava na companhia dela, infelizmente. E sabia o que ela estava prestes a dizer. A memória que ela iria relembrar, apesar de Caleb pensar nela tanto que mal parecia uma memória.

Sesily Talbot, a namoradeira inveterada. Provocando-o com uma dica do que poderiam ter se ele cedesse à tentação.

Você consegue ver como será bom. Como se fosse inevitável.

E havia sido assustador em sua tentação.

Mas não poderia admitir que se lembrava. Era o caminho para a destruição. Em vez disso, disse:

– Você soltou um gato selvagem em mim.

– Brummel não gosta de homens – ela falou de forma descuidada, enquanto terminava o trabalho nas têmporas de Caleb. Ela inclinou a cabeça e Caleb imaginou que ela via a verdade e estava decepcionada.

– Você tem uma amante?

– Quê?

– Eu estou te mantendo longe de alguém?

Diga que sim.

Era uma maneira fácil de fugir.

– Não.

Sesily o examinou por um longo momento, e ele se perguntou o que ela faria. Caleb havia se orgulhado a vida toda de sua compreensão das outras pessoas – de sua capacidade de conseguir predizer suas ações. Ainda assim, de alguma maneira, nunca conseguiria prever Sesily Talbot.

Depois de uma inspeção cuidadosa, ela pareceu se dar por satisfeita com a resposta. Assentiu uma vez e se virou, se dirigindo ao canto mais distante da cama.

Ele pegou a deixa e deu a volta no quarto, apagando as velas que ela deixara queimando até só restar uma, na mesa próxima à cama. A cama na qual ela já estava.

Caleb ignorou a forma como perceber aquilo o queimou por dentro, acentuando cada um dos seus sentidos, e procurou uma cadeira próxima da lareira enfraquecida, esticando as pernas antes de dizer:

– Estarei aqui se precisar.

– Tenho certeza de que tudo será...

– Não importa, eu não quero que você precise vagar por uma casa desconhecida se precisar de ajuda – ele resmungou, cruzando os braços. – A última coisa que preciso é explicar para sua irmã como você quebrou o pescoço na minha casa no meio da noite.

Ele se odiou um pouquinho quando as palavras ficaram suspensas no silêncio. Foi uma eternidade até ela dizer:

– Estou muito grata por sua ajuda esta noite.

– Foi...

– Sim, eu sei – ela o interrompeu e era impossível não notar a leve irritação em suas palavras. – Foi o mínimo que poderia fazer para sua amiga. – Era o que ele deveria ter dito, mesmo não sendo o que planejava dizer, então ficou quieto até ela adicionar: – Creio que não conseguirei te convencer a não contar para minha irmã a respeito de hoje, certo? Eu gostaria muito de não receber um sermão.

– Eu acredito que ela fará um para mim também.

– Talvez – Sesily respondeu, e Caleb teve a impressão de ouvir um sorriso na voz dela. – Mas o meu vai ser pior.

A raiva e a frustração de antes ecoaram em sua voz, e ele queria consolá-la mesmo sabendo que não deveria.

– Você não foi imprudente.

O silêncio que se estendeu entre eles não foi fácil. Era recheado de consciência, como se ela flutuasse ali na escuridão, ouvindo, esperando por mais. Ele se recusou a olhar na direção de Sesily.

– Você foi... – A voz dele sumiu, e ele se arrependeu de ter começado a falar.

Depois de um longo momento – quase uma era – ela falou:

– O que eu fui?

Ele procurou por uma resposta e finalmente decidiu por:

– Você foi como Atena.

Mais silêncio. Mas mais suave, dessa vez.

– Não vou contar para sua irmã.

Do outro lado do cômodo veio uma respiração profunda e longa, como um presente. E então um quase silencioso "Obrigada".

Caleb desejou que fosse a última coisa que Sesily dissesse naquela noite. Não sabia se aguentaria mais.

Mas então, na escuridão, ela falou:

– Por que você tem tantas velas?

Ele não deveria responder. Toda pergunta que aquela mulher fazia os aproximava, quando era urgente que ele a mantivesse a distância. Cada resposta a ela ameaçava revelar mais do que ele já compartilhara com alguém.

E ainda assim, sabendo disso, ele disse:

– Eu não gosto do escuro.

Sesily não respondeu por um longo período, longo o suficiente para Caleb achar que ela havia dormido.

– Deixarei essa aqui acesa, então – ela finalmente disse.

Caleb se sentou na penumbra, uma única vela flamejando na mesa de cabeceira, pintando sombras no teto, e considerou todos os motivos pelos quais não deveria estar naquele cômodo. Todos os motivos pelos quais ele não deveria se aproximar de Sesily Talbot nunca mais.

Ela era irmã de sua amiga.

E era solteira.

E era a forma mais pura de tentação.

Eu sei exatamente o que você quer. Mas estou disposta a esperar que você descubra sozinho. As palavras que ela sussurrara do lado de fora da taverna mais cedo naquela noite, uma promessa. Uma tentação. Um convite.

Um que ele gostaria de aceitar. Um que prometia mais um gostinho de Sesily, um gostinho que talvez fosse o suficiente. Um gostinho que, talvez, a tirasse de seus pensamentos.

Porque ela nunca poderia ser dele.

Nunca.

– Caleb?

Ele suspirou. Ela precisava falar o nome dele daquela forma? Na escuridão? Como se fossem só os dois no mundo inteiro?

– Hmm?

– Você também não está me mantendo longe de ninguém.

As palavras poderiam ter chocado outro homem, mas elas não o chocaram e ele não achou que fosse a intenção. Ela era uma mulher adulta, há muito tempo longe do "mercado de casamentos", e ele não tentava se enganar achando que ela nunca tivera um amante. Mas ainda assim...

– Por que você está me dizendo isso?

– Achei que gostaria de saber.

Era um convite e as palavras queimaram por ele, fazendo-o arder com desejo. Ele nunca gostou tanto de ouvir algo em sua vida.

Mas ele não queria gostar. E certamente não queria saber que Sesily passava suas noites sozinha, assim como ele.

Saber daquilo o fazia querer corrigir a situação.

Mas, muito tempo antes, antes de conhecer Sesily Talbot, Caleb havia feito escolhas que tornavam um futuro com ela – com qualquer pessoa – impossível.

Ainda assim, considerou as palavras dela a noite inteira, repassando-as sem parar em sua mente até a vela se extinguir, piscando uma vez logo antes da alvorada pintar o céu, e ele jurou que aquela era a última vez que se aproximava de Sesily Talbot.

CAPÍTULO 8

— Você está de péssimo humor.

Caleb levantou os olhos do lugar onde polia o bar de ébano do A Cotovia Canora para encontrar o de Seraphina Bevingstoke, Duquesa de Haven – sua sócia e a única pessoa que conhecia que seria capaz de comentar sobre seu mau humor.

Bem, uma das duas pessoas.

A outra o deixara naquele estado, mas não admitiria aquilo, nem para Sera, nem para ele mesmo.

Na verdade, Caleb havia passado a manhã inteira se convencendo de que seu humor vinha do fato de que havia dormido numa cadeira desconfortável em seu quarto, resultando em um torcicolo horrível, e não porque, quando ele acordara sentindo aquela dor, Sesily já havia partido.

A mulher havia se esgueirado no primeiro raio de sol, provavelmente minutos depois que ele finalmente conseguira dormir, recolhendo seu vestido de algum modo e saindo da casa sem avisar.

Provavelmente para se esgueirar para dentro da própria casa algumas horas mais tarde.

Aquilo deveria deixá-lo feliz. Afinal, o único momento para deixar uma mulher ferida em sua casa pior do que a calada da noite era logo de manhã cedo. E Sesily o havia poupado da encrenca.

Estava tudo resolvido.

Ele nunca mais precisaria falar com a mulher.

— Não estou de péssimo humor – disse ele para a irmã de Sesily, retornando sua atenção para a madeira brilhante. – Estou ocupado.

Sera desviou a atenção do caixote de velas que estava esvaziando.

— Às nove e meia da manhã.

– As pessoas estão ocupadas às nove e meia da manhã.

– Você não precisa me dizer isso – retrucou ela. – Eu tenho um negócio e um filho. Quando dá nove e meia da manhã, já estou pronta para o almoço.

Ele suspirou e olhou para ela.

– Então qual o problema?

– Você nunca está ocupado às nove e meia da manhã. E, se está, é por uma de duas razões. A primeira! – Ela levantou um dedo de forma autoritária. – Você ainda não dormiu ou, segundo! – Levantou mais um dedo para se encontrar com o primeiro. – Você está de mau humor.

Ele a encarou.

– Quer saber, estou começando a sentir um humor surgindo. Quem saberia me explicar o porquê?

Sera sorriu.

– Por minha causa, provavelmente.

– Eu nunca gostei de você mesmo.

– Cuidado, Calhoun.

Caleb olhou por cima do ombro de Seraphina, encontrando o marido dela sentado no lugar de sempre – na mesa mais próxima da porta, usando seus óculos, debruçado em cima de uma pilha de documentos.

– E eu nunca gostei *de verdade* dele.

O duque nem sequer levantou o olhar.

– O sentimento é mútuo, americano.

Caleb deu as costas e foi para o almoxarifado no fundo da taverna, com o propósito de mover vários barris pesados de um lado para o outro só para evitar conversar.

No entanto, Sera tinha outros planos e o seguiu.

Ele abriu a porta para o cômodo em que guardavam o estoque e descobriu que não estava vazio. Lá dentro, Fetu Mamoe, o braço direito do A Cotovia Canora, o fitou de onde estava movendo os barris de um lado para o outro. Ele se virou e olhou para Caleb, e então para Sera.

– O que ele está fazendo aqui?

– Eu sou dono deste lugar! – retrucou Caleb.

O samoano levantou uma sobrancelha.

– Ele está de mau humor – explicou Sera. – O que parece ser o motivo pelo qual ele esqueceu que nós também somos donos deste lugar.

Quando abriram a taverna dois anos antes – o primeiro e único negócio de Caleb em solo britânico – ele e Seraphina o haviam feito como sócios igualitários. Pouco tempo depois, contrataram Fetu, retirando-o do navio cargueiro em que trabalhava e das docas, e ele havia ajudado a melhorar muito o lugar. Em poucos meses, lhe ofereceram uma porcentagem do lucro do A Cotovia Canora. E, anos depois, o negócio ia muito bem graças à presença calma de Fetu e sua habilidade astuta de manter o bar em funcionamento como um relógio bem azeitado.

— Ele também parece ter se esquecido de que nós somos donos do bar o ano inteiro, não apenas quando estamos com vontade de aparecer em Londres.

— Eu apareço em Londres todas as vezes que você me pede! — argumentou Caleb.

— Bem, isso não significa que não seria bom te ver com mais frequência — retrucou Sera.

Caleb a ignorou, se virando para o outro sócio.

— Tudo certo, Fetu?

Fetu concordou.

— Tudo certo. — E entregou um barril de gin para Caleb antes de apontar para o outro canto do cômodo. — Ali.

Grato pela distração, Caleb obedeceu. Mas quando se virou, descobriu Seraphina dominando a porta. Aceitou mais um barril de Fetu e fez seu melhor para ignorá-la.

Infelizmente, parecia que um dos traços familiares da família Talbot era a inabilidade de ser ignorada. Ele moveu mais dois barris antes de desistir.

— Que inferno, Sera. O que foi?

Ela levantou suas sobrancelhas escuras e lançou um olhar cúmplice para Fetu.

— Se você falar que estou de mau humor mais uma vez... — Caleb avisou.

Sera repousou as mãos em seu ventre, que crescia mais a cada dia que passava.

— Agora não posso nem observar você mover as coisas como se fosse um bruto? Em mangas de camisa, ainda por cima! Nós poderíamos vender ingressos.

Fetu deu uma gargalhada.

Caleb rangeu os dentes e foi na direção de mais barris.

— Se você não tivesse se casado com um duque, você poderia pedir para o seu marido mover coisas em mangas de camisa para te entreter.

— Ah, o fato dele ser um duque torna ainda mais divertido.

Caleb revirou os olhos e colocou um barril de uísque no ombro e se aproximou, sentindo-se satisfeito de uma forma irracional quando ela saiu da porta para deixá-lo passar.

– Engraçado demais você dizer que está ocupada – ele resmungou, voltando para o bar e deixando o barril de carvalho no chão para tirar a rolha do lugar. – Porque parece que você não tem nada para fazer.

– Hmm – ela respondeu de forma evasiva, se instalando no canto de sua visão, no caminho de sua fuga. – O que aconteceu com sua cabeça?

– Nada. – Caleb resistiu à vontade de tocar a ferida que Sesily cuidara na noite anterior. No quarto dele. Onde ele havia resistido a uma vontade diferente, mais primitiva, de deflorá-la.

Certamente não diria *aquilo* para a irmã dela.

– Parece que foi alguma coisa. – Fetu retrucou de dentro do estoque.

Os dois estavam se divertindo muito irritando-o.

– Não é nada – disse Caleb.

– Hmm – resmungou Sera novamente. – Sabe, eu ouvi uma história fascinante esta manhã.

Caleb tirou a rolha e pegou uma torneira que não estava sendo utilizada por ninguém.

– Escândalo na costureira?

– Ai, você é tão engraçado, Caleb. Eu nunca me canso de como você se diverte às custas do meu título.

– Não é do seu título que faço graça, é do mundo que vem com ele.

– Você gosta da forma como esse mundo gasta o dinheiro aqui.

– De fato, gosto. – Assegurando-se de que a torneira estava bem colocada, ele levantou o barril mais uma vez.

– De qualquer modo, como disse, ouvi algo fascinante.

– Tecnicamente fui eu que ouvi – corrigiu Fetu da porta do estoque.

– Justíssimo.

– E vocês dois tiveram um momento para fofocar essa manhã antes que eu aparecesse?

– Incrível que nós existamos quando você não está por perto, não é mesmo? – retrucou Sera e, se Caleb estivesse menos absorto em si mesmo, haveria percebido o tom diferente em sua voz. Ela olhou para Fetu. – Você gostaria de contar para ele?

– Nah – respondeu ele, parecendo extremamente confortável contra o espelho da porta. – Fico de plateia.

– Estão falando por aí que Os Calhordas atacaram a taverna de Maggie O'Tiernen na noite passada.

Caleb ficou paralisado, as mãos ainda na frente do barril de carvalho.

– Também estão falando por aí que *você* estava lá na noite passada.

Lá estava.

– Quem está falando? – Ele olhou para Fetu.

O homem deu de ombros pesadamente de onde preenchia o espaço da porta.

– Uma mulher que eu conheço.

– Biblicamente, sem dúvidas.

– Ah, um cavalheiro não fala essas coisas.

– Mas ele fala do que eu faço, não é mesmo? – retrucou Caleb.

Aquele dar de ombros novamente, enquanto Sera adicionava com doçura:

– Não apenas do que você faz, porque... e essa é a parte mais estranha... soube que você carregou *minha irmã inconsciente para fora de lá.*

Ele olhou para o teto.

– Puta que pariu.

E então Sera não estava se divertindo nem um pouco. A mulher estava furiosa.

– Puta que pariu mesmo! – Ele se virou para encará-la quando ela se aproximou dele, colocando ambas as mãos em seu peito e o empurrando para trás.

Ele permitiu, mas não sem falar algo.

– Ei! Toma cuidado!

– Não, não acho que tomarei cuidado! Você tem sorte de eu não quebrar uma dessas garrafas na sua cabeça!

– Sera... – o marido dela disse a distância, mal tirando a atenção de seu trabalho. – Mais gentil.

Caleb não achava que o Duque de Haven estava sugerindo que Seraphina fosse gentil pelo bem dele. O americano abriu as mãos enquanto ela ia em sua direção.

– Não aconteceu nada.

Sera parou, alta e bela como uma rainha, e olhou para ele como se uma segunda cabeça tivesse surgido.

– Não aconteceu nada.

– Nada. – Caleb balançou a cabeça.

– Mal? – Ela olhou além de Caleb, na direção de onde seu marido estava, próximo à porta. – Se eu o assassinar...

– Eu tenho contatos... – disse Haven, sem se preocupar com a discussão entre eles. Podia até não gostar de Caleb enquanto pessoa, mas sabia que Sera estava segura com o sócio.

– Por favor – respondeu Caleb. – Ela não precisa dos seus contatos. Esses dois aqui têm acesso à metade dos criminosos de Covent Garden.

– Um grande número que estaria feliz de ver um americano ser jogado no Tâmisa como se fosse chá, se me permite lembrá-lo, então eu tomaria muito cuidado com as palavras se fosse você. – Sera voltou a atenção para ele.

Fetu gargalhou novamente e Caleb lhe lançou um olhar por cima do ombro.

– Traidor.

– Admito, eu amo o espetáculo.

Caleb revirou os olhos.

– Nada aconteceu? – disse Sera.

– Nada – Caleb repetiu.

– Caleb, minha irmã estava inconsciente n'O Canto?

– Sim. – Ele ficou imóvel.

Ela balançou a cabeça.

– E, quando você a levou de lá, ela ainda estava inconsciente?

– Sim.

– E então você a enfiou numa carruagem e foi embora.

Caleb olhou para Fetu.

– A sua garota realmente presta bastante atenção.

– Eu estou pensando em continuar com ela.

– Então você realmente foi embora e a levou com você – disse Sera. – Porque essa foi a parte que achei mais fascinante, já que em nenhum momento da noite passada fui acordada por você chegando em minha casa com minha irmã ferida para meus cuidados.

– Sera, eu...

– Mal? – perguntou ela sem desviar o olhar de Caleb.

– Sim, meu amor?

Caleb cruzou os braços enquanto Sera respondia:

– Por um acaso você acordou na noite passada porque Caleb tinha chegado para entregar minha irmã ferida aos nossos cuidados?

– Não, meu amor.

– Vocês dois realmente deveriam levar essa ladainha para os palcos – disse Caleb secamente.

– Eu deveria socar sua fuça. – Sera o encarou.

– Não na sua condição – avisou Haven.

– Ele tem razão – Caleb apontou. – Você realmente não deveria estar se extenuando, com essa aparência.

Fetu tossiu.

Sera inclinou a cabeça.

– Ah, e como, exatamente, está minha aparência?

– Como se você fosse dar à luz a qualquer instante.

As palavras haviam sido um aviso que Caleb não entendera de imediato.

Haven finalmente levantou os olhos de seu trabalho e falou com alegria:

– Um erro falar isso, americano.

Sera estreitou os olhos na direção de Caleb.

– Eu te garanto, Calhoun, que sou mais do que capaz de dar à luz e um murro em você por levar minha irmã só Deus sabe para onde, inconsciente...

– Ela não ficou inconsciente por muito tempo. Sua irmã acordou na carruagem.

– Ah, certo – disse Sera dramaticamente. – Então você levou minha irmã só Deus sabe para onde, consciente, *depois de ficar inconsciente por um tempo.*

– Não foi para um lugar que só Deus sabe.

Uma pausa.

– Não? Então para onde foi?

Caleb hesitou.

Sera olhou para Fetu, que disse:

– Minha informação termina quando a porta da carruagem se fechou.

Sera retornou a atenção para Caleb.

– Maldição, você vai me contar tudo agora! É a minha irmã! Para onde você a levou?

Ela não sabia. Apesar de todas as informações que Seraphina tinha, ela não sabia toda a verdade da noite anterior.

– Eu a levei para Marylebone.

– Para *onde* em Marylebone? – Ela piscou, surpresa e confusão em seu rosto.

– Para minha casa na cidade.

– Para a sua *o quê?* – Ela retrucou as palavras.

O silêncio pairou entre eles e Caleb se sentiu grato das sombras do pub existirem mesmo com o sol brilhando do lado de fora, porque eles esconderam o calor da... vergonha? Culpa? Algo além disso?... que sentia.

– *Eu* nunca fui para a sua casa na cidade.

– Você está tentando ser convidada? – Ele deu um sorrisinho.

– É por isso que você está de mau humor. – Ela ignorou a resposta engraçadinha e o observou por um longo momento.

110

– Eu não estou...

– Caleb, você seduziu minha irmã?

O som de pés se movendo veio de trás de Caleb e Fetu tossiu, aparentemente não mais confortável em assistir ao espetáculo, porque ele resmungou uma desculpa e a porta do estoque fechou com um estampido.

Todavia, Caleb apostaria todo o rendimento anual de suas outras onze tavernas que o homem estava com o ouvido colado na porta naquele mesmo instante.

– Caleb. – Sera o encarou.

– Não, pelo amor de Deus, não. – A verdade. Graças a Deus. Ela não precisava saber dos inúmeros momentos em que ele havia sido tentado.
– Eu a levei para fora d'O Canto depois que a deixaram inconsciente. Era de se esperar que sua primeira pergunta fosse sobre como ela está.

– Eu não preciso saber como ela está – disse Sera. – Mesmo se eu não soubesse que ela voltou para casa ao nascer do sol, eu te conheço bem o suficiente para saber que você teria cuidado dela se precisasse.

Antes que Caleb tivesse uma chance de perguntar como ela sabia que Sesily havia retornado para casa naquela manhã, compreendeu o resto das palavras de Sera. Sentiu-se ao mesmo tempo honrado e cheio de culpa com a crença fácil e inabalável que ela tinha em sua decência.

Ele havia observado Sesily se banhar, pelo amor de Deus. Havia catalogado as curvas e sombras do corpo dela. Dormira desejando-a, acordara da mesma forma.

Não havia nenhuma decência em nada daquilo

– Ela te seduziu? – Sera ainda fazia suas perguntas.

– Não. – Ele arqueou as sobrancelhas.

Você também não está me mantendo longe de ninguém.

– Ela se ofereceu?

Não deveria ter se incomodado com as palavras. Não deveria importar que Seraphina – como todo o resto de Londres – acreditava que Sesily tentaria seduzi-lo. O que foi que ela disse? *A indecorosa Sesily, em seu melhor, uma ingênua sem graça, em seu pior, uma trágica devassa.*

– Você não está interpretando bem o papel de irmã mais velha zelosa – respondeu ele. – Você deveria se lembrar que geralmente eles não insultam a honra de suas irmãs com tanta facilidade.

– Mais uma vez! Tão engraçado! – Seraphina disse antes de adicionar de forma realista: – Eu não estou interpretando uma irmã zelosa, Sesily pode cuidar da própria honra.

Foi a vez de Caleb ficar surpreso.

– Ela é uma mulher adulta e mais do que capaz de ter amantes com segurança. – Ela pausou antes de adicionar: – Embora eu certamente tivesse problemas com *você* sendo o amante em questão.

– E por quê?

Mais tarde, ele odiaria o quanto se sentiu ofendido pela observação, uma vez que não tinha intenção alguma de ser amante de Sesily Talbot.

– Você e eu sabemos que, emocionalmente, você é... problemático. – Sera o olhou de soslaio.

– Como é?

Haven bufou uma risada de sua mesa a distância e Caleb o fuzilou com o olhar.

– Tem algo a dizer, duque? Será que devemos relembrar a sua história de amor ridícula? Atravessando anos, continentes, com a sua cabeça enfiada no seu próprio r...

– Claro que é verdade, Caleb. Você é o tipo de problema que não consegue evitar de arruinar um relacionamento amoroso. Você é tão consumido por sua falta de habilidade de amar, por motivos desconhecidos e provavelmente descabidos, que você se fecha para todo mundo.

– Eles não são descabidos, para sua informação.

– Ah, certamente não para você. – Ela sacudiu uma mão como se aquilo já tivesse sido resolvido e continuou: – O que você gostaria que eu dissesse: se você machucar minha irmã de alguma maneira, não terei escolha além de te destruir?

– Claro que não. – Mas não seria passar dos limites.

– Não, porque nós somos melhores do que isso – disse Sera. – Mas você não a trouxe até mim ou até alguma das nossas irmãs. E eu te conheço bem o suficiente para saber que você não estava planejando levá-la para casa com você no início da noite. Então por que ela não quis vir até mim?

– Eu não faço ideia.

– Provavelmente porque sabia o que eu diria quando descobrisse sua imprudência.

E lá estava. A palavra que ela invocara em sua carruagem. *Imprudente.*

E não foi estúpido nem imprudente e não preciso explicar isso para ninguém.

– Não foi imprudente. Ela não começou a briga. – Sentia a responsabilidade de defender Sesily. Não haveria uma briga se não fosse por ele. Fora ele quem levara Peck até a porta de Maggie.

A culpa que sentira na noite anterior retornou, pior à luz do dia, quando não estava mais queimando em fúria e destruído pela preocupação.

Mais cruel agora que Sera dizia as palavras que Sesily havia protestado com tanta veemência na carruagem.

Ela não fora imprudente.

Fiz o que qualquer pessoa faria, o que você fez, a propósito: eu lutei.

Caleb se levantou do balcão, e Sera deu alguns passos para trás para lhe ceder espaço, o olhar irritado se estreitando, como se tivesse visto algo curioso nas feições dele. Ele se preparou para o que ela estivesse prestes a dizer, pronto para negar qualquer coisa que pensasse ter visto, fosse verdade ou não.

– Ela teve muita sorte de você estar lá – disse Sera suavemente.

Havia pensado da mesma forma na noite anterior. Mas ali, de dia, não tinha tanta certeza assim.

Sua amiga suspirou e lhe deu as costas, circundando o longo bar, os passos longos e com propósito, em direção ao caixote de velas que estava esvaziando.

Ela levantou um bocado de velas finas, próprias para o lustre que pendia no palco do outro lado do cômodo, e um homem menos preparado acharia que a conversa tinha terminado.

Caleb sabia que isso seria bom demais para ser verdade.

Quando estava a poucos metros do palco, ela se virou.

– Ela está tramando algo.

E, com aquelas quatro palavras, Caleb tinha certeza de que Sesily não tivera sorte coisa nenhuma de tê-lo com ela na noite anterior.

Ele também não.

– Ela fica fora até tarde – adicionou Sera. – E com frequência se esgueira de volta para casa ao raiar do dia.

– Pode ser qualquer coisa – disse ele, sabendo que não deveria se envolver. Convencendo-se de que não deveria.

Sera balançou a cabeça.

– Talvez, mas ela está nos evitando. – As quatro outras irmãs Talbot. – Ah, ela aparece para o almoço e para o jantar ou na casa de campo quando é convidada. Mas quando ela está lá... fica diferente. Distraída.

Caleb não deveria se interessar. Não deveria se importar.

– Na quarta-feira à noite... manhã de quinta, acredito, ela deveria marcar presença em um recital perfeitamente entediante, mas de alguma forma voltou para casa muito depois que o evento havia terminado com sangue nas saias. – Sera olhou para ele.

– Sangue de quem? – Ele franziu a testa.

– Não faço ideia. – Ela negou com a cabeça.

– Como você sabe que tudo isso aconteceu?

– As lavadeiras da Mansão Talbot contaram para a governanta, que me contou.

– Você coloca os servos para espioná-la pelas costas dela? – Caleb balançou a cabeça.

– Se ela não estivesse constantemente se esquivando da gente, eu me sentiria menos compelida a colocar alguém para segui-la. Nossos pais estão na França e, desde que eles partiram, três meses atrás, ela conta para uma irmã que está com outra, deixando para nós a descoberta de que faz quinze dias que ninguém a vê depois das seis da tarde. É enlouquecedor.

– Ela vem até aqui? Para o Cotovia? – O plano de Sesily soava brilhante para Caleb.

– E correr o risco de que eu descubra no que ela está metida? Nunca. Eu estou te falando, ela está *tramando algo*. E não é só ficar de festa na taverna da Maggie O'Tiernen.

Aquilo era óbvio, considerando a faca que ela carregava em seu bolso, a forma como ela lutara na noite anterior – como se tivesse sido treinada em um ringue de boxe –, e a maneira destemida com a qual arruinaram completamente Totting nos jardins da Mansão Trevescan.

Ele se lembrou daquela noite, as memórias quentes e indesejadas.

Sesily nos jardins. Em seus braços.

Eu jurei que nunca faria isso.

Infelizmente... as circunstâncias demandam...

Totting saindo dos jardins como um touro bêbado.

Não, não um bêbado. Drogado. Os pecados dele desenhados em seu rosto. De forma merecida... mas também perigosa.

Você não percebeu, americano? Eu sou o perigo.

– Ela estava no meio de um *ataque* – disse Sera, a voz falhando pela primeira vez.

Haven também percebeu e se levantou, cruzando o cômodo num instante, abraçando-a e beijando-a na testa.

– Ela estava bem. Caleb estava lá.

Não me transforme num herói, duque.

– Não foi culpa dela – disse Caleb novamente, com mais suavidade. – Ela não estava lá atrás de encrenca. Aquele ataque poderia ter acontecido em qualquer lugar.

– Metade dos lugares de Covent Garden que são de mulheres ou frequentados por elas aumentaram a segurança nos últimos seis meses. – Ela deu um sorriso amargo. – Uma consequência da nossa nova rainha.

– Nós também?

– Fetu tem quatro pessoas na entrada e três na porta dos fundos – disse ela, antes de olhar para o marido. – Mal colocou homens nos telhados e Os Bastardos aumentaram a vigilância também. – Os Bastardos Impiedosos, protetores dos locais mais escuros de Covent Garden.

– Se eles tentarem, nós damos conta deles. – Haven apertou Sera contra si.

Caleb assentiu. Ele deveria voltar para O Canto naquela noite – ajudar Maggie a arrumar proteção semelhante para a taverna dela.

– E ontem? – questionou Sera. – Quem foi que deu conta deles na noite passada?

Ele poderia contar para ela. Poderia nomeá-las. Havia visto todas elas trabalhando juntas, como se tivessem treinado para uma noite como a que tiveram no dia anterior. A Duquesa de Trevescan, com dinheiro e poder de sobra. Adelaide Frampton, vista pelo mundo inteiro como uma invisível insípida, mas que era capaz de brandir uma lâmina sem problemas. Imogen Loveless, que havia derrubado um pugilista com uma substância que Caleb nunca gostaria de ser alvo. Maggie, que tinha olhos em todos os lugares. Todas as outras.

E Sesily, como uma deusa do caralho, em cima do bar, as saias vermelhas brilhando na luz dos candeeiros, um sorriso no rosto e uma graça em seus lábios enquanto derrubava um Calhorda com uma perna de mesa como se estivesse batendo numa peteca.

Era um bando, se ele sabia identificar um.

Uma revolução de batom, vestida de seda.

Mas não falou nada daquilo.

Não apenas porque colocara aquelas mulheres em perigo, levando Peck até lá e atraindo o ataque. Não só porque as viu resistindo juntas, ombro a ombro. Não só porque lutara ao lado delas.

Ele não falou nada porque prometeu para Sesily que não falaria.

E era a única coisa que se permitia prometer a ela. Então ficou quieto, virando as costas para a fileira de garrafas na prateleira atrás do bar, se ocupando com elas apesar de não haver necessidade alguma para aquilo.

– Caleb. – Sera interrompeu os pensamentos dele, que olhou para ela, reconhecendo a esperança em seu olhar, sabendo exatamente o que ela pediria e odiando isso. – Preciso de sua ajuda.

Merda.

– Não.

Seja lá o que ela fosse pedir, ele não faria.

Não podia fazer. Não se quisesse se manter distante de Sesily. Se quisesse manter sua amizade com Sera.

Se quisesse manter sua amizade.

– Eu faria eu mesma...

– Você definitivamente não vai fazer você mesma. – Haven havia abaixado seus papéis. – Você está prestes a ter um bebê.

– Você não ouviu a parte em que disse para Caleb que eu poderia dar à luz e um murro ao mesmo tempo?

– Em Caleb, tudo bem. Mas não nas pessoas com quem Sesily está andando.

– Essa é a questão! – disse Sera, sua exasperação clara quando olhou para Caleb. – Com quem ela está andando?

Caleb deixara de reorganizar as garrafas de gin sem necessidade para reorganizar as garrafas de uísque.

– Mande um dos garotos do Garden para descobrir. – A boa vontade pelo A Cotovia Canora que havia em Covent Garden lhes dava acesso a inúmeras redes de informantes.

– Ela é inteligente demais para isso. Ela vai descobri-lo e, se eu conheço Sesily, transformá-lo num aliado. Preciso de alguém que seja imune ao charme dela.

Boa sorte.

– Caleb... você provavelmente é o único homem na terra que é imune ao charme dela.

Haven limpou a garganta e Caleb desejou encarecidamente que ele também pudesse levar um murro.

– O que te faz falar uma coisa dessas? – perguntou ele, sabendo que não deveria. Ciente de que dar qualquer abertura para Sera o faria ter que escancarar a porta. Caleb sabia que não devia se meter com as irmãs Talbot.

– Bem – disse Sera. – Faz dois anos que ela te quer e você não a levou para cama nenhuma vez, para começar.

Ele ficou paralisado com as palavras. Não eram verdade, eram?

Você também não está me mantendo longe de ninguém.

– Quê?

– Vivi com Sesily por trinta anos. Eu sei quando ela está interessada em alguém. E, sinceramente, estou chocada que você tenha resistido. – Ela parou um instante. – Claro que se poderia argumentar que é bem fácil resistir estando do outro lado do mundo.

Ele sabia por experiência própria que não era verdade.

Ela o queria.

Puta que pariu. Era impossível. Nunca poderia acontecer.

– Sera. Ela é sua irmã.

E não tinha nada a ver com o fato de ela ser irmã de Sera.

– Melhor ainda. Talvez você não seja imune ao charme de Sesily... Será que alguém é? Mas você está determinado a não ceder a ele. – Sera continuou, sem fazer ideia da confusão de pensamentos na cabeça de Caleb.

Ele não respondeu, sabendo que qualquer coisa que falasse revelaria coisas demais.

As ideias que ele tivera. As coisas que imaginara fazendo com Sesily...

– Vamos ser sinceros... se você cedesse... estaria arruinado.

Ele franziu a testa e se virou para encará-la, finalmente, descobrindo que ela estava mais perto do que ele esperava.

– Você não quer dizer que *ela* estaria arruinada?

– Não, Caleb. Se vocês dois tiverem um caso, pode terminar com ela de coração quebrado... mas vai acabar com você destruído. – Ela lhe lançou um olhar honesto.

As palavras lançaram uma onda de pânico nele – algo que nunca reconheceria – e Caleb se virou resmungando algo sobre precisar pegar mais gin.

Quando adentrou o estoque, Fetu estava encolhido num canto, de costas para a porta, e Caleb desejou que ele ficasse em silêncio enquanto cruzava para pegar um dos caixotes que tinham reorganizado.

Não teve tanta sorte.

– Você já fica olhando para ela o tempo todo – o outro homem disse, mantendo o foco no trabalho. – Pode aproveitar para ajudar Sera.

– Eu não fico olhando para ela o tempo todo. – Caleb agarrou o caixote com força nas duas mãos, abaixando a cabeça.

Mentira. A mulher era como uma tempestade no oceano, impossível de desviar o olhar.

– Eu nunca estou aqui. – Ele não poderia estar lá. Se estivesse lá, colocaria todos eles em perigo. Nem sequer deveria estar ali naquele momento, nunca deveria voltar.

– Se você diz – disse Fetu, se levantando. – Mas você olhava quando estava aqui. Quando ela vinha até aqui.

– Por que ela parou de vir?

Ele queria que ela parasse, quando eles abriram, e ele teve que resistir a ela pelos dois meses que se arrastaram como uma eternidade. No ano anterior, quando ele estivera no país por menos de duas semanas. Menos tempo do que planejara, *graças a ela.*

– Se você ficar de olho nela, pode muito bem perguntar para ela.

Não deveria ter melhorado o seu humor, mas melhorou. Levantando o caixote, ele voltou para o salão principal, onde Sera esperava para dar sua cartada final.

– Você é a única pessoa em que posso confiar.

– Para manter sua irmã, que deixa caos por onde anda, a salvo? – ele falou entredentes.

Sera sorriu, o sorriso de uma bela mulher que sabe exatamente o quão bonita é. O sorriso de uma mulher que sabia que eventualmente conseguiria as coisas do seu jeito.

– Não sorria para ele – o marido dela resmungou com outro beijo na testa dela, voltando para sua mesa no canto.

Você não deveria confiar em mim, não com ela.

– Você não confiava em mim perto dela no início desta conversa – Caleb apontou.

– Na minha experiência, descobri que a melhor abordagem é começar todas as conversas que tenho com um homem com uma desconfiança severa.

– Seu marido deixou sequelas, hein. – Ele não a culpava por aquilo.

– Ah, com certeza – disse ela. – Mas ele paga por tudo o que fez com alegria, não é mesmo, duque?

Haven resmungou a distância, mas Caleb sabia a verdade. Eram poucos os homens na Terra que amavam a esposa mais do que o duque amava sua duquesa, e aquela era a única razão pela qual Caleb o aturava na taverna.

– Por favor, Caleb – disse ela, a mão acariciando a barriga. – Só até o bebê nascer.

– Eu só estou *aqui* até o bebê nascer – disse ele. – E então você terá que lidar com sua irmã sozinha.

Sesily o queria. Ela o queria e saber aquilo iria destruí-lo lentamente, porque ele nunca poderia tê-la.

– Você vai fazer. – Os olhos castanhos de Sera se iluminaram.

Aquilo era um erro.

As palavras o envolveram, se alojando profundamente em suas entranhas, o consumindo.

– Mas assim que esse bebê nascer...

– Você é um bom homem, Caleb Calhoun. – Um sorriso triunfante se formou no rosto de Sera.

Era uma mentira do caralho, aquela.

CAPÍTULO 9

— Você dormiu na *cama* dele?

Sesily deliberadamente inspecionou um detalhe de uma pintura insípida do Visconde Coleford, que estava pendurado na sala de estar do homem, e sussurrou para sua amiga:

— Adelaide. Eu preferiria que Londres inteira não fosse informada da situação.

Adelaide dispensou as palavras de Sesily com um gesto de mão.

— Por favor, ninguém presta atenção na gente. — Ela pausou. — Bem, ninguém presta atenção em *mim*.

— Sim, bem, eu acredito que eles mudariam de ideia se entreouvissem sua pergunta, considerando que estamos *num jantar*.

Adelaide e Sesily receberam os convites para jantar no primeiro evento oferecido pela nova Viscondessa Coleford, como prometido pela Duquesa de Trevescan, assim como a própria duquesa e outra dúzia de convidados, dos plebeus endinheirados a um duque que era um dos homens mais maçantes que Sesily já havia conhecido. E, quando se tratava de duques, aquilo era muita coisa.

Apesar disso, a dupla havia aceitado o convite com prazer e chegou pronta para atuar em seus papéis naquela noite, juntando as informações necessárias para derrubar Coleford – que provavelmente era um assassino e era um completo degenerado – um indivíduo a quem Mayfair *deveria* ter dado as costas anos antes. Mas claro que um homem com dinheiro e um título jamais seria excluído. Nem mesmo quando deveria ser.

E era aí que entravam Sesily, Adelaide e a duquesa.

Mais cedo, naquela tarde, o trio havia discutido o plano para a noite, cada uma das mulheres pronta para fazer o seu melhor: Sesily iria distrair a atenção do cômodo com uma história animada ou um jogo escandaloso enquanto Adelaide desapareceria, encontraria o caminho para o escritório particular de Coleford e o libertaria da posse de documentos que provavam seu envolvimento no processo de defraudar o Hospital Foundling. A duquesa se certificaria de que tudo corresse sem problemas.

Era um plano que fizeram dezenas de vezes, de dezenas de formas diferentes. Mais ainda. Havia sido ensaiado o suficiente para ser perfeito. E, naquela noite em particular, entraria em ação assim que os homens retornassem de seja lá o que fizessem após jantares. Fumar charutos? Beber uísque?

As damas tomavam xerez e tocavam piano, o que era uma injustiça, na opinião de Sesily. Excruciante.

Então Sesily e Adelaide ficaram ombro a ombro enquanto a viscondessa tocava alegremente o instrumento em um dos cantos, e consideravam a pintura que se agigantava em relação às outras da sala. Finalmente, Adelaide disse:

— Minha nossa, isso é horrendo.

Era um retrato enorme pintado a óleo, as cores vibrantes o suficiente para sugerir que o artista precisava de uma consulta médica para checar a vista, emoldurado por uma estrutura dourada ofuscante. A única coisa que impedia Sesily de ter certeza de que o pintor estava doente durante a pintura era o fato de que parecia combinar com o restante da sala – cores audaciosas e atrozes que claramente haviam sido escolhidas sem nenhuma intenção de se complementarem.

A casa em cores berrantes só era superada pelas pinturas de seus exuberantes donos, o visconde de meia-idade em um colete escarlate com um bordado em dourado, e sua recém-eleita viscondessa, sua terceira esposa extremamente nova, com um vestido de seda com uma estampa exótica em amarelo-canário e um tom de verde que não era encontrado na natureza.

— Não consigo decidir se é a pintura que é horrorosa ou quem ela retrata. – As duas ficaram lá paradas por um tempo, absorvendo a arte, antes de Sesily adicionar: – Talvez ambos?

— Certamente ambos – Adelaide disse, olhando para a anfitriã, que continuava no piano. – Coitadinha. Imagine ser casada com ele.

— Péssimo – falou Sesily, levando uma tacinha de xerez aos lábios. – Pior do que o retrato. Mas, se ela tiver paciência, vai se libertar dele.

— Se apenas ele aparecesse logo – comentou Adelaide, frustrada, olhando para a porta, ansiosa com o plano. Ansiosa para começar. – Certo. Me conte o resto. Você estava na cama dele, e o que aconteceu?

– Nada aconteceu. – Infelizmente.

– Não pode ser. A gente viu como ele estava quando veio te buscar no pub, Sesily. – A amiga olhou com descrença.

– O que isso significa, como ele estava? Como ele estava? – A descrença de Sesily era tão grande quanto a de Adelaide.

– Assustador – respondeu Adelaide depois de pensar por um momento.

Considerando a avaliação tão direta da amiga, Sesily olhou de volta para a pintura.

– Você está confundindo irritado e incomodado com assustador.

– Não estou, não. Ele virou uma fera quando viu o que aconteceu com você. – Adelaide fez uma pausa. – Eu gosto do seu visual, aliás. De alguma forma ficou apropriado e escandaloso ao mesmo tempo. Como está sua garganta?

Sesily estava usando uma sobrecasaca feita sob medida e uma gravata perfeitamente branca por cima de um vestido de seda cor de safira, no intuito de cobrir os hematomas do pescoço, frutos dos eventos de três noites atrás. Ela esperava que na próxima semana os folhetins de fofoca tivessem algo a dizer sobre Sexily Talbot andando por aí vestida parcialmente com roupas de um cavalheiro, mas ela preferia aquilo às perguntas sobre o que havia acontecido com seu pescoço. Além disso, sabia que estava fantástica.

Mas naquele momento, não queria discutir sua aparência. Queria discutir Caleb na noite do ataque. Apesar de não querer admitir, gostava muito a ideia de Caleb virando uma fera.

– Está tudo bem. – Com um gesto ela dispensou a preocupação de Adelaide. – Me fale mais sobre essa fera.

– Você fez outros homens perderem o controle antes. – Adelaide sorriu.

Mas não homens como Caleb.

Não homens que ela gostaria que perdessem o controle.

– O que você gostaria de ouvir? – perguntou Adelaide baixinho. – Que eu gostaria de vê-lo lutando contra um leão? Que tenho quase certeza de que ele ganharia? Que ele veio destruindo o lugar, tirando as mesas do caminho como se elas não pesassem nada só para chegar até você?

O coração de Sesily acelerou. Sim, todas aquelas informações eram excelentes.

– Ele não estava assustador na carruagem. Não sei se ele poderia estar mais irritado do que quando eu acordei.

– Bem, ele não estava *irritado* na taverna. Ele estava sangrando do ferimento na cabeça e enfiou um soco na cara do seu atacante e o nocauteou de uma vez, então te pegou nos braços e carregou para fora.

Nós tentamos impedi-lo, dissemos que iríamos te levar para um médico se necessário ou para casa... mas ele não aceitou nenhuma das opções.

– Mesmo? – Sesily tinha dificuldade de imaginar a cena.

– Mesmo. Foi extremamente primitivo – disse Adelaide com firmeza antes de adicionar: – E, devo admitir, um pouco atraente. Pensando no assunto agora, levando em conta como ele estava, nós deveríamos ter pensado que ele te levaria para algum lugar para... *jogar toque-emboque.*

Sesily gargalhou, chamando a atenção do cômodo inteiro e se arrependendo imediatamente com a dor que surgiu em sua garganta já dolorida. Com um sorriso amplo para as presentes, ela se virou novamente para a amiga.

– Eu sinto muito desapontá-la... mas ninguém jogou toque-emboque naquela noite.

– Ninguém? – Adelaide parecia ofendida com a revelação.

– Ninguém.

– Nem uma rodada?

– Adelaide!

– Desculpa! – disse ela, balançando a cabeça, seu cabelo ruivo amarrado com presteza brilhando à luz das velas. – É só... eu estou desorientada. – Sesily a olhou de soslaio. – Sabe, não consigo nem imaginar como *você* deve estar se sentindo. Não parecia que a noite iria acabar de forma tão... *entediante.*

Só que não havia sido nada entediante.

Por algum motivo, havia sido extremamente emocionante dormir na cama de Caleb, com o cheiro dele nos lençóis, a respiração uniforme dele no quarto. Mesmo que ele não a tivesse tocado. Mesmo que ele aparentasse não ter interesse nenhum nela.

Mas ele a chamara de Atena.

O peito de Sesily apertou com a memória. Na carruagem, ele a escutara. Ele havia entendido, ou era o que parecia. E ele a via para além do que os outros enxergavam. Não imprudente. Focada. Com princípios. Ele havia cuidado dela, parecendo compreender o que precisava antes mesmo que ela percebesse.

E então, na escuridão, no silêncio, ele a chamara de Atena. Uma guerreira. Quantas vezes repassara suas palavras, graves e secretas e particulares, vez após vez como um segredo nos últimos três dias? Quantas vezes tinha considerado ir até a taverna ou à casa dele e pedir para que as repetisse?

– Talvez ele tenha se mantido longe de você por algum senso de honra.

– Pode ser. Eu não estava em condições de... mas ainda assim... – Sesily suspirou.

Os imensos olhos castanhos de Adelaide, que viam tudo, se suavizaram com compreensão. Com pena. *Que vergonha.*

Sesily deu de ombros.

– Ele dormiu no mesmo quarto que eu. E foi difícil não pensar em todas as coisas... todas as formas que nós poderíamos...

– Jogar toque-emboque?

– Sim – disse Sesily, exasperada. – E daí... nada! Qualquer outro homem desta cidade iria jogar toque-emboque com felicidade. E... – Ela refletiu por um momento, perdida na lembrança. – Era como se ele nem sequer tivesse reparado no campo!

– Sesily. É impossível não te notar. – Adelaide lançou um olhar de descrença para ela.

É impossível não te notar.

Caleb havia dito exatamente a mesma coisa quando ela estava cuidando do ferimento na cabeça dele. Quando queria que ele a beijasse, o idiota. E ainda assim...

– Bem, ele foi bem claro quanto a isso.

– Eu não gosto dessa situação.

– Imagine então como me sinto – disse ela, de forma sagaz. – De qualquer modo, Caleb Calhoun não está aqui e não estou interessada em deixar que ele estrague uma boa noite.

Se Caleb estivesse lá, sem dúvida se envolveria em seus planos bem-feitos e faria algo irracional, como jogá-la por cima do ombro e removê-la do prédio.

E não por nenhum dos motivos pelos quais ela gostaria de ser jogada por cima do ombro dele.

Para sua sorte, naquele momento a porta do outro lado da sala se abriu e os homens retornaram, salvando-a de sua imaginação e das ideias de como seria ser jogada por cima do ombro de Caleb Calhoun.

– Ah, começamos – disse ela.

Coleford cruzou o cômodo, alto e magro, seus mais de 60 anos incapazes de atenuar a aparência perturbadora que as mulheres aprendiam a evitar desde a mais tenra idade. E isso era quando ele não estava bebendo, o que Sesily supunha que fosse algo que ele estivera fazendo. Bêbado e nojento. Seu olhar remelento deslizou por todas as mulheres do cômodo, sorrindo de forma desagradável na tentativa de ser charmoso.

– Tem certeza de que você consegue entretê-lo? – Adelaide fez um som de nojo de onde estava ao lado de Sesily.

– Algumas rodadas de pôquer não vão me matar – disse Sesily quando o olhar do visconde parou no pedaço de pele entre o lenço e o decote do vestido dela. Ela precisaria tomar banho mais tarde. – Só seja rápida com seu trabalho para que eu nunca mais precise me sentar na frente dele na minha vida.

Coleford se virou na direção do canto onde sua esposa ainda tocava.

– Pare com essa barulheira – disse ele rispidamente, alto o suficiente para que todos pudessem ouvi-lo.

A música parou instantaneamente, a jovem viscondessa se empertigando como aço enquanto abaixava a cabeça. Coleford se virou para os homens que o acompanharam com uma gargalhada alta demais.

– A pirralha acha que é o Mozart – disse ele, destruindo o nome do compositor. – Perdão pela agressão aos sentidos.

– Eu queria muito mostrar a ele o que é agressão – Adelaide sussurrou, se empertigando ao lado de Sesily.

– O plano – Sesily respondeu suavemente quando um silêncio desconfortável pairou na sala, seguido por risadinhas de desdém. Ela bebericou seu xerez, analisando o cômodo e catalogando quem havia se divertido com as crueldades do visconde.

– Venha cá – disse Coleford com um gesto para a esposa.

Ela obedeceu, se levantando no silêncio ensurdecedor e caminhando até ele, cheia de graça – o produto de uma vida inteira de lições em posturas e eloquência, bordado, construção de menus e poesia – o tipo de garota que havia aprendido todo tipo de habilidade exigida para ser uma esposa da aristocracia.

E, de alguma forma, nunca ensinada a ter as habilidades que poderiam ser necessárias para sobreviver como uma.

Adelaide estava fervendo ao lado de Sesily, que estendeu a mão e encostou no braço da amiga para lembrá-la do plano da noite, para recordar que, se fossem bem-sucedidas, iriam arruinar o visconde e resgatar a viscondessa de seu casamento horrível de uma vez só.

Mas Adelaide estava ficando irada, e Sesily conseguia perceber que o plano não estava nas prioridades dela.

Do canto do olho, Sesily viu um cavalheiro atravessar a porta – o homem entediante que se sentara ao seu lado mais cedo, enquanto comiam. O Duque de Clayborn havia perdido o início da cena, o sortudo. Deveria ter ido para casa.

Em vez disso, estava ali a tempo de ver Lady Coleford se aproximar o suficiente para que seu marido pudesse pegá-la pelo queixo, levantando o rosto dela para que o olhasse nos olhos.

– Ninguém quer ver você martelando as teclas, menina. Não é para isso que você está aqui.

– Sim, meu senhor –disse ela suavemente, abaixando o olhar.

– Embora eu ache que ouvir você martelando por aí seja melhor do que te ouvir dar risada, você parece um cavalo ferido – Coleford falou muito mais alto dessa vez.

Sesily prendeu a respiração com as palavras rudes e desnecessárias. Adelaide parecia pedra embaixo de sua mão.

Ninguém no cômodo se moveu, a não ser para desviar o olhar do momento desconfortável. É claro que não fariam nada. Era o visconde que tinha o poder, não a viscondessa. Assim como havia sido com Totting, e não com as garotas que todos sabiam que ele havia ferido.

Sesily lera o dossiê sobre o visconde do início ao fim, e tinha certeza de que ele assassinara suas duas esposas. A primeira, Fiona, havia morrido de uma "febre" aos 43 anos, poucos meses depois da morte do Sr. Bernard Palmer, o filho adulto e herdeiro de Coleford. A segunda, Primrose, havia falecido aos 22, após dois anos de um casamento sem filhos, em um "acidente" no lago da propriedade dos Coleford em West Midlands.

Ainda assim, esse cômodo cheio de pessoas poderosas ficava impassível enquanto o via maltratar a nova esposa, a mais jovem delas. Catherine, 19 anos. E ninguém tinha nada a dizer.

Que todos eles fossem para o inferno.

– Sim, meu senhor. – A viscondessa levantou o olhar para o marido.

Se apenas a voz dela não houvesse falhado, se ela não estivesse virada para elas. Se apenas elas não fossem capazes de ver os olhos cheios de lágrimas. Talvez, dessa forma, Adelaide teria sido capaz de se ater ao plano.

Mas provavelmente não, pois, quando Adelaide estava irritada, os planos definitivamente iam por água abaixo.

Infelizmente, naquela situação Adelaide estava furiosa. Ela se soltou da mão de Sesily e deu um passo à frente, na direção do casal.

– Eu particularmente gostei muito de sua apresentação, Lady Coleford.

Todos no cômodo olharam para Adelaide. A esquecível Adelaide Frampton, invisível desde sempre, conhecida por sua aparência severa e sua mansidão... menos naquela noite.

Maldição.

Sesily olhou para o outro lado da sala, onde a duquesa já as encarava. Podiam dar adeus ao plano.

Coleford se virou para Adelaide, e Sesily conseguiu perceber todo o ódio que ele direcionava para sua amiga enquanto a encarava.

– Não acredito que tenham perguntado a sua opinião.

– Na verdade, eu fiquei pensando sobre aquela parte mais complicada no segundo movimento. Nunca consegui acertar, será que você poderia me ensinar no futuro? – Adelaide continuou, ignorando o anfitrião em favor da anfitriã.

Coleford se colocou na frente da esposa, entre ela e Adelaide, que não se abalou.

– Minha *esposa* jamais será vista com você – zombou ele.

– Ah, francamente, com certeza vai ser melhor do que ser vista com um velhote como você. – Adelaide encontrou o olhar do homem.

Minha nossa. Sesily levantou as sobrancelhas em choque.

O rosto de Coleford ficou vermelho num nível que Sesily achava nunca ter visto antes.

O cômodo inteiro assistia boquiaberto. E, ainda assim, nenhum deles se moveu, os covardes.

Bem, ninguém além do Duque de Clayborn que estava próximo à porta e se aproximava, provavelmente para ter uma vista melhor. Sesily torceu o nariz na direção do homem e colocou a mão em suas saias, encontrando o bolso falso que fora desenhado apenas para que ela pudesse encontrar a adaga que sempre a acompanhava, presa à sua coxa.

Do outro lado da sala, a duquesa abriu seu leque, seda vermelha em cima de ébano.

Se Coleford fosse para cima de Adelaide, elas não hesitariam em defendê-la e todas elas teriam um problema muito maior do que o plano não ter dado certo.

– Srta. Frampton... – disse a viscondessa.

– Não se dirija a ela – respondeu Coleford. – Eu vou lidar com essa... – Ele deu um passo na direção de Adelaide, que não se moveu, mantendo sua posição. Uma leoa. – ...bruaca... ordinária... uma *ninguém.*

Na última palavra, conversas baixas se espalharam pelo cômodo, e, se Sesily não estivesse tão indignada, tão ocupada imaginando como destruir aquele idoso, teria rido da forma como as pessoas dali escolheram o insulto como a coisa para se ofender, como se todo o resto do comportamento do visconde fosse legítimo.

É claro que se não estivesse tão indignada também teria percebido que o Duque de Clayborn havia se aproximado do trio, se colocando entre Adelaide e Coleford.

– Já basta. – As palavras estavam pesadas com um poder polido, e Sesily cruzou olhares com a duquesa do outro lado do cômodo, que deu de ombros discretamente, como quem diz *"Não sei de nada".*

126

Sesily também não sabia, mas o Duque de Clayborn estava prestes a ganhar um arquivo tão grosso quanto o dedão dela na Mansão Trevescan. Mais grosso ainda, quando ele lançou um olhar ríspido na direção de Adelaide e disse:

– É hora de você partir, Srta. Frampton.

Adelaide não ia gostar daquilo nem um pouco.

Ela olhou para a viscondessa por cima dos ombros largos do duque, que deliberadamente não levantou o olhar.

– Agora. Não é um pedido – disse Clayborn para Adelaide. – Você *passou dos limites*.

Quem ele achava que era? Sesily também poderia destruí-lo com felicidade. Ela deu um passo na direção deles e se impediu apenas por causa de uma tosse que veio do outro lado do cômodo.

O plano.

Ainda havia um plano?

Ela olhou para a duquesa, que observava a cena compenetrada.

– Eu fui claro? – perguntou Clayborn, seu desdém frio e rígido direcionado a Adelaide. – Você esqueceu de seu lugar.

Que paspalho.

Adelaide levantou o queixo, a fúria saindo dela em ondas.

– Pelo contrário, duque. Parece que sou a única neste recinto que sabe onde ele fica.

Por um longo momento os dois se encararam e Sesily percebeu que Adelaide poderia fazer inúmeras coisas, incluindo, mas não se limitando, dar um murro no nariz aristocrático à sua frente.

E, se chegasse a esse ponto, definitivamente não haveria mais um plano.

Mas ela não o fez. Em vez disso, Adelaide deu um passo para trás e cumprimentou Lady Coleford com a cabeça.

– Muito obrigada pela noite adorável, senhora – disse ela antes de encarar Lorde Coleford e continuar: – E você, visconde, espero que receba de volta tudo o que merece.

Com um último olhar furioso na direção do duque, ela se virou e saiu do cômodo.

O silêncio recaiu no recinto, pesado e desagradável, enquanto todos os presentes ficavam à espera após a noite sem precedentes. Deveriam ir para casa? Fingir que nada acontecera? Achar um meio-termo?

E então, do outro lado do cômodo, alguém bateu as mãos e sugeriu:

– Bem, quem topa uma rodada de charadas?

A Duquesa de Trevescan havia libertado a sala.

– Você faria parte do meu time, Lorde Coleford?

Sesily encontrou os olhos da amiga enquanto cruzava o cômodo, percebendo o olhar que a duquesa lançou para a porta em que Adelaide havia desaparecido.

O plano ainda estava em vigência.

E agora Sesily era responsável por ele.

Esgueirando-se do cômodo, seguiu as instruções que um lacaio lhe dera discretamente até o corredor mais à frente, buscando um salão reservado para ser o local de descanso das damas que ficava ali perto. Um salão que, de acordo com o mapa que ela havia sido inteligente o suficiente para estudar apesar desse *definitivamente não ser o plano*, ficava a duas portas de distância de uma escada para servos que, ao descer um andar, a levava para um canto do térreo da casa onde o escritório de Lorde Coleford estava, escuro e destrancado.

– Excelente – sussurrou para si mesma quando a maçaneta virou com facilidade em sua mão. Ela conseguia arrombar uma fechadura, mas não era seu método preferido para adentrar cômodos. Era algo delicado, e melhor se deixado para quem não preferia o uso da força bruta.

Como chutar a janela de uma carruagem para permitir a entrada de ar fresco.

Sesily resistiu ao pensamento – aquele não era o momento de lembrar da força impressionante de um homem que não deveria impressioná-la.

Fechou a porta atrás de si com um clique baixinho e parou, depois de adentrar o escritório escuro com passos silenciosos, desejando que a luz da lua iluminasse o cômodo o suficiente para não precisar de mais luz.

Aparentemente sua sorte havia acabado com a porta destrancada. O cômodo estava escuro como a noite, exigindo que ela recuperasse um pedaço de vela e um fósforo do bolso de suas saias e, depois da luz restabelecida, se dirigisse na direção da mesa pesada e hostil que ocupava o resto do cômodo.

Com rapidez – algo essencial para uma busca em um escritório durante um jantar e duas vezes mais em um jantar que tinha saído do controle – encontrou um lugar para apoiar a vela e se jogou no trabalho, abrindo e fechando gavetas com uma eficiência cuidadosa até encontrar o que buscava.

Um livro de registros escondido embaixo de um fundo falso na última gaveta da mesa.

– Tão original quanto os outros – ela murmurou, abrindo o livro em cima do tapete, buscando o que precisava para provar que o Visconde Coleford, renomado por seu trabalho no corpo diretor do Foundling Hospital, estava desviando fundos da organização da qual se devotava de maneira pública. Além disso, também era meia dúzia de outras coisas terríveis, dentre elas um abusador, um adúltero, um homem rico que se recusava a pagar o que devia e um senhor de terras que taxava seus vassalos até o último fio de cabelo.

O monstro estava tirando dinheiro de órfãos, literalmente, desviando as doações do resto da aristocracia para uma conta privada.

O coração de Sesily começou a bater mais rápido enquanto ela virava as páginas do livro que condenaria o visconde, páginas e páginas de títulos e nobres respeitáveis, cada um acompanhado de dois depósitos; a quantidade entregue para o hospital e a que era depositada na conta de Coleford.

Franziu a testa enquanto folheava, buscando mais informações. E então ela os encontrou: uma lista de nomes e datas.

Sesily tinha certeza de que eram mulheres que entregaram suas crianças para o orfanato. Datas de entrega. Mulheres que não tinham nada, que estavam sendo chantageadas para fundos adicionais.

– Que monstro do cacete – sussurrou, a raiva circulando por ela ao arrancar as páginas do caderno. Se pudessem encontrar essas mulheres, poderiam achar os homens que as visavam.

E, se ela tivesse o livro, poderia provar a participação de Coleford no esquema doentio.

Ela o xingou enquanto devolvia o livro de registros ao fundo falso da gaveta. Malditos fossem todos como ele – armados até os dentes com dinheiro, poder, títulos, e cruéis sem limites.

Um conjunto deles no andar de cima, permanecendo calados enquanto ele destratava sua esposa e Adelaide na frente de todos. Por diversão.

Com o trabalho finalizado, Sesily dobrou os papeis até ficarem pequenos o suficiente para serem guardados no bolso de dentro de sua sobrecasaca, pegou o pedaço de papel que estava recolhendo a cera que escorria da vela e se levantou.

Um arranhar veio do lado de fora do escritório.

Havia alguém do outro lado da porta.

Arrancando a vela do lugar onde estava na mesa larga, ela a apagou, ignorando o ardor da cera quente na ponta dos dedos enquanto se abaixava na escuridão, se escondendo no buraco da mesa, xingando vestidos e roupas justas demais enquanto tentava recolher os metros de seda e rezava para que a luz estivesse fraca quando a pessoa entrasse.

Na melhor das hipóteses? Um criado, indo acender a lareira.

Na pior? O próprio visconde, que deveria estar no andar de cima, deleitando-se na companhia da duquesa.

Ela ficou paralisada quando ouviu a porta se abrir e se fechar, se encolheu quando a chave virou na fechadura. Apertou os dentes quando os passos se aproximaram, suaves e estáveis contra o tapete.

Ela analisou suas opções. Embora a maior parte de Londres não piscasse duas vezes com a ideia de Sesily Talbot encontrar um homem no escuro, tais encontros geralmente não aconteciam nos escritórios privados do dono da casa. Além disso, dificilmente aconteceriam embaixo de uma mesa.

E nunca, essas coisas nunca aconteceriam com um homem tão horrendo quanto Coleford.

Ela considerou a hipótese de desacordar seja lá quem fosse, mas a única arma que tinha disponível era o salto alto que usava, que não tinha peso suficiente para derrubar um homem feito.

Sesily buscou seu bolso, completamente desgostosa. Ela poderia ter considerado a possibilidade antes, mas esfaquear um visconde não era a atividade ideal para aquela noite; nem mesmo a duquesa seria capaz de manter a atenção longe de saias cobertas de sangue vindo de uma garganta cortada. Além disso, Sesily nunca havia cortado uma garganta, e preferia não começar naquela noite.

Os passos pararam em algum lugar próximo à mesa. Amaldiçoada fosse a escuridão, que tornava impossível saber exatamente onde o intruso estava.

O som de um fósforo. Uma luz dourada e suave iluminando o cômodo.

O homem estava diretamente à sua frente. Mas não era o visconde, que estivera vestindo calças brancas e meias longas, e um colete e uma sobrecasaca que remetiam a um tempo em que provavelmente ele era visto como menos odioso.

Este homem usava calças escuras.

Era difícil não as perceber quando ele se abaixou, suas coxas imensas ficando visíveis – coxas que definitivamente não pertenciam ao Visconde Coleford – seguidas por um peitoral igualmente largo coberto por uma sobrecasaca preta. Apesar da cabeça permanecer acima da mesa, ela teve uma visão bem próxima dos ombros mais largos que já tinha visto.

Ela os conhecia porque os vira antes.

O reconhecimento a fez exalar o pânico numa respiração longa.

E então a cabeça de Caleb se abaixou do canto da mesa, seu maxilar tenso em raiva, seus olhos flamejando em fúria e ela se arrependeu de ter suspirado, porque agora não conseguia respirar.

– Que diabos, Sesily.

CAPÍTULO 10

A sensação de alívio percorreu o corpo de Caleb quando a encontrou embaixo da mesa.

Nem mesmo nos sonhos mais loucos ele havia imaginado que Sesily iria parar ali, no escritório privado do Visconde Coleford. Nunca havia nem passado por sua mente que ela poderia chegar perto do Visconde Coleford.

Quando a observara entrar na Mansão Coleford, lindamente situada na Bruton Street, um pouco depois da Berkeley Square, ele quase ficara louco ao perceber que as coisas estavam prestes a sair completamente do prumo em apenas uma noite, uma vez que Sesily aparentemente saíra de sua própria casa como uma mulher indo para um jantar, ao menos para o resto do mundo.

Ela estava vestindo uma sobrecasaca e uma gravata – algo que o deixara tanto furioso ao lembrar o que o lenço cobria quanto fascinado com a forma como o casaco escondia ao mesmo tempo em que acentuava as curvas dela – mas Sesily Talbot não saía de casa com uma aparência comum. Nunca.

Ele esperara na escuridão, observando-a subir na carruagem e a seguiu em um cabriolé alugado, esperando que o jantar fosse cheio da bobeira respeitável da aristocracia, o que significava que ele poderia voltar para a sua vida por algumas horas antes de voltar a segui-la, com sorte, até a casa dela para dormir.

Mas não havia nada respeitável na Mansão Coleford.

Não havia nada *seguro* na Mansão Coleford, para nenhum dos dois.

Na verdade, a ideia de Sesily sequer se aproximar da mansão fazia a raiva queimar o sangue de Caleb... e o petrificava de medo.

Mas deixá-la ali não era uma opção, então ele havia saído do cabriolé, liberando-o de volta para a noite, e observara enquanto outra meia dúzia de carruagens depositavam os outros aristocratas para o evento, o aperto de pânico no peito de Caleb se aliviando quando percebeu que ela não estava ali sozinha.

Mas só um pouco.

Porque ele não acreditava sequer por um segundo que ela estava ali por coincidência.

Você está mantendo seus segredos, ela havia dito para ele do lado de fora d'O Canto três noites antes. *E, se eu precisar descobri-los para poder manter o meu seguro, eu o farei.*

Maldição. Ela havia cumprido a promessa. A mulher era o caos na forma mais pura.

Foi por isso que ele ficou meia hora se esgueirando por uma variedade de jardins escuros, pulando muros de pedra até conseguir entrar na Mansão Coleford (um lugar que ele evitava com afinco quando estava na cidade) depois de xingar a irmã de Sesily até a terceira geração por pedir que ele seguisse Sesily por Londres.

Aquele era um lugar que Sesily não deveria chegar perto – muito menos deveria estar vasculhando papéis no escritório privado que pertencia a um homem que era muito mais perigoso do que ela imaginava.

Ela seria pega, porra.

E, por algum motivo, em vez de não se meter no que ela fazia, Caleb havia concordado em tomar o papel de salvador pateta.

Ela ia fazer com que os dois fossem pegos.

Porra, ele iria pegar o primeiro barco de volta para Boston no momento em que Sera parisse aquele bebê e nunca mais iria voltar.

Se ele não fosse parar na forca antes.

Quando adentrara o cômodo escuro, pôde sentir o aroma dela, sol e vento e aquele gostinho de amêndoa, quase imperceptível no cheiro persistente da vela de cera recém-apagada. Ele o seguiu, como um cão de caça, até a mesa imensa do visconde, e acendeu o lampião sabendo sem hesitar que ela estaria embaixo da mesa.

E, quando se abaixou para encará-la, para vê-la se pressionando contra as costas da mesa, como se não fosse ser encontrada por ninguém que entrasse no escritório, sua preocupação, sua raiva e seu pânico se transformaram em um trio perigoso.

– Boa noite, Caleb. – Ela piorou a situação com um sorriso fácil.

– O que diabos você está fazendo? – Ele rangeu os dentes até sentir dor física.

– Pensei que fosse óbvio – disse a mulher, a rouquidão em suas palavras servindo apenas para irritá-lo ainda mais, lembrando-o de como ela surgira, a memória das mãos do brutamontes em torno do pescoço de Sesily, n'O Canto, queimando em sua mente.

– Se pensa que estou no humor para as suas piadas, você entendeu muito errado o que está acontecendo.

Ela teve o discernimento de não responder, um pequeno favor.

Caleb pensou que se acalmaria quando a encontrasse, que seria capaz, então, de decidir o que fazer. Como a remover dessa casa, dessa situação.

Achou que voltaria a ser sensato.

Mas como ela sabia?

Como Sesily encontrara aquele lugar? Como ela sabia os segredos que a casa guardava?

E com que velocidade ela descobriria os segredos dele, escondidos?

– Saia daí.

– Meio complicado quando você está no meio do caminho. – Ela gesticulou na direção dele.

– Não é nem um bom lugar para se esconder. Eu sabia que você estava aí no momento em que entrei no escritório – ele resmungou de volta e se levantou, se afastando enquanto ela saía do esconderijo.

– Certamente, mas não estava esperando que fosse necessário me esconder – disse ela, sacudindo as saias. – O que você está fazendo aqui?

– E se não fosse eu? O que você faria? – Ele ignorou a pergunta que ela fizera, tanto porque estava incomodado quanto por não saber como responder.

– Estou armada – retrucou ela com presteza. – Ao contrário do que pensa, eu ainda tenho alguma noção.

– E então o que, uma bala no braço do visconde?

– Uma facada, na verdade.

Ele olhou para o teto e soltou uma risada contida com a ideia de Sesily esfaqueando um aristocrata em sua própria casa.

– Você seria presa antes mesmo de sair algum sangue, sua desvairada. Você tem sorte que eu apareci.

– Ah, sim – ela sussurrou. – Estou me sentindo extremamente abençoada com a sua aparição. Quem mais poderia me obrigar a me esconder se você não tivesse surgido?

Sesily passou por ele e deu a volta na mesa até o lampião que ele acendera.

– Se eu não tivesse surgido...

– Se você não tivesse surgido, nada teria acontecido – disse ela. – Todo o resto da casa está bem distraído.

– Pelo que, charada com suas amigas?

– Sim, exatamente.

– E teoricamente é isso que iria manter Coleford distraído enquanto você invade seu escritório privado. – Ele deu uma risada de descrença.

– Você subestima minhas amigas.

– Eu definitivamente não as subestimo, acho todas elas assustadoras.

– Elas vão ficar felizes em saber disso. – Ela sorriu.

– Completamente desajustadas – ele murmurou. – Bem, hora de ir. Você vai fazer com que nós dois sejamos pegos.

– Com licença! – disse ela, afrontada. – As *únicas* vezes que eu fui *pega* foram por você!

– Acho que você quer dizer *resgatada*, meu bem – ele retrucou. – Na outra noite, quando você se lançou na batalha apesar de estar em menor número...

– Ah, por favor.

– ...e antes, quando você *vandalizou* um conde... – Ele ignorou a observação que ela fizera.

– Você acha que ele não merecia?

– Ele merecia ainda mais, sua mulher devastadora, mas isso não quer dizer que seja sua responsabilidade puni-lo.

– Ninguém mais fez nada – ela vociferou. – Eu te garanto, Caleb, que se eu achasse que um *homem* sequer fosse se pronunciar e dar a qualquer um desses monstros o que eles merecem...

– Punir os monstros não os elimina – ele retrucou.

– Mas os reduz um a um!

– Puta que pariu, Sesily! – A reclamação o libertou, e ele não conseguiu se segurar, aproximando-se do rosto dela, o mais perto possível, seu coração acelerado com uma frustração e um medo que ele não sentia há anos. – Você não sabe do que está falando. Não tem ideia das repercussões que eliminar esses homens traz, não consegue ver o que pode vir ou o perigo em que está. Como eles não param por razão nenhuma quando querem te destruir, se pensam que você é uma ameaça ao dinheiro, poder ou ao título que eles têm. – Ele pausou. – Você não vê como eles vão *acabar* com você.

Sesily piscou ao fim das palavras, seus olhos azuis arregalados em surpresa e confusão. Caleb finalmente percebeu – seja lá o motivo que a levara até ali, não eram os segredos que ele guardava.

– Caleb, do que...

Ele balançou a cabeça. Certamente não iria compartilhá-los com ela.

– Não. Nós estamos indo embora e você vai me prometer que nunca mais vai voltar aqui. Que não vai enfrentar Coleford.

– Francamente, para alguém que faz tanto esforço em dizer não ter uma gota sequer de interesse na minha pessoa, você gasta tempo demais me seguindo! *O que*, devo notar, é problema inteiramente seu. Você não foi convidado. – Ela bufou, exasperada.

– Você não deveria estar aqui – disse ele, endireitando os ombros e se aproximando de Sesily, parando apenas quando ela teve que levantar a cabeça para encontrar seu olhar. – Nada aqui é do seu interesse.

– Acredito ser mais do que capaz de discernir o que é e o que não é do meu interesse, americano – ela retrucou, um lampejo de indignação passando por seus olhos azuis. Então parou um instante e o silêncio que restou estava cheio de algo que Caleb não gostava. – Calma aí.

– Hora de partir, Sesily. – Ela era esperta demais para o próprio bem. Caleb rangeu os dentes.

– Você não foi convidado por mim – ela disse, suavemente, como se tudo estivesse se encaixando. – Nem por ninguém. Você não *estava* aqui. O que você está fazendo...

– Não, nós temos que sair daqui.

– Por que você está aqui?

– Te seguindo. – Ele buscou o botão do lampião com a intenção de deixar o cômodo escuro, para poder se esconder.

– Não. – A mão de Sesily alcançou a dele com uma velocidade surpreendente, o calor do toque dela o queimando através da seda da luva que ela usava. – Como você o conhece?

Ela não sabia.

Caleb fechou os olhos, o alívio e a frustração lutando dentro de si.

– Não é importante. O que importa agora é que eu sei o tipo de homem que ele é e que vou te trancar eu mesmo se for o necessário para te manter longe dele.

– Me conta. – Ela investigou o rosto de Caleb.

De certa maneira, inacreditavelmente ele queria contar. Como seria responder à pergunta e contar tudo para ela? Como seria se livrar daquele fardo?

Seria glorioso.

E então destruiria a ambos.

– Eu não...

– Shhhh... – Ela cobriu a boca dele com a mão.

No silêncio que se seguiu – que ele tinha certeza de que ela preencheria em breve – um sino soou. Era suave e distante no corredor.

– Merda – ela sussurrou e virou a cabeça para a porta. – Pensei que a duquesa conseguiria prendê-lo por mais tempo. E, só para deixar registrado, Caleb, se você não tivesse aparecido, eu estaria bem longe desse escritório a esta altura. Então se nós formos pegos... a culpa é sua.

– Nós estamos prestes a ser pegos? – Ele a encarou, estreitando os olhos.

Ela enfiou a mão nas dobras da saia, o brilho de metal – uma adaga? – piscando para ele antes de ela girar o botão do lampião, extinguindo a chama.

– Rápido – sussurrou ela, tomando a mão de Caleb e o puxando até a porta. Sesily a abriu silenciosamente, só um pouquinho. O brilho apareceu mais uma vez, mas não vinha de uma arma. Era um espelho, que ela deslizou cuidadosamente na fresta entre a porta e o batente.

Esperto.

– Agora. – Aparentemente convencida de que não seriam vistos, ela abriu a porta e o puxou para o corredor vazio. – Rápido.

– Coleford. – Um homem falou a distância.

Os dois pararam, a raiva correndo por Caleb, fazendo-o apertar mais a mão de Sesily.

– Agora, Sesily.

– Ah, Clayborn. – A resposta veio distante, o tom anasalado das palavras envolvendo Caleb, indesejado. – Muito obrigada por dar um jeito naquela bruaca lá em cima. Minha *esposa* – Coleford cuspiu a palavra – devia saber que não deveria convidá-la. Eles nunca sabem o lugar a que pertencem, esses plebeus.

– Sua *esposa*... – As palavras de Clayborn eram gélidas e ríspidas. – ...merece que você a trate melhor.

Sesily arregalou os olhos quando Coleford começou a gaguejar.

Não que isso tivesse algum efeito no outro homem, que falava calmamente, a voz com uma camada de ameaça que Caleb reconheceu pois havia usado o mesmo tom inúmeras vezes antes.

– Eu gostaria de ver você mudar sua conduta nesse quesito. – O aviso era implícito, mas claro como o dia. – E, sobre a *plebeia*, espero que se mantenha a distância da Srta. Frampton. De verdade.

– Ele não é um babaca? – Sesily murmurou para Caleb, se virando para ele.

– Bem, ele é um duque, então o julgamento fica pendente – ele sussurrou. – Mas não temos tempo de descobrir. Você não pode voltar naquela direção.

– Que sorte a minha que você está aqui, eu não havia considerado isso – Sesily retrucou num tom que indicava que ela com certeza já tinha pensado naquilo. – Tampouco havia considerado que *você* não pode ir para lugar nenhum, porque *você nem sequer deveria estar aqui.*

Em vez de responder, Caleb correu os dedos pela parede até achar o que procurava. Ele puxou uma lingueta e abriu um pequeno armário cheio de panos e baldes. Um armário de serviço.

– Ele está vindo – disse Sesily, empurrando Caleb no espaço minúsculo e fechando a porta atrás de si, jogando-os na escuridão. Ele se encolheu o máximo que conseguiu sem iluminação, o que não era muito pois suas costas bateram imediatamente contra as prateleiras na parede. Seu calcanhar bateu em um balde no chão, o suficiente para fazer um barulho baixo.

– Shhhh.... – Ela cobriu a boca dele novamente.

Caleb passou os braços ao redor da cintura de Sesily, mantendo-os parados, e mordeu a palma da mão da mulher. Ela o soltou, beliscando o braço dele quase ao mesmo tempo.

Em outro lugar, em outro momento, ele teria se divertido, se deleitado.

No entanto, naquele instante ele estava se preparando para protegê-la de todas as formas possíveis.

Eles esperaram, ouvindo os passos pesados se aproximarem e uma porta abrir no corredor. O escritório do visconde.

– Como você sabia que esse armário existia? – ela perguntou, as palavras quase inaudíveis.

Ele a ouvira, é claro.

– Toda casa endinheirada tem um armário de serviço.

Sesily considerou as palavras e, apesar do desejo de Caleb de que ela não fizesse mais perguntas, continuou:

– E você faz questão de saber onde eles ficam?

– Você não está feliz por eu saber onde este armário estava?

– Se você não estivesse aqui, eu poderia ter fingido que me perdi no retorno da sala de repouso.

– Perdida em outro andar?

– Você duvida da capacidade dos homens de acreditarem que mulheres são completamente desmioladas?

Ele não duvidava, mas ela estava longe de ser desmiolada.

– Sesily... – Caleb escolheu as palavras cuidadosamente. – Coleford. Ele não é um homem íntegro.

– Eu sei – disse ela.

– Você não sabe não... pelo menos não tudo.

Ela fez mais uma pausa antes de questionar, implorando um pouquinho, com um tom suave e elegante:

– E como *você* sabe?

– Seja lá o que estiver tramando... você precisa parar. Se ele te pegar, se ele te considerar uma inimiga... ele não vai hesitar. – Caleb engoliu em seco.

– Você entrou aqui, sem convite algum, disposto a ser considerado um dos inimigos dele. Por quê?

Porque ele já me considera um inimigo.

Nunca falaria aquilo; Sesily nunca saberia. Nunca sequer deveria ter chegado perto de saber.

Ela não estaria tão perto se ele conseguisse se manter afastado.

Mas ele não conseguia, e esse era todo o problema, não era? Desde o início.

Mais uma vez o silêncio preencheu a curta distância entre eles, e, nele, começou a considerar que talvez ele devesse soltá-la. Não havia nenhum *talvez*, ele definitivamente deveria soltá-la.

No entanto, não queria.

Então não o fez, deixando o seu braço ao redor da cintura dela, se convencendo de que a estava mantendo em segurança. Sesily poderia tropeçar em toda sorte de produtos de limpeza. Esfregões, baldes, pilhas de pano. Cloro.

Cloro era extremamente perigoso.

Melhor segurá-la contra si.

Não tinha nada a ver com a sensação de tê-la em seus braços, macia e quente, os seios dela subindo e descendo contra ele a cada respiração, as mãos dela repousando contra seu peito.

– Então... – ela sussurrou finalmente. – Você me seguiu até aqui. Para o meio da confusão.

Ele não respondeu.

A mulher, no entanto, detestava ser ignorada.

– Caleb, se você não tomar cuidado, as pessoas vão perceber que você está me seguindo e começar a pensar coisas.

Seu coração se acelerou e ele odiou tudo de Londres e dessa casa, mas, ainda assim, não conseguia se impedir de apertá-la mais forte contra si.

– Pensar que tipo de coisa?

De onde diabos tinha vindo aquela pergunta?

– O tipo de coisa que as pessoas pensam sobre qualquer homem que me segue.

– E o que seria isso?

O aroma dela o envolveu como uma iguaria exposta numa vitrine, fora do alcance. Uma provocação inebriante. Sesily brincou com a lapela de sua sobrecasaca de forma provocadora e ele imaginou que ela estaria ostentando um dos seus sorrisos perfeitos.

– Eles não me chamam de Sexily à toa.

Caleb não tinha dificuldade alguma em compreender por que a chamavam daquela maneira, mas aquele não era o momento de falar sobre aquilo. Ela não conseguia compreender a seriedade da situação em que estavam?

– Agora não, Sesily.

– Eu só estou dizendo que, se você tem tanta vontade de ficar perto de mim, deveria considerar me acompanhar para algum lugar apropriado. – O tom de flerte e de provocação estava ainda mais intenso.

– Ah, é? E o armário de serviço na casa de um visconde qualquer é inapropriado? – questionou ele.

– Um visconde qualquer – disse ela e Caleb pôde perceber o sorriso na voz, como se estivessem em qualquer lugar menos ali, e estivessem fazendo outra coisa que não fosse tentar não ser pegos. – Você realmente deveria usar títulos com mais respeito.

– Eu sou americano – respondeu ele. – Eles realmente me confundem.

– Eles são muito complexos. – Ela deu uma risada rouca e baixinha na escuridão, e, de alguma maneira, aquilo o soltou.

– Por exemplo? – ele sussurrou a pergunta, grato pela distração, grato por ela.

– Todo mundo conhece duques, é claro – ela sussurrou de volta, os dedos ainda brincando com a lapela da sobrecasaca, fazendo caminhos cada vez maiores, torturando-o lentamente. – Mas percebi que americanos se confundem facilmente apenas um patamar abaixo... com marqueses. A maioria de vocês pronuncia com um "e" muito arrastado e é horroroso.

– É a dívida de honra que temos com os franceses – ele retrucou e Sesily riu novamente, dessa vez um pouco mais alto, alto o suficiente para soar esganiçado. Caleb apertou seu braço, desgostando muito do som e da dor que ela devia estar sentindo depois dos eventos da noite anterior, incapaz de se impedir de puxá-la mais para perto, como se fosse capaz de protegê-la só com aquilo. – Não quis dizer exemplos de títulos, Sesily.

– O que então? – Ela ficou quieta e ele imaginou que ela levantara o rosto para olhá-lo, buscando seus olhos na escuridão, da mesma forma que ele buscava os dela.

– Qual é o lugar apropriado para eu te acompanhar?

Era óbvio que não existia. Não havia cenário em que ele cortejava Sesily Talbot. Sem sorvetes no Gunter's, sem buquês de um vendedor de flores de Covent Garden, sem visitas à livraria de Sophie, irmã de Sesily. Cortejá-la significava considerar um futuro, e um futuro com Sesily era impossível.

Mesmo que ela fosse a única mulher que o tentara a considerar um.

Mas ali, na escuridão, queria ouvi-la dizer o que imaginava ser possível.

Antes que ela pudesse responder, barulhos vieram do corredor. Coleford, o bastardo, fechando a porta de seu escritório com firmeza, seus passos se afastando de forma lenta e regular enquanto voltava para a festa no andar de cima.

Não era o andar de um homem que sabia que alguém havia mexido em suas coisas.

O que ela estava procurando?

O que ela encontrara?

Agora que estavam a salvo de serem descobertos, ele poderia perguntar. Poderia mantê-la ali, na escuridão, até que ela contasse a verdade.

– Você poderia me acompanhar até Boston – Sesily respondeu sua pergunta anterior antes que pudesse fazer uma nova.

As palavras foram como uma arma, destruindo-o, trazendo com elas a visão dela em sua taverna em Boston, nos jardins ensolarados da sua casa geminada de Beacon Hill, nas margens do Atlântico.

No Atlântico... seis semanas no mar sem nada além de uma cabine privativa para entretê-los.

As coisas que eles fariam numa cabine privativa.

– Esse não é um lugar apropriado de jeito nenhum – disse ele, com a voz suave.

– É, suponho que não – ela disse. – Mas talvez assim...

Ela deixou as palavras no ar, um milhão de coisas não ditas naquela pausa. E Caleb estava perdido, porque ele queria saber cada uma delas.

– Talvez assim o quê?

– Talvez assim você me contasse seus segredos – disse ela suavemente.

Nunca. Ele nunca a sobrecarregaria com eles. Muito menos naquele lugar, naquela casa, que pertencia àquele homem.

– Você percebe que eu os descobrirei em algum momento, para que fiquemos quites – ela falou com uma risada, como se Caleb tivesse falado seus pensamentos em voz alta.

– Quem disse que temos que ficar quites? – Uma sensação de desconforto o percorreu.

– Não gosto do desequilíbrio de poder.

A mulher era a filha de um conde, irmã de uma duquesa, de uma futura duquesa e de uma condessa, era herdeira de uma fortuna e tinha a maior parte de Londres na palma da mão. Ela poderia tirá-lo do caminho com um aceno de sua linda mão.

– Não tenho segredo algum – ele mentiu.

– Por que você não gosta do escuro? – ela questionou, a pergunta suave e precisa.

– Agora não me importo tanto – disse ele, amando a escuridão que o fazia pressioná-la contra si. Quando ela não falou nada, adicionou: – Quando eu era mais novo, fiquei dois meses no compartimento de carga de um navio.

– Dois *meses*. – Ela respirou profundamente.

– Foi uma longa viagem. Tempestuosa e... – *Terrível*. Não tinha dinheiro para um cômodo com janelas ou para passar tempo no convés. – Escura.

– *Caleb...* – sussurrou ela, levando a ponta dos dedos aos lábios dele, macia como seda.

– Como disse antes, não tenho nenhum problema agora. – Ele limpou a garganta e segurou a mão dela.

Se eu estiver com você.

Ele beijou um dos dedos de Sesily, quase mordiscando, e gostou de como a respiração dela ficou pesada.

– E você? Quais os seus segredos?

– Você já sabe muitos deles – sussurrou ela, sua mão livre deslizando pelo ombro dele, até seu pescoço, se enfiando em seus cachos, como se fosse perfeitamente normal tê-la o tocando. Como se ela o possuísse.

E se fosse verdade? E se ele deixasse, ali, na escuridão, após quase serem pegos por Coleford, enquanto o alívio o consumia por tê-la encontrado, por tê-la em seus braços, por mantê-la a salvo.

E se, só desta vez, ele permitisse?

Ela o queria.

– Posso confiar em você, Caleb? Para manter meus segredos? – Sesily enrolou os dedos no cabelo dele, puxando seu rosto para perto até que ele pudesse sentir os lábios dela bem *ali*, à espera. – Posso confiar em você, Caleb?

Sem condicionais.

Não que ela precisasse delas.

– Sim.

E ela o beijou.

CAPÍTULO 11

Sesily deveria estar mais preocupada com o que estava acontecendo do lado de fora do armário – como encontraria o caminho de volta para onde a duquesa estava, como evitaria ser descoberta pelo visconde, como iria se esgueirar de volta para casa se ficasse presa naquele armário a noite toda – mas não conseguia nem se interessar nem raciocinar o suficiente para se preocupar com qualquer coisa além de Caleb.

Algo havia se modificado na escuridão, enquanto ele a abraçava apertado e a deixava explorá-lo como quisesse – como se ele fosse dela, como se fossem um do outro. De alguma maneira, tudo havia se tornado muito mais livre e perigoso, porque mesmo que quisesse tanto aquele homem, a ideia de tê-lo... de tocá-lo... de beijá-lo sem pensar em mais nada... ameaçava seu futuro.

Afinal, uma vez que soubesse como era estar nos braços de Caleb, talvez nunca mais desejasse estar em outro lugar. E Sesily não achava que aguentaria caso ele não se sentisse da mesma forma.

Mas naquele instante, naquele lugar escuro e quieto que pertencia só a eles, o risco tomou um novo significado. Ali, enquanto os dedos dela traçavam a pele quente dele, o aroma do homem a envolvendo, âmbar e couro, com o reverberar em seu peito que ameaçava colocá-la de joelhos, Sesily percebeu que provavelmente já estava perdida.

De fato, ela estava perdida desde o momento em que ele a envolvera em seus braços, aproximando-a ainda mais, quando o reverberar virou um gemido, fazendo o calor correr por seu sangue quando dominou o beijo que ela havia começado.

Sesily se entregou, suspirando quando ele abriu os lábios sobre os dela e sua língua a invadiu por um instante, como se não pudesse perder a chance de prová-la. Ela também não conseguia resistir e, quando ele se afastou, o seguiu, longe de conseguir abrir mão.

Aquele gemido novamente, profundo e delicioso. As mãos dele acharam o caminho até o cabelo dela, ameaçando espalhar seus grampos por todo o canto.

Sesily não se importava.

Quantas vezes sonhara com aquele beijo? Quantas vezes duvidara que iria acontecer porque Caleb fazia um espetáculo para mostrar que não a desejava? Que nem sequer pensava naquilo?

Ele havia mentido.

Tinha tanta certeza daquilo quando tinha certeza de que a respiração de Caleb estava curta, assim como a dela. Sabia que ele estava no limite, assim como ela. E sabia que ele a queria da mesma forma como ela o queria.

Conseguia sentir nos lábios dele.

Sesily se sentiu triunfante quando Caleb a puxou para perto, um dedão traçando o desenho de sua bochecha enquanto aprofundava o beijo, e ela se perdeu na carícia, no gosto dele, na sensação do corpo rígido contra o dela. Um encaixe perfeito, exatamente como sempre soube que seria.

– Caleb – sussurrou, incapaz de manter o nome dele longe de seus lábios. Estivera esperando por isso desde sempre.

Ele lhe deu espaço para respirar mesmo continuando a lhe dar prazer, pressionando beijos quentes na sua bochecha, no canto da mandíbula, na pele suave do pescoço, logo acima do lenço.

– Isso aqui – ele sussurrou contra a pele dela. – Eu odeio tanto. Só Deus sabe o quanto odeio o que ele esconde. – Ele fez uma pausa. – Está doendo?

A pergunta doía, tão atenciosa, tão doce, tão pessoal.

– Não.

– Tenho certeza de que é uma mentira.

– Não ouse usar o que aconteceu na outra noite como desculpa para parar agora – ela murmurou, segurando com mais força os cachos dele em suas mãos (como o cabelo dele conseguia ser tão macio?), prendendo os lábios do homem contra a própria pele.

Ele se afastou apenas o suficiente para falar, o suficiente para Sesily sentir a respiração quente contra sua pele.

– Você acha que já não tenho desculpas suficientes sem precisar apelar a isso?

Estavam escondidos num armário de serviço depois de ela bisbilhotar a mesa de um visconde – e havia uma chance razoável de que fossem encontrados, então ela supunha que havia motivos bastantes para parar.

Ele falou, suas palavras prometendo pecado na escuridão:

– Sesily... Os motivos pelos quais eu deveria parar não têm nada a ver com o lugar em que estamos.

Antes que ela pudesse pedir explicações, ele lambeu a pele dela até o lóbulo da orelha, chupando-o até ela estremecer de prazer.

– Eu deveria parar porque a sensação de te ter nos meus braços é magnífica. Como um tesouro a ser roubado. – Ah, *ah.* Ela gostava daquilo. – Eu deveria parar porque você faz com que eu me sinta como um ladrão. Roubando seu toque, seu cheiro, seus beijos...

E ele a beijou, tomando a boca de Sesily como um predador, profunda e completamente.

Só que ele não estava roubando.

Ela os dava de graça.

Quando Caleb a soltou de sua carícia, ele falou de forma quente e suave em seu ouvido:

– Eu deveria parar porque se não o fizer agora... nunca mais eu vou querer parar.

Ela fechou os olhos com as palavras, perdida nelas. Perdida nele, na promessa que era Caleb, alguém que ela sempre quisera e que finalmente, *finalmente* estava a seu alcance.

– E se eu não quiser que você pare?

– Não fala isso – ele gemeu, o som torturado trazendo um prazer indescritível a Sesily.

Ela enrolou mais os dedos no cabelo dele ao sentir os lábios de Caleb contra a pele logo abaixo do seu lenço, um lugar que parecia ter mais sensibilidade do que uma parte do corpo humano tinha o direito de ter.

– E se eu te dissesse tudo o que quero que você faça comigo em vez de parar? – Ela suspirou na escuridão. – O que aconteceria? Eu seria entregue para ser punida?

Caleb tirou a lapela da sobrecasaca dela do caminho, desnudando a pele que havia abaixo, logo acima do decote de seu corpete justo, e mordiscou gentilmente.

– Acredito que posso aplicar a punição eu mesmo.

– Você promete? – Ela se curvou contra ele.

A resposta foi um grunhido e ele tirou o casaco dos ombros de Sesily. Ela o soltou enquanto Caleb se livrava da peça de roupa, até a puxar novamente para seus braços, uma mão traçando o caminho do ombro até embaixo, percorrendo o longo pedaço de pele que havia revelado.

Não que ele pudesse ver. Xingou em frustração.

– Falando em punição – Caleb sussurrou. – Se isso é tudo que terei... um punhado de momentos roubados, pouquíssimos beijos... um armário cheio de prazer... – Sesily estremeceu quando os dedos dele escorregaram para dentro da seda do corpete. – Parece um tipo especial de tortura eu não poder te ver.

– Mas você pode sentir. – Ela sorriu na escuridão, uma excitação correndo dentro de si.

– Isso, sim – disse ele, os seus dedos habilidosos a provocando apesar das amarrações apertadas de seu corpete. – Você me deseja aqui. – Ele apertou o bico de um seio, o arquejo dela se misturando com a risada deliciosa e baixa dele.

– Sim – disse ela, os seus lábios contra a orelha de Caleb.

Com sua confirmação, ele segurou o tecido de onde brincava com ela e o puxou para beijo, levantando os seios de seus apoios. Ela sugou o ar com a liberdade do corpete justo, e então suspirou profundamente com o toque dos dedos de Caleb, ao redor de seus mamilos que imploravam por ele, duros e doloridos.

– Caleb – ela suspirou.

Não houve resposta e Caleb se moveu na escuridão, virando-a, levantando-a até ela se equilibrar numa pilha de caixotes num canto no fundo do armário.

– Confortável?

Ela sentiu um calor subir com a pergunta, com o cuidado nela.

– Bastante – disse ela, com um tom de humor na voz, e segurou a lã do colete dele, puxando-o para perto novamente. – Impressionante como é conveniente considerando que estamos num armário. Você acha que estamos roubando o esconderijo para encontros de alguém?

– De mais de um alguém, provavelmente. – A língua dele traçou a pele suave de onde seu pescoço encontrava os ombros.

– Quando eu era uma garota, uma vez me deparei com uma criada e um cavalariço.

– E você foi uma boa garota? Foi embora imediatamente? – Os lábios dele desceram pela pele, do ombro até o seio.

– Eu nunca na minha vida fui uma boa garota.

Caleb recompensou a confissão abaixando a cabeça e tomando um mamilo na boca, lentamente e com fervor, bagunçando os pensamentos de Sesily com o toque delicioso. Ele levantou a cabeça e soprou contra a pele rígida.

– E onde você estava?

– Em casa. Meus pais tinham dado uma festa e todos os convidados haviam partido, e as criadas estavam reorganizando os quartos.

– Continue falando – ele ordenou, mudando sua atenção para o outro seio, lambendo o bico antes de encostar seus lábios quentes contra a pele dela, chupando em ondas longas e sedutoras.

– Eu estava... – Ela parou quando os dedos dele tocaram seu tornozelo, embaixo de suas saias, e ali ficaram, parados. Desejou que ele os movesse, queria-os num lugar um pouco mais acima.

– Sesily? – Ele parou o toque maravilhoso em seus seios, o nome dela soando pecaminoso na voz grave, fazendo-a agir.

– Não – ela sussurrou. – Mais.

– Se você não parar, eu não paro, meu amor. – Os lábios dele se curvaram contra a pele dela num sorriso.

Do que estava falando mesmo? Ah.

– Eu não sei por que eu estava lá – disse Sesily. – Mas era o quarto mais distante da ala oeste da casa, o mais distante do meu possível. Eles não fecharam a porta completamente.

– Descuidados. – Os dedos dele subiram mais na perna, puxando as saias com eles, acariciando ao longo de suas meias lentamente.

– Talvez – ela sussurrou. – Talvez não tenham pensado sobre o assunto, porque não conseguiam pensar em nada além....

As palavras se transformaram em pequenos gemidos quando ele encontrou a pele da sua coxa.

– Talvez eles quisessem ser pegos – disse ele, e a arrogância masculina em sua voz fez o desejo se acumular no baixo ventre de Sesily. – Talvez você goste dessa ideia.

– Eu gosto. – Ela abriu as pernas um pouco mais.

– Garota má – ele sussurrou, os dedos alcançando a cinta de couro e a bainha que guardavam sua adaga, acariciando-a como se fosse uma fita de seda. – Garota má, com uma lâmina na coxa. Deusa da guerra.

Ela suspirou com as palavras, com a forma como os segredos dela os aproximaram.

Mas Caleb não se demorou ali, estava interessado demais no que mais poderia achar. No que mais ela poderia contar a ele.

– O que eles estavam fazendo?

Ela fechou os olhos com a lembrança.

– Primeiro eu não conseguia saber... Ele estava de costas para mim. Ela estava levantada contra a cama alta, desfeita, as pernas presas na cintura dele, abraçando-o pelo pescoço.

Os dedos dele a acariciaram com cuidado, cada vez mais próximos de onde ela o queria.

– E...?

– Ela estava fazendo uns barulhos... baixinhos e suaves.

– Hmm. – Caleb falou, como se estivessem discutindo um fenômeno natural inusitado. E então os dedos dele estavam lá, brincando com seus pelos macios, abrindo-a, um dedo a provocando.

E então ele parou.

O desgraçado *parou*.

Sesily achou que iria enlouquecer e enrolou os dedos no cabelo dele.

– *Caleb*.

– Você parou de falar. Me diga o que estavam fazendo e eu continuo.

Ela levantou os quadris, odiando a provocação. Amando. Mas ele estava pronto para ela, se afastando até mal encostar em sua pele.

– Me conta – ele insistiu. – Me conta e te dou o que você quer.

Ele roubou os lábios dela na escuridão, uma surpresa encantadora, a língua dele a acariciando profundamente. Quando a soltou, encostou a testa na dela e disse:

– Me conta.

Sesily não hesitou.

– Eles estavam trepando.

Ele gemeu com o prazer que sentiu com as palavras indecentes e cumpriu sua palavra, deslizando um dedo para dentro dela, descobrindo-a molhada e cheia de desejo, o dedão a tocava onde ela mais o desejava, pressionando com firmeza em movimentos circulares precisos, como se tivesse passado a vida inteira aprendendo como dar prazer a ela.

Como se Caleb tivesse sido feito para dar prazer a ela.

Ela suspirou o nome dele e jogou a cabeça para trás, batendo-a na prateleira atrás dela.

– Isso – ela sussurrou, sabendo o quanto era ousado. Sabendo que Caleb gostava.

E ele gostou muito.

– Isso – ele repetiu quando juntou um segundo dedo ao primeiro. – E você os observou?

Ela mordeu os lábios quando o dedão se moveu, circulando o centro firme do seu prazer.

– Sim.

Ele fez um som de desaprovação – claramente uma mentira.

– Garota safada.

Sesily afundou os dedos nos ombros dele. Esse era o jogo que sempre fizeram: a censura dele, e a recusa dela de ser censurada.

– Eu acho que *ela* era a safada – disse Sesily, os dedos de Caleb se movimentando para frente e para trás de forma lenta e deliberada, fazendo-a desejá-lo ainda mais. – E não foi só ela... ele também era um safado.

– O sortudo. – Os lábios dele voltaram ao ouvido dela, a respiração quente queimando sua pele. – E agora?

– Agora – disse ela, virando-se para encontrar os lábios dele, num beijo lento e pecaminoso, antes de pedir o que queria. – Agora eu diria que você não está sendo safado o suficiente.

Ela ouviu a respiração dele se acelerar com suas palavras. Quase imperceptível, mas como um tiro no silêncio.

– Não estou sendo safado o suficiente com meus lábios aqui? – Ele a beijou novamente. – Ou com minha língua aqui? – Ele lambeu a orelha dela. – Ou com meu toque aqui? – Ele dobrou os dedos dentro dela, encontrando um ponto que a fez gritar por um momento antes de ele tomar seus lábios novamente, devorando o som. – Shhh, Sesily. Você deve ficar quieta ou seremos pegos.

As palavras fizeram o prazer se acumular entre as penas dela – um prazer que ela não conseguia esconder com ele tão perto, com ele dentro dela. Caleb deu uma gargalhada baixa perto de seu ouvido.

– Ah, você também gosta disso. Você gosta das minhas mãos em você, te dando prazer, enquanto você tem que ficar quieta.

Ela gostava. Ela gostava *muito*.

– Sim – ela sussurrou. – Eu amo.

Ele estremeceu com as palavras.

– Você vai me matar.

– Eu poderia dizer o mesmo. – Ela moveu os quadris contra ele.

Caleb lhe deu outro beijo profundo e delicioso antes de sussurrar contra seus lábios:

– Você consegue ficar quieta? Ou eu vou ter que parar?

A determinação que envolvia as palavras, como se ele fosse *mesmo* parar, ameaçaram acabar com ela ali mesmo.

– Eu consigo – ela prometeu, apertando os dedos contra os braços dele, no cabelo dele. – Eu juro.

E então ele estava onde ela mais queria, os dedos e o dedão se movendo lenta e obstinadamente, seguindo o movimento dos quadris dela, sussurrando palavras em seu ouvido.

– Se você não consegue ficar quieta, meu amor, nós seremos pegos e isso não vai ser o pior que vai acontecer... – ele prometeu.

Tudo pareceu desaparecer, menos o calor e os músculos dele, e a forma magnificente com que ele a tocava, como se ela fosse um instrumento e ele fosse um gênio musical.

– Se formos pegos, eu teria que parar.

Ela ficou tensa com as palavras, que a afetaram mesmo com a onda de prazer que ameaçava tomá-la.

– Não ouse – disse ela, os quadris se movendo mais rápido.

– Mesmo se formos pegos? – Caleb perguntou, tentador, provocante, os dedos brincando com ela sem parar. – Você quer que eu termine mesmo se a porta abrir e nós formos descobertos?

– Caleb, por favor. – Ela estava enlouquecida com aquilo, com ele.

– Você gozaria contra meus dedos mesmo assim?

– Sim – ela prometeu, ofegante, perdida na fantasia.

– Me mostre então – ele ordenou. – Goze.

A ordem foi tão imperiosa que Sesily não conseguia fazer nada além de obedecer, seus lábios se abrindo em um grito silencioso, se virando para encontrá-lo, com a necessidade de se apoiar contra ele. E ele lhe deu exatamente aquilo, abraçando-a contra si com o braço que não estava ocupado, roubando seus lábios enquanto ela gozava forte e rápido ao redor dele, se perdendo completamente na escuridão e naquele homem que sabia exatamente como lhe dar prazer.

Ela se moveu contra ele, aproveitando até a última onda de prazer enquanto ele pressionava beijos suaves nas bochechas dela, no ouvido, onde ele a elogiava em sussurros suaves e ferais que a faziam querer tudo de novo.

Não de novo. Ela queria continuar.

Havia desejado aquele homem por anos e, agora que ele estava ali, sob o seu toque, Sesily não queria que ele fosse embora.

– Caleb – disse suavemente quando ele se desvencilhou dela. Ele a estava deixando partir. Iriam voltar ao normal, mas ela não queria o normal, ela queria *ele*. – Espera, me deixa...

Ela perdeu o fio da meada quando percebeu que ele não estava partindo.

Ele estava se ajoelhando.

Ela piscou na escuridão. *Ele estava...*

Sesily tinha 30 anos e era conhecida por Londres como um escândalo perfeito. Uma vez que ficara claro que ela não era boa para se casar, ela havia tido uma quantidade razoável de amantes, artistas e atores, mas nunca aristocratas, porque era um caminho que tinha mais drama do que ela tolerava. Ela conhecia o prazer, e não tinha vergonha de pedir por ele.

Mas, nos quinze anos desde seu primeiro beijo e na década desde a primeira vez que ela havia encontrado prazer nos braços de outra pessoa, nunca havia experimentado a experiência de ter um orgasmo incrivelmente satisfatório só para receber outro, quase instantaneamente.

Confusa, ela ficou rígida quando percebeu o que ele planejava fazer.

– Caleb, você não precisa...

– E se eu quiser? – respondeu casualmente, enquanto levantava as saias dela.

Deus, ela queria poder vê-lo. Segurou o tecido em uma mão.

– Bem... eu acho que isso seria bom.

– Você acha. – Ele mordiscou o lado de dentro do joelho dela.

Ela sorriu. Ele era tão brincalhão ali, na escuridão.

O que aconteceria quando saíssem para a luz?

Não. Não pensaria naquilo.

– Bem, se você insiste... – ela retrucou, provocando-o.

– Muito gentil de sua parte. – Ele abafou uma risada, fazendo cócegas na parte de dentro das coxas enquanto abria as pernas dela.

– Eu tendo a ser muito flexível – ela brincou, passando os dedos pelos cachos de Caleb novamente. Eles eram tão macios que parecia impossível.

– Hmm – disse ele, apoiando uma das pernas dela em seu ombro. – Qual a regra?

Sesily fechou os olhos com a sensação da respiração quente dele contra seus cachos quando os dedos dele a exploraram novamente. Suspirou seu prazer com o ar frio contra a sua pele, ainda sensível do orgasmo que ele lhe dera poucos minutos antes.

– Eu consigo sentir seu cheiro, meu amor. De dar água na boca. – Ele gemeu.

– Caleb – disse ela, percebendo que estava implorando, sabendo que não deveria, que não era o que cabia a uma dama.

Ao contrário de todo o resto do que fizeram, que era completamente apropriado para uma dama.

– Qual é a regra, Sesily?

Não transforme isso em mais do que é.

Não se apaixone por ele.

Afastou os pensamentos e Caleb se aproximou, a provocando com a sensação de tê-lo tão perto, mas não com o toque que ela tanto queria.

– Sesily...

Aquele tom de aviso novamente, delicioso.

– Ficar quieta – ela sussurrou.

Caleb recompensou a pergunta lambendo devagar e lentamente o lugar no meio das pernas dela. O seu gemido baixo de prazer foi abafado pela saia e a pele, mas ela o sentiu lá, em seu centro, e fechou os olhos, ficando mais molhada, mais lasciva para ele.

O homem terrível, maravilhoso, se deleitou com essa reação.

Ele a lambeu, pressionando sua língua contra as partes mais suaves dela, fazendo amor com toques lentos e profundos de sua língua que faziam tudo desaparecer menos aquela escuridão, aquele calor, aquele homem. A boca dele era como a personificação do pecado, uma dádiva.

Ela suspirou novamente, mais alto, e ele parou, o maldito.

– Quieta – ele a lembrou.

– Eu vou ficar – ela respondeu no mesmo instante. – Faça aquilo de novo.

Ele deu uma gargalhada imoral novamente, a que ela descobrira há pouco, e de repente teve problemas em imaginar uma vida sem ouvi-la.

– Eu sonhei tanto com isso...

Ele tinha sonhado?

Ela odiava a escuridão. Queria vê-lo, queria saber se falava a verdade. Ou era algo que ele dizia para todas as mulheres?

Ele a lambeu em movimentos circulares.

– Meu Deus, eu estava sedento por você.

Não. Ela não conseguia imaginar que ele diria tal coisa para outras mulheres. Ela inclinou os quadris na direção dele, insistente.

E Caleb a obedeceu, o homem glorioso, voltando a devorá-la enquanto ela mordia os próprios lábios, tentando se manter quieta, seus dedos puxando os cachos de Caleb, prendendo-o contra si enquanto ela se esfregava contra ele, perdendo todo o controle, incapaz de parar de querer mais dele, tomando mais do que ele oferecia. E então Caleb estava fazendo barulhos, as mãos dele soltando as coxas dela para segurá-la pelo traseiro, puxando-a até ele quando encontrou o centro sensível do desejo dela, acariciando-o com a língua em círculos até Sesily se reduzir a nada além da sensação dele contra si.

As coxas dela começaram a tremer enquanto ele tomava o que queria, lhe dando um prazer puro e sem limites como recompensa. Sesily se curvou e se pressionou contra a boca dele – como uma oferenda no altar – e se desfez, e ainda assim ele não a soltou, sua boca magnífica e as mãos fortes a segurando no lugar enquanto ele a fazia perder a cabeça. Continuou com ela, ficando mais suave quando os movimentos dela ficaram mais lentos, acompanhando-a enquanto ela tomava o fôlego novamente e retornava para a realidade, para o lugar pequeno e escuro em que eles não deveriam ter encontrado tanto prazer.

Caleb virou a cabeça e deu beijinhos suaves primeiro na pele de uma coxa e então da outra, e ela achou que o ouviu sussurrar "Boa garota" contra o seu joelho antes de abaixar suas saias e as ajeitar ao longo de suas pernas. O elogio lhe deu uma onda de orgulho – sabendo que o tinha agradado tanto quanto ela o agradara.

Impossível. Não podia ser do mesmo jeito que ele a agradara porque nunca na vida Sesily havia experimentado algo parecido com o que ele fizera. E estava aterrorizada com o que aquilo poderia significar.

Antes que pudesse compreender essa nova realidade, uma batida suave veio da porta e os dois ficaram petrificados. Caleb se levantou, se virando na direção da porta, dando as costas para ela. Sesily ficou de pé para impedir o movimento dele, com a intenção de passar, abrir a porta e usar sua lábia para se safar de seja lá qual situação estivessem. Não havia motivo para quem estava do lado de fora vê-lo. Ele poderia escapar sem ser percebido.

Mas, quando o tocou, percebeu que ele havia se transformado em aço.

O homem brincalhão e gentil que a beijara, a tocara e a provocara havia desaparecido.

Ele era puro músculo agora, forte e impassível.

Protegendo-a de seja lá o que estivesse por acontecer.

E então ela ouviu o soar do sino, fraco e curto, o tipo que chamava criados.

Ou anunciava amigos.

– Abra a porta – ela sussurrou.

Ele o fez, os músculos tensos sob o toque dela, prontos para batalha.

Em vez disso, ele encontrou a duquesa, que tinha um olhar cúmplice quando apreendeu a cena no armário, o olhar dela deslizando de Caleb para a sobrecasaca no chão do closet e então para Sesily.

– Lugar esquisito para jogar toque-emboque, não?

CAPÍTULO 12

— A tia Sesily não precisa de mais nenhuma maquiagem, Lorna.

O único sinal de que a sobrinha mais velha de Sesily, com 4 anos completos, havia escutado o aviso da mãe era um suave apertar de lábios enquanto ela considerava o rosto da tia.

Sesily fez seu melhor para não sorrir com a pequena amostra de determinação, tão igual a Sophie, que havia gastado a maior parte da vida como a irmã Talbot quieta e singela – sem ninguém perceber que ela era uma grande cabeça-dura quando precisava.

Os olhos azuis de Lorna, iguais aos da mãe, encontraram os de Sesily.

— Não terminei ainda.

— Bom, então você definitivamente deve terminar – disse Sesily, se inclinando para o lado em seu lugar no tapete no centro da biblioteca da Mansão Highley. – Sinto muito, Sophie, mas ela não pode deixar o trabalho inacabado. Eu vou ficar ridícula.

Sophie, a Marquesa de Eversley e futura Duquesa de Lyne, olhou para elas, sua filha mais nova, Emma, em seu colo. Ao lado dela, Seleste, Condessa de Clare e irmã delas, estava ocupada ajustando as alças das calças de seu filho mais novo.

— Nós não queremos que isso aconteça – disse Sophie. – Você não está ridícula do jeito que está.

— Eu gosto de ficar bonita para vocês – Sesily abriu um sorriso.

— E nós apreciamos – retrucou Sophie.

Por vinte anos, havia sido apenas as cinco irmãs contra o resto da sociedade, que as tratava com partes iguais de fascínio e de desdém.

As Cinderelas Borralheiras, nomeadas assim pela forma com a qual o pai delas havia construído a fortuna, eram tudo o que a sociedade mais odiava... Mas forneciam um bom entretenimento em uma festa, perfeitamente felizes em ser o centro das atenções – frequentando os eventos da temporada com vestidos elaborados e estranhos pagos pelos maridos, cada um mais rico que o outro. Mas, nos últimos anos, quatro haviam se casado e escolhido ter filhos.

Como crianças eram muito menos bem-vindas em bailes do que escândalos, as cinco agora passava tempo juntas em atividades mais domésticas, junto com a prole crescente.

Bem, a prole crescente de quatro delas.

Nos dias de clima bom, o clã ocupava o canto mais ao norte do Lago Serpentine, barulhentos e em alto e bom som enquanto faziam um espetáculo para o desdém que a sociedade de Londres lhes dava (apesar disso, se alguém se aproximasse para as cumprimentar, seriam alegremente incluídos na diversão). Porém, novembro em Londres tinha poucos dias assim, então sempre acabavam ali, na Mansão Highley, uma viagem de duas horas partindo de Londres e a propriedade rural do Duque e da Duquesa de Haven.

Ali, as irmãs, os maridos e as crianças reinavam na gigante mansão, que tinha mais de uma dúzia de quartos, transformando-a no local perfeito para encontros familiares que rapidamente viravam eventos com duração de dias.

Apesar disso, nos últimos dois anos Sesily havia feito o esforço de vir na própria carruagem e partir antes do dia virar uma estadia de mais de uma noite. Nesse período, também ficara cada vez mais difícil estar com as irmãs, já que tinham cada vez menos em comum conforme a vida delas divergia.

Ah, elas ainda a amavam. Elas a achavam divertida e a provocavam sobre seus escândalos e perguntavam sobre as fofocas de um baile aqui e de um chá ali, e quem tinha sido visto na companhia de quem nos camarotes da ópera. E Sesily sempre era bem-vinda no A Cotovia Canora – apesar de Sera raramente estar lá de noite agora que estava com a gravidez avançada, o que significava que Sesily não a via tanto quanto de costume.

Havia sido esse o motivo de ter buscado O Canto, de ter conhecido a duquesa, Adelaide e Imogen.

Estar no A Cotovia Canora perdera logo o encanto porque era difícil demais pensar nele como só de Sera e não de Sera, Fetu e Caleb. E, quando Caleb partira sem se despedir dois anos antes... um ano antes... Sesily havia sido forçada a confrontar a realidade de que Caleb Calhoun não estava interessado nela.

Só que...

Ele parecera extremamente interessado três noites antes, quando ele a virara de cabeça para baixo de tanto prazer dentro de um armário de serviço na mansão do Visconde Coleford, com um número significativo de aristocratas a uma curta distância.

Shhh, Sesily, você deve ficar quieta.

A memória das palavras de Caleb percorreu seu corpo, deixando sua pele em chamas.

Caleb, que ela deixara dentro do armário, seguindo a duquesa pela escada dos criados e de volta para o cômodo em que tudo havia dado errado para dar suas desculpas e se despedir, certa de que, quando retornasse para a Mansão Talbot, ele estaria lá. Nunca admitiria para ninguém, mas prendera a respiração ao entrar em casa naquela noite, imaginando que ele já estivesse lá. Imaginando que estivesse esperando por ela.

Imaginando que eles passariam a noite repetindo as ações que fizeram na escuridão... dessa vez num cômodo completamente iluminado pela luz de velas.

A imaginação não a mantivera quente naquela noite, nem na próxima, quando ela apareceu no A Cotovia Canora de propósito para entregar para sua irmã um pedaço de fita que Sesily achou que ela gostaria, mas apenas na esperança de encontrá-lo ali. Para ler seus olhos, roubar outro beijo.

Muito menos no dia depois desse, quando apareceu para entregar os papéis que havia roubado de Coleford para a Duquesa de Trevescan, e Adelaide estava lá, jogada em um divã, lendo um jornal. No momento em que a amiga dobrou um canto do jornal para olhar para ela, Sesily levantou um dedo e disse:

– Não.

Adelaide apenas levantou uma sobrancelha.

Caleb Calhoun podia voltar para Boston, ela não se importava. Ele provavelmente já estava a caminho, o covarde.

– Sesily. – Seu nome soou alto e firme, sugerindo que Sophie estivera tentando chamar sua atenção há algum tempo.

Ela balançou a cabeça e sorriu.

– Desculpa, estava pensando em outra coisa.

Sophie franziu a testa, ligeiramente preocupada.

– Você está bem?

Sesily ficou irritada com a percepção da irmã, e sabia que estava sendo injusta. Mas não era para isso que serviam irmãs? Para ver a verdade e arrancá-la? Para cutucar uma ferida até abrir?

Mas esse tipo de ferida não era uma que ela se sentia confortável em discutir com as irmãs, não mais. Cinco anos antes – três anos antes – ela talvez contasse tudo para elas. Contaria todos os pensamentos e desejos e frustrações que tivera com Caleb. Mas isso era antes, quando ainda havia uma possibilidade de que elas seguissem o mesmo caminho.

Agora, no entanto, se dissesse uma palavra sequer sobre Caleb Calhoun e como ele quase a possuiu em um armário de serviço depois de ela ter invadido o escritório do Visconde Coleford durante um jantar, elas certamente lhe fariam perguntas.

O que, se ela fosse sincera, não seria completamente fora do limite. Mas não tinha interesse nenhum em respondê-las. Não naquele dia pelo menos, preferivelmente nunca.

As irmãs a amavam, mas não a compreendiam.

E não tinha certeza se algum dia elas entenderiam.

Com um sorriso exuberante – que as Irmãs Perigosas tornaram famoso em Londres pela ameaça que trazia de roubar corações e títulos –, respondeu:

– Estou perfeitamente bem.

Antes que Sophie pudesse investigar mais profundamente, a pequena Rose, filha de Seline e poucos meses mais nova que Lorna, inseparável da prima, que havia gastado os últimos trinta minutos removendo todos os grampos do cabelo de Sesily e depois os reinserindo para que ficassem "melhor", disse em admiração:

– Você está *linda*.

O sorriso forçado transformou-se em verdadeiro. Havia poucas coisas que animavam mais uma pessoa do que um elogio de uma criança.

– Muito obrigada, meu docinho. Eu vou aceitar o elogio, porque é um sinal do talento superior de Lorna com delineador e ruge, e de sua grande habilidade com cabelos, mas fico me perguntando se não sou também *inteligente*?

As meninas se distraíram adicionando mais pó vermelho às bochechas dela.

Seraphina, a Duquesa de Haven e dona da casa em que as irmãs Talbot estavam reunidas, riu de um canto distante do cômodo, onde devolvia uma pilha bagunçada de livros a uma estante.

– Meninas, digam para a sua tia Sesily que ela é inteligente – disse Sera, se levantando com mais esforço do que parecia saudável.

– Você é inteligente! – as meninas falaram em uníssono.

– Não é a mesma coisa se precisa que alguém mande vocês dizerem, meus amores.

Seraphina caminhou de forma vacilante em sua direção, imensa com sua barriga de grávida, e Sesily sabia que não deveria comentar nada depois de ter se tornado tia nove vezes antes. Os frutos de tais feitos estavam espalhados pela biblioteca e parecia que o Duque e a Duquesa de Haven tinham recebido pacotes de crianças naquela manhã e não de alimentos e outros produtos para a casa.

Nove crianças: três eram de Sophie e seu marido, o marquês; duas meninas, muito sábias para a idade que tinham, eram de Seline e o Sr. Mark Landry, o maior criador de cavalos de Londres; três meninos com menos de 4 anos que eram de Seleste e seu marido, o Conde de Clare; e o pequeno Oliver, filho de Sera e com o Duque de Haven, de 1 ano e meio, e sua mãe estava prestes a lhe dar um irmãozinho.

— Me digam uma coisa — disse Sesily para a biblioteca num geral. — Vocês quatro têm tomado algum tipo de elixir ou tônico de alguma parteira local? Talvez em uma dosagem incorreta? Como todas vocês são tão férteis?

— O que é férteis? — perguntou Adam, o filho mais velho de Seleste, de onde estava na beira da lareira com seu irmão do meio, empilhando livros e derrubando-os.

— Nada — respondeu a mãe.

— Pergunte para seu pai — disse Sesily ao mesmo tempo, lançando um sorriso para a irmã. — Clare vai adorar.

— Ah, sem dúvida — concordou Seleste. O conde certamente não adoraria, mas daria motivos para Seleste e ele discutirem, o que era o passatempo favorito de ambos, e tal ato certamente havia precedido a concepção de cada um dos três filhos do casal.

Sesily fez uma careta com a perspectiva de mais um sobrinho.

— Não tem nenhuma chance de que essa quantidade imensa de crianças nesse cômodo... seja... contagiosa, tem?

— Algumas vezes é o que parece — disse Sophie com um suspiro, se recostando na cadeira. — Melhor ficar longe de Sera.

— Dez crianças com menos de 5 anos parece um tipo de praga bíblica, é só o que quero dizer — disse Sesily. — Nós nos comportamos de forma tão ruim que essa é nossa punição?

— A aristocracia certamente pensa isso — respondeu Seline, fazendo todos os presentes rirem.

— Bem, de qualquer maneira, vocês têm sorte de ter um batalhão de babás. E uma tia *muito inteligente* — disse Sesily.

— Ah, é *muito* inteligente agora — retrucou Sera, carregando de forma vacilante seu filho mais velho enquanto atravessava a biblioteca.

– Deixa eu segurar. – Sesily fez um gesto para sua irmã.

O menino se jogou em seus braços.

– Ora, ora, qual o seu nome, mesmo?

– Esse é o Oliver! – disse Lorna.

Oliver piscou para Sesily, hipnotizado pela sua maquiagem. Ninguém poderia culpá-lo por aquilo.

– É mesmo? – provocou Sesily. – Tem tantos de vocês, é difícil saber quem é quem. Ia ser muito mais fácil se eu só os visse em conjuntos de dois ou três.

– A gente primeiro! – exigiu Rose.

– Claro, e Oliver pode ficar. – Ela passou um pincel de pó grande no nariz do bebê e foi recompensada com uma risada encantadora.

– E eu! – Adam berrou de onde estava empilhando os livros.

– E quem é você mesmo? – perguntou Sesily.

– Eu sou o Adam! – Ele estava emburrado.

– E você é novo por aqui?

– Não!

– Eu podia jurar que nós nunca nos conhecemos.

– Mãe, a tia Sesily está sendo difícil. – Ele olhou para sua mãe.

– Imagine – respondeu Seleste, se servindo de uma xícara de chá do conjunto no canto antes de olhar para Sesily. – Você terminou de perturbar o juízo deles? Eles já fazem isso sozinhos muito bem.

– Só estou fazendo minha parte. Parece até que vocês não deveriam ter tido tantos a mais do que vocês – retrucou Sesily, olhando de volta para as suas pequenas criadas e sussurrando: – Tantos bebês.

As duas concordaram com seriedade.

– E eles ganham *tudo* – respondeu Rose.

– Ah, me conte mais sobre isso.

– Papai comprou um *pônei* para a Sissy outro dia. Eu não ganhei nenhum.

– Ah, pelo amor de Deus, Rose – disse Seline a distância. – Sua irmã tem metade de seu tamanho e não tinha um pônei. Você tem três, porque seu pai te dá tudo que você pede, sempre que você pede. – E também porque o pai dela era um dos homens mais ricos da Grã-Bretanha e fornecia cavalos para Mayfair inteira.

– Não, quando eu pedi um novo pônei, ele não me deu, não – Rose falou pragmática antes de voltar sua atenção para o trabalho de Lorna.

– Que Deus me livre de crianças mimadas – Seline falou, olhando para o teto.

– Eu *não* sou mimada! – Lorna declarou com a fanfarronice de quem definitivamente o era, e voltou a usar o pincel com *kohl* bem além da pálpebra de Sesily. – *Ash* que ganha tudo.

– Com licença, mocinha – disse Sophie, com um aviso na voz. – O que é que seu irmão ganhou que você não ganhou?

– Um título – Lorna respondeu, encarando diretamente a mãe.

– Uau, um golpe certeiro, Lornazinha. – Sesily riu no silêncio que se seguiu.

– Já chega vindo de você, Sesily Talbot. – Sesily saiu do sofá, acomodando o bebê em seu quadril.

– Agora eu que estou encrencada. – Sesily olhou para as sobrinhas e elas deram uma risadinha.

– Você está, por começar essa bagunça. – Sophie se abaixou perto delas. – Você está certa, Lorna. Você não ganhou um título e nada disso é justo.

Lorna estreitou os olhos. *Boa menina*, pensou Sesily. *Isso vai lhe servir muito bem no futuro.*

– Porque sou uma menina.

– Porque você é uma menina. E é terrível e, se pudéssemos, eu e seu pai te daríamos todos os títulos. Nós te daríamos reinos. – Deus era testemunha de que o Marquês de Eversley reduziria o Parlamento a cinzas se aquilo significasse que suas meninas fossem tratadas com igualdade.

– Mas olhe para todas nós. – Sophie continuou e acenou para a coleção de mulheres naquele cômodo. – Sua tia Seraphina e eu somos donas de negócios, sua tia Seline cavalga como se tivesse nascido em cima de um cavalo, sua tia Seleste fala mais idiomas do que a maioria das pessoas conhece. E não temos títulos, mas temos nós mesmas, e temos umas às outras. E isso é melhor do que qualquer título, se me perguntar.

Lorna não estava mais ouvindo, mas Sesily estava, e recebeu as palavras com mais força do que ela estava esperando, fazendo um nó surgir em sua garganta.

– Essa foi uma resposta muito boa para uma pergunta muito difícil – disse para Sophie.

– Eu andei treinando. – Sophie sorriu.

– Estou impressionada.

– E a tia Sesily? – perguntou Lorna.

Todos pareceram ficar parados perante a pergunta inesperada e Sesily esperou em silêncio, desejando que a garotinha não tivesse apontado que Sophie havia se esquecido de Sesily na lista incrível de atributos das irmãs.

Só que Sophie, sua irmã mais nova, que sempre as surpreendia sequer hesitou:

– A tia Sesily ama com todo o coração. – As palavras atingiram Sesily, ardendo em seu peito. E então Sophie se inclinou e disse, suavemente: – E ela guarda segredos melhor do que qualquer outra pessoa.

Sesily piscou e deu uma risadinha que poderia ser considerada insípida se alguém quisesse ser grosso.

– Isso é verdade.

Sophie olhou para ela e deu uma piscadela.

– Você sempre foi minha irmã favorita – disse Sesily.

– Eu sei – respondeu Sophie, alegre, antes de arrancar o pincel de *kohl* das mãos de Lorna. – Já chega. Sua tia vai ter que voltar para o mundo em algum momento e usar mais do que isso pode fazer com que fique permanentemente na cara dela.

Lorna fez um biquinho, desapontada.

– Se sua mãe insiste que terminamos, vou procurar um espelho.

– E Lorna vai achar uma bacia para se lavar – disse Sophie.

Lorna foi levada pela mão por uma das babás, mas não sem antes se virar e dizer:

– Não se limpe até papai te ver!

– Você acha que Rei vai gostar da obra-prima da filha? – Sesily voltou a atenção para a irmã.

– Eu acho que ele a enviaria direto para uma academia de artes. – Os lábios de Sophie tremeram.

– Na França.

– Nenhum outro lugar serviria.

– Bom, não vou me limpar, mas gostaria de ver. – Ela se virou para Oliver. – O que você acha? – Ele esticou a mãozinha que segurava o pincel de pó e o passou no queixo dela. Sesily balançou a cabeça. – Todo mundo nessa família tem uma crítica.

Acomodando-o contra o quadril, ela foi até o corredor, onde encontrou Seraphina conversando com o mordomo. Oliver também encontrou a mãe, esticando os braços para ela e fazendo sons que ameaçavam virar desagraváveis, então Sesily fez o que qualquer pessoa inteligente faria e foi na direção da progenitora em questão.

– ...prepare um cômodo para ele caso deseje ficar – disse Sera, se virando para pegar Oliver, que havia se jogado em sua direção. – Ai!

– Caso quem deseje ficar? – perguntou Sesily enquanto o mordomo desaparecia para fazer o que a duquesa pedira. Mas sabia a resposta. Ela se alojara como uma pedra em seu peito.

– Caleb – disse Sera, distraída, tomando o pincel de pó da mão do filho e passando a outra mão na barriga. – Você deixou ele comer isso? Está... molhado.

– Ele não engoliu – respondeu Sesily, tentando acalmar seja lá o que estivesse sentindo. Não queria dar nome, não gostava daquele sentimento o suficiente para aquilo. Em vez disso, mudou o rumo da conversa. – O que ele está fazendo aqui?

– Oliver?

– Sera. Presta atenção. Caleb.

– Ah, eu o convidei – disse Sesily, como se aquilo fosse perfeitamente normal. O que não era.

Sesily arregalou os olhos. Ela sabia o nome daquele sentimento, apesar de odiá-lo. Era a sensação de ter sido traída.

– *Por quê?*

– Achei que ele poderia se divertir – disse Sera. – Ele gosta do interior. Em Boston ele tem uma casa imensa perto de um lago.

– Que bom para ele. – Ela não queria pensar sobre a casa de Caleb. Não queria pensar *nele*.

– Sesily, o quê... – Sera balançou a cabeça.

– E quem está cuidando da taverna?

– Fetu. E nossos funcionários extremamente competentes. – Sera a encarou como se ela estivesse ficando maluca.

– E, se você tem Fetu e funcionários muito competentes, me explique por que você precisa que Caleb esteja na Inglaterra?

Sera piscou, abriu a boca para responder e então fechou, a confusão dominando seus olhos castanhos antes de ser substituída por outra coisa. Suspeita.

– Bem, e ele ainda disse que era imune ao seu charme.

– Quê? – Sesily arqueou as sobrancelhas.

– Você e Caleb.

– O que tem a gente? – perguntou Sesily de forma descarada.

Sera conhecia a irmã. Ela virou a cabeça e disse:

– Sesily. – E antes que Sesily pudesse negar, ou admitir, ou achar uma alternativa, a sua irmã adicionou: – Como foi?

As bochechas de Sesily pareceram queimar.

– Como foi o quê?

Sesily fechou os olhos, grata por estar de costas para ele. A Mansão Highley era uma das maiores propriedades de toda a Inglaterra, com mais de 120 cômodos. E é claro que o homem havia chegado no topo das escadas, no corredor do segundo andar, logo na frente da biblioteca naquele exato momento, como se estivessem em um romance. *Maldição.*

— Nada — Sesily falou, desesperada para que sua irmã não piorasse a situação.

Sem sorte nesse aspecto.

— Como foi *você* — disse Sera, se aproximando dele, com o bebê nos braços. — É óbvio que você e Sesily...

— Eu e Sesily o *quê?*

— Também está claro que você a machucou, e eu descobri que não me importo — Sera adicionou, ignorando a pergunta dele. — Na escala de incômodo, eu não sou exatamente a irmã mais velha furiosa, mas definitivamente a amiga aborrecida e a sócia. Será que vamos ter que esperar?

— Sera... — Os dois disseram ao mesmo tempo.

Sesily suspirou e se virou para encarar o homem que havia visto pela última vez na escuridão do armário onde ele havia passado quase uma hora beijando várias partes do corpo dela.

Preparando-se para o pior, disse:

— Olá, Caleb.

O olhar dele encontrou o dela, sério, e ele se tensionou com... arrependimento.

Uma vez, na sua primeira temporada, Sesily estava num quarto de repouso para damas arrumando uma fita de sua meia e bisbilhotando a conversa dos outros, e ouvira uma jovem dama desejar que o chão se abrisse a engolisse viva, de tanta vergonha que estava.

Na época, Sesily achou que a mulher estava sendo dramática.

Mas não mais.

Ela olhou para o chão e amaldiçoou como o mármore era duro ali.

E, então, tudo ficou ainda pior. Porque em vez de a cumprimentar de volta, Caleb disse:

— O que aconteceu com o seu rosto?

CAPÍTULO 13

Parecia que Sesily havia sido atacada por um pintor maluco. Toda pintada e cheia de ruge e o que parecia ser *kohl* delineando seus olhos, até as suas têmporas e acima das sobrancelhas, o cabelo todo desgrenhado, preso de forma precária e parecendo que a qualquer momento iria desabar em seus ombros e roçar nos cantos do vestido justo de seda rosa que ela usava.

Ela estava com a aparência que diziam que as mulheres nunca deveriam ter. Desarrumada e indomável, uma bagunça completa.

Qualquer um teria perguntado o que acontecera com seu rosto.

Mas, quando ele fez a pergunta no vestíbulo em que estava com Sesily e a irmã, Caleb percebeu que talvez não devesse ter perguntado aquilo daquela forma.

Porque ele descobrira que, apesar da pintura no rosto dela, do cabelo que parecia resultado de uma criada que era meio furacão, ele não gostava nada da forma que ela respondeu à pergunta, ríspida demais, com um tom afiado.

Caleb não gostava de vê-la se fechar para ele.

Embora ele merecesse completamente o tom cortante com o qual ela respondeu:

— Você nunca viu um rosto assim? É a última moda em Mayfair.

— Sabe, eu recentemente tenho me surpreendido muito com as coisas que vejo pintadas nos rostos em Mayfair. — Ele não conseguiu se conter.

O único sinal de que Sesily havia entendido a referência ao que ela fizera com o Conde de Totting nos jardins da Duquesa de Trevescan foi um leve tremor em uma das narinas, apesar de Caleb não ter ficado nada surpreso se ela arrumasse uma forma de alfinetá-lo se a irmã dela não o tivesse atacado primeiro.

– Caleb Calhoun, seu perigo americano! – Sera foi na direção de Caleb, o afilhado dele nos braços, e Caleb fez o melhor que podia para ignorar a onda de culpa que sentiu, se focando no menininho, que bateu palmas. – Você me fez uma promessa.

Havia feito uma para si mesmo, também.

Fugiu do pensamento, enfiando a mão em um bolso e tirando um saco de doces de maçã, comprados em uma loja de doces da St. James antes de sair da cidade. Ele abriu o saco e os ofereceu para Sera.

– Eu trouxe doces.

– Isso é uma oferenda insignificante. – Ela estreitou os olhos.

– Sera – disse ele com firmeza. – Nada aconteceu.

Sesily fez um som atrás da irmã, e Caleb percebeu que, mais uma vez, talvez aquilo tenha sido a coisa errada a se dizer, considerando que ela estava logo ali. Ele olhou para Sesily. Ela havia contado para a irmã que eles...

– Ele está certo – adicionou Sesily. – Não que seja da sua conta.

– Pode não ser da minha conta, *per se* – insistiu Sera, virando-se na direção de Sesily, colocando Oliver numa distância notável dos doces. Caleb tirou um pirulito do saco. Ele precisava da maior quantidade de amigos que conseguisse ali. Sera olhou de volta para ele. – Com licença, não suborne meu filho.

Oliver colocou o doce na boca.

– Não consigo ver como é de sua conta de forma alguma, Sera – Sesily falou. – Sou uma mulher adulta de 30 anos com minha própria casa, meu próprio dinheiro e absolutamente necessidade alguma de proteção. E o que eu faço ou não com seja lá quem... é só da minha conta. – Ela acenou de forma desdenhosa na direção de Caleb.

Com seja lá quem?

Ele não gostava daquilo.

– Minha também, eu espero. – disse ele.

As duas irmãs Talbot olharam para ele com olhos arregalados.

– Então... algo aconteceu. – disse Sera em triunfo, como se fosse a maior detetive de Londres.

– Você quer que algo tenha acontecido? Ou não? – perguntou ele.

Antes que Sera pudesse responder, Sesily gemeu e olhou para o teto, frustrada.

– Ficar em silêncio é sempre uma opção, americano. *Nada aconteceu.*

Ele quem dissera aquilo primeiro, é claro. Não era da conta de Sera e essa era a melhor resposta para a pergunta. Mas odiava a ênfase que a

Sesily colocara na resposta, como se nada *mesmo* tivesse acontecido. E amaldiçoado fosse ele, porque queria apontar que embora eles pudessem até não ter feito toda a gama de atos em questão, ele se lembrava da sensação de ter os seios dela em suas mãos, e sabia que ela ficava excitada quando pedia para que ficasse quieta, então *alguma coisa* tinha acontecido, porra.

Ele pensara que passar três dias longe de Sesily, colocando-a fora de seus pensamentos e de sua vista, lhe daria a oportunidade de recuperar alguma força de vontade quando se tratava dela. Alguma razão, alguma capacidade de resistir a ela.

Mas não, ali estava ele, querendo-a novamente. Mesmo com ela parecendo...

Uma garotinha com cachos escuros e olhos azuis brilhantes quebrou o silêncio desconfortável, correndo até o vestíbulo com uma bandeja de prata, e chamando:

– Tia Sesily! Mamãe disse que você pode usar *esse* espelho! – E o entregou para a tia favorita como se fosse uma oferenda.

Como se nada estivesse fora do normal, Sesily se admirou na prata brilhante e exclamou surpresa, levando uma mão ao cabelo desgrenhado, dizendo sem hesitação:

– Eu estou *linda!*

E ela estava. Sesily estava linda.

Nada de bom viria de pensar na beleza de Sesily Talbot. Na verdade, nada de bom viria da presença dele ali. Era exatamente isso que estavam prestes a concluir antes de ser distraído por Sesily e sua... "sesilice" como um todo.

Havia prometido a si mesmo que iria organizar seu retorno a Londres assim que conseguisse desviar a atenção da risada de Sesily.

Era alta e ousada e perfeita – o tipo de gargalhada que dava boas-vindas a todos, trazendo a mesma sensação de ver um raio de sol depois de viajar na escuridão. Se apenas você desejasse vê-lo.

Só que nada daquilo era para ele. Ela mesma havia dito aquilo.

E, mesmo se fosse, não poderia aceitar.

Não sem ter nenhuma promessa de futuro.

Futuro.

De onde diabos tinha vindo aquilo?

Deveria ter se mantido distante. Sabia que aquilo era um erro, sempre era um erro se aproximar demais dela. Mas a verdade é que agora ele o havia feito, havia se deleitado na presença dela. E ele a queria agora, mais do que nunca, do jeito que sempre soube que aconteceria.

Então Caleb ignorou todos os motivos lógicos e óbvios do porquê ele não deveria ir até ali e listou apenas a esperança de que, se ele estivesse lá, poderia vê-la. Apesar de ter passado os últimos três dias fazendo tudo a seu alcance para não a encontrar. Ele havia cobrado um favor dos irmãos que forneciam bebidas contrabandeadas para o Cotovia – irmãos que tinham olhos em todas as esquinas de Covent Garden e um amplo alcance no resto de Londres – e pedira para que eles ficassem de olho em Sesily, em parte para manter a promessa que fizera a Seraphina e em parte para se certificar de que a evitaria.

Mas, um convite para um encontro de família – para uma refeição quente numa casa quente cheia de pessoas que se importavam umas com as outras e o recebiam com carinho, uma delas sendo a mulher cujo gosto ainda estava na ponta de sua língua –, ele não conseguira resistir.

Claro que havia aceitado, queria vê-la.

Caleb a observou devolver a bandeja para a garotinha e se inclinou para apontar para ele e sussurrar de forma fingida:

– Aquele homem ali é o Sr. Calhoun, um amigo muito próximo da tia Seraphina. Se você pedir com muita gentileza, ele vai te dar um saco de doces para compartilhar com os outros.

A garotinha arregalou os olhos, animada.

Caleb sabia seu papel. Estendeu o saco de doces conforme ela se aproximava e então a deixou pegá-lo rapidamente antes que ele pudesse mudar de ideia. Ele se divertiria com a forma que ela se virou e saiu correndo na direção da biblioteca, mas estava fascinado com a descrição de Sesily.

Um amigo muito próximo da tia Seraphina.

E o que Caleb era dela, com essa descrição?

Ninguém.

Ele não era ninguém para ela, e nunca seria. Não podia ser.

Quando os passos da garota haviam se distanciado, Sera respirou profundamente.

– Bem, um de vocês é meu amigo e a outra é minha irmã, e não estou disposta a sacrificar nenhuma das duas relações para seja lá o que for *isso aqui*, então sugiro que vocês se resolvam antes do jantar. – Ela virou os olhos para Caleb. – Entendido?

Caleb engoliu em seco com as palavras. Ele e Sera haviam lutado batalhas o suficiente durante a vida deles.

– Entendido.

Ela olhou para Sesily, que apertou os lábios em desafio.

– Ou eu conto para todo mundo – Sera ameaçou, lendo a resistência da irmã.

– Você vai contar de todo jeito. – Sesily estreitou os olhos com a ameaça.

– Claro que vou, mas a escolha é sua se eu o farei antes ou depois do jantar. Uma dessas escolhas vai transformar a refeição em algo insuportável para vocês.

– Está bem. – Sesily cruzou os braços.

Satisfeita, a Duquesa de Haven retirou-se do cômodo, nada além de aristocrática mesmo com o bebê apoiado em seu quadril. Caleb encontrou o olhar de Sesily pelo que pareceu ser a primeira vez naquele dia, porque, subitamente, a máscara dela havia desaparecido.

A mandíbula dela estava tensa, o queixo levantado e os olhos incisivos, e não havia quantidade alguma de ruge ou *kohl* ou cabelo desarrumado que a fizesse parecer ridícula. Não naquele momento.

Não quando ela era Atena, pronta para batalha.

Caleb queria aquela batalha, queria se entrelaçar com ela, a levantar do chão e a pressionar contra a parede mais próxima e beijar a linha do seu queixo.

Ela era magnífica. Magnífica demais para alguém como ele.

Merecia muito mais do que ele poderia dar.

– Eu...

– Não. – Ela o interrompeu. – Seja lá o que estiver prestes a me dizer, não fale. Não me diga que sente muito ou que não deveria ou que não faria se sei lá o quê. E, faça o que fizer, não me diga que você... – Ela perdeu o fio da meada. – Só não.

– Sesily... – Ele não tinha intenção de dizer nada daquilo.

– Também não fale meu nome – disse ela. – Eu amo minha irmã e você a ama também, e ela quer que sejamos educados um com o outro, algo que certamente somos capazes.

– Educados – disse ele, secamente.

– Sim, educados. Tenho certeza de que já o fez antes. Levantar o chapéu e perguntar "como vai" e... – Ela fez uma breve reverência. – Que agradável vê-lo novamente, Sr. Calhoun.

Só que não era agradável vê-la, era como olhar para o sol.

– Educados – repetiu ela, como se fosse simples.

Ele não queria ser educado. Ele queria despi-la ali, no vestíbulo na frente da biblioteca da irmã. Aquele era o problema.

– Agora, se não se importa, preciso achar uma bacia para me lavar. Tenho certeza de que estou ridícula.

Ela não estava, mas Caleb não confiava em si mesmo o suficiente para falar.

Em vez disso, ele a observou quando ela deu as costas e se dirigiu à zona oeste da casa, onde a família mantinha seus aposentos. Observou-a partir, sabendo que não deveria. Ciente de que, se fosse um cavalheiro, não iria notar a curva dos seus quadris, o arredondado do seu traseiro sob o rosa-crepúsculo do vestido. Ciente de que nenhum cavalheiro ficaria tanto tempo pensando nos pequenos laços na frente do vestido, imaginando como seria desfazê-los um a um, observando a seda do vestido se acumular ao redor dos tornozelos dela. Ciente de que cavalheiro algum iria se perguntar o que ela estava usando abaixo, a cor das meias, a modelagem do espartilho.

Mas, até aí, ele nunca havia sido um cavalheiro, não é mesmo?

Tinha que sair daquela casa, que subitamente parecia pequena demais, mesmo sendo capaz de abrigar a população inteira de Boston, e quente demais, apesar de ser a Inglaterra em novembro.

Ele deveria partir.

Em vez disso, Caleb observou a mulher que o virava de cabeça para baixo até que ela alcançasse a entrada para a ala oeste, e não pôde mais se conter. Ele a chamou, sabendo que nada de bom viria daquilo.

– Lady Sesily.

Sesily parou com o título honorífico – um que ele nunca usava, mas ela havia pedido para que ele fosse educado, não havia? E ela se virou, apenas o suficiente para olhar por cima de um ombro, que estava coberto por uma pequena peliça que ele conseguiria tirar em um segundo se tivesse a chance.

– Você tem um casaco?

O que ele estava fazendo?

– Um casaco? – Ela se virou para encará-lo completamente.

– Tradicionalmente são utilizados no lado de fora para nos manter aquecidos – disse ele, ignorando a onda de excitação que sentiu quando o canto de um dos lábios dela se curvou para cima. – Você tem um?

– Sim.

– Quando voltar, vista. Nós vamos dar uma volta.

Foda-se o educado.

CAPÍTULO 14

Seja lá o que fosse aquilo, era um erro.

Mas eles estavam lá, dando uma caminhada, como se fosse algo completamente normal a se fazer. O que, é claro, de fato era para a maioria das pessoas. A maioria delas gostava de caminhadas, que eram cheias de coisas como ar fresco e beleza natural, e Sesily compreendia que muita gente gostava daquilo.

Ela suspeitava que a Mansão Highley tinha o ar mais fresco e a natureza mais bela em toda Surrey. Apesar de que, se alguém a sentasse e lhe oferecesse acesso aos segredos de todos os homens de Mayfair, não seria capaz de dizer onde ficava a árvore mais próxima, porque estava com dificuldade de prestar atenção a qualquer coisa além de seu acompanhante, que caminhava alguns metros à sua frente e, tão *alto* quanto uma árvore, tinha passos largos que cobriam o caminho rapidamente.

Seu acompanhante a havia perturbado em grande parte por convidá-la para uma caminhada em vez de concordar em ignorá-la educadamente como qualquer homem com respeito próprio faria quando decidia que seu envolvimento estava terminado com uma mulher. Uma caminhada em pleno novembro.

Era isso que ganhava por tentar fazer um acordo com um americano.

Sesily se enrolou no casaco e murmurou contra o tecido:

– Isso é um erro.

– Hmm? – perguntou Caleb em um tom perfeitamente educado, como ela pedira.

Outro erro. Ela *odiava* educado.

Limpou a garganta.

– Você tem um destino em mente?

– Algumas pessoas acreditam que a jornada é o destino.

– Essas pessoas não têm mais o que fazer.

Caleb deu um meio-sorriso e Sesily tentou não ficar contente com aquilo. Ele apontou para um morro mais à frente.

– Até lá.

– Por que esse lugar?

– Tem uma bela vista.

– Você está me levando para observar a paisagem? – Ela olhou para ele, certa de que o veria rindo de sua cara.

– Sim.

– Em um dia nublado de novembro.

– É a Inglaterra, minha lady. Se esperássemos pelo sol, nunca iríamos ver nada.

– Não me chame assim. – Ela se encolheu.

– Minha lady?

– Sim, é... – *Horrível*. A maioria das pessoas falava isso com sarcasmo, como se não houvesse nada em Sesily que valesse o título honorífico. Mas era pior vindo daquele homem que lhe servira uísque e trocara farpas com ela, que lançava olhares quentes e sabia segredos demais, com quem havia feito amor mais cedo naquela semana. – É estranho.

– Provavelmente é o sotaque – disse ele.

– Definitivamente é o sotaque. – Ela se agarrou à desculpa.

– Mas você me disse que eu não podia te chamar de Sesily.

– Não achei que uma oportunidade para uma conversa surgiria tão rapidamente – retrucou ela.

– E, ainda assim, aqui estamos.

– Tudo bem. Me chame de Sesily. – Ele era irritante. – Por que parece que você acabou de ganhar uma batalha?

– Porque você vê tudo como uma batalha – disse ele, simplesmente.

– Isso não é verdade. – Sesily parou de segui-lo.

– Não é? – Caleb também parou.

– Não. Como você sabe como eu vejo o mundo?

– Nos dois anos desde que nos conhecemos, você acha que nunca notei? – Um músculo tremeu no maxilar dele.

– Você nunca estava aqui. – Ela ignorou o calor que veio ao saber que ele também estivera prestando atenção ao tempo.

– Eu não preciso estar aqui. Quando estou aqui, você sempre está pronta para lutar. É seu estado natural. Você lutou contra suas irmãs e contra a sociedade e contra o resto do mundo, nunca cedendo um centímetro do seu território. Tomando seu espaço e seu próprio tempo. Tomando seu futuro, seu próprio caminho, seja lá qual for.

A respiração de Sesily ficou curta enquanto o ouvia, enquanto observava esse homem que compreendia muito mais do que mostrava, muito mais do que a maioria das pessoas sequer tentara entender sobre ela. Os outros viam os corpetes justos, as curvas generosas, ouviam a sua risada alta e suas piadas indecentes e decidiam que ela era a mais perigosa das Irmãs Perigosas.

Mas não Caleb. Estranhamente, ele nunca achara isso.

— E você acha que eu não percebi. — Ele se virou, continuando a subir o caminho íngreme.

— Você nunca parecia estar prestando atenção. — Sesily o seguiu, como se estivesse amarrada a ele.

Quase não ouviu a resposta, perdida no vento para ser levada para longe. Mas era Caleb, e nos dois anos que ela o conhecia, nos poucos dias em que podia observá-lo, ela o havia devorado. Memorizado o som da voz, o agudo da risada. O aroma dele. Tinha sentido ciúme desesperado das mulheres com as quais ele flertava por cima do bar no A Cotovia Canora, se perguntara sobre as mulheres com quem flertava em Boston, se ele já imaginara levá-la até lá.

Então ela ouviu a resposta.

— Eu prestei atenção.

O coração de Sesily se acelerou e antes que pudesse perguntar mais alguma coisa, ele se repetiu.

— Eu prestei atenção em você desde a primeira vez em que nos conhecemos, todas as vezes em que estive em solo inglês, observei suas batalhas. Eu achava que era por diversão, e talvez até tenha sido em algum momento. Uma forma de resistir ao futuro que o resto do mundo insistia que estava planejado para você. Eu, como todo mundo, achei que você finalmente se acalmaria, seguiria o caminho certo.

Casamento. Filhos. Família.

— Domesticação — disse ela, odiando a palavra.

— Você quer que todo mundo pense que você é indomável. — Ele balançou a cabeça.

— Eu sou — disse Sesily, dando o seu sorriso mais típico. — A selvagem, incapaz de ser contida.

— Hmmm. Talvez. — Uma emoção surgiu nos olhos dele.

— Nunca diga que existe esperança para mim.

Caleb ignorou a provocação nas palavras, não estava interessado em jogos. E perceber aquilo deixou Sesily nervosa.

– Você não quer que haja esperanças para você. Não está brigando por diversão. – Ele se virou de costas para ela novamente, como se a conversa tivesse terminado.

– Então me diga, se você sabe tanto sobre o assunto. Pelo que estou lutando? – Sesily o seguiu, toda a brincadeira indo embora, sendo substituída por frustração. Deixando-a defensiva.

– Eu achava que você estava lutando por você mesma, pelo seu próprio caminho. Para continuar nele mesmo depois de suas irmãs se casarem e irem embora, enquanto elas te pressionavam para fazer o mesmo. Mas agora não acho isso. – Ele olhou de volta para ela.

– E como você sabe disso? – Sesily nunca havia falado sobre aquilo para ninguém.

– Eu achava que algum dia você decidiria segui-las. – Caleb ignorou a pergunta.

– Eu não quero nada disso. – Ela balançou a cabeça.

– Eu sei. Você não é como nenhuma tia que já conheci.

– Nove vezes... é a prática que faz a perfeição. – Ele sorriu para ela e ela deu um passo em sua direção, incapaz de se segurar. Sem querer se segurar. – Apesar de estar surpresa que você percebeu. Você conheceu muitas tias?

– Elas são tão incomuns assim?

– Bem, em seu habitat natural. No meu caso, cercada por crianças demais com menos de 5 anos.

Ele riu baixo, como se fosse um elogio.

– Minhas próprias tias não contam?

– Eu... acho que sim. – Ela ficou surpresa.

– Eu te deixei chocada com a existência das minhas tias?

– É só... difícil imaginar você como sobrinho.

– É quase tão comum quanto ser uma tia, não?

– Sim, mas agora estou me perguntando como é que você foi uma criança algum dia.

Algo enublou os olhos de Caleb. Algo um pouco melancólico e um pouco triste e extremamente curioso, e Sesily mordeu a língua, sabendo que, se pedisse para ver mais daquilo, ele nunca permitiria. Em vez disso, disse:

– Eu apostaria que você só surgiu, completamente crescido, de algum lugar.

– Eu achei que Atena era reservada a você. – Ele soltou uma pequena lufada de ar, se divertindo.

– Eu poderia me acostumar com a ideia de ser uma deusa. – Ela sorriu.

– Eu não duvido nada – disse ele.

– Para um homem que diz não ter segredos, essa tia surpresa aponta numa direção diferente – ela brincou. – Não me diga que tem mais. Um tio! Uma avó!

– Uma irmã.

– Você tem uma irmã? – Ela ficou paralisada, as palavras realmente parecendo um segredo.

– Tenho. – Ele desviou o olhar para a grande propriedade e respirou profundamente.

– Ela...

– Nós não nos falamos há muito tempo. – Caleb a interrompeu imediatamente.

Havia algo nas palavras que soava como tristeza, como se houvesse mais naquela história. Claro que havia, este era Caleb, cheio de segredos. Todas as vezes que ela descobria um, mais uma dúzia aparecia. Ela assentiu.

– Sinto muito – disse ela, com sinceridade.

– Obrigado – respondeu ele, levantando a mão como se fosse a coisa mais comum do mundo e passando um dedo no rosto dela.

O ar pareceu ficar mais rarefeito.

Ele continuou o caminho com o dedo, descendo pelo queixo, o toque ficando mais gentil no pescoço dele.

– Ainda tem um arroxeado aqui – disse ele, a voz grave e incomodada. – Ainda dói?

– Não. – Sesily balançou a cabeça. – Eu cobri com maquiagem, mas...

– Saiu com todo o resto. – Ele sorriu.

– O lado negativo de ser tia.

– Arriscar revelar o seu outro trabalho. – Ele parou de falar por um segundo. – Me conte sobre ele.

Aquele dedo, quente e áspero – ele não estava usando luvas – permaneceu sentindo o pulso de Sesily por um momento, e ela ficou preocupada que Caleb fosse perceber o jeito que ele se acelerava, percebendo a verdade.

Fazendo-a querer contar tudo a ele.

O que seria um erro, porque quanto mais desse de si para Caleb Calhoun, mais queria que ele a tomasse. E Caleb não tinha interesse nenhum em tomá-la.

Ainda assim, ela respondeu a ele.

– Não há muito para dizer além do que você já viu. – Ela ficou em silêncio por um momento. – Todo mundo achou que eu ia seguir por um caminho e segui por outro.

– Fácil assim, hmm?

Ela sorriu com as palavras secas.

– Quando você é alguém que deseja para si algo diferente do que a sociedade te oferece... outra coisa além do que ela te diz que é o caminho certo... você fica grata quando algo diferente é revelado. Ainda mais quando se torna claro que outras pessoas estão naquele caminho e que vão caminhar ao seu lado.

– A duquesa, a Srta. Frampton e a Lady Imogen.

– Três de várias. – Ela inclinou a cabeça.

– Quantas?

Maggie, Nik e Nora, Mithra, mais uma dúzia de outras mulheres de todas as classes sociais que encontraram seu caminho até a Mansão Trevescan. Damas com títulos, maridos e filhos. Amantes, mulheres que trabalhavam com o prazer, donas de negócios. Atrizes, mágicas. E, além delas, centenas que viviam a própria verdade e lutavam pelo seu lugar e abriam novos caminhos, caminhos que combinavam com elas.

– Cada vez mais – respondeu ela. – Parece que, quando você passa a vida inteira sendo oprimida, há poder em ajudar outras pessoas a fugir disso. Especialmente quando quem tem a capacidade de ajudar... – Ela perdeu o fio da conversa, pensando na noite com a Viscondessa Coleford.

– Não o faz.

– A maioria diria que não *pode* ajudar. – Ela encontrou os olhos de Caleb, se aquecendo com a maneira que ele a via, com a forma que ele a compreendia.

– Mas não é verdade, é? – Ele inclinou a cabeça.

– Não mesmo.

– O que só torna tudo mais perigoso – disse ele, suavemente. – Você está em perigo.

– Nós já estávamos em perigo antes, também. Mas antes nós não lutávamos.

Ele viu a verdade nas palavras e as compreendeu. E foi ali, naquele momento, que Sesily percebeu que Caleb Calhoun não havia partido seu coração dois anos antes, quando ele recusara os avanços dela e fugira para a América.

Porque foi naquele momento, enquanto ele a via, enquanto a *entendia*, que ela percebeu que Caleb poderia partir o coração dela de verdade desta vez.

Maldição.

– Porém essas não são pequenas batalhas – disse ele, com um tom agudo e urgente. – Eles são oponentes maiores, mais perigosos. Totting, Os Calhordas, Coleford... essas são batalhas que têm um motivo e são maiores do que o pessoal.

Caleb Calhoun não é estúpido. As palavras da duquesa naquela noite n'O Canto, antes de Calhoun e Peck chegarem e Os Calhordas fazerem uma visita. *Não vai demorar muito para ele entender.*

– Por que não parecem ser pessoais? – perguntou Sesily. – Para mim elas parecem. – Ela limpou a garganta e se afastou do toque dele, sentindo-se como Atena por um instante, porque lhe custara muita força passar por ele e se afastar até o ponto mais alto da encosta. – Não está muito longe agora – falou, fingindo que não estava uma confusão de emoções. – Espero que a vista valha a pena.

Caleb a seguiu em silêncio, os passos mais largos facilmente a alcançando, mas dessa vez, não passou à sua frente. Ele caminhava ao lado dela, em silêncio, e Sesily tentou seu melhor para não olhar para ele, mesmo quando ele falou:

– Eu estava certo, não estava?

– Sobre o quê?

– Essas lutas botam sua vida em perigo – disse Caleb, e ela podia ouvir a frustração nas palavras.

– E as outras não?

Ele franziu a testa enquanto considerava a pergunta, e Sesily pôde ver a resposta se revelar. É claro que a colocavam em risco, mas era um tipo diferente. O tipo que durava uma vida inteira.

Aquelas batalhas eram do tipo que faziam uma vida inteira.

Alcançaram o topo do morro, onde a parte norte da propriedade Highley se espalhava à frente com tons de cinza tão escuros que pareciam roxos sobre uma terra que era verde e exuberante no verão, mas havia se transformado nos marrons típicos do outono, cruzada por belas cercas de pedras e pontuadas por ovelhas brancas.

– Eu vou admitir, a vista é incrível – disse ela, se afundando ainda mais no casaco para fugir do vento árido que soprava ali.

– A Inglaterra mostra o inverno melhor do que qualquer outro canto do mundo.

– Foi bem ali que Haven disse que amava Sera. – Ela apontou para a torre que ficava mais a diante, se erguendo mais de 12 metros do chão como o torreão de um castelo.

– Qual das vezes?

– Quando ele estragou tudo.

– Em qual das vezes que ele estragou tudo? – Haven havia sido um babaca em várias circunstâncias antes de perceber que Sera era seu mundo inteiro.

Ela riu.

– A vez logo antes de ele arrumar tudo. – Sesily voltou sua atenção para o pequeno bosque que ficava ao pé do morro, na parte de trás. – Há uma construção ali?

– Hmm... – disse ele. – Acho que é o chalé de um jardineiro.

– Como é que você sabe? – Ela olhou para ele.

– Eu caminho bastante quando estou aqui. – Ele sorriu.

– Para sua constituição física?

– Sim... e porque seu cunhado é insuportável – disse Caleb.

– Ah, ele é mesmo. – Sesily gargalhou.

– Nós entramos em trégua quando ele e Sera se reconciliaram. E acho que ele é mais ou menos – contou ele.

– O elogio mais insípido. Mas ele ama muito minha irmã.

– E ele tem uma propriedade incrível.

– Isso é verdade. – Ela olhou de volta para o campo.

Ficaram parados ali um do lado do outro por um momento, absorvendo a vista, e Sesily ficou obcecada com a sensação dele ao seu lado, alto, quente e seguro, como se ele fosse ficar ali e olhar para as tempestuosas nuvens cinzentas a distância para sempre.

Incapaz de resistir, ela se virou para encará-lo, o seu perfil forte e bem marcado contra o céu acinzentado. Ele não estava de chapéu e o seu cabelo, bagunçado pelo vento de novembro, caía em curvas suaves sobre a testa. Quantas vezes ela havia visto suas irmãs tocarem os maridos casualmente, com prazer – limpando uma manga ou arrumando uma gravata ou um fio de cabelo rebelde? Em todos os anos desde que havia debutado, Sesily nunca passara muito tempo pensando na ideia desses pequenos prazeres, da calma natural deles.

Até aquele momento, enquanto encarava o rosto intocável deste belo homem.

Sesily ama com todo o coração.

As palavras de Sophie de mais cedo, indesejadas. Olhou para longe, odiando como seu peito se apertava, a sensação agravada pelo fato de que naquele exato momento, de canto do olho, viu Caleb se virar para olhá-la, como se tivesse escutado suas palavras.

Não diga nada. Ela se obrigou a ficar quieta. *Deixe-o falar agora.*

Esperou, ciente de que ele a encarava, sem dúvida encontrando um pouco de *kohl* ou algo que ela havia esquecido. Talvez ruge em sua orelha.

Não encoste em sua orelha.

Maldição, ela era Sesily Talbot. E gastara a última década sob escrutínio, e por pessoas notáveis! Escreveram poesias para ela! Algumas delas toleráveis! Ela foi a musa de um artista! O fato de ele ser um completo babaca era irrelevante.

Em 1834, ela havia sido o motivo pelo qual os costureiros de Londres não conseguiam manter um estoque de penas de pavão! Ela rotineiramente tinha homens e mulheres salivando por ela! Podia escolher entre seus admiradores! *Já* tinha escolhido, inclusive!

Certamente conseguia lidar com ser observada. Então por que o olhar de Caleb parecia tão quente?

— Não sou como eles. — De onde viera aquilo?

— Eu sei. — Seja lá de onde tivesse vindo, ele não hesitara em responder.

— Eu não tenho a taverna de Sera ou a livraria de Sophie ou o jeito de Seline com cavalos ou o ouvido de Seleste para idiomas.

— Você tem outra coisa.

— Sim — disse ela suavemente, estranhamente grata por ele ter percebido. Ainda mais quando ele continuou.

— Sua lealdade. Deus sabe que eu cometeria crimes para que alguém me desse uma fração da lealdade que você tem.

Eu poderia dá-la a você.

Sesily descartou a resposta.

— Você dá o mesmo tipo de lealdade. Você pode até querer que os outros não percebam, mas eu reparei. Eu te enxergo.

Caleb parou com as palavras, assim como ela. O ar pareceu se modificar, ficando mais pesado entre eles, e Sesily o observou, absorvendo a tensão na mandíbula e como ele apertou os lábios, como se ela tivesse dito algo errado.

— O que te faz falar isso? — Os belos olhos castanhos exibiram algo que parecia raiva.

— Eu já te vi tomar partido por minha irmã. Já te vi ajudando-a a conseguir tudo o que ela queria, sem uma grama de egoísmo.

— Na maioria dos dias, eu sou todo egoísmo. — Ele balançou a cabeça.

— Não, você não é. Você se esquece de que para todas as vezes que você percebeu minhas batalhas, eu percebi as suas. Você protegeu o negócio de Sera do Parlamento, a reputação dela da aristocracia, e a identidade dela de Haven quando ela precisou.

Ele não se moveu.

– Você tem uma dúzia de pubs na América e, se desejasse, poderia ter construído um império aqui. Mas você nunca demonstrou o mínimo de interesse em qualquer coisa além de ajudar Sera a transformar o A Cotovia Canora em algo lendário. – Ela ficou em silêncio, porque ele havia virado o rosto para longe, como se não conseguisse ouvir as palavras. Como se não gostasse delas. Ele realmente não iria gostar do resto. – Porque você é um homem bom.

Caleb olhou para o céu por um longo momento, os músculos do maxilar e do pescoço trabalhando enquanto ele considerava o que falar a seguir.

– Soube que você parou de frequentar o Cotovia.

– Não parei, não.

Os dois sabiam que aquilo era mentira.

– Quando nós o abrimos, dois anos atrás, você não saía de lá.

– O que você que falar na verdade é que *você* não conseguia me tirar de lá – disse ela, na defensiva.

– O que isso significa?

– Sera não era quem ficava me mandando voltar para casa o tempo todo, Caleb. Era você. – Ela fez uma pausa, e então adicionou: – Você disse que vejo tudo como uma batalha? Você iniciou uma grande quantidade delas.

– Isso não é verdade. – Foi a vez de Caleb falar aquelas palavras.

– Claro que é. Você tentou me afastar tanto que fugiu do país.

– Não foi por isso que eu fui embora.

– Então por que foi? – Ela não acreditava nele.

Ficaram em um silêncio longo e pesado, e Sesily adicionou:

– Tudo o que fazemos é travar batalhas. Eu estou cansada. Se pudesse, elas acabariam.

– Então vamos acabar com elas – disse ele.

– As batalhas são a forma de ter pelo menos um pouquinho de você.

Ele virou a cabeça, encarando-a com intensidade.

De onde tinha vindo *aquilo*? E por que fora tão bom falar aquelas palavras? Estavam no mundo agora, e ela não podia tomá-las de volta, então teve que continuar.

– Estou cansada de te querer, Caleb. Cansada de pensar que talvez você me queira também. De pensar que nossos beijos são tão arrebatadores para você quanto são para mim, que meu toque te deixa em chamas do jeito que o seu faz comigo. Cansada de imaginar que os prazeres que poderíamos ter juntos seriam extraordinários.

178

Sesily desviou o olhar, porque suas bochechas queimavam de vergonha e frustração e ela não queria ter que enfrentar nem o sentimento, nem o homem à sua frente. Mas as palavras não paravam de vir e não conseguia impedi-las.

– Você tem razão. Eu não vou mais ao Cotovia. Porque estou cansada dele, cansada da memória de você. Estou cansada da forma que meu coração se acelera todas as vezes que penso em você. Eis a verdade: eu parei de ir ao Cotovia porque eu parei de implorar por migalhas de pessoas que não conseguiam me enxergar.

Ela não queria ficar ali mais nenhum minuto, esperando por algo que sempre esperara dele, mesmo sem saber ao certo o quê. Sabendo que não o receberia.

Começou a descer a encosta, na direção das árvores na base do morro, convencendo-se de que não se importava se Caleb a seguisse ou não.

Querendo muito que ele a seguisse.

O que ele fez.

– O que isso quer dizer? – ele a chamou, seguindo-a. – Você acha que eu não te enxergo?

Ela não olhou para trás, se recusava.

– Você acha que eu não te enxergo? Você acha que você não brilha como a porra do sol todas as vezes que entra num cômodo? – Ele continuou falando, as palavras chegando até ela no vento.

Sesily se virou então.

– Eu acho que você me enxerga porque acredita que é o que deve fazer. Porque eu sou a irmã imprudente e escandalosa da sua melhor amiga. Porque para ficar ao lado de Seraphina, precisa ficar ao meu lado também. Sua lealdade para com ela se estendeu a mim, a irmã indomável. Você acha que eu não percebi como você se jogou para me ajudar nos jardins de Trevescan? Quando Os Calhordas reviraram O Canto? Como você me tirou da luta para me manter a salvo? Como você me seguiu até a casa de Coleford, algo que, devo dizer, foi completamente fora do limite, para me proteger?

A última frase o fez descer a encosta rapidamente, na direção dela.

– Eu não te protegi na casa de Coleford, eu me aproveitei de você.

Sesily odiava as palavras e a forma como elas tiravam qualquer coisa remotamente parecida com paixão do ocorrido, fazendo parecer que ela não tinha escolha a não ser deixar-se levar pelo prazer dele, como se ela não tivesse encontrado o próprio, duas vezes. Engolindo em seco, ela disse:

– Bem, embora meu orgulho ficasse melhor sem o lembrete, acredito que há de se questionar se seu arrependimento pelo que ocorreu naquela noite vem do mesmo lugar que os outros.

– O que você disse? – Ele parou abruptamente, imóvel.

– É claro para mim que você estava agindo a partir da lealdade inabalável que tem por minha irmã. – Só depois de ter falado que percebeu que os olhos dele haviam se tornado tempestuosos, inquietos o suficiente para fazer frente às nuvens que subitamente pareciam menos sinistras em comparação.

Ela deu um passo para trás, descendo mais a encosta.

– Você acha que eu me arrependo? – Ele avançou, e, quando finalmente falou, as palavras eram baixas e sombrias, mas de alguma maneira pareciam mais altas que um tiro.

– Eu... você sumiu.

Ele deu um passo para frente e ela, um para trás.

– E você acha que é porque eu gostaria que nunca tivesse acontecido.

As palavras queimaram no peito de Sesily, afastando o frio do vento que os envolvia.

– Não foi isso?

– Não, Sesily – disse Caleb, cobrindo a distância entre eles. Dessa vez, ela não se afastou. Dessa vez, se deliciou com o avanço dele. – Meu Deus. Não. Você não percebe? Esse é o problema...

Ele esticou uma mão na direção dela, envolvendo sua bochecha, os dedos deslizando pelo penteado dela e espalhando os grampos, ameaçando o trabalho rápido que ela havia feito para ajustá-lo mais cedo. Ela não ligava. Que caíssem. Que enferrujassem no solo e fossem encontrados duzentos anos depois.

Então ele a puxou mais para perto e curvou a cabeça, encostando a testa na dela e disse:

– Eu *não* me arrependo, Sesily. Eu te quero de novo. Eu quero mais. Eu quero tudo. E, se eu tomar o que quero, não vou ser educado.

Ela segurou os pulsos dele, quentes e fortes em seu toque, e levou a boca à dele, roubando um beijo, rápido e suave e quase imperceptível, como as palavras que ela sussurrou:

– Para o inferno com educado.

Ele gemeu, recompensando o beijo dela com um seu, tempestuoso como seus olhos, como o pulso dela.

Tempestuoso como o céu do fim de outono, que se abriu com um som de trovão e uma torrente de chuva.

CAPÍTULO 15

Essa mulher beijava como uma deusa.

A chuva poderia ter sido neve ou granizo ou uma praga bíblica, e Caleb não teria se importado. Continuaria de pé no meio daquela encosta beijando-a até que o gelo cobrisse seus joelhos, porque nunca sentira um prazer como o que Sesily Talbot lhe dava com seus beijos devastadores.

E não se importava se a chuva gelada desabando em cima deles os deixava encharcados. Não quando ela era tão macia e suculenta e pecaminosa em seus braços.

Não quando os braços dela estavam ao redor de seu pescoço, os dedos enrolados em seu cabelo, segurando-o contra ela enquanto se beijavam.

Não quando ela deu aquele pequeno suspiro, perfeito, e passou a língua no lábio inferior dele e o chupou, lenta e languidamente, como se não estivessem debaixo de uma chuva torrencial.

Sesily o beijava como se a chuva fizesse parte do plano.

Porém, finalmente ela o soltou, afastando-se apenas o suficiente para abrir seus olhos maravilhosos, os longos cílios molhados com a chuva, despenteada e suja e completamente perfeita, e Caleb sentiu um aperto no peito, que ficou pior quando ela sorriu e disse:

— Esse beijo foi tão perfeito que eu poderia jurar que ouvi o barulho de um trovão.

Ele riu. Sabia que não deveria, não deveria deixar que ela o divertisse. Não deveria ser mais atraído por ela do que já era, nem arriscar ficar mais próximo.

Mas ela era tudo o que Caleb sempre se negara. Era luz quando seu mundo era escuridão, bela quando seu mundo era feio, acolhedora onde ele nunca encontrara acolhimento. E aquilo a tornava ainda mais tentadora do que qualquer coisa que vivera antes.

Sesily era uma iguaria em uma vitrine, a moeda no bolso de um homem rico.

Ela era ainda melhor.

Então Caleb se permitiu rir.

Sabia que não a merecia, mas estava chovendo e gelado, e embora ele não se importasse com seu próprio conforto, descobriu que se importava bastante com o de Sesily e não tinha nada a ver com a lealdade que tinha para com a irmã dela.

Tinha a ver com deixá-la quente, seca e segura, com fingir que ela era *dele*, pelo menos por um instante. Tinha a ver com fingir que um instante seria o suficiente.

Tinha a ver com o fato de que ele nunca se arrependeria, mesmo que devesse.

Depois de roubar outro beijo dos belos lábios rosados de Sesily, Caleb tirou o próprio casaco e o colocou por cima da cabeça de ambos, amando a forma com a qual ela se aninhou embaixo dele, na curva de seu braço, dando um sorriso brilhante.

– Aconchegante.

Sentiu o prazer correr por si com a palavra, acompanhado de um desejo intenso de fazê-la se sentir daquela forma por mais tempo do que o que demoraria para encontrarem o abrigo mais próximo.

Quando chegaram até as árvores, estavam um pouco mais protegidos da chuva e ele colocou o casaco novamente, deixando-o desabotoado e segurando a mão dela, guiando-a por troncos caídos e pelas folhas encharcadas que cobriam o chão – sem dúvida encharcando os sapatos dela. Ele não gostava da ideia.

Aumentou a velocidade, ansioso para entrar no abrigo.

Quando a porta da cabana do jardineiro entrou em seu campo de visão, escondida atrás de um conjunto de sebes altas que pareciam ter sido deixadas à própria sorte por anos, Sesily parou subitamente, segurando a mão dele com mais força.

– Será que deveríamos nos preocupar em... ter um jardineiro aí?

– Bem, nós vamos descobrir agora – disse ele, batendo na porta com vivacidade antes de olhar pela janela. Era difícil ver muito, mas considerando como o local parecia quieto, a forma com a qual a hera havia subido pelas paredes e dominado o telhado e as janelas, Caleb duvidava que fosse habitada.

Ele tentou virar a maçaneta, mas estava trancada.

Sesily fez um som atrás dele, e ele se virou, não gostando de como soava, como se ela tivesse se surpreendido, mas não de forma positiva. Caleb estava pronto para encontrar um inimigo – um ogro, um lobo grande, um lenhador com um machado – mas em vez disso encontrou Sesily, de olhos fechados, os ombros próximos dos ouvidos, e uma torrente de chuva descendo por um lado do seu rosto, para dentro do casaco.

– Que gelado! – ela anunciou quando abriu os olhos, e embora mais tarde ele tivesse certeza de que olharia para trás e pensaria que o momento havia sido charmoso, não ligava para isso. Não gostava de vê-la com frio ou desconfortável, tampouco gostava de vê-la na chuva.

Então fez a única coisa que lhe restava... se virou de volta para a porta da cabana e a chutou.

Sesily fez outro som, e Caleb lançou um olhar por cima do ombro e viu que ela não parecia mais estar com frio. Em vez disso, encarava de olhos arregalados o local onde a porta estivera, boquiaberta num meio-sorriso de surpresa. Seu olhar cruzou com o dele.

– Você não devia fazer disso um hábito – disse ela, apesar de, pelo tom, parecer que não se importava.

Parecia que ela havia gostado.

O que fez Caleb querer chutar mais uma dúzia de portas, mais ou menos.

– Eu já fiz mais de uma vez?

– Portas de cabanas... janelas de carruagens... o poder destrutivo é imenso.

Para o conforto e bem-estar dela.

– Você acreditaria que, até te conhecer, eu nunca havia chutado uma janela ou uma porta?

– Cuidado, você vai me deixar convencida com esse tipo de elogio – ela disse com um sorriso, passando por ele, envolvendo-o em seu aroma, vento e chuva e amêndoas açucaradas, olhando para ele antes de desaparecer na casa escura.

Ele a seguiu, o som da tempestade imediatamente abafado pelo local silencioso, onde o único som era o barulho das saias de Sesily se arrastando pelo piso. Fechou a porta atrás de si, prendendo-a com uma cadeira que estava próxima.

– Você vai ter que pagar por este dano, Sr. Calhoun. – O som das saias se arrastando havia parado.

– O duque sabe onde me encontrar – retrucou ele, virando-se para o cômodo. Era razoavelmente mobiliado, com uma pequena mesa com cadeiras de um lado, o que parecia um divã e duas cadeiras mais confortáveis embaixo de um lençol do outro. Entre eles havia uma lareira imensa, completa com uma pilha de lenhas secas.

E ali, no centro de tudo, estava Sesily, o cabelo molhado solto do penteado em diversos lugares, pingando contra seu casaco encharcado. As bochechas dela estavam rosadas do frio, os cílios ponteados de gotas de chuva.

Ela era perfeita.

– Bem – disse Sesily, voltando sua atenção para a lareira e colocando as mãos nos quadris, o que só servia para enfatizar sua beleza –, você sabe fazer fogo?

– Você está me confundindo com um duque?

Ela riu com o tom ofendido.

– Eu peço perdão. Que insulto *terrível*.

– Como um homem adulto com um trabalho, definitivamente é.

– Eu nunca deveria ter duvidado de você – disse ela, se afastando da lareira. – Por favor, senhor, demonstre sua habilidade.

Ele gostaria de demonstrar uma série de habilidades diferentes, muito mais interessantes, se fosse sincero, mas se contentaria com acender uma lareira dessa vez. A tempestade os havia mantido sob controle, impedindo-os antes mesmo de começarem, e ele fazia bem em lembrar que aquela havia sido a melhor opção.

Se não, ele a teria deitado na grama e feito amor com Sesily até ela gritar seu prazer para os céus e os ventos.

Caleb passou por ela, agachando-se para acender o fogo, completamente ciente da presença dela ali, preenchendo a cabana com seu sorriso e seu cheiro enquanto preparava a lareira, grato por ter outra coisa para o distrair da maciez da pele dela, ou da doçura de seus lábios, o dos sons que ela fizera enquanto gozava em seus braços, contra sua língua.

Ele limpou a garganta.

Ficar em locais fechados com ela iria enlouquecê-lo.

E então ela começou a tirar a roupa.

Caleb havia apenas começado a esfregar a pedra e a lima para acender o fogo quando ele ouviu o deslizar pesado de tecido molhado, indicando que ela havia tirado o casaco, e ele parou, incapaz de desviar o olhar. Ela se virou para pendurar a roupa em uma das cadeiras num dos cantos.

– Você vai ficar com frio – disse ele, as palavras soando mais como um aviso do que ele esperava.

– Eu já estou com frio – falou ela, simplesmente. – Eu não preciso estar encharcada também.

Com um resmungo baixo, ele voltou à tarefa, fazendo seu melhor para ignorá-la enquanto ela removia os panos dos móveis mais confortáveis, terminando na hora que o fogo pegou na lareira.

– Nunca deveria ter duvidado de você. – Ela recompensou o sucesso de Caleb com um amplo sorriso.

O rosto dele ficou quente com as palavras, como se fosse um garotinho, e ele saiu do cômodo para investigar o resto da pequena casa, encontrando uma chaleira, uma lata do que cheirava como um chá que estava ali há séculos, e um baú cheio de cobertas de lã. Recolheu tudo e voltou para o cômodo principal, já mais aquecido, depositando-os no divã que ela descobrira.

Sesily havia voltado para a mesa onde deixara seu casaco e agora estava desabotoando as luvas. Ele observou enquanto ela as tirava e as colocava na mesa.

– Para uma pousada, essa daqui precisa de algum cuidado – disse ela, correndo um dedo pela pequena camada de poeira no tampo.

– Avisarei ao dono.

– Sabe, eu realmente acho que você o faria, se isso aqui fosse uma pousada mesmo. – Sesily olhou para ele.

– Eu não iria gostar de te ver descontente. – Era a verdade, embora esperasse que ela entendesse como uma piada.

– Você não deveria dizer tais coisas para mim, Sr. Calhoun. Você vai me deixar mimada. – Ela deu um passo na direção de Caleb.

– E daí? – disse ele suavemente, deixando-a chegar ainda mais perto, amando cada momento.

– Infelizmente eu me tornaria incorrigível.

– Você? – Ele arqueou as sobrancelhas. – Impossível de imaginar.

– Algumas pessoas acham que é parte do meu charme, sabe. – Ela sorriu.

– Sério?

Mais um passo na direção dele. Agora, Sesily estava próxima o suficiente para ele conseguir tocá-la. Nem precisaria fazer esforço, só precisava esticar a mão e passá-la pela cintura da mulher e puxá-la para perto.

– Você é bem-vindo para me mimar.

Ele queria aquilo, mimá-la. Dar para Sesily tudo o que ela queria, para sempre.

– Certo então, Lady Incorrigível – disse ele, mal reconhecendo o tom grave na voz, o resultado de tê-la tão perto, de querê-la tanto. – O que você pediria de mim?

Os olhos dela se iluminaram como se ele tivesse oferecido um saco dos seus doces favoritos. Ela bateu um dedo no queixo pensativamente.

Era um jogo.

Quanto tempo fazia desde a última vez que Caleb havia jogado algo?

Ele já o tinha feito?

Ele já tinha aproveitado algum jogo?

Pouco importava a resposta, ele só sabia de uma coisa naquele momento: esse, ele aproveitaria muito.

– Primeiro, eu insisto para que remova seu casaco, Sr. Calhoun. Você está pingando pelo chão todo.

A vestimenta foi retirada num instante, sem hesitação alguma, depositada em cima de outra cadeira.

– Muito melhor – disse ela com suavidade. – Mas, veja bem, o problema de fazer os meus desejos é que eu começo a gostar do prazer.

Ele levantou o queixo com aquilo, o prazer que veio com as palavras o abalando, deixando seu peito apertado e seu pau duro.

– Incorrigível, afinal de contas.

– Afinal de contas – Sesily concordou, colocando uma mão em seu peito, o calor do toque dela atravessando o colete e a blusa que ele vestia. Mas ela a retirou antes que ele pudesse aproveitar. No entanto, disse: – A chuva te deixou encharcado.

Ele a procurou, capturando uma grande mecha de cabelo, molhado e solto por causa da tempestade, criando um pequeno caminho de água da chuva na curva dos seios dela, que desaparecia sob a seda encharcada do vestido.

– Não fui só eu.

– Não – disse ela, seguindo o olhar dele e dando uma pequena risada, levando as mãos ao cabelo pesado, levantando-o e deixando cair, o olhar provocante fazendo com que ele salivasse. – Mas este não parece ser o tipo de estabelecimento que tem uma criada disponível.

O jogo novamente.

– Hmm – disse ele. – Um problema.

Ela se aproximou, ou talvez tenha sido ele.

Caleb definitivamente deslizou os dedos pelos cabelos dela. E definitivamente disse, suavemente:

– Talvez eu possa te ajudar, minha lady. – As palavras não eram um título honorífico, eram uma declaração de posse.

– Por favor – ela respondeu suavemente.

Caleb estava perdido. Começou a remover os grampos do cabelo, colocando-os sobre a mesa com movimentos lentos e deliberados, uma parte de si temendo que ela o impedisse.

Não foi o que ela fez. Em vez disso, fechou os olhos e deixou-o fazer seu trabalho, deslizando os dedos pelas curvas pesadas e escuras, se recostando contra o toque dele enquanto ele cuidava dela, removendo uma dúzia de grampos, mais, libertando o volume de cabelo que ele tanto imaginara como seria solto.

Mentira, ele nunca imaginara.

Sabia que não deveria.

Porque quando estavam ali naquela cabana silenciosa, o único som vindo do fogo na lareira e de suas respirações pesadas, e do som regular dos grampos contra a mesa, Caleb percebeu que, nos seus últimos momentos de vida, seria essa imagem em sua mente: Sesily, alta e voluptuosa e bela, o cabelo sedoso caindo por seus ombros como uma promessa.

Quando tirou o último grampo e o colocou na mesa, ela abriu os olhos e ele viu a verdade – ela o queria.

– Obrigada – disse Sesily ao tomar seu lugar, sacudindo seus cachos. – Isso foi maravilhoso.

Ele queria deitá-la na frente da lareira e espalhar o cabelo dela ao redor e observar o reflexo dourado das chamas dançando nos fios enquanto eles secavam, e, naquele momento, Caleb sabia que não tinha mais como parar. Não havia mais como voltar para a realidade de uma hora antes, quando ela era uma bela dama da aristocracia e irmã da amiga dele, com o mundo todo aos seus pés, e ele era um homem que havia passado a vida inteira fugindo do seu passado, ciente de que coisas como felicidade e amor e um futuro não eram para ele.

Mas claro que também não teria sido capaz de parar uma hora antes.

Ou um dia antes.

Ou um ano antes.

Eles estavam nesse caminho desde a primeira vez em que se viram.

E, agora, eles haviam chegado à cabana na floresta.

E teria que ser o suficiente.

Porque quando Sesily esticou a mão em sua direção e enrolou um dedo na barra de seu colete, o puxando mais para perto, e disse suavemente:

– E você, Caleb? Posso te ajudar com suas coisas molhadas?

Ele não tinha força para dizer não.

Ela abriu os botões do colete dele até ele o jogar na mesa, junto com os casacos, e então Sesily abriu a mão quente por cima da camisa de algodão, fazendo-o queimar.

– E isso aqui? – disse ela. – Será que posso...

– Sesily – Caleb falou, segurando o maxilar dela e virando o seu rosto para encará-lo. – Você pode fazer o que desejar. Pode fazer o que desejar.

Eu sou seu.

As palavras vieram em sua mente, mas ele não as falou.

Não era um tolo.

E Sesily não esperaria por elas. Longe disso, estava puxando a camisa dele de dentro da calça, e então ele a estava ajudando, e a blusa se juntou ao resto, e ela o encarava com aquele olhar novamente – o que parecia que ele havia oferecido seus doces favoritos.

– Você... – Ela olhou para Caleb. – Você é lindo.

E foi Caleb quem se sentiu mimado.

Ele a beijou, porque não conseguia esperar mais nenhum momento para ter sua boca contra a dela, tomando-a para si, possuindo alguma pequena parte dela de alguma maneira, mesmo que pequena.

Mas era claro que não era Caleb que possuía, era Sesily.

Sesily que o tomava para si, seus dedos deslizando pelo peito nu, deixando um rastro de fogo por onde passavam até ele não conseguir mais aguentar a provocação e a apertar contra si.

– Ah! – Ele se afastou do beijo.

– O que?

– Seu vestido – disse ele. – Está congelante.

– E eu aqui pensando que americanos eram feitos de um material mais resistente. – Ela balançou a cabeça com um biquinho tão bonito que o fazia querer sugar seu lábio inferior até que implorasse para que ele chupasse outros lugares.

– Mmm – falou Caleb, puxando-a contra si novamente. – Me dê uma outra oportunidade.

Ela se desvencilhou dele, para fora do alcance. Mais do jogo delicioso dela.

– Não, lamento dizer que estou muito preocupada agora.

– Eu prometo perseverar.

– Que nobre de sua parte – disse ela. – Mas me preocupo que, se nos aproximarmos tanto novamente, você pegue um resfriado.

– Eu estou disposto a correr o risco – retrucou ele, perseguindo-a pelo cômodo, na direção da mobília descoberta, imaginando uma dezena de formas de usá-la.

– Não, não, sinto dizer que não posso permitir – ela provocou, diminuindo a velocidade, deixando-o se aproximar o suficiente para tocá-la.

Próximo o suficiente para ficar de joelhos e a idolatrar. Próximo o suficiente para ouvi-la sussurrar: – Há apenas uma solução.

– E qual seria? – perguntou Caleb, os dedos no queixo dela para levantar seu rosto para outro beijo.

Sesily o deixou ficar ali, encostado contra seus lábios, antes de dizer:

– O vestido... ele precisa ser retirado.

As palavras correram por ele, e não conseguiu evitar um sorriso, seus dedos acompanhando a borda do vestido contra a pele de Sesily até chegarem à fita rosa-crepúsculo que estava amarrada em um lacinho no centro do seu corpete.

– Precisa?

– Ah, definitivamente – disse ela. – Seria benéfico, eu acho. Para nossa saúde.

Ele brincou com o laço, devagar e deliberadamente, provocando ambos com a antecipação até uma respiração mais pesada fazê-la estremecer e ele teve certeza de que ela o queria.

– Caleb – sussurrou ela e o desejo na palavra foi o suficiente para deixá-lo louco.

– Shhh – respondeu para a pele exposta logo acima da seda, que subia e descia em um ritmo descompassado. – Você é o presente mais bonito que já ganhei... – Ele fez um caminhou de beijos ao longo do decote do vestido enquanto desfazia o laço. – Vou aproveitar enquanto te desembrulho.

E ele aproveitou, desfazendo a fileira de laços da frente do vestido entre beijos lentos que ameaçavam deixar ambos fora do controle. Mas Caleb esperara por isso por dois anos, desde a primeira vez que vira aquela beleza de cabelos escuros e pele dourada, e ele pretendia saborear cada instante.

Mas quando o vestido finalmente caiu, se amontoando aos pés dela junto com uma pilha de anáguas decoradas com fitas de seda que combinavam, tudo mudou. Não havia mais como ir lentamente.

Sesily usava um espartilho no mesmo tom vibrante de rosa que o vestido, e um par de meias amarradas com fitas em uma seda que também combinavam... e nada entre elas. Sem *chemise*, sem roupas de baixo – apenas o espartilho e as meias contra a pele maleável e macia.

A boca de Caleb ficou seca ao apreciar a visão esplêndida, como se ela tivesse saído direto dos seus sonhos. E quando voltou o olhar ao dela, percebendo que o observava com algo parecido com nervosismo, algo explodiu em seu peito como um canhão.

– Meu Deus, Sesily, você é perfeita para caralho.

Ela sorriu com aquelas palavras, um tom de rosa escurecendo suas bochechas.

– Eu não sabia se você iria...

Caleb não a deixou terminar. Cobriu a distância entre eles e beijou o resto da frase.

– Eu iria – ele sussurrou, antes de beijá-la novamente, por mais tempo e de forma mais profunda. – Eu iria. – E de novo. – Eu *vou*.

Ela estremeceu em seus braços e ele xingou por não tomar conta dela melhor. Roubando mais um beijo rápido, disse:

– Não se mova.

E se virou para pegar as cobertas que achara, estendendo-as na frente da lareira, que agora queimava para valer. Ele se abaixou para jogar outro tronco contra as chamas, mas, antes que pudesse retornar para ela, Sesily veio até ele, passando os dedos em seu cabelo.

Caleb olhou para cima, passando por todo o belo corpo, para vê-la olhando para ele, os olhos brilhando com um calor que não tinha nada a ver com o fogo.

– Eu me movi – Sesily sussurrou.

– Mmm... – ele disse, subindo uma mão pelas pernas dela, pela coxa, até a curva acentuada do traseiro nu. – Sempre incorrigível.

– O que deve ser feito comigo?

Ele não merecia isso. Ele não a merecia.

Mas ele a pegaria para si, de qualquer forma.

E esperar que aquilo fosse o suficiente para a vida inteira.

– Eu tenho algumas ideias – disse ele, e a puxou para as cobertas na frente da lareira, se deleitando com a gargalhada que ela deu.

CAPÍTULO 16

Em todas as vezes que Sesily imaginara aquele momento – e foram muitas, muitas vezes – nunca pensou que seria no chão de uma cabana de jardineiro na propriedade rural de sua irmã.

Mas estava começando a gostar da ideia.

Quando Caleb a puxou para a pilha macia de cobertores de lã que havia arrumado cuidadosamente na frente da lareira, ela não conseguiu conter um gritinho de deleite, e, quando ele a seguiu, largo e quente e belo, deleite não teria sido a palavra certa para descrever de forma alguma.

Havia sido um prazer completo, enquanto ele se acomodava contra ela – bloqueando o caminho para a porta, para o frio, para a chuva, para o resto do mundo – deixando tudo de fora a não ser isso, o fogo, eles. Ela o observou por um longo momento, suas mãos acariciando o peito largo, brincando com o parco pelo escuro da região, acariciando o braço dele – forte e grosso devido a seu trabalho, agora pintado com sombras douradas na tarde cinzenta.

Ela deu um beijo no músculo dos bíceps de Caleb, então em seu ombro, e na pele sensível do pescoço, movendo a língua no traçado de seu maxilar, amando o gemido grave de prazer que ele soltou.

— Você gosta disso – disse ela.

— Eu gosto de *você*.

Ela piscou, as palavras mais pesadas do que o que ela esperava para eles.

— Você gosta?

— Sesily – disse ele tão suave, sob a respiração. Caleb levantou a mão dela e beijou os dedos. – Sim. Eu gosto até demais de você.

— E isso existe? – questionou ela com um tom de provocação que não sentia.

– Existe para mim. Existe quando se trata de você. – Outro beijo, seguido de um pequeno sugar da ponta do dedo indicador. – Eu gostei de você desde o momento em que te conheci. Do momento em que você olhou para mim com esse seu olhar belo, provocador, e me lançou aquele sorriso que faz promessas que eu definitivamente quero que você mantenha.

Sesily lhe lançou aquele exato sorriso.

– Eu vou mantê-las hoje.

Ele se inclinou para frente para beijá-la, parando um pouco antes dos lábios deles se encontrarem.

– Também vou manter as minhas.

Outro beijo, como vinho.

– Vire na direção do fogo – disse ele com suavidade, e ela seguiu a instrução, não compreendendo o que ele queria mesmo que soubesse que, seja lá o que estivesse prestes a acontecer, seria perfeito.

E foi. Caleb deu um beijo suave em seu ombro, e outro na nuca, e removeu o espartilho com movimentos rápidos.

– Isso é um instrumento de tortura – disse ele. – Eu odeio eles.

– Você e todas as mulheres na Grã-Bretanha.

– Então por que os vestir?

– Eu não estou vestindo um, para falar a verdade. – Ela se virou novamente, com um braço cruzado por cima de seus seios agora desnudos.

As palavras pareceram libertá-lo, o olhar dele acompanhando as mãos dela.

– Me mostre – disse ele, a ordem um tipo diferente de seda e aço, e ela obedeceu sem hesitar, removendo as mãos e deixando que ele a apreciasse.

E Caleb apreciou, seu olhar como um toque. Os mamilos de Sesily se endureceram e ele percebeu, levantando os olhos para o rosto dela com um brilho malicioso no olhar e dizendo:

– Você me quer.

– Sim. – Ela não hesitou.

Mas em vez de tomá-la, de se colocar por cima e encostar a boca nela, aliviando o desejo que a fazia ficar desesperada, ele a tocou como ninguém antes havia feito. Com reverência, como se fosse um tesouro.

E a fez desejá-lo ainda mais.

Sesily se encurvou para encontrar o dedo que ele usava para traçar círculos ao redor dos seus seios fartos, o toque macio e firme e confortante depois de passarem o dia inteiro presos.

– Dói?

– Não aí – disse ela praticamente ofegante, desejando que ele diminuísse o círculo.

E ele o fez, diminuindo os círculos que desenhava até encontrar o bico tenso do seu peito, e o acariciou com aquele dedo lento e cruel.

– Bem aí – ela ofegou.

– Hmm – disse ele. – Você está tão dura aqui. Para mim.

– Sim – ela sussurrou. – Por favor.

– Por favor o quê? – Ele apertou o bico, apenas o suficiente para enviar uma onda de prazer diretamente para o ventre dela, e então soltou, se afastando antes que ela pudesse se aquecer com o toque dele.

– De novo – falou Sesily.

Porém Caleb não repetiu, ele fez melhor.

Usou a boca, lambendo a pele tensa e latejante com uma língua firme antes de chupá-la em movimentos luxuriantes e fascinantes, fazendo-a desejar que ele nunca parasse.

– Eu quis fazer isso por tanto tempo – ele sussurrou. – Desde que você se banhou no meu quarto.

– Você assistiu. – Ela ofegou, correndo os dedos pelos cachos de Caleb.

– Não pude resistir – disse ele, sugando-a novamente de forma lenta e perfeita.

Ela o segurou com mais força e se pressionou contra ele.

– Eu queria que você assistisse – confessou Sesily. – Eu queria que você me desejasse.

Caleb se tensionou e levantou a cabeça, seus olhos verdes quentes nos dela.

– Eu te desejo.

Sesily levantou o queixo, o desejo se acumulando profundamente.

– O que você fez? Me conte.

Caleb abaixou a boca e sugou o bico do peito dela mais uma vez, seus olhos sem desviarem dos dela, como pecado. Ela arfou.

– Você quer que eu te conte como eu aliviei meu desejo? Como eu tenho aliviado todos os dias desde então? Deitado no escuro e me tocando e imaginando você até eu não aguentar mais?

– Sim – disse ela, se esfregando contra ele. – Meu Deus, isso.

O quarto não estava mais frio, havia virado um inferno, com tudo desaparecendo menos as palavras dele e o calor da boca e a forma como ele a venerava.

E parecia uma adoração quando Caleb finalmente a soltou apenas para dar atenção semelhante ao outro seio, sugando longa e lentamente, roubando todos os pensamentos além do desejo singular de que ele nunca parasse.

Sesily implorou que ele não parasse, segurando-o firmemente contra seus seios, seu corpo se curvando contra o dele, como uma oferenda.

Quando ele finalmente se afastou para encará-la, ela desejava mais, e aquele dedo pecaminoso traçou suas curvas, ao redor dos seus seios novamente, passando pela saliência de sua barriga e dos quadris, e ela acompanhou o toque como se ele a tivesse invocado, como se não tivesse lhe dado nenhuma outra opção.

E talvez não tivesse mesmo, porque o prazer que ele oferecia era bom demais.

Certo demais.

E talvez ela soubesse, mesmo naquele momento, que não seria eterno.

Aquele dedo se transformou na mão inteira enquanto Caleb acariciava sua coxa, se detendo nos laços de suas meias, e ela se abriu para ele, sussurrando seu nome.

Ele lhe deu o que ela tanto queria, se levantando e ficando por cima dela, apoiando uma coxa grossa entre as dela como um presente. Ela o abraçou pelo pescoço e se levantou para encontrá-lo, pressionando o peito no dele, se movimentando contra o seu corpo, a lã macia das calças dele áspera contra a pele mais sensível dela.

– Agora você está me desejando – disse ele, as palavras ásperas em seu ouvido, ameaçando deixá-la louca.

Respondeu primeiro com o corpo, se esfregando contra ele, o músculo rígido de sua coxa, puro prazer. Apoiando uma mão no chão, ele a abraçou pela cintura com a outra, puxando-a contra si.

– Sim – ela sussurrou. – Por favor.

– Você conseguiria chegar assim, não é? Desse jeitinho? – Caleb grunhiu as palavras, o tom nelas, a suave camada de controle, a libertou. Ele a queria.

Sesily encontrou o olhar de Caleb, tão próximo, aqueles belos olhos verdes se recusando a deixá-la partir. Ela se moveu novamente, devagar e languidamente, e as pupilas dele dilataram, o braço se apertou ao redor dela, mantendo o ritmo que ela determinava e levantando a ambos.

– Você poderia gozar desse jeito – disse ele, roubando um beijo, lambendo-a profundamente. – Me usando para ter prazer.

– Uhum – concordou ela, perdida nas sensações enquanto o abraçava pelo pescoço e se movia novamente, devagar e pecaminosa, o prazer da coxa grossa contra ela quase impossível de aguentar. – Mas eu não quero.

– Mentirosa – ele disse, a respiração quente contra a orelha dela antes de Caleb mordiscar seu lóbulo. – Você quer muito isso.

– Não isso – disse ela. – Quero você.

Sesily se inclinou para trás e procurou a barra da calça dele, deslizando o dedo abaixo do botão ali.

– Não. – Ele segurou a mão dela.

– Eu quero te ver. – Ela encontrou os olhos dele.

– Isso não é para mim, meu amor. É para você. – Ele balançou a cabeça.

Sesily sorriu.

– Você não ouviu falar de mim? Eu sou terrivelmente egoísta. – Ela se esfregou contra a coxa dele novamente e os dois respiraram fundo. – Caleb... isso é para mim. Tire-as agora.

Caleb xingou, quente e malicioso no cômodo em silêncio.

– Sesily, se eu tirá-las...

Quando Caleb perdeu o fio da meada, ela preencheu o silêncio, odiando a insegurança que a fez questionar:

– Você vai se arrepender?

Outro xingamento, dessa vez pior.

– Não, não. – As mãos dele a encontraram, acariciando-a pelas costas até se afundarem em seu cabelo. Caleb a beijou novamente, profunda e intensamente. – Não vou me arrepender de um minuto sequer disso aqui.

E, ainda assim, Sesily não conseguia imaginar como não aconteceria, não com esse homem que a havia evitado por dois anos. Dois anos a ignorando. Resistindo a todas as suas melhores tentativas de seduzi-lo.

– Tem certeza?

– Meu Deus, Sesily – disse ele suavemente, sem desviar o olhar do dela. – Nunca tive tanta certeza de algo. Eu nunca vou me arrepender disso. Nunca irei me arrepender de te beijar na chuva e de te desembrulhar aqui, na frente do fogo.

As mãos de Sesily se espalharam pela planície acidentada da barriga dele, dura e musculosa, e Caleb respirou fundo com o toque.

– E eu nunca irei me arrepender de te ter em cima de mim, seu cabelo como um incêndio cor de mogno. Eu nunca vou me arrepender do seu gosto, da sensação de te ter.

Ele a beijou novamente e terminou seu voto.

– Eu nunca vou me arrepender de você. Disso aqui. De nós. Aqui.

Havia tanta reverência nas palavras que Sesily temeu o que fizeram, abrindo-a completamente com desejo e algo a mais.

As palavras que sua irmã falara mais cedo ecoaram. *Sesily ama com todo o coração.*

Se não tomasse cuidado, iria amar este homem, este homem que a enxergava de uma forma que ninguém mais havia feito. Que a compreendia de uma maneira que poucos conseguiam. Que a beijava de uma maneira como ninguém antes.

Este homem que nunca havia deixado se seduzir... porque nunca havia sido necessário. Ele estava ali e a queria, sem necessidade de sedução.

Mas, é claro, um pouco de sedução nunca machucou ninguém.

– Devo te dizer do que eu me arrependeria? – questionou Sesily, suas mãos acariciando o peito dele, amando a agitação de sua respiração enquanto ela o agradava.

– Vá em frente – respondeu Caleb, arfando quando ela se inclinou para frente e lambeu um de seus mamilos, roçando na pele tensionada com os dentes antes de oferecer o mesmo tratamento ao outro.

Os dedos de Sesily encontraram a barra da calça de Caleb, acariciando o pelo encaracolado ali por um momento antes de explorá-lo mais, encontrando o volume duro e pressionando contra o tecido.

– Eu me arrependeria muito de não ver isso aqui. – Ela se inclinou e beijou o pescoço dele no lugar onde o pulso corria. Sentia-se triunfante em saber que ele a queria tanto quanto ela o queria. Sesily o acariciou, firme e direta, e Caleb pressionou os quadris contra o toque. – Eu me arrependeria demais de não te tocar aqui.

Sua recompensa foi outro gemido baixo.

– Você não se arrependeria? – ela provocou.

Esse homem magnífico deu uma gargalhada baixa e deliciosa.

– Sim, na verdade.

– Tire-as – Sesily ordenou.

– Mas eu teria que parar de te tocar.

Ela saiu de cima de Caleb, sentando-se novamente nos cobertores, observando enquanto ele se levantava e tirava os sapatos e a calça. Quando ele se virou novamente, estava nu e indo em sua direção, os músculos se agitando conforme se aproximava, tensionando conforme ele se preparava para se abaixar novamente – com sorte, para não se levantar por um longo tempo.

Antes, porém, Sesily levantou a mão.

– Espera um pouco.

Caleb a obedeceu, como se fosse dela para mandar. E ela queria mandar nele.

– Eu só... – Ela perdeu o fio da meada, seu olhar correndo pelo corpo dele, músculos e ossos e carne, ombros largos e quadris estreitos e coxas... e, entre elas, o pesado membro dele, grosso e orgulhoso.

– Em dois anos... – Sesily recomeçou, maravilhada com ele, com a forma como a deixava observá-lo. – Eu imaginei isso... você... tantas vezes.

Ela o observou por completo, parando no pau duro, que pareceu ficar ainda mais rígido com o olhar dela.

– Me mostre.

Caleb sabia o que ela queria, e lhe deu. Ele se tocou, tomando seu membro na mão, brusco e firme, movendo para cima e para baixo demoradamente, de forma fascinante. Ela poderia observá-lo por horas, a boca se enchendo de saliva e o corpo tenso como um arco, desejando que ele parasse e fizesse amor com ela e, de alguma maneira, igualmente desesperada para que ele não parasse.

Desviou o olhar e encontrou os olhos de Caleb, pesados com o desejo. E ela disse a única coisa que conseguia pensar:

– Caleb, você é tão lindo.

– O que você imaginou, meu amor?

Ela balançou a cabeça.

– Um milhão de coisas.

– Comece com as que você mais gosta. – Ele estava se movendo, indo na direção de Sesily, e a excitação correu pelo corpo dela.

Sesily se recostou enquanto ele parava acima dela, deslizando uma de suas coxas grossas entre as dela, os músculos de seus braços estremecendo sob o toque.

– Eu imaginei isso. Imaginei te tocar. Imaginei te olhar. – O olhar dela desceu pelo corpo de Caleb, o toque seguindo logo atrás. Ela suspirou. – Eu te imaginei tantas vezes que te tocar parece uma fantasia.

Um som grave ressoou do peito dele quando ela encontrou o comprimento rígido dele.

– Você é tão gostoso – disse ela. – Tão duro.

Ele se empurrou contra o toque dela, o movimento pecaminoso e malicioso e lascivo e perfeito, e Caleb inclinou a cabeça e sussurrou contra o ouvido de Sesily:

– Eu percebi você olhando.

– Sinto muito – disse ela, longe disso. – Eu não conseguia evitar.

Outra estocada. Um roçar dos dentes no pescoço dela.

– Eu tentei tanto não te olhar de volta.

Sesily virou a cabeça para encontrar os olhos dele. Apertou seu toque, amando a forma que o músculo da mandíbula dele se tensionava com o prazer.

– Por quê?

– Porque eu não mereço olhar para você – disse ele, com suavidade. – Porque se eu olhar para você, pode ser só uma vez, só por um momento... eu vou querer mais.

Como ela poderia não sorrir com aquilo?

– Acho que não teria problema algum.

Ele abriu as coxas dela e se acomodou entre elas, e Sesily o soltou, acariciando seus braços e ombros mais uma vez.

– Se eu olhar para você – disse Caleb suavemente, movendo os quadris. – Só uma vez, só por um momento... vou querer te beijar.

Sesily levantou a cabeça para encontrar os lábios dele, mas ele já tinha se afastado, descendo pelo corpo dela pressionando beijos em seus seios e em seu torso.

– Se eu olhar para você, só uma vez, só por um momento... – Ele se demorou ali, na saliência macia de seu corpo, e sussurrou: – Eu vou querer te provar.

– Eu também vou querer isso. – Sesily se arqueou contra ele. – Caleb.

Ele olhou para ela então, devorando-a com o olhar. Tomando-a para si.

– Essa é a visão mais bonita que já tive – disse ele, um dedo deslizando-se contra ela, abrindo-a para ele.

Se ele não a beijasse, ela iria enlouquecer.

– Você está olhando agora.

Seus olhos verdes encontraram os dela, e Sesily amou o sorriso que havia ali, quente e delicioso.

– Estou mesmo, de verdade.

Ela se levantou contra Caleb novamente. Uma oferenda.

– Na outra noite, eu não conseguia ver – disse Caleb, as palavras graves ressoando dentro de Sesily enquanto ele a acariciava com aquele único dedo, para cima e para baixo, até ela estar se movendo contra ele. Caleb a observou por um longo e sensual momento e adicionou: – Imaginar como seria te ver ameaçou minha sanidade. E aqui está... é tão bonita... – Ele deslizou o dedo para dentro dela. – E tão molhada... – Devagar e constante e delicioso e perfeito. – E minha...

A verdade.

– É mesmo.

Sempre vai ser.

E então a boca dele estava contra ela, fazendo-a suspirar o nome dele no cômodo silencioso, seus dedos se agarrando nos cachos dele enquanto ele se deliciava.

– Ah, isso – ela disse quando as grandes mãos dele deslizaram por baixo dela, levantando-a para ele como um cálice. Como se ele fosse um deus e ela fosse dele para que fizesse o que quisesse.

E Caleb fez o que queria – o que ela queria também –, seus ombros largos se acomodando entre as coxas generosas enquanto ele se encaixava, lambendo-a longa e deliciosamente, removendo cada um dos pensamentos que ela tinha de forma lenta e rítmica, substituindo-os por puro prazer.

– É, sim – Sesily repediu com um suspiro. – É, sim, é sua.

Eu sou sua. Ela mal conseguiu resistir a falar em voz alta, mas em vez disso se roçou contra ele, tomando seu prazer mesmo quando Caleb a levantou para ter um acesso melhor, para lhe dar mais. Para lhe dar tudo o que pedia.

Tudo o que ele queria.

– Eu estava louco para te provar novamente desde aquela noite – Caleb falou contra ela, as palavras fazendo-a desejá-lo ainda mais. – Estava desesperado para te levar para algum lugar onde pudéssemos ficar sozinhos, onde eu pudesse te lamber até você gritar.

Ele não aguardou a resposta – ainda bem, porque as palavras indecentes dele haviam roubado as suas – e voltou a tocá-la, procurando com a língua, e então encontrando o ponto perfeito, o ritmo perfeito, fazendo-a puxar os cabelos dele e segurá-lo contra si.

– Aí – ela ofegou, e ele grunhiu, a vibração levando-a a níveis mais altos de prazer, sua língua trabalhando no mesmo ritmo que os quadris dela, circulando, pressionando, acariciando, de novo, de novo e de novo. – Ah, Caleb. Não pare. Não ouse parar.

Ele não o fez. Sesily estava se desfazendo. Ele a estava destruindo. Nunca havia sentido algo como aquilo, e mal se importava enquanto ele a servia com sua boca e suas mãos, tão forte, apertando-a com força, e seus ombros se recusando a dar espaço para Sesily até que ela lhe desse o que ele queria.

Até que ela tivesse o que queria, berrando o nome de Caleb enquanto encontrava seu clímax.

E o homem magnífico continuou ali, guiando-a de volta de seu prazer, sua língua e os dedos ainda contra o corpo dela enquanto Sesily pulsava ao seu redor, e ela o soltou ao se deitar novamente nos cobertores, o corpo relaxado e lânguido e saciado.

Ela suspirou e abriu os olhos quando Caleb levantou a cabeça e a devorou com o olhar, os olhos verdes brilhando com uma satisfação maliciosa – como se ele soubesse que tinha lhe dado algo que ela nunca experimentara antes.

E, simples assim, Sesily não estava mais saciada.

Não quando poderia retribuir. Algo como ela nunca havia experimentado.

Algo que nenhum dos *dois* havia experimentado.

Cheia de energia, Sesily ficou de joelhos, encontrando-o ao mesmo tempo em que ele se levantava para se deitar ao lado dela e o empurrando-o para se deitar de costas.

– É minha vez – ela sussurrou, montando em suas coxas, acariciando o belo peitoral dele, encarando-o de cima. – Você é meu prêmio. Deixe-me apreciá-lo.

E Caleb permitiu, suas mãos grandes acariciando as pernas dela para cima e para baixo enquanto ela o explorava e roçava as unhas pelos mamilos planos e cor de cobre, pelo torso musculoso. Como um homem podia ter tanto músculo? Ela acariciou a pele, se deliciando no calor e na força de Caleb, mas ficando tensa ao encontrar a pele franzida na lateral do corpo dele.

Ela deslizou o dedão na cicatriz circular com gentileza, e ele segurou o pulso dela com uma mão forte, impedindo-a.

O olhar dela cruzou com o dele.

– O que aconteceu?

– Nada que seja importante agora. – Ele balançou a cabeça.

Sesily franziu a testa por um momento, considerando se deveria pressioná-lo sobre o assunto, mas ele reconheceu o pensamento. Caleb balançou a cabeça e levou a mão dela até seus lábios, dando um beijo na ponta do dedão, e então mordendo-o suavemente, só o suficiente para lhe lançar uma onda de prazer.

– Eu achei que você estava me apreciando.

Sim. Ela estava.

Continuando sua exploração, encontrou o membro duro dele novamente, e mais uma vez o tomou nas mãos, se movendo lentamente, agora usando o dedão que ele havia mordiscado para acariciar a ponta dele, de um lado para o outro, suave e constante, até Caleb xingar.

Sesily repetiu o gesto, sentindo-se completamente triunfante, até ele estar se movendo contra a mão dela, repetindo o seu nome como uma oração. Ela respondeu se inclinando para frente e dando um beijo em sua pele rígida, lambendo a ponta agridoce de sua carne dura, amando o gemido profundo de prazer que invocara.

Soltando-o, ela se levantou por cima do belíssimo corpo dele e disse:

– Caleb?

– Hmm...

– Você me perguntou uma vez se eu gostava de crianças.

Ele se tensionou.

– Perguntei.

– Não tenho interesse em ter nenhuma – disse ela.

– Entendo – Caleb disse, as palavras experimentais. Exploratórias.

Os lábios dela se curvaram.

– Eu não acho que entende, na verdade. O que quero dizer é... Eu não tenho interesse algum em ter filhos, nem agora nem nunca. No entanto, tenho um grande interesse... nisso aqui... – Ela o acariciou novamente, se deleitando com a rigidez dele.

– Eu tomarei cuidado. – Ele rangeu os dentes com o prazer.

Sesily tinha certeza disso. Caleb sempre tomaria cuidado com ela.

– Você não precisa – disse ela. – Há maneiras... e eu as uso. – Sesily fez uma pausa, sentindo a necessidade de dizer: – Apesar de eu não ter precisado delas faz... um tempo.

Dois anos.

Não desde que conhecera Caleb.

Ele assentiu, observando-a.

– Nem eu.

– Nenhuma mulher em Boston, em suas caminhadas de viúvas, esperando pelo seu retorno?

– Nenhuma. E você... nenhum homem nos topos de Covent Garden, cuidando de você?

– Nenhum. E nenhuma mulher também. – Ela fez outra pausa e então confessou: – Apesar de às vezes eu me perguntar como seria se você estivesse lá... cuidando de mim.

Caleb segurou, puxando-a contra si e beijando-a.

– Eu estou cuidando de você hoje.

E se não fosse suficiente?

Não. Sesily deixou o pensamento de lado. Não havia tempo para aquilo. Não naquele momento, quando Caleb estava quente e grande e duro embaixo dela. Não com a cabeça larga do pau dele separando-a, provocando-a. Não enquanto ela estava suspirando seu prazer, se levantando até que ele estivesse lá, na sua entrada, pressionado contra ela, lentamente, mal se movendo, deixando-a maluca.

Não com as mãos de Caleb em seus quadris, guiando-a enquanto ela se sentava nele, deixando-a parada por um instante minúsculo, quase impossível, enquanto ela o acomodava, tornando possível memorizar cada centímetro dele enquanto Caleb a preenchia, até eles estarem pressionados um contra o outro, selados um contra o outro, e ela o envolveu e se entregou ao prazer que era ele. Que eram os dois, juntos.

Como nada que sentira antes.

Sesily suspirou o nome dele contra seu ouvido, a palavra saindo entrecortada pela respiração dela.

– Eu nunca...

– Nem eu – Caleb respondeu, soando desolado. – É um paraíso do cacete. Você é o céu.

Ela se moveu lentamente, para cima e para baixo, e eles gemeram juntos.

– Tem certeza de que não é você que é um paraíso do cacete?

Ele riu, o movimento ressoando por eles.

– Bem, eu *estou* no paraíso do cacete.

Esse homem incrível estava finalmente, *finalmente* se divertindo com ela.

Mas a hora de diversão chegou ao fim, e Caleb estava se movendo, estocando contra ela, quente e perfeito, e Sesily se encheu de algo como prazer, pincelado com algo um pouco diferente, algo que, se ela pensasse demais, iria parecer medo.

Porque tinha certeza, naquele momento, que ela nunca teria nada como aquilo de novo.

Mas não podia se demorar naquela emoção, porque ele começou a movê-la, a se mover, lenta e suavemente, como se ele tivesse sido feito para segurá-la e ela tivesse sido feita para segurá-lo, e eles tivessem sido feitos para aquilo... e é claro que era verdade. Era a única explicação para a forma com a qual se encaixavam, como se moviam juntos, como se amavam.

E parecia amor ali, enquanto Caleb se movia profundamente dentro dela, com movimentos lentos e lânguidos, curtos e perfeitos, criando camadas de prazer dentro de Sesily sem parar, até ela estar ofegante contra ele, implorando para que ele.... nem sabia o quê.

Mas ele sabia. Porque era Caleb, e é claro que sabia o que ela queria, se movendo mais profundamente, mais rápido, com mais força, as mãos firmes contra suas costas, garantindo que cada estocada o levasse até o lugar que a deixava maluca, sem parar até que ela estivesse perdida para o incêndio de prazer impossível, seus olhos se fechando. Ela iria...

– Olhe para mim – Caleb sussurrou, uma mão se deslizando nas curvas do cabelo dela, puxando-o com uma dorzinha maravilhosa. – Sesily, olhe para mim, meu amor.

Como ela poderia resistir a olhar mais uma vez?

Como ele poderia resistir?

Eles se moveram como um, perfeitos. Como se fossem feitos um para o outro.

Ela sabia que seria assim.

Ela sabia que eles eram feitos um para o outro.

– Agora, meu amor – ele sussurrou. Ordenou. Movendo-se contra ela. – Tome seu prazer.

E Sesily obedeceu, gozando pesadamente contra ele, desabando no prazer com o nome dele em seus lábios enquanto ele gozava dentro dela, com estocadas pesadas, belas, que a fazia querer que ele estivesse mais perto.

Perdendo toda a sua força, Sesily caiu nos braços dele, contra ele, e Caleb a segurou. É claro que o fez. Porque era exatamente ali que era seu lugar... nos braços dele. Sesily, que havia passado a vida inteira se movimentando, sem parar, procurando por mais, por algo diferente, por algo melhor... encontrou a paz.

Ela suspirou contra o peito dele, onde o coração batia loucamente em um ritmo que combinava com o dela, e as mãos de Caleb nunca a deixaram, acariciando sua pele, traçando padrões com o toque, deixando um formigamento de prazer.

Ele beijou o topo da cabeça dela e sussurrou contra o cabelo:

– Sesily...

Ela se aqueceu. Ninguém nunca dissera o nome dela daquela forma, como se fosse mais do que ela. Como se fosse o mundo inteiro.

Como se fosse tudo o que ele sempre quisera.

Eles ficaram ali, embolados um no outro, por uma era, os corações desacelerando, a respiração se acertando, o fogo pintando a pele deles em luz e calor, a tempestade do lado de fora fazendo parecer que não existia mundo além daquela cabana.

Só os dois.

Uma dupla...

Caleb a segurou até que ela dormisse em seus braços, quente e macia e maravilhosa, a pele dela como seda contra a sua mão áspera. Deliciando-se com todas as formas em que ela era seu oposto. Macia onde ele era áspero, viçosa onde ele era firme. Demorando-se nas maneiras com as quais ela lhe oferecia prazer, a maneira como ele o tomava, ávido por mais.

Ele se deleitou com ela.

Deleitou-se com aquilo – o mais perto que chegaria do paraíso.

O mais perto que chegaria da liberdade.

Caleb a abraçou, amando a forma como Sesily suspirou e se aninhou contra ele, como ela o tomava para si, mesmo dormindo. Para o resto de sua vida, esse dia – essas horas roubadas na chuva, nesse lugar que oferecia tentações impossíveis – seria a memória que mais apreciaria. Nas noites escuras, ele iria imaginá-la ali, em seus braços, e iria se lembrar que, por um instante, ele conhecera a paz. Conhecera um lar.

Lar. Que palavra estranha e impossível.

Uma palavra que ele nunca se permitira pensar antes.

Uma palavra que vinha com companhias perigosas – como esperança, como alegria, como futuro.

Como amor.

Caleb a amava.

O pensamento o abalou, apertando seu peito até doer, e teve que soltá-la para esfregar uma mão em cima do coração, tentando afastar a dor.

Perguntando-se se algum dia iria embora, agora que sabia o que poderia ter em outro mundo. Um passado diferente. Um futuro diferente.

Sesily Talbot não era o tipo de mulher que deixaria o futuro escorregar por seus dedos. Era o tipo de mulher que o tomava, e tudo o que vinha com ele – beleza, esperança, risadas e amor. E Caleb.

Deus do céu, ele queria tanto que ela o tomasse.

Ele havia tido um gostinho de como seria pertencer a essa mulher magnífica, e queria tanto que mal conseguia colocar em palavras.

Mas era impossível.

Culpa e outra coisa o encheram – algo que ele jurara para ela que não sentiria. *Arrependimento.*

Ele a amava.

Ele a amava e, por causa daquilo, tinha que sair da Inglaterra.

E nunca mais voltar.

CAPÍTULO 17

Na noite seguinte, enquanto fazia seu melhor para tirar o que acontecera no dia anterior de seus pensamentos, Sesily entrou na residência da Duquesa de Trevescan na South Audley Street através da entrada de serviço para encontrar o baile regular a todo o vapor.

Quando diziam que todo mundo que era relevante frequentava as festas da Mansão Trevescan, poucos compreendiam a extensão da verdade na afirmação.

Toda segunda terça-feira do mês, no mesmo cômodo em que a duquesa fora anfitriã das estrelas mais brilhantes de Londres no baile que arruinou o Conde de Totting, ela recebia um tipo diferente de constelação. Igualmente inteligentes. Igualmente brilhantes. Igualmente poderosas, refratadas por uma lente diferente.

Nessa noite, ela recebia as criadas.

A diferença das noites não poderia ser mais contrastante – não havia criados empoados e de libré, orquestras sóbrias, comidas amenas, o ponche fraco, os vestidos ridículos e o olhar gélido de desaprovação dos títulos mais respeitados da *aristocracia*. Nessa noite, o cômodo estava cheio de gargalhadas barulhentas e conversas altas, bolos e tortas até não poder mais e cerveja e vinho servidos com liberdade por... bem, havia criados, mas eles não precisavam permanecer quase invisíveis e nunca serem ouvidos.

As convidadas vinham vestidas como desejavam, algumas com vestidos simples, do cotidiano, outras em calças, e algumas em vestidos muito mais belos do que aqueles ditados pela moda e do que os que suas senhoras pagavam valores exorbitantes na Bond Street. Fosse de cambraia ou restos de seda, as criadas pessoais sabiam como usar linha e agulha, e as noites de terça eram a prova daquilo.

A orquestra foi substituída por uma coleção de músicos que tocavam músicas que eram para dançar de verdade – sem passos tímidos para essas convidadas, e o baile estava lotado com dezenas de mulheres, várias das quais eram empregadas pelos títulos mais reverenciados de Mayfair.

É de se pensar que as casas mais poderosas de Londres facilmente descobririam que havia uma falta de criadas do sexo feminino em algumas terças-feiras em particular, mas isso exigiria que os residentes de tais casas prestassem atenção aos seus criados quando eles estavam fora da vista, algo que raramente ocorria.

Basta dizer que, se qualquer uma das duquesas das vizinhanças de Park Lane entrasse ali, ficaria escandalizada e definitivamente precisaria dos seus sais de cheiro.

Toda segunda terça-feira do mês em South Audley era um deleite absoluto. E, se Sesily fosse sincera, as criadas de Mayfair eram muito mais interessantes do que seus empregadores.

Nos dois anos desde que Sesily e a duquesa se conheceram, Sesily frequentara essa *soirée* em particular inúmeras vezes e continuava a se maravilhar com o fato de que era o segredo mais bem guardado em Londres.

Não deveria ter sido uma surpresa, é claro, porque ninguém guarda segredos melhor do que a criadagem da aristocracia.

Ou, melhor, ninguém escondia segredos de aristocratas melhor do que a criadagem da aristocracia.

E toda mulher presente sabia que essa festa era para ser mantida em segredo. A duquesa garantia isso, certificando-se de que todas as mulheres presentes tivessem acesso a mais do que a festa: cada convidada tinha acesso à liberdade.

Nessas noites, logo dentro da entrada dos fundos da Mansão Trevescan, acessível para todos os transeuntes, estava uma terrina de sopa milenar, lascada, tirada das profundezas da cozinha da mansão, cheia de dinheiro. Não havia nenhuma regra para pegar emprestado da terrina – não havia limites para a quantia que poderia ser pega, sequer era exigência que os fundos fossem restituídos. Em vez disso, o dinheiro estava disponível para qualquer convidada que precisasse. Para escapar de um empregador horrível, ajudar um amigo em necessidade, para fugir de Londres. Nenhuma pergunta era feita.

Certa vez, Sesily havia elogiado a esperteza da duquesa de adicionar algum tipo de pagamento para as mulheres que frequentavam seu evento, e a outra mulher a havia corrigido imediatamente. O dinheiro era para ajudar, não uma forma de troca. Não era uma mão lava a outra, mas sim para ajudar a aliviar a preocupação quase perene que tantas mulheres tinham quando dinheiro não estava disponível e estavam com problemas.

A duquesa sabia a verdade: dinheiro era poder. E, naquelas noites, ela fazia o que podia para colocar poder na mão de mulheres que com frequência não tinham quase nada.

Pegue o que precisar, a duquesa dizia para suas convidadas quando lhe perguntavam a respeito. *E, se algum dia tiver algo de sobra, você sempre pode retribuir.*

O grupo da terça-feira raramente tinha guinéus de sobra... mas sabiam o valor do que tinham.

Fofoca. Valia mais do que dinheiro.

Embrenhando-se na multidão jovial, Sesily encontrou seu caminho para o canto mais longe do salão de baile, onde a duquesa regia sua corte de folionas. Sem perder um detalhe, ela cruzou o olhar com Sesily e acenou para que se aproximasse, o que demorou mais do que o esperado por conta de todas as vezes que Sesily parou para conversar com mulheres que conhecia.

Aprendizes de costureiras de Bond Street e criadas pessoais de Park Lane, uma cozinheira querida de um clube na St. James que sempre tinha algo interessante a dizer – cavalheiros tinham uma tendência a revelar coisas demais em seus clubes, Sesily descobrira.

Despedindo-se de um grupo de mulheres risonhas, ela tomou uma taça de vinho de uma bandeja que passava e voltou a seu caminho, não avançando mais do que alguns passos antes de reconhecer um rosto novo na multidão – familiar porque ela a vira no dia anterior, em outra casa aristocrática. Uma do batalhão de babás que trabalhavam para Seleste.

– Eve, não é? – Sesily sorriu.

A jovem mulher negra arregalou os olhos quando reconheceu a irmã de sua empregadora e começou a fazer uma pequena reverência antes de Sesily balançar a cabeça, impedindo o movimento. Ela levou um dedo aos lábios.

– Hoje à noite, nós mantemos os segredos umas das outras.

– É claro, minha lady. – Eve assentiu.

– Sesily, por favor.

Eve hesitou, obviamente perplexa com a situação extraordinária em que se encontrava antes de aparentemente se lembrar que não havia nada ordinário naquele lugar ou naquela festa. Ela concordou com a cabeça uma vez, firmemente, e deu um pequeno sorriso.

– Sesily.

– Não conta para minha irmã?

– Contar o quê? – O sorriso da mulher se alargou.

Sesily gargalhou e deu uma piscadela para sua comparsa antes de seguirem em direções diferentes. Abrindo caminho pela multidão, alcançou a duquesa, mais alta no palanque do canto do salão de baile, de olho nas festividades.

Jogando-se ao lado da sua amiga no divã estofado de um veludo brilhante cor de esmeralda, Sesily bebericou o vinho, ponderou sobre as pessoas abaixo e disse:

– Você está convidando as garotas que trabalham para minhas irmãs agora?

– Suas irmãs têm dinheiro e títulos, não têm?

– Assim como eu.

– Sim, mas eu conheço seus segredos.

Sesily balançou a cabeça, impressionada. Ninguém estava fora do alcance da duquesa.

– Brutal. De verdade.

– Você sabe que seria necessário algo catastrófico para eu precisar usar o que sei de sua família. – A duquesa balançou uma mão, dispensando a preocupação.

– Brutal, do mesmo jeito.

– Provavelmente. Mas as criadas das suas irmãs também merecem uma boa festa, não acha? – A duquesa inclinou a cabeça.

– Considerando os diabinhos que são meus sobrinhos, aquela garota merece todas as festas que encontrar.

Ela se obrigou a analisar o resto do cômodo, detestando a maneira como a referência a seus sobrinhos, a sua irmã, trouxera um eco do dia anterior. Uma sombra dos acontecimentos.

De Caleb.

Ela afastou o pensamento. Não estava ali por ele.

– Algo de interesse esta noite?

– Tudo me interessa em algum ponto ou outro – disse a anfitriã, chamando um criado que passava por ali para pegar uma nova taça de champanhe. – Na verdade... – Ela devaneou, o olhar parando numa reunião de mulheres mais próxima, várias delas parecendo aterrorizadas.

Não era incomum que novatas no evento ficassem nervosas em conhecer a Duquesa de Trevescan – mas ninguém fazia com que alguém se sentisse mais bem-vindo do que ela. Sesily sorriu quando a amiga saiu do divã e se aproximou das garotas, apertando suas mãos e se inclinando para se apresentar. Essa noite podia ser uma festa para as mulheres que vinham, mas era trabalho para a anfitriã. Apesar de ela nunca deixar transparecer.

Sesily voltou sua atenção para o cômodo. Ali, no centro da multidão, Adelaide rodava e rodava numa quadrilha insana. Uniram-se a ela Lady Nora e sua parceira, Nik, aparentemente livre naquela noite de seu trabalho como braço direito dos Bastardos, os reis do contrabando de Covent Garden.

Enquanto Sesily observava as saias de Adelaide se levantarem como um balão sedoso, Sesily considerou dançar ela mesma... até o ritmo da música ficar cada vez mais rápido e Nora cair nos braços de Nik, as duas compartilhando um beijo risonho, de tirar o fôlego, que fez o estômago de Sesily se revirar com algo que não queria identificar.

Não havia nada atraente na inveja.

E certamente não havia nada atraente em se perguntar onde estava Caleb Calhoun, cafajeste, canalha, pulha... e agora fantasma.

Ele a deixara.

Ignorou o pensamento, desviando o olhar deliberadamente do abraço alegre, buscando Imogen. Imogen não estaria dançando, estaria falando. E, certo como o dia, Sesily a encontrou em um canto do recinto, gesticulando intensamente para uma audiência que prestava atenção em cada uma de suas palavras.

Enquanto Sesily observava, Imogen esticou os braços no sinal universal de *cabum.*

Aquela certamente era a única festa de Mayfair onde jovens moças discutiam explosivos.

Perto dela, a duquesa acenou com a cabeça para as mulheres com quem estava conversando e disse:

– Peguem o que precisam por enquanto. Deixem o nome de vocês com o Sr. Singh.

Ela indicou o homem punjabi alto e bonito na sacada acima, sempre presente naqueles eventos.

Para toda Mayfair, Lashkar Singh era o administrador do Duque de Trevescan em Londres, um substituto para o próprio duque, evitando que a duquesa gastasse os fundos dos Trevescan em vestidos e frivolidades. É claro que nada relacionado à Mansão Trevescan era exatamente o que parecia. O Sr. Singh era uma mente brilhante que trabalhava próximo à *duquesa*, guardando todos os segredos dela e alguns seus. Ele teria cartas de referência prontas para aquelas mulheres em minutos.

– Nós iremos encontrar novas posições para vocês. Em casas melhores. Com empregadores decentes. Compreendem? – As garotas concordaram com a cabeça com seriedade, várias enxugando lágrimas. – E vocês venham me ver se precisarem de alguma coisa a mais, combinado?

Satisfeita com a resposta delas, a duquesa encontrou o Sr. Singh na sacada, e os dois trocaram um olhar. *Resolvido.*

Sesily fitou a amiga.

– Tudo bem?

– Totting vai fechar sua casa londrina e fugir para o interior. Se recusa a pagar a demissão dos criados. – A duquesa se sentou ao lado dela.

– Desgraçado – disse Sesily. – Não consegue nem fugir com o rabo entre as pernas com um mínimo de decência.

– Sim, mas, bem, desde que ele fuja com o rabo entre as pernas, estou feliz em ajudar com a decência – disse a duquesa. – Vamos encontrar uma lista dos criados do interior e fazer o que pudermos para ajudá-los. E, uma vez que ele partir, nós tiramos mais um nome da nossa lista.

Outro homem terrível, liquidado.

– E, a cada cabeça que rola, duas outras crescem no lugar dela – respondeu Sesily. – Na verdade, estou começando a achar que todos eles são ruins.

A duquesa a olhou de soslaio.

– Com exceção do seu duque, é claro. Deus abençoe ele, suas contas bancárias recheadas e seu desinteresse absoluto por Londres.

– Vamos beber em homenagem a ele. – A duquesa levantou a taça de champanhe num brinde.

– Mas só a ele – disse Sesily.

– Sesily, minha querida, parece que você teve um dia difícil.

– O que te faria pensar isso?

– Bem, seu ódio digno de Medusa por homens me deu uma pista.

– Eu queria que ninguém me comparasse mais com deusas. – Sesily ficou amuada.

– Tecnicamente ela é uma górgona – disse a duquesa. – E, para ser justa, você que trouxe mitologia para o assunto. Mas me diga, quem mais está te comparando com deusas?

– Sesily é uma deusa agora? – A música havia parado e Adelaide chegara, sem fôlego e pronta para descansar. Ela se jogou nos degraus aos pés de Sesily. – Quer dizer, é claro que você é.

– Obrigada.

– Mas quem está te chamando de deusa?

– Não é importante.

Adelaide e a duquesa trocaram olhares.

– O americano – falaram em uníssono.

– Ele não me chamou de deusa. Bem, ele *chamou*, mas não acho que foi como um elogio.

As duas levantaram as sobrancelhas.

– Ele me chamou de Atena.

– Ah, a assassina de Medusa – disse a duquesa.

– Perseu matou Medusa – retrucou Adelaide.

– Perseu foi a mão de obra, Atena foi a mente por trás de tudo.

– Será que dá para vocês pararem? – reclamou Sesily.

Elas o fizeram, graças a Deus, as duas com os olhos arregalados.

– O que está acontecendo? – Infelizmente Imogen acabara de chegar.

– É incerto – respondeu Adelaide. – Mas me parece que o americano comparou Sesily com Atena e ela não gostou.

– Atena era uma virgem, sabia? – reportou Imogen com alegria.

E, com aquilo, Sesily atingiu seu limite.

– Não fazia ideia, na verdade, Imogen, mas muito obrigada por apontar o quão o americano está equivocado quanto a minha pessoa, já que ontem ele confirmou sem dúvidas a minha falta de virgindade.

Os dois pares de olhos arregalados se tornaram três.

E então Imogen disse:

– Eu te *disse* que ele queria...

– Todas nós sabíamos disso. Aliás, impossível não saber depois dos eventos que aconteceram no armário de Coleford – a duquesa adicionou, como se todas elas fossem cúmplices daqueles trinta minutos em particular. O que, é claro, elas eram.

Sesily estreitou os olhos.

– Eu realmente não sei o que seria de mim sem vocês anunciarem para Mayfair inteira a minha vida.

– Ah, por favor, não é toda a cidade, somos *nós*.

Normalmente, Sesily concordaria. Mas nessa noite ela não estava se sentindo magnânima. Estava envergonhada.

Ela *odiava* se sentir envergonhada.

– Sesily – Adelaide chamou suavemente. – Não compreendo. Não era isso que você queria pelos últimos dois anos?

Sim. Sim, é claro.

A resposta ficou presa em sua garganta, apertada e desconfortável. E, pior – terrivelmente pior –, veio acompanhada da ardência das lágrimas. Deus do céu. Ela ia *chorar*?

– Ah, não – disse Imogen.

– Minha nossa – adicionou Adelaide.

– Mais vinho. – A duquesa instruiu um criado que passava por ali. – Rápido! – Ela se virou de volta para Sesily e disse: – Você não pode chorar. Você vai destruir seu delineado, então pense no que vão dizer.

– Assustador! – Sesily deu uma pequena risada.

– Exatamente. Agora. É melhor que você nos conte tudo antes que Imogen decida envenenar seu americano.

– Ele não é meu americano. – O aperto voltou a sua garganta.

– Foi horrível? – perguntou Adelaide. – Se foi horrível, Imogen não precisa envenená-lo. Nós vamos apenas contar para meia dúzia de mulheres presentes aqui. E para Maggie. E simples assim... – Ela estralou os dedos. – Em um mês, estará em todos os jornais de Boston.

– Bom plano – disse Imogen com admiração. – Deus sabe que Maggie vai garantir que ninguém chegue perto dele novamente.

– Não foi horrível. – Sesily balançou a cabeça.

– Não foi?

– Não – disse ela, suavemente. – Foi muito... bom.

Uma pausa. E então Imogen disse:

– Bom.

Era uma descrição ridícula, aquela. Bom. Da mesma maneira que alguém descreveria um pastel comprado numa barraquinha do mercado de Covent Garden ou elogiaria o desenho de uma criança, ou faria um relato da habilidade de uma debutante no piano.

Não era a forma que ninguém descreveria a experiência de fazer amor com Caleb Calhoun. Ela se encolheu com o pensamento, com as palavras *fazer amor*. Sesily Talbot tinha 30 anos e era mais do que capaz de separar prazer de emoção quando necessário, e em todos esses anos ela nunca se enganara acreditando que haviam feito amor com ela.

Até ontem.

Quando havia sido realmente... realmente...

Não diga bom.

Especial.

Ah, não. Era ainda pior.

– Eu o amo.

As suas amigas trocaram olhares alarmados e confusos, e Sesily não podia culpá-las. Havia muito para ser estar alarmada e confusa, se fosse sincera.

– Mas isso é... *bom*, não é? – tentou Adelaide.

Sesily olhou para seu colo, estudando o azul real de suas saias, não querendo contar para elas toda a história e querendo contar absolutamente tudo. Sabendo que Caleb podia até tê-la deixado numa cabaninha no meio do nada, mas essas três mulheres... elas nunca fariam o mesmo.

Então contou, naquele palanque em um dos cantos do salão de baile da Duquesa de Trevescan, enquanto uma festa barulhenta corria ao redor delas. Sesily botou para fora toda a história – o ruge e o *kohl* e a caminhada e a maneira que Caleb parecia compreender sua alegria e o propósito que vinha de seu trabalho com elas, mesmo que estivesse preocupado por ela estar em perigo.

E então contou sobre o beijo e a chuva e a forma com que ele chutara a porta, e acendera a lareira e achara cobertores quentes para eles e a fizera rir... e a fizera acreditar que poderia finalmente, *finalmente*, ter a oportunidade de sentir algo por esse homem que a fizera sentir outro algo por anos.

Para terminar, disse:

– Mas... resumindo a missa, foi perfeito e tudo o que sempre sonhei, e achei que era o começo de algo novo. Só que, quando acordei, a chuva havia passado, a noite caíra, a lareira havia queimado até não sobrar nada e ele não estava lá.

Sesily virou sua taça de vinho e a duquesa lhe entregou outra, que aceitou sem hesitar.

– Ele *foi embora* – Imogen, dessa vez.

Ela concordou com a cabeça.

– A carruagem havia partido quando eu voltei para casa. Não conseguia olhar para Sera, então deixei um bilhete com o criado mais próximo e voltei para minha casa.

Casa. Ela hesitou na palavra, odiando o sentimento que vinha de chamar a residência imensa na Park Lane de *casa*, quando, um dia antes, ela havia tido um gostinho de como seria ter um lar.

Sesily pressionou os lábios, odiando o silêncio que ficou entre elas enquanto a música corria o cômodo, as mulheres presentes dançando de forma ainda mais desvairada, bebendo ainda mais, rindo mais alto.

Mas o quarteto no palanque permaneceu calado, a duquesa esticando uma mão para segurar a de Sesily e apertá-la com força. Adelaide colocou sua mão na ponta da sapatilha de Sesily, o peso ali bem-vindo de uma maneira estranha.

E Imogen, os olhos escuros queimando em indignação.

– Envenenamento é bom demais para ele.

As lágrimas ameaçaram cair novamente.

– Vocês três são amigas excelentes.

Era a verdade.

Quantas vezes ela havia trabalhado ao lado dessas mulheres, lutado ao seu lado, confiado nelas com seus segredos e elas confiaram nela em retorno? Elas deram a Sesily uma estrada para viajar a jornada que tinha sido solitária até então. E agora, mesmo enquanto ela lambia a pior das feridas do dia anterior, estava grata pelo conforto que lhe ofereciam.

Até Imogen era um conforto, apesar da maneira perturbadora com que seus olhos brilhavam, como se tudo que Sesily precisava fazer era pedir direitinho, e ela iria jogar Caleb no Tâmisa sem pensar duas vezes.

Só que Sesily pensaria duas vezes.

– Você sabe o que é pior? – ela suspirou.

As amigas trocaram olhares antes da duquesa dizer:

– Você ainda o quer.

– Mais ainda do que antes! – ela respondeu, virando o rosto para o teto dourado, brilhando com candelabros imensos. – Como é possível? Ele me largou no chão da cabana do jardineiro de minha irmã, o canalha completo! Para caminhar até a casa de minha irmã num *campo com água até o talo!* – Sesily não sabia por que o campo era a parte mais ofensiva, mas, naquela altura, era tarde demais para reconsiderar.

– Monstruoso.

– Completamente repugnante.

– O envenenamento voltou para o jogo!

Sesily não conseguiu conter um pequeno bufo de risada com a resposta imediata do trio.

– E se ele aparecesse aqui, neste instante? – a duquesa perguntou casualmente. – E então?

– Um murro não estaria fora de cogitação. – Sesily fez uma careta.

– Um bom começo – apontou Adelaide. – Aí a gente deixa a Imogen envená-lo.

Sesily gargalhou então, já que era impossível não se divertir com a luz no olhar de Imogen.

– Bem, embora eu não possa dar o murro... – A duquesa buscou o caderno que sempre deixava por perto, o que tinha o sino de prata desenhado na capa. – Posso te oferecer outra coisa.

Sesily olhou para o caderno – cheio de páginas e páginas de nomes e anotações e negócios e informações – e o coração dela se acelerou.

– O que é isso?

– Me diga a verdade. O que você quer? – A outra mulher segurou o caderno com força.

A verdade. Ela não se deixara considerar a verdade. Ela queria Caleb e aquilo significava...

– Eu quero... saber.

Sua amiga assentiu.

– Tem certeza?

– Sim. – Ela queria saber, para que pudesse ir adiante. Sem ele.

Mentira.

– Ele está escondendo algo – disse a duquesa.

– Ele está escondendo tudo – retrucou Sesily, irritada.

– Sim, mas estou falando literalmente. Ele está escondendo algo e, seja lá o que for, tem a ver com Coleford.

Sesily sentiu um calor.

– Agora eu também quero saber – disse Adelaide, a raiva gelada em sua garganta. – Quero a cabeça daquele homem numa estaca.

– Coleford? Ou Clayborn? – A duquesa levantou uma sobrancelha na direção dela.

– Sou capaz de ter dois pensamentos ao mesmo tempo – apontou Adelaide. – Eu quero Coleford destruído *e* exijo vingança pessoal contra o Duque de Clayborn, aquele desgraçado frio.

Mais tarde, Sesily teria de dizer para Adelaide sobre a conversa que entreouvira na Mansão Coleford. Mas agora...

Coleford. Ele não é um homem íntegro...

O sussurro de Caleb na escuridão.

– Ele o conhece – disse Sesily com suavidade. Ela olhou para a duquesa. – Ele o conhece. E não de passagem, ele sabe mais sobre o visconde do que a maioria.

– Então, naquela noite, ele não estava lá por você? – O olhar da duquesa se estreitou.

Ele a encontrara no escritório de Coleford. Soubera onde procurá-la. Onde se esconder.

– Eu não sei por que ele estava lá, mas ele conhece Coleford e me avisou quanto a ele.

A duquesa abriu seu caderno, passando por inúmeras anotações enquanto as outras a observavam. Sesily sabia o que estava por vir. Queria saber, mesmo com a irritação a consumindo.

– Você foi atrás disso. A relação entre eles.

– Claro que fui. – A duquesa sequer levantou os olhos.

– Eu te disse que conseguiria os segredos dele.

215

– Sim, mas nós não podíamos ter certeza de que você estaria disposta a buscá-los, não uma vez que ele estivesse a seu alcance.

Nós. Sesily olhou para Imogen e Adelaide, que tiveram pelo menos a decência de fingir vergonha, mesmo com Imogen dando de ombros.

– Nós não estávamos erradas. Você sabia que ele era conectado a Coleford e não nos contou. Virou pessoal.

– Adelaide está prestes a destruir um duque por ser mal-educado com ela! – argumentou Sesily. – Isso não é pessoal?

Suas amigas ficaram em silêncio com a resposta dela. E então, finalmente, Adelaide disse:

– É diferente, Sesily.

Claro que era. Era diferente e a duquesa possuía algo que Sesily não tinha, mas queria.

– Me conte.

A duquesa fechou o caderno por um instante.

– Ele comprou uma passagem de volta para a América.

– Eu sei, ele só está aqui até Sera ter o bebê. – Ainda assim, o lembrete de que ele pretendia partir doera.

– Não, Sesily. Ele parte na sexta-feira de manhã.

Ela piscou

– Quê? Qual sexta-feira?

– Esta sexta.

Caleb estava deixando o país. Ele a deixara e agora estava fugindo do país.

E, ainda assim, Sesily perguntou, odiando a pergunta e o quanto queria saber a resposta:

– E quando ele fez a reserva?

– Esta manhã.

Ela sabia, mas foi como levar um golpe no peito do mesmo jeito, fazendo-a se recostar contra o divã. Ela engoliu a decepção.

Ele estava deixando o país. Ele derrubara uma porta e fizera amor com ela em uma cabana empoeirada e a deixara sozinha e com frio para caminhar de volta num pasto molhado e era tão contra a ideia de encará-la novamente que ele iria *deixar o país.*

Mais uma vez.

Sesily olhou de uma amiga para a outra – sem palavras de conforto de Adelaide. Nenhuma ameaça de afundar o navio dele de Imogen. Mas estava tudo bem. Sesily não precisava de nenhuma delas. Porque a decepção e a descrença haviam se dissipado tão rápido quanto vieram. Levada para longe no calor de algo muito mais poderoso.

Raiva.

– Aquele *covarde* – disse ela, fazendo suas amigas franzirem a testa antes de olhar para a duquesa com severidade. – Me conte o resto.

A duquesa inclinou a cabeça e Sesily descobriu que não estava interessada em jogo nenhum.

– A partida dele não tem nada a ver com Coleford, e você é uma mente brilhante, então não precisa de seu caderno para lembrar das informações. Então isso não é tudo, *é*?

Os lábios da amiga se curvaram em admiração.

– Não, não é. Eu precisava do livro para te entregar isto. – Ela rasgou uma página, passando para Sesily. – Os livros de registro de Coleford revelaram várias informações interessantes.

Sesily tomou o papel e considerou o endereço anotado ali enquanto a duquesa continuou:

– Os fundos que o visconde está desviando do Foundling Hospital não estão indo para auxiliar Os Calhordas. Eles também estão sendo utilizados para *pagá-los*, por serviços prestados.

– Que tipo de serviços?

– Para vigiar esse lugar aqui. – O dedo da duquesa, embrulhado em seda cor de berinjela, apontou para o papel.

Sesily olhou o papel, surpresa e satisfação correndo por ela. Estavam perto de compreender o tamanho do roubo de Coleford. Não tinha dúvidas de que seja lá o que estivesse no endereço em Brixton era a chave para garantir que a justiça seria feita com o visconde.

– Que lugar é esse??

– Não sei – disse a duquesa. – Mas sei que não é só Coleford que tem interesse nele.

As peças se encaixaram.

– Caleb.

A duquesa assentiu.

– Calhoun está mandando dinheiro para o mesmo endereço.

– Por quê?

– Novamente, não sei, mas seu americano...

– Não é meu.

– Bem, seja lá qual for o segredo dele, está lá – disse a duquesa.

Raiva e frustração e curiosidade e algo mais que ela não se importava em nomear encheram Sesily enquanto olhava o papel.

– Você não deve ir sozinha – disse Imogen. – Não se Os Calhordas estão de tocaia. Eu vou com você.

– Não. – Mesmo agora, mesmo furiosa com Caleb, Sesily sabia que, seja lá onde essa pista levasse, não queria trair os segredos dele. Mesmo se ele preferisse fugir do país a compartilhá-los com ela.

– Você pelo menos não deveria ir desarmada – disse Adelaide. – Metade daqueles caras vão te reconhecer. Você derrubou Johnny Crouch com uma perna de mesa semana passada.

Caleb estivera lá, também, n'O Canto. Ao lado dela. Lutando.

Ele a tirara de lá, a protegera.

E quem iria protegê-lo?

– Sesily? – Adelaide chamou, puxando-a de volta para o presente.

– Eu sempre estou armada.

CAPÍTULO 18

Apesar de Sesily ter cumprido sua promessa de ir armada ao endereço misterioso a uma hora de viagem ao sul, atravessando o rio, em Brixton, ficou claro que a faca amarrada contra sua coxa e acessível via um bolso secreto de suas saias não era adequada para essa saída em particular.

Durante a noite insone e a viagem de carruagem, Sesily havia tido tempo o suficiente para considerar o que o número três da Bermond Lane poderia abrigar. Considerando o fato de que estava sendo vigiado por brutamontes imensos, e tinha algo a ver com um dono de taverna americano que preferia deixar o país a encará-la, Sesily havia imaginado inúmeras coisas – um armazém bem guardado, um bordel, um sem-número de espetáculos desonestos em partes desonestas da cidade.

Nunca havia considerado que poderia ser uma casa.

A carruagem parou no fim da bela pista ladeada com arbustos de azevinho, não mais de cinco minutos de distância do centro de Brixton, onde as ruas e lojas estavam lotadas. Última parada da carruagem-correio antes de Londres, essa pequena cidade dava a oportunidade para muitos viajantes se prepararem para uma estreia na cidade.

Não era o tipo de lugar que alguém esperaria encontrar nos livros de registros de Lorde Coleford. Muito menos o lugar que alguém esperaria ser conhecido pela gangue d'Os Calhordas.

E o motivo pelo qual Caleb estava envolvido com esse lugar... bem, Brixton simplesmente não parecia o tipo de lugar feito para segredos que realmente precisavam ser guardados.

Ela desceu, a confusão franzindo sua testa ao olhar para Abraham, o cocheiro que trabalhava com ela há dois anos e conhecia o South Bank como o próprio rosto.

– Tem certeza de que está certo?

A cara que o jovem fez indicou que estava ofendido com a mera sugestão de que a deixara no lugar errado. Ela deu uma risada.

– Justíssimo – disse ela. – Não acho que vá demorar muito, mas por que você não vai até o fim da rua e come um pouco de bolo?

A vocação de formiga de Abraham não precisava de mais incentivo. Separando-se de seu cocheiro, Sesily subiu o caminho estreito até uma coleção de casas bem cuidadas e charmosas, com telhados de palha, quatro em um meio círculo, cada uma com um portão e um jardim agradável que Sesily imaginava ser lindo no verão e na primavera.

Parando no pequeno beco sem saída, Sesily considerou o pedaço de papel que decorara na noite anterior, ciente de que estava à procura do número três – a casa jeitosa de porta azul quase na frente dela.

E agora?

– Você está atrás da costureira?

Sesily se virou, encontrando o olhar curioso de um homem negro de meia-idade que atravessava um pequeno jardim bem cuidado até ela.

– Perdão?

Ele sorriu por completo, sua expressão combinando com seus olhos gentis.

– Só temos damas que não conhecemos por aqui quando elas querem ver a costureira, a Sra. Berry. – Ele indicou a casa com a porta azul. – Número três.

Uma costureira.

Não era o que esperava, mas Sesily sabia lidar com costureiras. Na melhor das hipóteses, ela descobriria quais segredos a casa guardava e na pior... teria um vestido novo.

– Obrigada – disse ela ao homem, que acenou do outro lado da cerca e voltou aos trabalhos.

Atravessando o jardim do número três, Sesily se aproximou da porta e, tomando uma decisão, bateu nela.

Ela se abriu em segundos, como se a mulher do outro lado estivesse esperando. Era uma mulher alta e de cabelos escuros, rindo com algo fora da visão de Sesily – o tipo de risada que parecia livre e segura. Mas, quando olhou para Sesily, ficou séria – arrumando o cabelo e limpando suas saias verde-musgo.

– Olá – disse ela, a postura se modificando, abrindo caminho para performance.

Para negócios.

– Olá! Sou Sesily Talbot...

A mulher arregalou os olhos azuis e ficou boquiaberta.

– Eu ouvi falar de você!

Sesily inclinou a cabeça. Aquilo era inesperado.

– Ah?

A mulher balançou a cabeça, os cachos negros que emolduravam seu rosto balançando com felicidade.

– Eu leio os folhetins de fofoca e você e suas irmãs sempre... – Ela se conteve, os olhos largos demonstrando sua vergonha. – Eu sinto muito. Eu não deveria... quer dizer...

Ela perdeu o fio da meada e Sesily não conseguiu segurar uma gargalhada.

– Ah, por favor, não se impeça por minha presença. Quando nós éramos mais novas, minhas irmãs e eu costumávamos contar as palavras que dedicavam para cada um dos nossos escândalos e competir para ver quem tinha mais. – Ela se inclinou. – Estou orgulhosa de dizer que ganhei mais vezes.

A outra mulher gargalhou.

– É errado dizer que sempre achei seus escândalos os mais divertidos?

– Definitivamente não – disse Sesily com alegria. – Na verdade, você está certa.

– É verdade que você posou para uma pintura de nu? – Os olhos da mulher se iluminaram.

– Essa foi minha amiga, na verdade. Mas eu conheci um escultor por um tempo. – Sesily riu.

Ela abriu mais a porta.

– Srta. Talbot... Lady Sesily... – a mulher se corrigiu com uma meia reverência. – Não sei o que te trouxe até Brixton, mas sou Jane Berry e estou a seu serviço. Gostaria de entrar para um chá?

E, assim, Sesily sabia que não havia como essa costureira nessa bela casa numa bela rua ser a pessoa que ela estava buscando. Não importava o que Abraham dissera, estavam no lugar errado. Então seria um vestido novo.

Talvez a Sra. Berry pudesse fazer um no mesmo tom de verde-musgo que usava.

– Eu gostaria, de verdade – Sesily falou, passando pela soleira.

– O que te traz a Brixton? – perguntou a Sra. Berry.

– Você acredita que eu tinha o endereço errado? – Sesily balançou a cabeça.

– Bem, me parece que você está no endereço certo!

– Você é costureira? – Sesily sorriu.

– Sou. – A Sra. Berry olhou para além de Sesily, observando seu vizinho parado na cerca, olhando-as. Ela acenou. – Olá, Sr. Green!

O Sr. Green acenou de volta e Jane fechou a porta, balançando a cabeça.

– Ele é um vizinho excelente, mas adora se meter na vida de todo mundo.

As palavras se acomodaram entre elas e a nuca de Sesily começou a formigar com consciência. Talvez não estivesse no lugar errado, afinal.

Talvez o Sr. Green estivesse correto.

Mas não explicava quem era essa mulher ou por que tantas pessoas se interessavam por ela.

– Chá! – Jane pronunciou, guiando-as até uma sala de estar charmosa, pronta para os negócios com amostras de tecido e um bocado de vestidos em vários estados diferentes de costura.

– Obrigada – disse Sesily, distraída, olhando ao redor do cômodo, sentindo como se tivessem lhe entregado uma caixa cheia de quebra-cabeças sem indicação de qual seria o produto final.

– Vou colocar a chaleira no fogo – disse Jane, se virando para deixar o cômodo, quando um garoto entrou correndo. – Peter! Cadê a educação?

O garoto imediatamente parou, dando a oportunidade para Sesily analisá-lo. Ele tinha 8, talvez 9 anos, e um sorriso aberto e fácil como o da mãe, que presenteou para Sesily.

– Olá! – disse ele com alegria, os olhos verdes brilhantes.

Familiar.

A sensação de reconhecê-los queimou dentro dela. O coração de Sesily parou.

Ela tinha o endereço certo.

Aquele garoto era filho de Caleb.

Alto para a idade, com as sombras do homem bonito que ele iria se tornar no rosto jovem. Olhos verdes, cachos escuros. O mesmo sorriso. A mesma cara de Caleb.

Ela engoliu em seco, sentindo-se gelada na casa aquecida, as palmas das mãos suando.

– Olá.

– Certo, para fora, por favor. A dama está aqui para discutir um vestido. – As palavras de Jane vieram de longe, a quilômetros de distância. E então Peter se foi, atravessando a porta para o jardim sem uma preocupação no mundo, e Jane estava falando algo. Pedindo desculpas pela interrupção.

E Sesily estava balançando a cabeça e respondendo – seja lá o que fosse apropriado de dizer naquela situação. Acenando uma desculpa.

E Jane...

A bela e risonha Jane.

A mãe de Peter.

O que a fazia o quê... de Caleb?

Sra. Berry. Não Calhoun. O olhar de Sesily desceu até as mãos da outra mulher e o anel dourado em seu dedo. Ela era casada.

Sesily achou que ia vomitar.

Era esse o segredo dele? Essa era a *esposa* dele?

Jane desapareceu nos fundos da casa, na direção da cozinha, para colocar uma chaleira no fogo. Sesily ficou de pé no meio daquela sala de estar bonita, o rugido em seus ouvidos enquanto percebia que claramente não podia ficar um momento sequer ali.

Ela precisava ir embora.

– Sinto muito... – disse ela para o cômodo vazio, como se ele pudesse passar a mensagem adiante.

Partiu, movendo-se o mais rápido possível, pela porta e pelo jardim agora vazio – Peter havia desaparecido para o lugar aonde garotos iam quando eram mandados para fora. Ainda bem. Ela se apressou pelo caminho e pelo portão, então pela rua, os arbustos de azevinho parecendo menos idílicos. O sol havia se escondido atrás de uma nuvem e o vento havia se acelerado, um lembrete de que o inverno estava prestes a chegar.

Ela apertou sua capa ao redor do corpo.

Caleb tinha um filho. Um Peter.

Caleb tinha uma Jane.

Uma bela família, aqui em Brixton, escondida enquanto ele vivia... *onde? Marylebone? Boston? Nenhum dos dois? Aqui?*

As perguntas surgiram, tão rápidas quanto seu coração. Tão rápidas quanto a velocidade que ela usara para chegar a sua carruagem. Os cavalos haviam sido presos devidamente e não havia sinal algum de Abraham – é claro. Seria fácil demais, não é? Passando pela carruagem, ela se virou na direção do centro, pronta para encontrar o cocheiro e o arrastá-lo de volta para que ele a levasse para casa.

Ela lhe compraria centenas de bolos quando voltassem para Mayfair. Compraria uma padaria inteira em retribuição.

Mas, se ela nunca mais voltasse a Brixton, ainda seria cedo demais. Brixton, onde Caleb tinha uma bela esposa e um lindo filho... uma família.

Sem dúvida do porquê de ele a deixar.

Sera sabia?

Ela havia mantido Sesily no escuro de propósito?

E quanto a Caleb esconder aquilo?

Caleb não devia esse segredo a ela. Não haviam feito promessa alguma um ao outro. Mas ela achou que eles eram mais do que isso. Achou que ele ao menos...

Ela abaixou o queixo, o frio do vento quase insuportável.

Sabia que ele guardava segredos, mas nunca pensou que ele fosse mentiroso.

Aquele momento na colina em Highley retornou, quando Sesily achou que ele a enxergava, a compreendia. Quando ela temia que ele fosse quebrar seu coração.

Estava certa.

Todo esse tempo, Caleb tinha isso. Uma casinha. Uma mulher gentil. Uma criança doce, com seu próprio sorriso vencedor. Com os belos olhos verdes de Caleb.

A respiração dela ficou presa no peito e sua garganta se fechou. Maldição. Ela não podia deixar que esse homem a fizesse chorar duas vezes em dois dias. Não iria chorar. Pelo menos não agora, não até que estivesse dentro da carruagem. Ela tinha orgulho, afinal.

Orgulho e uma semente de raiva tomando seu lugar. Porque ele não havia mentido só para ela.

Ele a fizera ser algo que jurara nunca ser.

Ele a fizera ser imprudente.

E era aqui que morava o problema. Porque ela estava tão consumida por Caleb que se esquecera de que havia outros interessados neste endereço em particular.

O motivo para ela estar armada.

Alguém a segurou por trás, levantando-a do chão e a puxando para uma alcova de árvores ao lado da estrada. Ela gritou em surpresa, e uma mão imunda abafou o som.

– Ora, ora, Sesily Talbot. Quem diria q'uma dama como você ia encontrar seu caminho no lado sul do rio?

É claro. Ela fechou os olhos por um instante, a frustração e irritação e uma quantidade considerável de fúria correndo por ela com a voz familiar.

Ela havia se esquecido d'Os Calhordas.

Johnny Crouch apertou onde a segurava.

– Mas'ntão, você num é uma dama, é? – Sesily se debateu contra ele, se virando e encolhendo até o brutamontes mover a mão, seu bafo ácido no ouvido dela. – Sem gritar. Se fizer o pessoal daqui se aproximar, eu vou abrir a barriga deles na sua frente. O menino primeiro.

Não havia risco nenhum de Sesily gritar. Ela sabia que não devia trazer outros para sua briga, trabalhava melhor sozinha.

– Sua educação é atroz, Johnny.

– Ela fica pior quando você está por perto.

– Cuidado, você pode chamar minha atenção. – Ela lutou contra o toque que a segurava, os braços dele como vinhas ao redor de sua cintura, mantendo seus braços presos. Ela amaldiçoou por se permitir ficar distraída. Johnny era um brutamontes, mas fácil de derrubar se alguém o livrasse de sua força.

Ela estivera tão perdida em pensamentos que perdera a vantagem.

Imprudente.

O que significava que teria que usar sua própria força bruta e torcer para que ele não estivesse esperando.

– Por que você não me conta o que queria c'a costureira? – disse ele.

– Para te falar a verdade, Johnny, depois de você colocar suas mãos imundas no meu vestido, não é tão difícil supor que eu queira um novo. Você devia tentar tomar banho – ela adicionou, tentando irritá-lo deliberadamente. – É a última moda.

– Você é ousada demais para uma guria prestes a ser entregue para o inimigo – disse Johnny. – Coleford não vai gostar da ideia de uma de vocês se'spreitando por aqui.

O medo correu por ela. Se Coleford soubesse que ela estava ali, iria encontrar as outras – Imogen, Adelaide, duquesa. Pior. Talvez suas irmãs, que não tinham nada a ver com aquilo, que não esperariam vingança.

Caleb. O que Coleford queria com Caleb? Com a família dele?

Ela engoliu em seco seu nervosismo e tentou improvisar.

– Coleford é avesso a vestidos novos?

– Você não tá aqui prum vestido. O que significa que Coleford vai querer saber *por que* você está aqui. E eu vou te falar, ele não trata bem as moças.

Ela fingiu uma risadinha apesar do aperto.

– Vindo de você, isso é considerável.

Com um grunhido, Johnny a levantou do chão outra vez e desceu pela rua vazia, na direção de uma cabana pequena e gasta escondida num arvoredo. O coração de Sesily se acelerou e ela se debateu novamente. Se ele a levasse para dentro de algum lugar, teria menos chance de escapar.

– Espera. Espera, Johnny – disse ela. – Você está apertando demais, deve ter quebrado uma costela.

– Essa não é a única coisa que eu vou quebrar se você não fechar sua matraca – ele avisou, sem hesitar. Claro que não hesitou. Ela havia detonado a cara dele com uma perna de mesa n'O Canto. Golpes baixos faziam parte do jogo nas ruas londrinas, uma lição que ela tivera que aprender quando começou a andar com a duquesa.

Aproximaram-se da cabana, e Sesily sabia que tinha menos de um minuto para ganhar vantagem.

– Justo – disse ela o mais alegre possível, sabendo que demonstrar medo apenas alimentaria a brutalidade dele. E então ficou inerte nos braços do homem, a mudança do peso foi o suficiente para fazê-lo tropeçar.

Sesily fechou os olhos e jogou a cabeça para trás o mais forte que podia, esperando que tivesse calculado o ângulo certo.

Um urro selvagem soou, seguido pelo xingamento mais podre que ela já ouvira.

Havia calculado o ângulo corretamente.

No instante em que ele afrouxou os braços, ela se desvencilhou, enfiando a mão no bolso falso enquanto se virava para encará-lo. Aparentemente ela não tinha necessidade para uma arma, afinal.

Johnny estava encolhido, a mão no nariz, que sangrava intensamente. Pela segunda vez em pouco mais de uma semana.

– Maldição! Sua vaca! Você quebrou meu nariz! De novo!

– Devemos mesmo usar "de novo" se ele sequer se recuperou da primeira vez? – questionou ela, o punho de sua adaga frio e bem-vindo em sua mão.

Johnny não ligou para a pergunta. Ele olhou para cima e foi até ela enquanto Sesily se afastava com velocidade, na direção da estrada principal, torcendo para que Abraham estivesse de volta e soubesse como usar a pistola que ela mantinha dentro do banco do cocheiro da carruagem.

Ele avançou e Sesily se esquivou com um movimento do punho, a ponta da sua lâmina cortando a palma da mão dele quando se aproximou demais.

Com um sibilar de dor, ele encontrou o resto de força e agilidade necessários para segurá-la com sua mão desarmada, prendendo forte o pulso dela, girando o braço até ela largar a faca na lama com um som abafado de dor.

Ele sorriu, exibindo os dentes podres.

– Cadê a coragem agora que tá sem arma?

Ela mordeu os lábios para segurar outro grito quando ele a apertou ainda mais, se obrigando a ficar quieta. Não podia arriscar Jane ou Peter. Ou aquele homem bondoso que gostava de se meter na vida dos outros. Esse assunto não era para ele.

E precisava se manter consciente se Johnny quebrasse seu pulso... o que provavelmente iria acontecer se ela não lutasse contra ele.

Só tinha mais uma oportunidade.

Reuniu toda a força que restava e se jogou contra ele, levando a mão livre para cima, com a palma da mão aberta, para quebrar o nariz dele uma última vez, sabendo que não haveria tempo para permanecer ali se ele a soltasse. Sabendo que teria que correr o mais rápido que podia e rezar para sua carruagem estar pronta quando chegasse.

O golpe acertou o alvo.

E ela se virou, em movimento antes mesmo do uivo de dor sinistro de Johnny.

Correndo. Direto para uma parede de tijolos.

Ou, melhor, a parede de tijolos correu direto para ela, segurando-a, virando-a e a escondendo atrás de si enquanto se colocava entre ela e Johnny Crouch – o maior nocauteador d'Os Calhordas.

Porém não tão grande quanto Caleb Calhoun, que atingiu o punho no rosto de Crouch e o derrubou na hora. Sesily piscou e olhou para baixo, para o homem inconsciente estirado num caminho de terra em Brixton, a gratidão e a frustração e algo que ela não queria identificar correndo dentro de si.

Falta de ar.

Porque ainda agora, mesmo depois dos eventos horríveis das últimas 36 horas, mesmo com seu chapéu sobre sua fronte, sombreando seu rosto, ela ainda reagia a Caleb.

Não que Sesily fosse demonstrar novamente.

Recusando-se a olhar para ele, ela se virou e começou a caminhar para a carruagem, parando para pegar a adaga da lama.

– Sem nenhum obrigada? – Caleb a chamou, e Sesily considerou que tinha um autocontrole incrível ao não responder enfiando a adaga imunda no flanco dele.

– Estava tudo sob controle – ela disse por cima do ombro, recusando-se a olhar para trás.

– Ele quase quebrou seu pulso. – Ele a alcançou.

– E eu quebrei o nariz dele – disse ela, ignorando a dor em seu punho. – Três vezes, pelas minhas contas. Então acho que estamos quites.

– Vocês não estão quites – disse ele, a raiva intensificando seu sotaque. Ótimo. Que ficasse irritado. Deixe-o vir para cima dela, ela iria se divertir. – Você teve sorte que eu estava aqui. – Ele pausou. – Pelo inferno, Sesily... você não deveria estar aqui. O que estava pensando?

E foi aí que Sesily chegou ao limite.

– Não ouse – disse ela, virando-se para ele. – Não ouse sequer considerar me dar uma bronca, como se eu não fosse uma adulta. Como se você tivesse algum tipo de direito ou propensão ou responsabilidade em relação a mim. Eu nunca pedi para que você me protegesse. Não nos dois anos que te conheço, não no outro dia n'O Canto, não no escritório de Coleford e muito menos hoje... minutos depois de ser surpreendida pela existência de sua *esposa e filho*, praticamente um dia depois de você me abandonar nua e sozinha no chão de uma cabana no campo como uma maldita... – Ela buscou a palavra adequada. Nada parecia correto. Nada parecia ruim o suficiente. Nada parecia capaz de machucá-lo o suficiente.

E ela queria machucá-lo.

Mas ele a machucara muito mais. E, subitamente, todas as respostas espertas e farpas mordazes que Sesily nunca tivera dificuldade de encontrar em seu arsenal desapareceram.

Ele as levara também.

– Achei que você era decente. Achei que era bom. – Uma risadinha sem graça escapuliu dela. – Eu achei que o que fosse encontrar aqui provaria isso. Que eu lutaria ao seu lado para manter seus segredos, para deixar tudo certo.

O silêncio recaiu, pesado e doloroso, entre eles e Sesily percebeu que mesmo então, mesmo com tudo desabando ao redor deles, ela esperava estar errada. Que Caleb fosse se defender. Que fosse dispensar tudo com alguma explicação – alguma prova de que ele era tudo o que ela pensava. Tudo o que ela amava.

Mas ele não o fez.

– Nunca imaginei que você era tão ruim quanto os outros – disse Sesily, a tristeza a consumindo. E, ainda assim, Caleb não falou nada. Então ela se endireitou e continuou. – Então, não. Não sinto nem gratidão nem sorte de você estar aqui. Eu preferiria correr meus riscos com Johnny Crouch. – Ela pausou, passando uma mão no hematoma do punho. – Pelo menos sei o que vou encontrar com ele.

Ela se virou para partir, para encontrar sua carruagem e seu caminho para casa, e consolar-se com vinho e seu gato e talvez chamar suas amigas. Elas iriam. A duquesa levaria vinho, e Adelaide levaria simpatia, e Imogen, as fantasias de vingança.

A ideia já a fazia se sentir melhor quando a carruagem entrou no seu campo de visão, Abraham sentado no banco, esperando. Graças a Deus pelas pequenas coincidências.

Só que Deus não estava olhando. Não quando Caleb a alcançou, uma mão no ombro dela, guiando-a para o lado mais distante da carruagem – fora da vista de qualquer um que viesse descendo a rua.

Ela se desvencilhou do toque, odiando a forma como a presença dele a afetava.

– Não encosta em mim.

Ele não o fez. Claro que não, nunca faria aquilo. Em vez disso, abriu a porta da carruagem.

– Para dentro – ele grunhiu.

Ela estreitou o olhar para as sombras do rosto dele, a aba do chapéu baixa o suficiente para tornar impossível ver seus olhos. Bom. Sesily não queria ver os olhos dele. Não queria ter nada a ver com ele.

– Você não precisa se preocupar, não vou me demorar.

– Você já está se demorando – ele disse.

– Eu nunca... – Ela parou. *Ele não acreditaria...* Ela recomeçou, firme: – Apesar de adorar a ideia de arruinar seu dia, americano, você não pode achar que eu criaria problemas aqui.

– Você não tem ideia do problema que criou aqui. Entre. Agora.

Sesily havia se metido com Os Calhordas novamente. Johnny Crouch viria e ela teria que dar um jeito nele. Mas tinha prova dos crimes dele e prova dos de Coleford também, e era hora de fazer justiça.

Mas Caleb não se referia a esse tipo de problema. Ele se referia a algo diferente, que ela provavelmente nunca compreenderia, porque ele nunca contaria. E não importava mais, porque agora tudo o que ela podia fazer era evitá-lo. Para sempre.

Esta vez não seria como as outras, em que ele fugia e ela prendia a respiração esperando pelo tipo de retorno que o faria ser dela.

Agora Sesily sabia a verdade. Ele nunca seria dela.

Então, esta podia muito bem ser a última vez que ela o veria. Certamente seria a última vez que falaria com ele.

Entrou na carruagem, se recusando a olhar para ele. Sabendo que se o fizesse, diria algo que se arrependeria para sempre. Algo como *eu te amava.*

Mesmo isso seria uma mentira.

Mas ela iria para o túmulo guardando a verdade.

Sesily se virou para fechar a porta atrás dela, só para vê-lo entrando na carruagem, preenchendo o espaço com seu corpo imenso e rapidamente fechando a porta atrás de si e batendo no telhado do veículo sem hesitar.

– Não – disse ela rispidamente. – Fora daqui.

A carruagem entrou em movimento e Caleb a ignorou, se virando para olhar pela janela traseira como se estivesse verificando se estavam sendo seguidos.

Irritada por não o ter feito primeiro, Sesily soltou sua raiva.

— Eu não deixei claro o suficiente de que não tenho interesse de estar confinada com você? Que eu certamente não tenho intenção alguma de ir para *qualquer lugar* com você?

Ele virou para encará-la e ela se recostou contra o assento, chocada com a frustração no rosto dele. A fúria sem controle em seus olhos. O medo ali.

— Isso não é uma porra de uma escolha, Sesily. Não é pintar palavras feias na testa de um homem nos jardins. Você está em *perigo*. Agora eles também estão.

Jane. Peter.

Ele podia ter dito as palavras uma dúzia de outras formas em uma dúzia de outros momentos, e ela o ignoraria. Brigaria com ele. Mas ali, naquele instante, havia algo no tom dele, na forma como se portava, que a deixou inquieta.

Ele estava com medo.

— E você? — disse ela. — Você está em perigo?

— Eu sempre estou correndo perigo.

— Correndo perigo de quê? Ser descoberto pela gangue d'Os Calhordas? Eles me conhecem, Caleb. Descoberto por Coleford? O que ele tem a ver com esse lugar? Com aquela casa? Com sua...

Esposa. Seu filho.

O sentimento de traição veio quente e sem controle. Ela balançou a cabeça. Não iria falar.

Não precisava.

Ele se virou para ela, e ela olhou na direção da janela, se sentindo enjoada e, pela primeira vez na vida, não pelo movimento da carruagem.

— Sesily. — O nome dela nos lábios de Caleb, suave e insistente. Não penitente nem raivoso.

Ela balançou a cabeça, se recusando a olhar.

— *Sesily* — ele falou novamente, com urgência.

Quantas vezes Sesily sonhara com Caleb falando o seu nome daquela forma? Como se quisesse sua atenção mais do que qualquer outra coisa no mundo?

Ela olhou para ele, que estava sem o chapéu agora, seus cachos castanhos desarrumados na testa, os olhos verdes brilhando na luz do fim da tarde. Ela cruzou os braços, pressionando os lábios, e aguardou.

Caleb sentou-se mais para frente, os cotovelos apoiados nos joelhos, e cobriu a cabeça com as mãos, passando-as pelo cabelo uma vez. Duas. Três.

E então ele olhou para cima e encontrou os olhos de Sesily, que prendeu a respiração.

– Jane... – ele começou, a voz embargada com emoção. O nome era reverente, precioso. Sesily se preparou para o golpe.

E ele terminou de falar:

– Ela não é minha esposa. Ela é minha *irmã*.

CAPÍTULO 19

Caleb não deveria ter contado.

A existência de Jane – a sua própria existência – era o tipo de segredo que um homem levava para o túmulo. Era o tipo de segredo que colocava todos os que sabiam em perigo. Não era o tipo de segredo que se contava para a mulher amada. Mas, quando um homem havia passado pelo sufoco de se preocupar pela mulher amada, não estava exatamente em seu juízo perfeito.

Quando Fetu aparecera em sua porta duas horas antes, a preocupação nublando seus olhos, Caleb soube no mesmo instante que algo havia acontecido com Sesily.

Uma mensagem, entregue para Caleb no A Cotovia Canora. Pega por seu sócio porque ele não estava lá, porque estava em casa, fazendo as malas para partir mais uma vez. Pelo mesmo motivo que sempre partia. Para mantê-los a salvo.

Para mantê-la a salvo.

– A sua garota... ela foi para Brixton.

Fetu não havia poupado palavras, muito menos Caleb. Ele não fingiu não saber a quem seu amigo se referia, não negara a descrição, apesar de saber que não era preciso.

Ela não era dele. Nunca seria.

Mas aquilo não significava que não faria tudo a seu alcance para mantê-la segura.

Ele havia atravessado o rio, ao sudoeste de Londres, num ritmo insano, fazendo a viagem de uma hora na metade de o tempo, sem saber o que encontraria quando chegasse.

Com apenas um pensamento em mente: manter Sesily a salvo.

Ele a amava há séculos, e ele a amaria por mais uma era, apesar de saber que a ver, ficar próximo a ela, tocá-la – tudo aquilo – pioraria toda a situação, sabia que faria tudo em seu poder, para sempre, para protegê-la.

Mas, primeiro, ele precisava chegar até onde ela estava.

Quando ele a encontrara nas garras de Crouch, obviamente com dor e se debatendo para se libertar, Caleb havia ficado louco com medo e raiva que alguém – qualquer um – ousasse tocá-la, quanto mais ameaçá-la.

Não se lembrava do que aconteceu a seguir – tudo era um borrão até ele estar encarando o outro homem deitado inconsciente na terra, Sesily olhando para ele, frustração em seus olhos junto com dor – não uma causada por seu pulso, mas por ele.

Deveria ter deixado que ela partisse sem ele. Deixá-la acreditar no que quisesse. Seguir a distância, certificar-se de que ela estaria em casa, segura.

Ter arrumado suas malas. Encontrado seu caminho para Southampton.

Deveria tê-la deixado partir naquele momento. Era o que um homem direito faria. Mas Caleb nunca havia sido direito. Não era todo esse o problema? Não era a prova disso ter que segui-la até ali e a arrastá-la mais profundamente a seu passado? Colocá-la em ainda mais perigo?

Não era a prova de que ele não se arrependia, mesmo assim? Que nunca se arrependeria de segui-la, nem de destruir os inimigos que ela tivesse. Nunca se arrependeria de amarrar Crouch e deixá-lo para ser encontrado pelo próximo capanga de Coleford... isso se fosse encontrado.

Mas Caleb sabia, sem dúvida, de que se arrependeria de contar toda a verdade sobre o que ela encontrara lá. Porque uma vez que a verdade estivesse no mundo, ele iria querer contar tudo. E isso só faria com que ele a amasse mais.

O silêncio recaiu depois de suas palavras na carruagem quieta, a importância do que dissera pesando entre eles mesmo com ele desejando que ela não compreendesse o impacto completo da verdade.

– Sua irmã – disse ela, finalmente, incerta.

– Sim.

– Mas... ela é inglesa.

– Sim.

– Você é americano.

Segredos.

– Não.

– Como é que... – Ela balançou a cabeça.

Caleb não respondeu. Tinha medo de que se fizesse, revelasse mais. Revelasse demais.

Mas sequer teve tempo para contar tudo. Sesily era brilhante, e não demorou muito para que ela juntasse as peças.

– Ela é sua irmã. Você é inglês. E Coleford está vigiando-a. – Os olhos dela, limpos e brilhantes, encontraram os dele. – E você conhecia a casa dele. Quando eu estava lá no escritório, você sabia onde ficava o armário de serviço. Você já havia estado naquela casa.

Caleb levantou o queixo, odiando a forma como as palavras traziam de volta o sentimento de estar lá novamente, com pouco músculo e quase nenhum poder e uma compreensão do mundo ainda menor.

– Vá em frente. – Quando ele falou, o sotaque de Boston havia partido, substituído pelo das West Midlands.

Ela arregalou os olhos.

– Eu... – Ela balançou a cabeça.

– O filho dele. – Ele ofereceu.

Sesily franziu a testa.

– O que morreu? – E, então, a compreensão. A sua garota, brilhante e bela. Claro que ela havia conectado tudo em um instante. – Não, não simplesmente *morreu*.

– Foi assassinado. – Ele assentiu.

Ela balançou a cabeça.

– Não. Espera. O filho, Bernard Palmer, ele morreu. Em um acidente de montaria. Anos atrás. – Claro que ela saberia algo sobre o que acontecera. Sesily Talbot não era uma tola e não era imprudente, e não teria revirado o escritório de Coleford sem saber algo do homem que investigava, ou de seu passado.

Mas ela não sabia tudo. Apenas duas pessoas sabiam de tudo.

– Bernard Palmer, herdeiro do Viscondado de Coleford, morreu dezoito anos atrás – ele explicou. – Mas não foi um acidente de montaria. Nada a respeito daquilo foi um acidente.

– Ele mereceu.

– Como você sabe disso? – Ele inclinou a cabeça.

Sesily encontrou os olhos dele.

– Porque eu te conheço.

De fato.

– O honrado Bernard Palmer – disse ele, com uma risada amarga nas palavras. – Não foi um acidente, tampouco ele era honorável.

– Você era tão novo – disse ela, e ele podia ouvir a compreensão em sua voz. *Dezessete.* – Foi há tanto tempo.

234

– Não o suficiente. Coleford ainda está de olho. Esperando que eu cometa um erro.

As palavras a atingiram e ele se arrependeu delas instantaneamente. Arrependeu-se da culpa que nublara os olhos de Sesily.

– Eu fui ele. O erro.

– Não. – Ela nunca seria um erro. Nenhum momento sequer com ela seria. – Não, Sesily, me escute. Seja lá o que acontecer, como isso acabar... você não foi o erro. Você foi...

Atena.

Pronta para ir para uma guerra por ele. Com ele.

– ...perfeita – Caleb terminou.

Sesily o observou por um longo momento, o movimento da carruagem e o som das rodas as únicas coisas entre eles. Ele se levantou de seu assento, se inclinando no espaço para abrir a janela próximo a ela.

– Você precisa de ar.

– Eu não vou ficar enjoada – disse ela. – Me conte o que aconteceu.

– Não.

– Por que não?

– Porque algumas coisas não são para serem conhecidas.

– E se eu puder ajudar? – Ele começou a responder, mas ela levantou uma mão, a irritação surgindo em seus olhos. – Não me diga que não posso ajudar. Não provei o quão útil posso ser?

Deus, ela era magnífica.

– Eu sei o quão útil você pode ser, Sesily. Te vi enfrentar cara a cara condes de Mayfair e brutamontes de Covent Garden. Eu vi você quebrar o nariz de um homem duas vezes.

– Três.

– Eu só estava lá em duas delas. – Os lábios dela se curvaram suavemente, e ele percebeu que daria qualquer coisa para vê-la sorrir. Mas Sesily não estava comprando seu argumento. – Não é um problema que você e sua gangue de mulheres brilhantes podem resolver. Nem toda tragédia pode ser corrigida com um sorriso bonito e um frasco de láudano.

– Você não tem como saber se sequer tentou.

Ele tentara, nesse caso, mas enquanto Sesily o encarava, essa mulher arrebatadora, percebeu que queria que ela soubesse de algo. Que queria, por um momento, compartilhar com alguém.

Com ela.

Ele pararia antes de colocá-la em perigo. Em um perigo *maior*.

Antes que pudesse mudar de ideia, ele falou:

– Eu nasci com o nome de Peter Whitacre, cresci nos estábulos da propriedade rural de Coleford em Warwickshire. Meus pais trabalhavam lá, e os pais deles antes, e meu pai era um trabalhador respeitável do estábulo, então vivíamos numa pequena cabana na terra.

– Seus pais, você e...

– E minha irmã Jane, um ano mais nova que eu – disse ele, suavemente. – Nós éramos filhos de serviçais, então crescemos para sermos serviçais. Eu nos estábulos, e Jane na casa principal. Minha mãe era uma criada e boa com a agulha, e Jane aprendeu a costurar antes de aprender a falar.

– Ela amava – disse Sesily, triste e nostálgica como se a memória fosse dela, e Caleb gostava daquilo, da ideia de que ela poderia conhecer seu passado, mesmo sabendo que era um luxo que não poderia ter.

– Sim, amava – disse ele. – E aquilo fazia com que ela fosse boa. Mas não era velha o suficiente para trabalhar com reparos, então quando tinha 8 anos, virou copeira.

– Oito – disse Sesily com suavidade.

– Ninguém ficava sem fazer nada na propriedade de Coleford – disse ele, perdido na memória. – O velho queria cada centavo que nos pagava.

O olhar de Sesily ficou sombrio e ela se moveu, cruzando para sentar-se ao lado dele. Ele não deveria gostar daquilo. Mas, quando ela tomou uma de suas mãos, esqueceu de tudo o que devia ou não fazer, porque o toque dela, firme e quente, era tentador demais para resistir.

– O homem merece uma morte fria e cruel. Em Newgate.

Caleb encontrou os olhos dela, ferozes e belos.

– Eu acho que ele preferiria isso a encontrá-la numa rua escura.

– Eu garanto que ele preferiria, e nem ouvi o grosso da sua história.

– Deusa da guerra, eu queria que tivéssemos você.

– Eu também queria. – O olhar dela se suavizou.

Ele se inclinou e abriu a janela do lado dele, o vento que corria na carruagem puxando mechas do cabelo escuro de onde estava preso, tornando-a ainda mais bonita... e quando ela sorria... Caleb resistiu à vontade de esfregar a dor que sentia no peito. Por um momento, deixou-se sonhar com ela.

– Me pergunto como seria se fosse na propriedade do seu pai e não na de Coleford.

Ela sorriu.

– Você odiaria. Você já acha que eu sou caótica *sozinha*. Nós éramos cinco garotas nascidas fora da aristocracia e entregues a ela sem treinamento, indomáveis, quando meu pai ganhou o título.

– Eu não teria odiado – disse Caleb. – Te garanto que faria tudo a meu alcance para chamar sua atenção todas as vezes que você fosse aos estábulos.

Ela riu e se acomodou embaixo do braço dele, e ele sabia que não devia reparar na sensação dela ali, naquele espaço que parecia ter sido criado para ela.

– Eu sinto muito te dizer, meu bom senhor, que eu nunca ia aos estábulos. Seline teria sido o objeto de suas afeições.

O cheiro dela estava deixando-o louco. Não havia nenhuma outra explicação para a resposta que se seguiu:

– Não, Sesily. Se eu olhasse uma vez para você já estaria perdido.

– Eu gostaria disso – disse ela, inclinando o rosto para cima, para olhar para ele, plena e exuberante e bela, como se pertencesse a uma pintura de um mestre francês, as saias levantadas até a cintura, mostrando as anáguas e meias e laços. Esperando que ele a beijasse.

Deus, ele queria beijá-la.

Só ficaria mais difícil fazer o que precisava fazer, mas ele queria beijá-la tanto quanto queria respirar mais uma vez. Resistindo ao desejo, Caleb se concentrou novamente, voltando para sua história, mas segurando-a contra si. Não querendo deixá-la ir – especialmente naquele momento. Não enquanto ele ressuscitava o passado.

– O inverno de 1819 foi horrível. Coleford havia aumentado os aluguéis e não havia lenha ou comida suficiente na propriedade e todos nós passamos dificuldade. Meus pais... – ele devaneou.

– Caleb – ela sussurrou, levando a mão dele aos lábios. – Eu sinto muito.

Ele engoliu em seco, e se focou no sentimento dos lábios dela contra sua pele.

– Você está falando sério.

– Claro que sim – disse ela com surpresa. – Quantos anos você tinha?

– Dezesseis.

– E o que aconteceu?

– Nos deram espaço com outros criados. Eu nos estábulos, ela, na casa. Era quente, na maioria das vezes, e seco, e parecia que tínhamos mais comida do que antes. E eu comecei a achar que tudo ficaria bem. – Ele fez uma pausa e então disse: – Quase um ano se passou antes de Palmer voltar para casa da universidade e descobrir Jane.

Sesily xingou, raivosa e vingativa, seus dedos apertando os dele com força, como se ela pudesse protegê-lo através do tempo. Ele tomou o toque e as palavras como sinal de que ele não precisava explicar. Ela sabia o que estava por vir.

237

– Todos nós sabíamos de Coleford. Sabíamos que ele era cruel com os criados e com os inquilinos e com sua esposa. Mas Jane não me contou que o filho dele era igual.

Ela assentiu.

– Ela não queria que você fosse punido, queria te manter seguro.

É claro que Sesily sabia daquilo. Mas ele não soubera na época.

– Palmer a perseguia. Ela fazia o melhor que podia para se manter longe dele, e os outros criados na propriedade faziam o melhor para garantir que ela nunca ficasse sozinha. – Mas não fora o suficiente. Não dava para ser. E Sesily sabia daquilo tão bem quanto qualquer outra pessoa. Melhor ainda, por tudo que havia visto do mundo além da sua sala de estar. – Alguns meses depois, foi decidido que Jane seria enviada para a casa em Mayfair, onde Palmer iria viver enquanto adentrava na sociedade e tomava o lugar de futuro visconde. – Ele parou e então cuspiu as palavras: – Ele a requisitara como um *presente*.

Sesily xingou.

– Foi quando ela me contou tudo, porque estava assustada e sabia que não conseguiria mais manter o segredo. Ela sabia que, uma vez que estivesse em Mayfair, ele teria acesso a ela.

– Ela não teria proteção lá. Os criados de Mayfair não a conheciam e não a ajudariam. – Sesily concordou com a cabeça.

– Para alguém que nunca foi uma criada você sabe muito mais do que deveria de como nós pensamos. – Ele encontrou os olhos dela e não conseguiu resistir à vontade de colocar a mão contra a dela, quente e firme. – Paguei seis meses de salário para trocar de lugar com um cavalariço que havia sido escolhido para viajar para Londres com a família quando se mudavam para a cidade para a temporada.

– E foi assim que você conheceu a casa.

Não havia motivo algum para manter o segredo por mais tempo. Não agora, com a história jorrando dele.

– Jane costurou um bolso nas saias dela, coberto de couro.

– Para uma lâmina.

– Eu me perguntei como as suas lâminas aparecem e desaparecem tão rápido. – Ele lançou um olhar para ela.

– As retículas não são tão práticas num aperto – ela explicou. – Mas o couro... inspirador.

– A história segue o rumo que todas essas histórias tomam.

– Só que não segue tanto assim – ela apontou.

– Não, suponho que não.

Caleb nunca contara para ninguém aquela história e havia algo em contar para esta mulher, na carruagem em movimento, o ar do lado de fora rodeando-os, carregando seus segredos depois que ele os vocalizava, que o libertava.

– Éramos nós dois contra o mundo inteiro. E fizemos tudo o que estava ao nosso alcance para mantê-la longe dele. – Ele parou. A memória da noite repassando em sua mente. Jane, abalada, mas sem nenhum dano, os dois, subitamente em fuga. – Fiz o que foi necessário para mantê-la segura.

Sesily não o pressionou e Caleb sentiu-se grato pela forma como ela compreendia, mesmo que não pudesse necessariamente entender.

– Ela teve sorte de ter você.

Caleb encontrou os olhos dela, tão claros e sinceros.

– Ela não me teve por muito tempo, eu fugi.

– E que outra opção você tinha?

Soava tão simples vindo dos lábios dela. Como se fosse o que qualquer um faria, deixar a irmã, sozinha, fazer uma fortuna do outro lado do oceano.

– Ela não foi com você.

– Não. Sabia que teríamos mais chances de sermos pegos se viajássemos juntos. E sabia que, se fôssemos pegos, eu seria enforcado e ela ficaria sozinha sem ninguém para protegê-la.

Ela concordou, a compreensão em seus olhos. Sem julgamento. Nada como o que ele sentia todos os dias pelas escolhas que fizera quase uma vida antes.

– Havia uma casa em Yorkshire, um lugar para garotas na mesma condição que ela. Um lugar que tomaria conta de Jane se ela chegasse lá. E então eu lhe dei tudo o que tinha, cada centavo que guardara, e a coloquei na carruagem postal.

– E quanto a você? – Ela encostou na perna dele, sua mão na coxa firme e confiante. Certa.

– Eu fui para o outro lado – disse ele. – Sabia que se Coleford me encontrasse... a corda não arrebentaria só para mim. As coisas que o vi fazer... sabia que ele tomaria Jane, também. Em poucos meses, ele havia matado a esposa para casar-se com outra, para garantir um novo herdeiro.

Ela estremeceu nos braços dele e ele a puxou para perto, amando a sensação dela, a salvo com ele depois dos eventos da tarde.

– Mas você escapou.

Com dificuldade.

– Eu tinha certeza de que ele teria berrado que era assassinato e ido direto a Bow Street, colocado dinheiro nos bolsos da polícia para garantir que iriam me encontrar.

Sesily assentiu.

– Difícil denunciar um assassinato quando você mesmo está planejando um. Então ele anunciou um acidente de tráfico e...

– Jurou me caçar – ele terminou a frase. Essa mulher brilhante, que sempre via o campo inteiro. – Peter Whitacre partiu no navio. Caleb Calhoun desembarcou em Boston. Eu sabia que precisava sobreviver... tinha que recomeçar. Mandei dinheiro e uma carta para a casa em Yorkshire quando encontrei um emprego, lavando louça numa taverna para os *yanks*.

Sesily sorriu com aquilo.

– E olhe para você agora, um *yank* todinho.

– Boston era um bom lugar para se perder. E eu tive sorte o suficiente de que havia pessoas lá para me encontrarem.

– Garoto brilhante – ela sussurrou e ele se aqueceu com o elogio, tão bem-vindo mesmo agora, décadas depois. – Tão corajoso. Agora Caleb Calhoun, dono de uma dúzia das tavernas mais bem-sucedidas entre Baltimore e Boston. Homem de negócios americano rico, com todos os seus dentes, a cabeça cheia de cabelo e pernas imensas.

– Ah, é isso que elas são? – Ele levantou as sobrancelhas.

– Você tem um par de pernas adorável. Sempre me perguntei se era assim que era na América. Imagine minha animação em descobrir que elas são produção local. – Ele não conseguiu evitar uma risadinha. – E quanto tempo foi até você voltar para ver Jane e Peter?

O sorriso desapareceu.

Sesily olhou para cima quando ele ficou petrificado.

– O que foi?

– Você sabe o nome dele.

– Peter? Sim. Ele parece com você. Tem seus olhos, seu sorriso.

– Você... falou com eles?

– Eu... sim... – As palavras saíram com cautela, como se ela soubesse que algo estava acontecendo, mas não conseguisse entender o que era. Uma dúzia de emoções passou por seu rosto, seu cenho franzido enquanto ela tentava compreender o que estava acontecendo. – Caleb... você está dizendo... que você nunca... – Ela se endireitou e olhou para ele. – Quando foi a última vez que a viu?

– Eu a vi – disse ele. – Peter também.

Mas não era toda a história e ela sabia.

– Quanto tempo desde que eles te viram?

– Dezoito anos.

A tristeza que encheu o olhar de Sesily foi quase insuportável de ver, as lágrimas que o tornavam líquido, como o mar.

– Caleb – ela sussurrou e a dor na palavra combinava com a que ele sentia no peito.

– Coleford está vigiando-a desde que retornou para Londres. Quando ela se casou com o pai de Peter, os avisos do casamento foram pendurados. Ele a vigia desde então.

– Esperando por você.

Ele assentiu.

– Mas, desde que ele continuasse me procurando, ela estaria a salvo.

– A única esperança de achá-lo.

Ele concordou novamente.

– Coleford colocou cada centavo que tem em minha caçada, e em vigiar essa casa, na esperança de que eu escorregasse. Que eu retornasse.

E ele o fizera.

– Mas a vingança é cara. Vigias custam dinheiro e um visconde que maltrata seus inquilinos não consegue encontrar o suficiente na sua propriedade – concluiu Sesily. – Então ele se afunda em dívidas e, para sair delas, rouba do Foundling Hospital... adicionando ainda outro motivo pelo qual não pode nem chegar perto da Scotland Yard. Porque se o fizesse, descobririam sua fraude.

– E aí entra Sesily Talbot – disse ele, suavemente.

– Eles vão descobrir a fraude de todo jeito, preciso que você saiba.

Ele olhou para fora da janela para evitar beijá-la. Eles estavam na ponte, o pôr do sol a distância deixando o Tâmisa cor de chamas.

– Ele tinha certeza de que eu cometeria um erro.

– Você foi o mais longe que poderia para tentar evitá-lo – ela disse. – Não consigo imaginar o quão difícil isso deve ter sido. Como você viveu uma vida inteira só para protegê-los.

Quase impossível.

Não. Absolutamente impossível.

– Ele sabia que eu me importava. Sabia que eu estava mandando dinheiro de volta quando podia. Garantindo que ela, o marido e Peter tivessem tudo que precisavam. Mas cobri meus rastros. Os recursos vinham passando por meia dúzia de contas, nenhuma delas podendo ser rastreadas até mim. E ainda assim... ele sabia que eu iria escorregar e aparecer, em algum momento. – Ele levou uma mão à bochecha dela, correndo os dedos na pele macia. – E ele tinha razão. Não podia ficar longe para sempre.

Ela franziu a testa.

– Por que você pisaria em Brixton? Sabendo o que aconteceria se eles te vissem? Quando eles avisassem para ele? Por que você se colocaria em perigo?

Não admita. Alguns segredos não eram para ser compartilhados.

Era tarde demais. Ela já havia entendido.

– Por minha causa.

– Você mudou tudo vindo até aqui.

– Então você me seguiu, e mostrou seu jogo.

– Eu sabia que Jane estava a salvo. Mas você... – O dedão de Caleb acariciou o lábio inferior dela. – Você iria querer guerra.

Ela segurou o punho dele com força.

– Caleb. Ele não pode ganhar essa. Não pode tirar de você. Sua irmã, seu sobrinho, as pessoas que você ama.

– Ele já fez – disse ele. – Depois do que ele perdeu...

– Um filho maldito que mereceu o que aconteceu com ele mil vezes?

Essa mulher, cheia de fogo e ira. Ele a amava. E ainda assim:

– *Essa* é a punição dele. E apenas porque ele não conseguiu arrumar um jeito de fazer o algo pior.

Mas, agora, Coleford podia fazer algo pior. Ele podia ir atrás de Sesily e aquilo significava que tudo mudara. Significava que Caleb não podia mais correr.

Sesily ficou tensa, vendo todo o cenário. Que Crouch iria reportar que ela havia sido vista em Brixton, com Caleb. Aquilo, depois do jantar mais cedo naquela semana, depois da confusão que Adelaide havia causado, depois do *inimigo* que havia feito, faria Coleford saber que a presença de Sesily não era coincidência. Ela seria uma suspeita, como Caleb.

E tudo iria se desenrolar.

– Você não pode se entregar. – Ela buscou por algo, por uma saída. – Ele pode não te encontrar.

Mas é claro que ele encontraria.

– Sesily...

– Não! Ele pode não fazer a conexão entre você de antes e você de agora. – Ela estava falando tão rápido, sua mente revirando os fatos, considerando os resultados, planejando. E Caleb mal podia acreditar que achara algum dia que ela era imprudente. Ela era brilhante, calculando todos os cenários possíveis.

242

Mas ele os estava calculando há dezoito anos e esse só tinha uma forma de acabar.

– Sesily.

– Não! Me escuta. Johnny te viu n'O Canto. Você estava comigo, me carregou para fora de lá, me protegeu.

Claro que ele o fizera e o faria novamente. Faria tudo para mantê-la segura, para sempre.

– Sesily.

Ele não queria planejar, queria abraçá-la.

Só um gostinho, talvez fosse o suficiente.

Mas ela estava agitada.

– Não há razão alguma para eles acharem que você tinha algo a ver com Jane.

– Shhh. – Ele pegou a mão dela nas suas e lhe deu um beijo nos nós dos dedos. – Você não está usando luvas.

– Não gosto de usá-las quando estou trabalhando. – As palavras eram curtas, distraídas. A mente dela estava se revirando, tentando encontrar outro fim para essa jornada que começara muito antes dela. – Caleb, você não pode...

Ele a ignorou, dando outro beijo nos dedos de Sesily, vermelhos do golpe que ela dera.

– Está doendo? Você deu um de seus famosos socos na cara das irmãs Talbot?

– Eu ensinei a elas como dar um soco, se quer saber.

– Impressionante. – Ele arqueou as sobrancelhas.

Sesily colocou a outra mão sobre a de Caleb.

– Caleb – disse ela com urgência. – Me escuta. Eles não precisam saber de você. Você não a viu, não foi à casa dela. Isso não muda nada.

Ele permaneceu nos dedos dela, pressionando suaves beijos ao longo deles, sabendo a verdade.

– É claro que muda. Johnny Crouch me viu.

– Johnny Crouch é um cabeça oca que não serve para nada além de força bruta. Os Calhordas não são bem-vindos no Cotovia, não há garantia alguma que ele tenha te reconhecido.

Não era verdade. Crouch era um dos líderes respeitados d'Os Calhordas. Havia começado na gangue como batedor de carteiras e agora administrava um grupo de brutamontes por dinheiro.

– Sesily, há um minuto, você estava me considerando seu salvador porque ele me reconheceu. Ele havia sido nocauteado n'O Canto, eu vi você acertar a cabeça dele. Eu estava lá. E mesmo se eu não estivesse... ele me reconheceu.

– Tudo bem, mas se passaram dezoito anos – ela argumentou. – Também não há garantia de que Coleford vai te reconhecer.

Isso era verdade, mas Coleford esteve esperando por esse momento há dezoito anos. E ele pode ser um monstro, mas sabia como o baile seguia. Caleb e Sesily em Brixton no mesmo dia era uma coincidência grande demais para não soar um alarme na cabeça do visconde.

Estava acabado.

Caleb não parou com os beijos suaves, não queria. Não queria sacrificar um momento sequer que teria de contato com a pele dela agora que ele via a forma como tudo terminaria. Ele a puxou mais para si, para seu colo, querendo-a mais perto.

– Mesmo se ele não me reconhecer, ele virá atrás de você. Agora, não mais tarde. O momento que souber que você esteve aqui. Ele é impiedoso e incansável e vai farejar a minha proximidade, mesmo que Crouch jamais pronuncie meu nome. Ele vai te destruir para chegar até mim, para conseguir vingança.

Ela hesitou.

– Como você encontrou a casa?

Ela ainda estava perdida em pensamentos, respondendo com meias-palavras.

– Ele está comandando um esquema... pessoas tiram dinheiro de mães que estão em busca dos filhos que deixaram há muito tempo no Foundling Hospital, prometendo encontrar as crianças e ficando com o dinheiro. Uma porcentagem está indo para Coleford.

Caleb xingou. Tirar dinheiro de mulheres que deixaram os filhos aos cuidados do orfanato porque não davam conta de criá-los. Tal pai, tal filho. Um monstro horrendo.

– Ele está usando os fundos que rouba das crianças e das mães desesperadas que as entregaram para pagar Os Calhordas para vigiar Jane. Para te vigiar. Está tudo nas páginas do caderno de registros que roubei.

– Então você tomou para si a investigação e se colocou em perigo. – Caleb odiava aquilo.

– Não por ele – ela sussurrou na carruagem que ficava rapidamente mais escura. – Por você.

Jesus, ele odiava aquilo ainda mais. Odiava ser o motivo pelo qual ela estava em perigo.

– Sesily... Johnny Crouch pode ser estúpido, mas Coleford não é, entende? Não vai demorar muito para que saiba que você esteve aqui, que eu estive aqui.

– Então lutamos contra eles.

Sozinho, ele até o faria. Mas não agora, não com a segurança dela em risco.

– Não, meu amor. Não podemos. Não há como ganhar essa guerra.

– Por que você matou um homem que precisava morrer vinte anos atrás?

– Não um homem qualquer, o filho de um visconde. Um visconde com poder e loucura suficientes para garantir que a justiça será feita.

– A justiça *foi* feita – disse Sesily, as palavras urgentes. Familiares. Furiosas.

– Minha garota fenomenal – Caleb sussurrou contra os cachos dela que estavam soltos. – Com tanta raiva.

– Eu estou com raiva. Não é como tem que ser, Caleb. Não é assim que acaba. Não é só ele que tem poder. Eu também tenho. E dinheiro. E amigos. – Ela virou seu olhar ardente para ele, incapaz de libertá-lo daquela conversa. – Seja lá o que achar que Coleford pode fazer comigo, com você, com Jane... O mundo está mudando e esses homens, ricos e com títulos e privilegiados e monstruosos, nem sempre vencem.

– E quanto a mim? Não sou um monstro?

Ele não a colocara em perigo? A própria irmã? Seu sobrinho? Não havia destruído a estrutura frágil que protegia todos eles? Não a esmagara até virar pó?

Ela prendeu o rosto dele com suas mãos, encarando seus olhos.

– Não. *Não*. Não há nada ruim em você. Você é bom e gentil e decente e eu...

Ela o estava matando. Destruindo-o com suas palavras e sua paixão e sabia o que ela estava prestes a dizer e queria ouvir. Caleb queria viver uma vida cheia de desejos, e nunca quis tanto algo quanto ouvir Sesily terminar a frase.

Mas sabia que, se ela o fizesse, nunca seria capaz de deixá-la.

E era a única maneira de mantê-la a salvo.

– Caleb, eu...

Ele a beijou para impedi-la de dizer que o amava. Abraçou Sesily contra si, amando a forma como ela deslizara as mãos dentro de seu casaco, planas e quentes contra seu peito, como se ele pertencesse a ela.

O que era verdade.

245

Ele pertencia a ela mesmo ao puxá-la mais para perto, se deleitando na sensação suave e macia e bonita que era ela se abrir para ele, e a lambeu demoradamente, de forma reverente, como se estivessem em qualquer outro lugar que não ali, na carruagem dela, e ele estivesse fazendo qualquer outra coisa que não correr contra o relógio, como se tivessem todo o tempo do mundo para se explorarem.

E, por um momento, Caleb se permitiu acreditar que era verdade. Permitiu-se pensar que ele podia gastar um ano investigando a curva dos lábios dela e o gosto de sua língua e a curva de seus quadris em sua mão, a suavidade do cabelo em seus dedos.

Ela suspirou e ele aprofundou o beijo.

Amando-a, silenciosamente.

Ele levantou os lábios dos de Sesily e ela abriu os olhos, lenta e pecaminosamente, e Caleb se deleitou na beleza da visão, da forma como ela lhe prometia uma eternidade quando tudo o que tinham era uma viagem de carruagem.

Ela pressionou a testa contra a dele, e ele segurou os cabelos dela com mais força, fechando os olhos, respirando o aroma dela, perfeito e tentador.

— Por que você voltou? — ela sussurrou. — Para Londres?

O coração dele se acelerou e ele escondeu a verdade.

— Sua irmã queria abrir o Cotovia.

Ele devia ter previsto que não funcionaria. Sesily nunca permitiria mentiras. Não entre eles, naquela carruagem cheia de verdade.

— E depois disso?

Ele fechou os olhos.

Não conte para ela.

— O batizado de Oliver.

Ela assentiu.

— E, desta vez, pelo bebê.

— Sim. — Não.

— Mentiroso.

Nada de bom viria daquilo.

E, mesmo ciente disso, não conseguiu se conter. Cruzaram o olhar, os olhos maravilhosos dela nos dele, impedindo-o que fugisse. A carruagem havia ficado mais lenta e Caleb sabia que o tempo deles estava perto do fim. Que, quando o veículo parasse e cada um fosse para seu lado, seria o fim.

Talvez por aquilo, era tão importante que ela ouvisse a verdade.

— Eu voltei porque não consigo ficar longe.

Sesily estava perto o suficiente para que ele sentisse a forma como a respiração dela ficou presa na garganta.

– Ficar longe do quê?

Caleb arrumou um cacho de cabelo dela que caía na frente do rosto, atrás da orelha. Maravilhando-se com ela. E com o fato de que, por um momento, ele a tinha, perfeita e só dele. Ele sussurrou o nome dela, e foi o mais próximo possível de uma oração que ele já fizera.

– De você.

Ela ficou parada nos braços dele, as palavras pendendo sobre eles, pesadas e sinceras. Ela levantou uma mão e encostou nos lábios de Caleb, seus dedos como um beijo.

– Você se colocou em perigo por mim.

– Sesily. – Ele pegou a mão dela, segurando-a com firmeza. Precisava que ela compreendesse. – Eu atravessaria um incêndio se isso significasse que eu te veria uma última vez. E não hesitaria.

Sesily fechou os olhos, a testa descendo até os lábios dele quando a carruagem parou. E ele não podia falar mais nada, não conseguia contar a ela todas as formas pelas quais estavam ligados. Todas as maneiras como ela consumia seus pensamentos. Todos os jeitos como ele a adorava.

A viagem havia acabado.

Tudo havia acabado.

Só que não foi o que aconteceu, porque ela sussurrou:

– Entre comigo. – E então, antes que ele pudesse negar, ela continuou: – Por favor, eu...

Ele poderia tê-la beijado novamente. Impedido as palavras. Mas ele as queria demais. E mesmo sabendo que as ouvir novamente iria destruir a ambos, o conhecimento não era suficiente para impedi-lo.

Ele as queria, quase tanto quanto a queria.

Mas ela não as entregou. Em vez disso, disse com suavidade, perfeita:

– Caleb... eu preciso de você.

E, de alguma maneira, foi ainda pior do que ele esperava. Porque o amor poderia tê-lo lembrado que ele deveria deixá-la. Que deveria mantê-la a salvo. Mas a necessidade... a necessidade tornava isso impossível.

Porque ele também precisava dela. Tanto que era quase doloroso. E ele era dela, sempre havia sido, do momento em que a vira pela primeira vez.

E, o que ela precisava, ele daria.

CAPÍTULO 20

Eles não falaram quando saíram da carruagem, sequer quando entraram na casa – Abraham sabia o suficiente sobre Mayfair e a forma como os vizinhos bisbilhotavam e fofocavam para levá-los até a parte de trás, onde podiam adentrar a casa atravessando os estábulos e a cozinha.

Cortaram o cômodo, vazio apesar do cheiro incrível de pão recém-assado e uma panela borbulhando alegremente no fogão. Sorte grande – a melhor do dia, certamente – já que Sesily temia abalar o acordo silencioso que fizera com Caleb na carruagem.

Ainda assim, ele não a tocara. Não nas cozinhas nem quando se esgueiraram por um corredor estreito que levava para uma passagem de serviço mal iluminada. Tampouco enquanto subiam as escadas para o primeiro andar e então para o segundo. Nem quando encontraram seu caminho pelos corredores, não mais claros com a luz do dia, e ainda não acesos para a noite.

Com cada passo, a ausência do toque e da voz de Caleb faziam Sesily ficar mais desesperada por ambos.

Na carruagem, ele resistira a ela. Havia sentido como ele havia se afastado de seu desejo, de sua honestidade. Ela não deixou de perceber que ele a beijara... bem na hora que diria que o amava.

Talvez ele não desejasse seu amor, mas ele a queria. Aquilo era óbvio pela maneira com a qual ele a tocava e a beijava... e explorava seu corpo e a apertava forte contra si e dizia seu nome, como se significasse alguma coisa.

A maneira como ele se resolvera.

A maneira pela qual as palavras dele a fizeram se resolver.

E ele a seguira para dentro, não era?

Mas não era para sempre.

Sesily havia percebido na carruagem – a mudança que ocorrera em Caleb. A certeza que vinha dele, como se estivesse prestes a tomar uma decisão que iria impactar todos eles e... então ele a tomara. E foi quando ele mudou, tocando-a e beijando-a e lhe dizendo as coisas com que ela sempre havia sonhado.

Não consigo ficar longe.

E, mesmo assim, tudo pareceu como um fim.

Mas ele estava ali agora, e era dela por um momento... e não queria pensar no tempo que duraria ou como iria parecer tão pouco quando tudo terminasse.

Ela só queria viver.

E, maldição, queria que Caleb a tocasse. A cada passo, o desejo ficava mais pesado e a consumia mais, até ela não conseguir pensar em nada além de como ele a deixaria em chamas.

Ele não a tocou até chegarem ao quarto e ela encostar na maçaneta. Antes de virá-la, as imensas mãos dele, quentes, se colocaram sobre as suas, impedindo o movimento por um instante. Apenas o suficiente para ele se aproximar ainda mais e sussurrar:

– Tem certeza?

Se Sesily não o quisesse tanto, poderia ter rido. Esse homem não sabia que ela pertencia a ele? Que o que ele quisesse, o que ele sonhasse, ela daria a ele?

Ela se virou, e os lábios dele roçaram sua testa, deixando um rastro de fogo no caminho.

– Tenho certeza.

Caleb virou a maçaneta e abriu a porta, e ela entrou, se virando para encará-lo enquanto ele fechava a porta.

– Nós vamos ser incomodados?

– Não – disse ela, se deliciando com o tamanho dele. Seus ombros largos e os ângulos agudos de sua mandíbula.

– Como você sabe?

Sesily sorriu.

– Porque meu motorista é um fofoqueiro incorrigível e minha equipe sabe como o mundo funciona.

– E como é que ele funciona? – Caleb levantou uma sobrancelha.

– Sua memória está ruim? – Ela o provocou. – Não se lembra o que aconteceu da última vez em que estivemos sozinhos um com o outro?

Ele virou a chave na fechadura e a colocou na mesinha ao lado da porta.

– Eu posso precisar de um lembrete.

– Podemos dar um jeito. – O fim da frase saiu fraco enquanto ele avançava na direção dela. Ele era grande e largo e a coisa mais linda que já tinha visto, e ia em sua direção com determinação, como se tivesse passado a vida inteira esperando por aquele momento. Por aquele quarto. Por ela.

Sesily perdeu o fôlego, dando um passo para trás, amando o olhar penetrante e a curva em seus lábios. Ele gostava disso. Gostava e depois da viagem... do dia... uma vida inteira.... ela queria dar a ele o que ele gostava.

– Você gosta da caçada.

– Eu gosto de pegar a caça – ele respondeu, grave e pecaminoso, seu braço se enrolando em sua cintura e puxando-a para perto.

Ela gargalhou. Isso era perfeito. Ele era perfeito.

– Oh – disse suavemente, abraçando-o pelo pescoço. – Olhe para mim... pega.

O peito dele estremeceu contra o dela, e ela ficou encantada a sensação. Como ele levantou o queixo dela para exibir seu pescoço. Com a maneira que pressionou os lábios na pele sensível abaixo da orelha dela.

– Acredito, minha dama... – disse ele contra a pele, com suavidade e lascívia, o título honorífico provocando sensações impossíveis, incríveis nela. – ...que sou eu que fui pego.

Não era verdade, Sesily sabia. Se ele tivesse sido pego, não estaria com tanto medo do que viria quando deixassem aquele cômodo escuro e silencioso e voltassem para o mundo. Mas tirou isso da mente e ficou na ponta dos pés para beijá-lo.

Caleb retribuiu sua carícia com outra, de forma lenta e lânguida e luxuriante, com um sabor de malícia. Ela se pressionou contra o corpo dele, querendo-o mais perto. Querendo que as roupas entre eles desaparecessem.

Como se tivesse lido sua mente, ele separou o beijo e a virou, seus dedos encontrando os botões das costas do corpete como uma criada experiente, abrindo-os com habilidade até o vestido se soltar em suas mãos.

Ela segurou o tecido com força contra si enquanto ele acariciava sua pele nua com os dedos cálidos e beijos ainda mais calorosos, fazendo-a estremecer de prazer. Eles mal haviam começado e ela já estava dolorida de desejo.

Ele começou a trabalhar nos laços de seu espartilho, libertando-a da seda e do osso, e ela também segurou a peça enquanto ele desenhava padrões na pele dela para tentar aliviar os lugares onde o espartilho apertava.

– Você é tão quente – ele sussurrou no ouvido dela, as palavras sendo mais ar do que som. – Tão quente e macia, e bonita para caralho.

O xingamento fez a excitação correr por ela, o desejo se acumulando, e Sesily se virou para encará-lo, provocando-o:

– Que boca suja.

Os olhos dele faiscaram, escuros e deliciosos.

– Sou um homem simples, sem poesia alguma.

– Hmm – ela disse. – Nunca tive muito uso para poetas.

Sesily soltou o vestido e o espartilho, deixando-os cair aos seus pés.

Ele devorou o corpo nu a não ser pelas meias com o olhar, parando nos seios, na curva dos quadris, nas coxas roliças, nos cachos escuros entre elas.

Em toda a sua vida, Sesily fora admirada profundamente tanto por homens quanto por mulheres, mas nunca daquela forma. Nunca com esse tipo de intensidade. Nunca com esse tipo de... fome. Caleb levou uma mão aos lábios, passando um dedo por eles como se não soubesse por onde começar, e os joelhos de Sesily ficaram fracos com a imagem – um homem consumido completamente pelo desejo.

O homem que ela amava, consumido de desejo por ela.

E, quando Caleb voltou a atenção ao seu rosto, Sesily quis se jogar em seus braços.

– Mais cedo, você disse que se me conhecesse quando éramos mais novos... – Ela parou. – Você disse que só de olhar para mim uma vez estaria perdido.

– Sim – ele assentiu.

A palavra era áspera, como vidro se quebrando, e Sesily nunca amou tanto um som. Ela levantou o queixo e encontrou os olhos dele, se sentindo ousada.

– E agora? E se você olhar para mim agora?

A forma como ele a olhou foi mais quente que o sol.

– Agora eu tenho planos.

– Me mostre.

Ele começou a se mover antes mesmo que ela terminasse de falar, indo em sua direção, levantando-a e carregando-a pelo quarto até a cama, colocando-a na beirada enquanto se ajoelhava à sua frente, aquilo fazendo com que ficasse na mesma altura do corpo dela.

As mãos dele deslizaram pelas coxas de Sesily até os joelhos e os pressionaram para se abrir, se inclinando para frente para tomar o bico de um seio entre seus lábios enquanto acariciava o outro, a suavidade de sua língua combinada com os calos ásperos de seu dedão – a prova de uma vida inteira de trabalho – fazendo-a suspirar de prazer.

Levou suas mãos aos cabelos dele enquanto ele lhe dava atenção, lançando uma onda de prazer por seu corpo enquanto ele lambia e chupava e a levava a um frenesi, o nome dele em seus lábios. Quando Caleb finalmente a soltou e a fitou nos olhos e disse: "Você quer muito, não quer?", ela achou que iria dissolver de prazer.

– Sim – ela sussurrou. – Eu quero você por inteiro, você todo. Tudo o que pode me dar.

Para sempre.

Mas não disse. Não era esse o jogo deles, apesar de ser a verdade.

– Então vou lhe dar tudo – disse Caleb, se inclinando para roubar um beijo antes de colocar uma das coxas largas dela em seu ombro. – Deite-se.

Sim.

Só que...

– Não.

Ele ficou tenso, os olhos nos dela, o músculo em sua mandíbula rígido com o esforço. Sesily deslizou os dedos pelos cachos macios de Caleb, levantando o rosto dele.

– Eu quero te dar prazer.

Ele fechou os olhos com as palavras e ela sentiu o impacto que teve com o estremecimento dos músculos dele contra sua coxa. Outro xingamento delicioso.

– Isso aqui me dá prazer – ele sussurrou, pressionando um beijo na protuberância da barriga dela. – A sensação do seu corpo. – Ele se virou e lambeu o comprimento de sua coxa. – A visão de você. – Ele gentilmente abriu mais as pernas dela. – O seu sabor. – Ele se inclinou para frente e a lambeu entre as coxas, vagaroso e demorado, e ela achou que poderia gritar.

– Meu Deus – ele gemeu. – O seu sabor. Poderia ficar aqui para sempre.

Sesily poderia deixar que ele ficasse, ela percebeu quando ele ficou por cima dela, prendendo-a contra o colchão com sua carícia. Acariciando-a com a língua, lambendo e chupando como se nunca precisasse parar. Com um dedão, encontrou sua entrada e a acariciou em círculos lentos e lânguidos até ela ficar fora de si com o prazer e se despedaçar nos braços dele, segurando o cabelo dele com tanta força que devia ter doído – não que isso fosse impedi-lo.

Caleb não parou – não quando ela passou pelo clímax roçando contra seus lábios e língua, nem enquanto se esfregava contra ele e tomava para si cada milímetro de prazer que ele oferecia e muito menos quando ela relaxou contra a cama, sem energia. Em vez disso, ele deu beijinhos em suas coxas e a elogiou.

– Perfeita para caralho – ele sussurrou, sua respiração tão ofegante quanto a dela. – Garota deslumbrante.

Quando Sesily parou de tremer, Caleb disse com suavidade, soando como o pecado:

– Você acha que consegue de novo? – Ela arquejou com a pergunta e então suspirou quando ele grunhiu contra ela. – Acho que você consegue de novo. – E então pressionou a boca contra ela, provando que estava correto, fazendo amor com ela usando sua boca belíssima e sua língua maliciosa, em lambidas lentas e indecentes, até ela estar se retesando contra a cama, se oferecendo ainda mais para ele.

Ele aceitou a oferenda, e Sesily percebeu que nunca havia se sentido mais apreciada, mais idolatrada, nunca tivera tanto prazer quanto agora, gozando forte contra ele – esse homem que de alguma maneira se tornara o centro de seu mundo.

E ela se perguntou, mesmo enquanto se afundava em prazer, trocando os pensamentos para sentimentos, se sobreviveria ao modo como o amava.

Não sabia quanto tempo ficaram daquele jeito, as mãos dela enroladas no cabelo dele, ele acariciando sua pele sensível, seus lábios macios e reverentes contra sua barriga enquanto sussurrava elogios, mas, quando ela voltou ao presente, sabia que não podia esperar mais um segundo para tocá-lo. Para aprender tudo sobre ele, para ser recíproca.

Caleb ficou em silêncio enquanto ela o guiava para ficar em pé, enquanto ela ficava de joelhos, se deliciando com as planícies rígidas dele, nas ondulações de seus músculos e o cabelo ralo em seu peito e, finalmente, o comprimento de seu pau, como aço, ansiando por seu toque.

Ela o tocou, amando as respirações entrecortadas dele com a carícia, explorando seu prazer. Amando como os olhos dele ficaram escuros e entreabertos enquanto ela aprendia a melhor forma de agradá-lo.

– Isso – ele sussurrou enquanto ela o acariciava. – Desse jeito.

Sesily o beijou, seus lábios deslizando pelo peito dele, sua língua desenhando pequenos círculos ao redor das saliências incríveis do seu abdômen. E, enquanto o provocava, se aproximando do lugar onde ele a queria – o lugar que ela queria estar –, Caleb sussurrou o nome dela e deslizou as mãos em seu cabelo gentilmente.

Jesus, ela amava como ele se segurava, sem querer pressioná-la.

O que significava que ela poderia pressionar. Precisava deixá-lo bem perto do limite.

Ela se afastou quando chegou ao seu destino, se inclinando para trás e considerando o tamanho e a força que ele tinha. Ele *estava* lá. Estava lá e era todo de Sesily, para fazer o que quisesse.

– Sesily – Caleb falou seu nome de forma entrecortada, e a voz dele se perdeu num gemido enquanto ela o lambia ao longo de seu comprimento duro, tenso. Ele se apoiou na cabeceira da cama, segurando-se firmemente mesmo com ela sentindo o tremor na mão que segurava seu cabelo.

– Cacete – ele sussurrou. – Você gosta disso.

Ela gostava. Amava a forma como ele se entregava para ela. Cedendo poder mesmo exalando força.

– Eu amo – Sesily sussurrou contra a cabeça do membro dele antes de se abrir para recebê-lo, o sabor salgado de Caleb deixando-a com água na boca.

Ele gemeu o nome dela com a confissão, os dedos prendendo mais os seus cabelos enquanto ela abria os lábios e o tomava lenta e profundamente, amando os sons do desejo dele e a forma como combinavam com os dela – não apenas do prazer que ele havia dado mais cedo, mas também do que lhe dava agora.

Ela se entregou ao prazer de Caleb, lambendo e chupando e puxando-o o mais profundamente que podia, brincando com velocidade e sensação, encontrando os lugares que pareciam deixá-lo louco e tentando desesperadamente levá-lo ao clímax.

Quando ele atingiu seu limite, xingou novamente. Deus, ela amava a boca suja dele.

– Sesily... se você não... não vou conseguir me segurar.

– Não se segure – ela sussurrou, soltando-o por um instante. – Não ouse me privar disso. Eu quero, quero tudo.

E ele lhe entregou, as mãos inacreditavelmente gentis no cabelo dela, os músculos das coxas rígidos e tensos sob o seu toque, as estocadas de seus quadris curtas e cuidadosas mesmo que não conseguisse contê-las. E Sesily, chupando-o mais profundamente, encontrando um ritmo que o fazia xingar e gemer e encorajá-lo até ele não conseguir mais resistir, e ele gozou, forte e belo, contra ela.

Assim como ele a idolatrara com beijos demorados e carícias, Sesily fez o mesmo com Caleb mesmo depois de ele se inclinar e beijá-la, sua língua acariciando-a profundamente enquanto ele a levantava para a cama, sobre ela, abrindo suas pernas e se acomodando entre elas, virando o jogo, acariciando o corpo dela, idolatrando suas curvas, sussurrando seu nome e a elogiando com beijos suaves e demorados até ela estar se roçando contra ele, e Caleb, duro novamente.

Quando ele entrou onde ela o queria tanto, foi numa estocada longa e suave, profunda e devastadora, preenchendo-a de forma bela, perfeita, como se fossem feitos para aquele momento. Um para o outro. Moveram-se em união por minutos... horas... perdendo a noção do espaço e do tempo... perdidos para tudo que não fosse um ao outro até ela estar implorando pelo clímax, ele levando-a até lá, e ambos encontraram seu prazer como se fosse o propósito deles.

Juntos.

Foi diferente de tudo que ela já experimentara. Perfeito. E assustador.

Porque ela não achava que poderia se recuperar daquilo.

Nunca iria se recuperar de Caleb.

Ele se deitou de costas, puxando-a para cima dele, fazendo carinho em sua pele e criando ondas de prazer enquanto ela apoiava a orelha no peito de Caleb e ouvia o bater de seu coração, pesado e rápido – combinando com o seu.

– Eu te amo.

As palavras saíram antes que Sesily pudesse impedi-las. Antes que pudesse prever que ele ficaria tenso sob ela, que seu toque iria parar em sua pele.

Ela fechou os olhos, com um nó na garganta, seus olhos subitamente ardendo com lágrimas.

– Eu sinto muito – ela sussurrou. – Eu sei que você não quer. Sei que não é por isso que está aqui. Mas eu te amo e não consigo mais ficar calada. – Ela manteve a cabeça contra o peito dele, se recusando a olhar para Caleb. Não querendo ver a rejeição em seus olhos. Ciente de que não conseguiria aguentar e, ainda assim, sabendo que não conseguiria aguentar a alternativa de nunca ter dito aquilo. – Não consigo mais guardar. Não quero esperar para te amar. Para te contar.

E, uma vez que começou a falar, subitamente tornou-se impossível parar. Então ela falou para sua mão, brincando com o cabelo suave do peito dele mesmo sentindo que estava roubando aquele toque, que poderia ser o último.

– Você disse que não consegue ficar longe de mim... e eu odeio como eu amo isso, mesmo odiando que você *gostaria* de ficar longe de mim.

Ele segurou a mão dela, forte e firme, fazendo-a parar.

– Sesily.

O nome dela ressoou pelo peito de Caleb e ela sofreu com a sensação, querendo que pudesse considerá-la algo comum – aquela era apenas a maneira que Caleb dizia o nome dela à noite, quando estavam juntos.

Mas não conseguia não levar a sério.

Prendeu a respiração, desesperada para que ele dissesse mais. E então ele o fez.

– Ninguém nunca me amou em voz alta antes.

Não podia ser verdade. Esse homem magnífico e nobre, que gastara a vida inteira protegendo com ferocidade as pessoas que amava... ele merecia a companhia de pessoas que o amavam de volta. Um batalhão delas.

Ela levantou a cabeça. Como não poderia? Encontrou o belo olhar dele e viu a verdade.

– Me deixe fazer isso. Me deite te amar. Por favor.

O final saiu sincero e entrecortado e Sesily poderia até ter ficado horrorizada com aquilo se não soubesse que era sua última chance. Porque podia até não saber o que viria a seguir, quando deixassem aquele cômodo, mas sabia que tudo seria diferente.

Caleb a segurou com mais força, puxando-a para ainda mais perto, deslizando a mão em seu cabelo e segurando-a parada enquanto ele a beijava, profunda e completamente e com tanto anseio que ela perdeu noção de si mesma. De Caleb.

Eles eram assim. E eram perfeitos.

Então ele terminou o beijo e encontrou os seus olhos, sussurrando seu nome.

– Fale de novo. Por favor.

Ela nunca recusaria o pedido dele, mas não conseguia olhar para ele. Não quando sabia que amanhã o sol iria nascer e ele voltaria para o papel do nobre protetor e que se convenceria de que tudo aquilo era um erro.

Não conseguia olhar para ele. Mas podia colocar seu ouvido contra o peito dele, memorizar os batimentos cardíacos estáveis e dizer:

– Eu te amo.

Sesily pôde se deleitar no calor pesado do braço dele contra suas costas, e em como ele suspirava seu nome, de forma quase inaudível, escondido no movimento estável de seu peito, e imaginar que aquela noite duraria para sempre.

– Fique comigo – ela sussurrou.

Uma respiração profunda. O nome dela novamente, a dor presente no som como um eco da que sentia em seu peito.

– Não posso. Se eu ficar, ele virá atrás de você.

– Ele virá atrás de mim de todo jeito! – disse Sesily, se levantando e olhando para Caleb. – Ele virá atrás de mim, assim como virá atrás de você.

– Não se eu o impedir.

Esse homem enfurecedor!

— Não só você, Caleb. *Nós.* Você não está sozinho.

— Nesse assunto, estou — disse ele, as palavras como aço. — Você quer saber por que deixei Londres? Por que fiquei em Boston? Por que sempre te afastei? Por isso. Porque essa é uma batalha que preciso lutar sozinho... ou te colocarei em perigo. — Ele se sentou com as pernas para fora da cama, e Sesily encarou as costas de um Caleb cabisbaixo. — Sesily. Se algo acontecer com você...

Ele perdeu o fio da meada e ela esperou, o seu coração disparado, uma dorzinha em seu peito.

— Se algo acontecer com você... — ele tentou novamente. — Isso vai me destruir.

— Caleb — ela sussurrou, a frustração e a fúria trazendo lágrimas aos olhos c um nó em sua garganta enquanto sentia tudo escorrer entre seus dedos. Engatinhou na cama na direção dele, desesperada por uma chance de agarrar pelo menos mais um instante. De se agarrar a ele.

Ela o abraçou, pressionando a bochecha em seu ombro.

— Por favor.

Não faça isso.

Não me deixe.

Me ame.

Sesily não falou nada daquilo, nem Caleb, mas ele também não partiu. Em vez disso, virou-se para abraçá-la e beijá-la de novo e de novo, suave e lenta e docemente, suas mãos acariciando-a por todo o corpo, o nome dela em seus lábios como se estivesse tentando lembrar-se dela. Como se pudesse esquecê-la.

Ela deixou que fizesse aquilo, deleitando-se com os toques e beijos até que o coração dele se desacelerou e sua respiração se aprofundou e ele dormiu, como se soubesse que nunca mais fosse dormir outra vez.

E, quando ele dormiu, Sesily descobriu que não conseguiria.

Em vez disso, pressionou um beijo no peito largo e morno de Caleb e se esgueirou da cama, colocando seu vestido e se dirigindo até a janela e desenhando círculos no vidro enquanto olhava para o Hyde Park que se espalhava adiante, escuro como a noite.

Mas lá, na rua abaixo, estavam meia dúzia de homens imensos.

Segurança.

O que significava que Sesily estava prestes a receber uma visita.

Ela se vestiu cuidadosamente em cores escuras — um verde-escuro profundo que parecia apropriado para o que estava por vir. Apertado no corpete, com calças por baixo das saias partidas, projetadas para facilitar o movimento. E, 25 minutos depois, ela abriu a porta da frente, na Park Lane, enquanto uma carruagem parava na frente da casa, o brasão na porta antigo e venerável.

A Duquesa de Trevescan não gostava que a fizessem esperar.

A duquesa franziu a testa quando descobriu que Sesily a esperava.

– Você sabe que poderia ser qualquer pessoa.

– A maioria das pessoas não traz brutamontes tão grandes quanto os seus. – Sesily apontou com o queixo na direção dos homens que esperavam além. – Você acha que não consigo cuidar de mim mesma?

– Eu acho que você já tem é trabalho demais – a outra mulher respondeu. – Então que tal você me deixar te ajudar a suportar um pouco do seu fardo?

O alívio estremeceu Sesily e ela abriu a porta por completo.

A outra mulher entrou, examinando o vestíbulo escurecido.

– Onde ele está?

– Quem? – Sesily respondeu, sentindo-se voluntariosa. Ciente de que não era justo.

A duquesa a ignorou. Que era o motivo pelo qual se tinha amigos, Sesily considerou.

– Soube que você esbarrou com Os Calhordas.

– As notícias saem rapidamente de Brixton.

– Diretamente para a Mansão Coleford.

Ela imaginara. Os vigias do lado de fora não eram de enfeite. Ainda assim, Sesily inspirou o ar ruidosamente.

– Então ele sabe.

A duquesa concordou com a cabeça.

– Ele tem seu nome e o de Calhoun. Crouch não poderia ter vindo dedurar mais rápido – Ela fez uma pausa. – Se existe um homem que precisa ser morto, Sesily...

Ela teria rido com aquilo se tudo não fosse tão horrível.

– Eu prometo ser melhor da próxima vez.

– Certifique-se de que sim. – A duquesa olhou para o vestíbulo da Mansão Talbot. – Há uma grande quantidade de ouro nesse cômodo.

– Duquesa – Sesily chamou a atenção.

– Sim. Bem. É apenas questão de tempo até o visconde conectar tudo.

– E você? Já conectou tudo?

Ela inclinou ligeiramente a cabeça.

– Por que não me poupa o trabalho?

Sesily obedeceu, deixando de fora as questões que não tinha o direito de contar, e a amiga ouviu pacientemente, por fim dizendo:

— Eu te disse que havia um motivo para ele nunca pegar o que você estava oferecendo.

O coração de Sesily se acelerou.

— Era possível que ele não quisesse, sabe.

Só que ele queria.

Não consigo ficar longe.

— Hmm. E ele sabia que não podia se esconder para sempre, e que se conectar a você só iria te colocar em perigo.

— Eu estou em perigo todos os dias.

— E em algum momento seu herói galante terá que compreender isso.

— Ele não é meu herói galante.

A duquesa lançou um olhar de descrença.

— Para alguém que não é seu herói galante, ele realmente aparece muito para te proteger.

Eu atravessaria um incêndio se isso significasse te ver.

Sesily engoliu em seco e cruzou os braços.

A amiga a observou por um momento e então disse:

— Seu homem está em perigo, Sesily. E ele não está mais sozinho nisso. Você estava lá, seu nome está conectado a tudo. E isso foi antes de trazer a irmã para o jogo. O menino. Calhoun não pode mais se esconder.

— Ele sabe — Sesily assentiu.

— Bom, ele tem um plano?

Ela respirou profundamente.

— Certamente algo bem nobre.

— Certamente algo muito estúpido — a duquesa retrucou, a irritação na voz. — O que normalmente não seria de minha preocupação. Mas você o ama, e isso significa que, se ele fizer algo muito estúpido, você provavelmente também o fará.

— Desculpe? — Sesily levantou as sobrancelhas.

— Ah, você não ouviu? Amor é falta de razão, e você vai precisar de suas meninas com você para sobreviver ao que vem por aí.

Não era a afirmação mais fácil de se rebater.

— Mas a verdade é que... — a duquesa adicionou, segurando o braço de Sesily. — Eu estou com você, Sesily Talbot, estupidez ou não. Apesar de que gostaria muito que o plano que você fizesse fosse... *não estúpido.*

— Ele não me deixa ajudar — Sesily disse. — Caleb já deixou claro que escolhe lutar essa briga sozinho.

A duquesa levantou uma sobrancelha escura.

– É mesmo? E como você se sente quanto a isso?

Sesily encontrou os olhos da amiga – dessa mulher que havia permanecido ao seu lado, ombro a ombro, por dois anos. Essa mulher que ela havia seguido para a batalha, que havia levado para a batalha. Companheiras de guerra.

– Eu não gosto, para falar a verdade.

– Então vai precisar de um plano.

Uma luz brilhou nos olhos de Sesily.

– Não é sorte minha que já tenho um?

CAPÍTULO 21

Nos dois anos desde que a conhecera, Caleb Calhoun havia testemunhado Sesily Talbot fazer um sem-número de coisas escandalosas – incluindo, mas não se limitando a, apostas, bebedeiras, frequentar bordéis, roubar um visconde, enfrentar de igual para igual os criminosos mais notórios de Londres e quebrar o nariz de um homem duas vezes – mas nunca imaginara isso.

E, ainda assim, lá estava ela, na Thames Walk, com um corpo morto aos seus pés.

Ele se aproximou na escuridão ao vê-la parar e acenar para um cabriolé próximo. Era para parecer um cabriolé de aluguel, mas claramente não era. Na experiência de Caleb, cocheiros de cabriolés de aluguel hesitavam em se envolver com mulheres na posse de um cadáver.

Cocheiros de carruagem eram mais espertos que Caleb, aparentemente.

Caleb, que havia se apaixonado pela única mulher em Londres que não pensaria duas vezes em mover um cadáver sob a luz da lua, nas margens do Rio Tâmisa, onde inúmeras pessoas poderiam vê-la.

Saindo das sombras, ele desceu a rua íngreme em direção a Sesily, de costas para ele enquanto conversava com o motorista, suas palavras sendo levadas pelo vento selvagem que balançava a capa, revelando saias de seda tão escuras quanto a noite ao seu redor.

É claro que Sesily estava despejando um corpo de vestido de festa às três da manhã, como se tivesse escapulido da valsa da meia-noite, contando a todo o mundo que ela precisava arrumar uma bainha ou qualquer outra coisa que mulheres contavam para escapar de bailes lotados, e fosse apenas se livrar rapidinho desse pobre coitado antes de voltar para a próxima quadrilha, o mundo inteiro sem suspeitar de nada.

No entanto, ela não havia escapulido de um baile.

Ela escapulira *de Caleb*. Sesily o deixara na cama dela, e ele acordara na calada da noite para descobrir que ela havia partido, os lençóis frios, uma nota escrita rapidamente no lugar onde ele esperava encontrá-la.

Volto logo. Não se preocupe.

Como se ela tivesse ido à costureira, só que era de madrugada e ela também havia deixado um pequeno retrato oval com um bilhete – um presente.

Algo estranhamente parecido, terrivelmente semelhante a um presente de despedida.

O que o deixara preocupado para cacete, então o retrato estava no bolso de seu peito, contra seu coração, como se, ao deixá-lo ali, pudesse manter Sesily junto de si.

Ele se aproximou por trás, certificando-se de que não poderia ser ouvido – não querendo exaltá-la. Ela não se moveu. Não ficou tensa ou se virou ou deu qualquer indicação de que o ouvira.

Mas é claro que o ouvira.

– Como me encontrou?

A cocheira ficou alerta, o chapéu abaixado em sua face, protegendo sua identidade.

A irritação surgiu com as palavras curiosas, acentuada pelas próximas:

– Não me diga. A duquesa.

A Duquesa de Trevescan, que estava lendo calmamente em um assento do lado de fora do quarto de Sesily, com o gato acomodado alegremente em seu colo, quando ele escancarara a porta, a blusa solta, o casaco na mão. Ele parou de chofre quando ela virou uma página e disse, com a mesma calma de sempre:

– Será que não consigo te convencer a deixá-la cuidar disso?

Ele deixara claro que só permitiria aquilo sob o cadáver dele. Não havia considerado que um cadáver real estava em cena.

– Ela não deveria te dizer onde eu estava – Sesily disse. – Eu disse a ela que você não conseguiria resistir à ideia de me seguir.

Caleb hesitou com as palavras e o tom com as quais foram proferidas, impassíveis e calmas como se ela não tivesse se desfeito em seus braços na noite anterior. Como se não tivesse dito a ele que o amava.

Como se ela não tivesse se esgueirado para fora de sua cama e dos braços dele, e o deixado acordar sozinho e preocupado.

É claro que ele a seguira. E, ainda assim, ele disse:

– Eu te sigo?

Sesily se virou e foi até a parte traseira da carruagem, sem olhar para ele.

– Você me seguiu até aqui. Até a casa de Coleford, até Brixton, até O Canto.

É claro que ele a seguia. Ele sempre a seguiria se isso significasse mantê-la em segurança.

– Eu não te segui até O Canto. Eu esbarrei em você lá. E só te segui até a casa de Coleford porque... – Ele se impediu de continuar.

Ela se virou para ele, o capuz da capa mantendo-a na escuridão.

– Por que o quê?

– Porque sua irmã pediu para que eu te seguisse.

– Minha irmã... o quê? – Sesily ficou tensa e Caleb provavelmente deveria ter se arrependido da confissão. Mas ele não iria se arrepender de nenhuma palavra que falasse para Sesily Talbot naquela noite. – Sera pediu para que você me seguisse? Para quê?

– Ela estava preocupada de você estar com problemas.

– Incrível – ela retrucou e Caleb percebeu a irritação nas palavras. – Era de se pensar que ela pudesse considerar a hipótese de me perguntar se eu estava com problemas.

– Talvez ela tenha achado que você iria se ofender.

O humor em seu tom foi um erro. Ela lhe lançou um olhar atravessado.

– Ah, eu *definitivamente* fico ofendida. E vou ter uma palavrinha com minha irmã. Mas, primeiro, preciso ter uma palavrinha com você.

Ele deveria ter sentido a resposta como uma ameaça, mas em vez disso, parecia uma bênção.

Mais palavras.

Mais tempo.

Mais Sesily.

Caleb continuou a avançar.

– Acredito que seja a minha vez de conversar com você, Sesily. Afinal, você escapuliu da minha cama e eu te disse... eu gosto da caçada.

Ela perdeu o fôlego. Ele gostava daquilo, mesmo estando cada vez mais frustrado com ela. Com esse plano ensandecido que havia tramado.

– Primeiro, a cama era *minha*.

Como se ele não soubesse daquilo. Como se não tivesse acordado duro e cheio de desejo, embrulhado no aroma dela. Amêndoas e luz do sol.

– E, depois, você não me disse que gostava da caçada. Você disse que gostava de pegar a caça.

Ele gostava de tudo, com ela.

Sesily deu um passo em sua direção, o candeeiro exterior do cabriolé iluminando seu rosto.

– Não importa os motivos pelos quais te segui antes – disse ele, enquanto ela abria a porta do veículo, inclinando-se para mexer no que estava lá dentro. – Hoje, eu te sigo por mim mesmo.

Ela se virou para encará-lo com aquilo.

– Por quê?

A dor estava de volta em seu peito. *Para me despedir.*

E não era tão simples quanto voltar para Boston. O jogo já havia se desenrolado demais, aquela rota fechada. E o próximo movimento seria a única coisa que restava a fazer se desejasse deixá-los a salvo. Jane e Peter. Sesily.

O que costumava ser tão simples quanto se remover do seu mundo mais uma vez, fugindo, achando um novo nome, uma nova cidade, uma nova vida, havia se tornado exponencialmente mais complicado porque Coleford sabia da verdade – que Sesily estava em jogo.

E aquilo lançou todo e qualquer plano bem-feito no caos.

Porque Caleb a amava e podia ver que, em outra época, em outro lugar, ela poderia ter sido sua. Ele poderia ter vivido sua vida com essa magnífica mulher ao seu lado.

Passara dois anos buscando aquele momento, aquele caminho. Dois anos, imaginando todos os resultados se ele se permitisse ter a única coisa que queria: Sesily.

Ele nunca fora capaz de encontrar o que queria. E, agora, com Coleford ciente de tudo, não havia sequer esperança de conseguir. Aquele lugar, aquela época, aquela vida, essa mulher... ele não podia tê-los. Não sem tirá-la de tudo que ela amava. De suas amigas e sua família e de seu mundo – e o trabalho que ela fazia com poder e paixão para mudar a sociedade em que todos eles viviam.

Mesmo se ele partisse no navio rumo a Boston, jurando jamais retornar, não poderia manter Sesily a salvo.

O que era seu único objetivo agora.

Então havia apenas um caminho.

Ele se entregaria.

Caleb esboçara uma carta no quarto de Sesily, certificando-se de que Jane e Peter fossem cuidados. Certificando-se de que Fetu e Sera tivessem acesso a tudo em ambos os lados do Atlântico.

Certificando-se de que Sesily tivesse tudo o que fosse precisar.

E fizera a Duquesa de Trevescan prometer que tudo seria cumprido.

Convencera-se de que seria o suficiente. Que poderia entrar na Scotland Yard e se entregar para Thomas Peck sem ver Sesily mais uma vez, porque saber que ela seria cuidada era o suficiente.

E então a duquesa perguntara, como se eles estivessem discutindo esportes ou o clima ou a última lei da Casa dos Lordes:

– Você não quer se despedir pessoalmente?

Como se ele pudesse recusar uma vez que lhe oferecessem a chance de vê-la mais uma vez. Não era um tolo. Tivera a oportunidade de olhar o belo rosto de Sesily mais uma vez... e a agarrara, se dirigindo ao endereço em uma parte desagradável de Londres, se perguntando o tempo todo o que encontraria quando chegasse lá. O que diria quando chegasse.

E, de alguma forma, mesmo sabendo tudo o que Sesily já havia feito, ele ainda não esperava o cadáver. Mas certamente não iria se despedir antes de compreender.

– O que você está tramando?

– Sua pergunta favorita.

– Se você algum dia me desse uma resposta direta, talvez eu encontrasse outra.

– Em minha experiência – ela disse, afastando-se da carruagem e acenando para que o motorista avançasse alguns metros –, quanto mais as pessoas sabem o que estou fazendo, menos provável que elas me apoiem.

– Não consigo sequer imaginar por que alguém não te apoiaria – disse ele, se aproximando dela. – Tudo isso aqui parece perfeitamente normal.

Ela o olhou por cima do ombro e ele se ressentiu das sombras da carruagem pela forma como envolviam o rosto dela, tornando impossível ver os olhos dela enquanto dizia:

– Você está aqui para ajudar ou não?

Ela seguiu no rumo da carruagem, e os instintos de Caleb a respeito do veículo se provaram verdadeiros. Não era de aluguel. Sequer era um cabriolé ordinário: era pequeno e preto, claramente feito para se mover com facilidade entre as ruas mais estreitas de Londres, mas tinha portas traseiras. Duas delas, que Sesily abriu com facilidade, com dobradiças bem azeitadas.

O tipo de veículo feito para mover coisas rápida e discretamente.

Ele foi para trás dela, para que pudesse ver o espaço escuro, o breu ali dentro absolutamente impenetrável. Ele se virou para as sombras escuras dos prédios que davam para o rio, uma massa de sombras que criavam esconderijos excelentes se alguém estivesse interessado em observar as atividades de uma mulher destemida enquanto ela arrastava um corpo para a correnteza.

– Seja lá o que estiver prestes a fazer, você sabe que será vista por pelo menos uma dúzia de escavadores.

– Não estamos na maré baixa – respondeu Sesily, tirando várias caixas do caminho na carruagem escura.

– Ah, bem, você está certa então. Nesse caso, qualquer um que esteja assistindo nas sombras achará essa empreitada completamente ordinária.

– Me diz uma coisa – disse ela de forma completamente casual, como se o momento não estivesse pesado com os acontecimentos daquela noite ou do que aconteceria a seguir. – Na sua experiência, as pessoas que espreitam nas sombras gastam muito tempo se envolvendo nas atividades questionáveis dos outros?

– Eu estava nas sombras. E aqui estou eu.

– De todas as sombras de Londres, você precisava espreitar a minha? – retrucou.

– Os astros de alinharam.

Sesily virou-se com as palavras, o movimento cortante e anguloso, sem a graça fácil que ela tinha. Ele amaldiçoou a escuridão e a forma como escondia suas feições, deixando-o com nada além de palavras.

– Os astros não têm nada a ver com isso, Sr. Calhoun – disse ela. – Esta noite, eu faço minha própria sorte. E a sua também, se você jogar as cartas certas.

O coração dele começou a bater forte. *O que ela estava tramando?*

– Pelo menos me deixe te ajudar a se livrar dele.

– Isso mostra o quão útil você é. Não estou me livrando dele, estou recolhendo – ela respondeu secamente antes olhar para a cocheira pela lateral do cabriolé. – Pronto.

Em resposta, a cocheira enrolou as rédeas e levantou-se, virando-se para encarar o veículo. Um som de arranhado veio de dentro e Caleb assistiu enquanto as portas traseiras do cabriolé se abriam para que a cocheira entrasse.

– Você vai *ficar* com ele?

– De certa forma.

– Mas que inferno, Sesily.

Eles já não tinham problemas o suficiente sem adicionar uma pessoa morta?

– Sabe, o resto de Londres consegue de algum modo usar meu nome sem estar acompanhado de alguma blasfêmia.

– Eu imagino que você não testa o resto de Londres da forma como me testa. Quem é essa pessoa?

– Acho que você quis dizer quem *era*. – Isso veio da cocheira, agora dentro do cabriolé, seguido por um grunhido feminino enquanto algo deslizava na escuridão, parando com um som contra a parede do veículo que se agitava levemente. Algo pesado. E desajeitado.

Caleb arregalou os olhos e ele encarou Sesily.

– Quantos corpos estão dentro desse negócio?

– Nenhum ainda. – Sesily não desviou o olhar enquanto procurava algo na escuridão escancarada e achou o que procurava, puxando a lingueta de uma rampa deslizante que estava conectada ao chão do cabriolé e pendurada de forma tal que caiu facilmente até o chão.

– Certo – disse ele. – Então quantos corpos já *estiveram* dentro desse negócio?

– Alguns – Sesily respondeu casualmente, como se fosse algo perfeitamente razoável.

– E quantos deles estavam mortos?

Ela deu de ombros.

– Não todos.

Ela se virou e se afastou das sombras, para a luz do luar que finalmente deu a Caleb a oportunidade de olhar para ela, e o belo rosto dela fez parecer que ele podia respirar novamente. Ele queria alcançá-la, puxá-la para perto e pressionar o rosto contra o pescoço dela e cheirá-la, o cheiro rico e extravagante e perfeito.

Caleb não conseguiu resistir a memorizar o resto dela, toda força e curvas, as sinuosidades suculentas e as linhas suaves e a tentação com a qual não devia se demorar. Porque, ao se permitir demorar-se com as tentações de Sesily Talbot, estaria perdido para sempre.

E ela, com ele.

Então, em vez disso, ele a guardou na lembrança, subitamente desesperado para tê-la por perto.

Mais uma vez.

Quando terminou, o seu olhar foi até os pés dela, que apareciam por baixo da saia, e ele se encontrou encarando o corpo no chão.

– Você o matou?

– Francamente, Caleb. Deveria ficar ofendida. Eu estava com você há menos de três horas.

Ele levantou uma sobrancelha na direção dela.

– Não me diga que você precisa de mais tempo que isso.

– Você vai ajudar ou não?

Ele se abaixou e segurou o pesado corpo pelas axilas. Um homem, mais ou menos da mesma idade que ele, mais ou menos do mesmo tamanho.

– Esse não é um cadáver antigo. – Se Caleb tivesse que adivinhar, chutaria que o homem morrera não mais do que seis horas antes.

– Claro que não – ela disse, como se ele a tivesse ofendido. – Eu não lido com ladrões de sepulturas. – Ela reconsiderou. – Bem, pelo menos não hoje.

– E pensar que, por um momento, eu achei que você poderia estar envolvida em algo nefasto – disse ele, levantando o peso.

Ela deu uma pequena gargalhada, como se estivessem num chá da tarde e ela estivesse indicando um prato cheio de bolinhos em vez de estar em uma rampa misteriosa conectada a um cabriolé feito sob medida.

Ele odiava aquele som, leviano e aéreo, como se ela não estivesse em perigo.

– O que você está tramando? Me diga a verdade.

Ela o encarou diretamente, então, os olhos dela brilhando como as estrelas.

– Me diga algo, Caleb Calhoun – ela sussurrou, e o som de sua voz suave, curiosa, o percorreu como pecado. – O que *você* está tramando?

– Nada. – Ele balançou a cabeça.

Era uma mentira e ela sabia. Podia ver nele, de algum modo, mesmo que o resto do mundo nunca tenha visto suas mentiras, nunca as ouvira. Ela conseguia.

Sesily anuiu, e ele imaginou que de forma triste. Ela passou por ele, pelo canto da carruagem, em direção ao assento da cocheira.

Caleb resistiu à vontade de dizer algo, de se defender, em vez disso moveu o corpo com dificuldade, colocando a cabeça na porção superior da tábua enquanto Sesily se abaixava para colocar as duas botas do homem na rampa.

Caleb limpou as palmas das mãos em suas calças e redirecionou a conversa para longe do sussurro de culpa que o assolava.

– Pelo menos me diga o que fez com ele.

– Já te disse, ele não é meu.

– Peculiar, então, como você parece ser a única pessoa com algum interesse no pobre coitado.

– Basta dizer – ela respondeu, – que ele é o tipo de homem que é mais útil depois de morto do que em vida. – Ela fez um gesto com a cabeça na direção da escuridão. – Ele está dentro.

A cocheira repetiu o gesto de volta, e Sesily se abaixou para levantar a rampa, que ficou plana com facilidade e deslizou de volta sem hesitação. Uma vez encaixada, Sesily fechou três linguetas, provavelmente prendendo a rampa no lugar.

– Prontinho – disse ela, com duas batidas no chão de metal.

Três cliques suaves de dentro da carruagem indicavam que a cocheira havia feito o mesmo no fim da rampa, e então ela estava sentada no banco do motorista, fechando a porta secreta enquanto Sesily fechava e trancava as portas reais.

– E você envolveu a cocheira na sua encrenca?

– Ela não é só uma cocheira e nunca iria sonhar em perder a encrenca – respondeu, aumentando o volume da voz. – Não é mesmo, Adelaide?

– Como sempre. – A resposta alegre veio do banco da direção, como se a Srta. Adelaide Frampton lidasse com cadáveres com frequência.

Ele olhou para Sesily.

– De verdade, as habilidades únicas da sua gangue ficam mais assustadoras a cada instante.

– Caleb está com medo de você, Adelaide – Sesily disse alegremente como se estivessem em algum lugar menos fúnebre. Com menos corpos.

– Se há uma frase mais exultante que essa, nunca a ouvi – brincou a Srta. Frampton, olhando para eles pelo canto da carruagem. – Você vem?

Não vá.

Ele sabia que não conseguiria dizer, que não tinha o direito de pedir para ela ficar. Especialmente não ali, nas margens do rio, onde qualquer um poderia encontrá-los.

– Me dê um instante – Sesily falou para a amiga, dando um passo na direção dele.

Caleb prendeu a respiração, o ar entre eles se modificando, tirando-o do prumo. O que fora frustração agora era antecipação. O que fora preocupação agora era desejo. O que fora medo agora era necessidade.

Ela estava próxima o suficiente para tocar, sua presença quase avassaladora pela bênção que era. Pelo tanto que Caleb a desejava – desejava tocá-la, abraçá-la e se envolver em seu cheiro, sol e amêndoas, doce como a sua boca.

Mas ele tinha que resistir à tentação se fosse fazer justiça.

Tinha que sobreviver a isso – o último instante com ela. Envoltos na escuridão no silêncio de uma cidade que não os notava, Sesily vindo em sua direção, desenfreada, como fogo.

Quando ela se pressionou contra o corpo dele, as curvas dela uma memória bem-vinda, o que Caleb poderia fazer? Ele a tocou, passando

269

os braços por sua cintura embaixo da capa, onde não deveriam estar. Apertou-a contra si enquanto ela passava os braços pelo seu pescoço, fazendo-o se esquecer de tudo, exatamente o que não deveria fazer. Exatamente o que não deveria querer. Fazendo-o se esquecer de tudo menos ela, essa mulher, a tentação mais luxuosa que já enfrentara.

Irresistível.

Como Caleb poderia resistir? Como poderia ir embora, deixando essa mulher que era mais do que ele imaginava? Que observara por anos, que desejara por anos, e agora finalmente tinha para si.

Apenas para ela ser roubada pelo passado. Pelo conhecimento de que não tinham chance de um futuro, de que ela não teria chance alguma se Caleb ficasse livre.

– Sesily...

– Shh – disse ela suavemente, levantando o rosto para olhá-lo.

Ela iria beijá-lo e ele iria deixar, e então pararia com aquela loucura e partiria. Mas não era um tolo. Ela era macia e forte e exuberante e perfeita em seus braços, e ela teria o gosto de especiarias e sol e ele a queria.

Ele nunca quis tanto algo.

Me beije, ele desejou. *Uma última vez.*

E Sesily o beijou, tão incrível quanto a primeira vez. Não, melhor. Porque não era apenas suave e quente e doce e pecaminoso. Era cheio dela, deles. Dos dois anos que desejaram um ao outro e os últimos dias, quando finalmente haviam cedido àquele desejo. Era cheio de conhecimento.

Era cheio de amor.

Ele a apertou contra o peito e se entregou ao beijo, sabendo que seria a última vez, que seria um adeus.

Quando ela se afastou dos seus lábios, Caleb resistiu à vontade de urrar sua frustração. Não queria que fosse o fim. Eles não mereciam que terminasse assim.

Eles mereciam um começo.

O olhar deles se encontrou – a noite aparecendo na singularidade dos olhos dela –, o anel preto ao redor do azul-escuro, e, ali, no olhar de Sesily, ele percebeu que ela sentira tudo. Todo o seu amor e frustração e desejo... e tristeza. Uma tristeza até os ossos que ele carregaria para sempre.

Arrependimento de não ter mais tempo para amá-la.

Mas havia algo a mais nos olhos dela. Algo leve, como um segredo. Como esperança.

– Caleb – ela sussurrou. – Você não o reconhece?

Quem?

O corpo. Ele havia esquecido que havia um cadáver na carruagem.

Afastou-se, o suspiro de insatisfação dela quase, *quase* sendo bem-sucedido em chamá-lo de volta para ela. Mas ele era um homem controlado, maldição!

Caleb deu um passo para trás e lançou seu olhar mais ríspido para ela.

– Quem é?

Ela inclinou a cabeça, considerando-o, e por um momento Caleb acho que ela não lhe contaria. E então ela sorriu – plena, honesta... feliz. Como se ele devesse saber a resposta. Como se a verdade fosse libertá-los.

Aquele sorriso... Jesus. Amplo e sedutor e deslumbrante, como um golpe na cabeça.

– Sesily – ele repetiu, o nome firme em seus lábios, o sangue rugindo em seus ouvidos. – Quem é aquele homem?

– Caleb – ela disse, simplesmente, como se ele já devesse saber a resposta. – Ele é você.

CAPÍTULO 22

Pobre homem. Ele não tinha ideia do que o tinha atingido.
– Juro, eu não o matei.
Caleb franziu a testa, abaixando a cabeça para encará-la.
– O que você quer dizer com ele sou eu?
– Ele não é, obviamente. – Sesily fez um gesto com a mão. – Ele *era* o cunhado de um dos garotos que trabalham com a Maggie. – Um garoto que havia procurado a ajuda da duquesa para ajudar sua irmã a se livrar de um tipo de casamento que fazia sofrer muitas mulheres. A duquesa e Adelaide formularam um plano para levar a garota para um lugar confiável, da posse de uma senhora que estava disposta a empregar mulheres sem cartas de recomendação.
– Mas, para a sorte de todos – ela adicionou, – parece que o brutamontes tinha um coração ruim, que parou de funcionar poucas horas atrás...
– Ela apontou na direção de um prédio escuro a distância. – Naquela taverna completamente repugnante. Então nós recolhemos o corpo, a esposa continua em Londres, e o marido... bem, talvez sua ação final o mantenha longe do nível mais profundo do inferno.
– Você roubou esse corpo.
– Com licença – ela disse, fingindo ofensa. – Eu paguei muito bem por ele.
Agora tudo o que precisava fazer era convencer Caleb a deixá-la terminar o trabalho e eles poderiam viver felizes para sempre. Ela nunca havia buscado um final de contos de fadas, mas, se isso significasse amar esse homem decente até o fim de seus dias, ela aceitaria.

Ele a observou por um instante, o maxilar tenso, os olhos ilegíveis.

– Caleb. Você não percebe? Essa é a solução. Não importa o que aconteça. Peter Whitacre aparecer morto no necrotério da Scotland Yard, com uma confissão escrita às pressas em seu bolso. Caleb Calhoun, inocente de tudo, exceto de nocautear Johnny Crouch... e todo mundo sabe que Crouch mereceu.

– E então o quê? A gente só espera que ninguém perceba que este homem não sou eu?

– Ninguém *vai* perceber. – Ela desviou o olhar, a frustração desenhada em seu belo rosto. – Passaram-se dezoito anos. Você esteve escondido, com medo de ver sua irmã, de conhecer sua família, de...

Amar.

Ela se conteve.

– E quanto a Coleford? – Caleb questionou. – Ele não vai acreditar.

– Ele estará em Newgate depois que o mundo inteiro descobrir que tirou dezenas de milhares em dinheiro de aristocratas ricos e órfãos. – Ela riu. – Não percebe? Chegou a hora de você ser livre.

Ele ficou quieto, pensativo, e por um momento ela achou que teria que convencê-lo. Ela havia *conseguido*. Havia uma luz no olhar dele, algo como esperança. Algo como *alívio*. O bobinho. Ele não sabia como era ser parte de um time? Ele aprenderia. Ela mostraria para ele.

Pelo resto de suas vidas.

Ele balançou a cabeça.

– É fácil demais.

O pânico e a frustração subiram até seu peito. Ela forçou uma risada aguda demais.

– Percebo que fiz parecer que arrumar um cadáver é fácil, Caleb, mas não iria dizer que é exatamente fá...

– Para – ele disse. – Você sabe que não é isso que quero dizer. – Caleb balançou a cabeça novamente. – Isso... se funcionar hoje, amanhã... uma semana. Um ano... – Fez uma pausa e olhou na direção dos barcos novamente. – É uma semana, um ano, que estarei sempre fugindo, sempre olhando por cima do ombro. Esperando ser encontrado. – Estendeu a mão para ela, acariciando a bochecha dela com os dedos. – E então o que, meu amor, você viria comigo?

Ela odiava o termo carinhoso que queria tanto ouvir na bela voz dele, uma palavra que deveria ser cheia de adoração, de admiração – agora cheia de arrependimento e tristeza e decepção.

273

– Sim – ela disse. – Para onde quiser ir. De volta para Boston, ao redor do mundo. Tudo que você quiser. Você fez uma vez e com menos poder, menos dinheiro, menos conexões.

– Eu não tinha você.

Sesily assentiu.

– Você me teria. Seria uma semana, um ano, que poderíamos ficar juntos. Talvez a vida inteira.

Aqueles dedos de Caleb, acariciando sua bochecha, para cima e para baixo, a ponta do dedão áspera e incrível, fazendo-a querer pegar a mão dele e segurá-la mais perto.

– Nós deixamos sua família? Seus amigos? O trabalho... o mundo... que você está construindo? Que tipo de homem eu seria se tirasse isso de você?

Ela engoliu em seco, a frustração pesada em seu peito.

– O tipo de homem que sabe que tudo isso é escolha minha.

Ele sorriu, triste e tão belo, a covinha aparecendo na bochecha dele como uma mentira.

– Você tem razão. Deveria ser. Mas você esquece que conheço essa vida. Eu a vivi desde que posso me lembrar. Eu fugi e olhei para trás e sonhei com o dia em que poderia parar e ter o que queria.

Caleb olhava para ela como se nunca a tivesse visto antes. Como se nunca tivesse visto nada tão belo quanto ela. Como se ela fosse o sol.

– Eu?

O toque dele se modificou, envolvendo a bochecha dela, virando seu rosto para luz.

– Você. – Uma pausa. E então: – Você não me amaria se eu te deixasse escolher essa vida.

Sesily segurou então a mão dele.

– Caleb...

– Não – ele a interrompeu. – Por dois anos eu te observei. Te desejei. Me deleitei com a sua luz pela pequena quantidade de dias em que estava com você, e saboreei o calor dela por todos os outros. E esse é o ponto... você é feita para o sol, para a luz. Não é uma mulher para uma vida vivida nas sombras. E talvez seja egoísmo, mas não conseguiria aguentar ver essa luz se apagar pela vida de fugitivo. Eu me odiaria e, um dia, você me odiaria também. E esse, Sesily, é um destino pior do que qualquer outro.

As lágrimas vieram, quentes e furiosas e destruidoras.

– Não...

– Sim – ele disse com suavidade, as palavras quase inaudíveis. – Sim. Se eu tomar o que você oferece... Jesus, Sesily. Eu nunca quis nada da forma como quero o que você oferece. Mas se eu deixar que você me ame...

– *Deixar?* – Ela cuspiu a palavra. – Você não pode me *impedir* de te amar.

– Você acha que não sei disso? Acha que não te observei amar os outros por dois anos? Acha que não queimei de inveja por querer o mesmo? Você acha que eu seria capaz de te deixar ir se sentisse a força completa do seu amor?

Sesily ama com todo o coração.

Que coisa idiota a se fazer.

Ele ainda estava falando.

– Se eu aceitar o que você oferece... Sesily... você será arrastada para a lama comigo.

– Eu não me importo com a lama. – Sesily explodiu e afastou a mão dele de sua bochecha, passando por ele tempestuosamente até a murada de pedras que os separava da água corrente abaixo. Olhou para a escuridão do rio por um instante antes de se virar e encará-lo. – Então há lama. Nos meus 30 anos de vida eu descobri que todos nós nos encontramos nela em algum momento ou outro. Meu Deus, Caleb, por toda a minha vida as pessoas chamaram a mim e a minhas irmãs de As Cinderelas Borralheiras. Porque a gente nasceu na lama.

– Eu vou destruir qualquer um que te chame assim. – As palavras dele eram como aço.

– Bem, então vamos precisar de uma carruagem maior para carregar todos os corpos, porque isso seria metade de Mayfair – ela retrucou, se virando para encará-lo, a luz do candeeiro da carruagem mais à frente envolvendo-o em sombras. – Seu idiota, eu não ligo para como me chamam. Não pertenço a eles. Eles não podem me tocar. Não quando estou aqui, não quando estou com você.

Ele passou uma mão pelo cabelo, frustrado.

– Maldição, Sesily. Cada minuto comigo te coloca em perigo. – A outra mão deslizou pelo peito dele até o lugar que ela encontrara na cabana em Highley, a pele enrugada de uma cicatriz. – Ele atirou em mim antes de fugirmos. Eu não quero nem pensar no que ele fará com você.

– E daí... você foge e eu vivo uma vida incompleta? Tendo experimentado te amar, mas incapaz de fazê-lo em voz alta, como você pediu? Então fico como uma viúva no coração... me perguntando o que aconteceu com você? Se você irá aparecer novamente?

Ele fechou os olhos.

– Você não vai se perguntar.

Ele se virou na direção do cabriolé, a luz do candeeiro iluminando sua determinação e ela quis gritar. Ele estava desistindo. Ele estava desistindo *deles*, antes mesmo de terem uma chance.

– Me conte.

– Só há uma solução.

Ela sabia. Do momento em que o deixara em sua cama, ela sabia que era uma corrida contra o tempo, com poucas horas para organizar tudo antes que Caleb acordasse e fizesse algo nobre e tolo e irreversível.

– Você vai se entregar.

Ele desviou o olhar na direção do rio, onde a maré estava subindo e, com ela, vários barcos. As lamparinas se sacudiam como luzes flutuantes, iluminando o Tâmisa em sombras douradas.

– Desde que tinha 17 anos, fiz tudo a meu alcance para manter as pessoas que amo a salvo. Mas Coleford não vai parar até conseguir sua vingança. E eu não posso te proteger. Nem agora, nem nunca. – Ele olhou para ela. – Você acha que eu não gastei os últimos dezoito anos pensando como voltar para essa vida? Para esse mundo? Você acha que não gastei os últimos dois anos pensando em como poderia te ter?

Ela ficou sem fôlego.

– Você acha que eu não acordava todas as noites em minha cama vazia e desejava que você estivesse lá, ao meu lado? Que não fiquei acordado toda noite naquela mesma cama, te desejando? Te amando? Jesus, Sesily, eu voltei para Boston da última vez esperando que fosse a última, porque a única forma de me impedir de te tocar era colocar um oceano entre nós.

Ela arregalou os olhos.

– Eu não sabia.

– Claro que não. Como poderia? Como poderia saber que eu sonhava em comprar passagens de volta no momento em que descia do navio porque seis semanas já era tempo demais sem ver seu rosto? Seu sorriso, seus olhos? Porque eu já sentia sua falta, me provocando e me insultando e me deixando exausto? E, por um ano, eu me torturei com isso. Porque não consigo aguentar não ficar perto de você, mesmo sabendo que você está melhor sem mim.

– Eu não estou melhor sem você!

– Você está *segura* sem mim!

As palavras vieram num grito e Sesily o imitou, gritando sua própria raiva e frustração na direção da água, deixando o som rugir entre eles, reverberando contra os prédios, antes de virar para ele novamente.

– Quem se importa com segurança? Eu passo meus dias planejando a destruição de homens que tomam vantagem de quem é mais fraco que eles. Não é um trabalho seguro. Mas é meu e eu que escolhi. – Ela pausou. – Nas últimas duas semanas, eu droguei um conde, quebrei o nariz de um brutamontes *três* vezes e roubei um visconde, três eventos em que você estava ao meu lado e eu estava segura, devo lembrar. Eu carrego uma adaga no meu bolso e minhas amigas mais próximas são a líder de uma rede de espiões, uma vigarista e uma mulher que gosta *demais* de explosivos. Eu sou a imprudência personificada.

– Você não é – Caleb vociferou, o seu tom entrecortado e cheio de sua própria raiva. Excelente. Que ele subisse ao nível dela. – Cada um desses eventos foi o resultado de ações afinadas, treinamento e planejamento. Cada uma delas aperfeiçoada ao máximo. Você não é imprudente e qualquer um que passe um instante em sua presença conseguiria perceber isso. E quem não o percebe sequer merece estar em sua presença.

Ele se aproximou de Sesily, colocando a mão nos braços dela e a segurando com firmeza, como se pudesse convencê-la de ver as coisas como ele. O coração dela batia forte.

– Você não é imprudente, Sesily Talbot; você é régia. Você é uma porra de uma rainha.

Orgulho surgiu com as palavras. Orgulho e prazer ao ver que ele a *via*. Que a entendia.

Ela o amava sem limites.

Levantou o queixo.

– Não vou aceitar ser rebaixada. Eu era uma deusa antes.

Caleb a puxou para si, tomando sua boca em um beijo selvagem, e ela retribuiu, ardente e frenética e desesperada por ele, caso aquela fosse... a última vez. Ele a abraçou, levantando-a para que ela se sentasse na murada de pedra enquanto passava a língua pela dela, reivindicando sua boca com movimentos longos, luxuriantes. As mãos dela estavam no cabelo dele, seus dedos derrubando o chapéu, perdido para sempre para a brisa do rio.

Nenhum dos dois se importou.

Sesily estava embriagada por ele, pelo cheiro, pela selvageria de Caleb. Ele era *dela*.

Mas, em instantes, o beijo se modificou. Passando de selvagem para algo diferente. Algo não tão frenético e, ainda assim, não menos intenso. Não menos importante.

Era uma despedida.

Ela o empurrou pelos ombros no momento em que reconheceu e ele a soltou instantaneamente.

– Não – ela disse. – Caleb.

Ele se afastou, balançando a cabeça.

– Não posso. É assim que acaba.

– Não – Sesily falou novamente e as lágrimas vieram. Quentes, iradas e devastadoras. Como poderia acabar ali? Justamente quando apenas começara? – Não. Preciso de mais tempo. Há outra...

– Não há nenhuma outra maneira. É assim que acaba. Você me prometeu um favor, nos jardins da Mansão Trevescan. Outro do lado de fora d'O Canto.

– Não. – Ela balançou a cabeça novamente.

– Mas você prometeu. E estou pedindo agora. – Ele envolveu o rosto dela nas mãos, virando a cabeça dela para olhar para ele, e ela fechou os olhos, sem querer olhar para ele. Caleb esperou pelo que pareceu uma era, até que ela os abrisse novamente, e deu um beijo em sua testa. – Você é tão bonita.

Ela o odiava, esse homem a quem amava tanto.

– Esse é meu pedido: vá para casa. Ou para O Canto, para o lugar onde Sesily Talbot, escândalo ambulante e deleite absoluto, passa as noites. Viva sua vida.

As lágrimas vieram para valer agora, a mão dele morna e firme em sua bochecha, as palavras como rodas contra o pavimento.

– Ame em voz alta.

– Não.

– Eu tive dezoito anos de liberdade, Sesily. E, esta noite, eu tive a mulher que amo em meus braços.

– Não – ela sussurrou entre lágrimas. – Há outra forma.

– Olhe para mim. – Sesily o obedeceu, e o olhar de Caleb estava claro e belo no dela. – Você me perguntou uma vez por que eu não gosto do escuro.

Ela fechou os olhos com a lembrança de sua resposta, sabendo a história completa agora. Sozinho e assustado, em fuga, sem sua irmã. Na escuridão.

– Não foi só o navio tantos anos atrás, meu amor. Foi uma vida inteira na escuridão. Nas sombras. Em fuga. – Ele era tão bonito, tão certo. – É hora de ir para a luz.

Sesily segurou as mãos dele contra sua bochecha, seu coração quebrando.

– Não há nenhuma outra forma. É assim que acaba. Comigo te amando mais do que imaginei ser possível. E você indo embora.

– Foda-se seu favor – ela disse, as palavras sem energia. – Eu vou faltar com minha palavra.

– Você não pode – ele disse. – Eu preciso disso. Preciso saber que você está a salvo. Jane, Peter, Sera, Fetu... todos vocês.

– Caleb, se você fizer isso... eles vão te *enforcar*.

Em vez de responder, ele se inclinou e a beijou uma última vez. Lenta e docemente, como se tivessem uma vida inteira pela frente. Como se tivessem vivido uma vida inteira juntos.

E disse as palavras que ela sonhara tanto em ouvi-lo dizer nos últimos dois anos.

Só que elas estavam todas erradas.

– Eu te amo, Sesily Talbot.

CAPÍTULO 23

O detetive Thomas Peck estava tendo um péssimo dia.
Começara com uma batida na porta de sua residência, um apartamento modesto em Holborn, alugado de uma senhoria que *detestava ser perturbada antes do café da manhã ou antes do chá*, o que era um desafio por si só quando seu inquilino era um detetive da Scotland Yard. Quando as coisas davam errado em Whitehall, os sargentos eram enviados para acordar Peck. E foi assim naquela manhã.

Depois de pedir desculpas para a Sra. Edwards, que foi rápida em lembrá-lo de que ainda não havia tomado seu café da manhã, ele saiu do prédio apenas para descobrir que o sargento havia sido instruído para esperar, a primeira dica de que seu dia tomaria outro rumo rapidamente.

O que aconteceu no momento em que ele chegou ao número 4 da Whitehall Place e descobriu que Caleb Calhoun havia se entregado à polícia por assassinato. E não qualquer assassinato: era o do Sr. Bernard Palmer, o único filho e herdeiro do Visconde Coleford.

O que foi uma surpresa para todos, já que não havia registros do filho e herdeiro do Visconde Coleford ter sido assassinado.

Peck ouviu pacientemente o americano, fazendo um bocado de perguntas pontuais antes de finalmente se recostar em sua cadeira, passando a mão em sua barba macia e escura e dizer:

– Você está se entregando por um assassinato que foi cometido dezoito anos atrás.

Calhoun parecia incomodado.

– É o que estou dizendo, sim.

– E você está fazendo isso porque...

– Porque fui eu quem o matou.

O olhar de Peck se estreitou no homem à frente, que em circunstâncias diferentes poderia ter sido um amigo.

– A Scotland Yard sequer existia quando aconteceu.

Caleb fez uma pausa.

– Eu suponho que isso possa ser um problema.

– De fato. Em grande parte, porque terei que convocar o visconde e metade do Parlamento para descobrir o protocolo de um assassinato que aconteceu décadas atrás, e isso vai tomar algum tempo.

– Eu vou esperar. – Caleb acenou com a cabeça.

Peck observou Calhoun por um longo momento, sentindo que algo além de sua compreensão estava acontecendo ali.

– Nós nos conhecemos há o quê? Dois anos?

– Por aí. – Caleb concordou.

– E você foi um cara decente. Me ajudou uma ou duas vezes. Só semana passada, identificou três dos membros da gangue d'Os Calhordas que destruíram O Canto. Eu tenho dois deles sob custódia.

– Isso é uma boa notícia.

– E agora você está aqui, no meu escritório, confessando um crime pelo qual a Scotland Yard nunca se interessou – Peck grunhiu.

– Achei que você teria algum interesse no assassinato de um herdeiro da aristocracia.

– Vou ser sincero, colega, eu sequer sabia da existência desse herdeiro da aristocracia em particular até este momento.

Certo de que havia mais na história do que o que Calhoun havia compartilhado, Peck encontrara um banco para que ele ficasse em uma das celas de pernoite que havia acabado de ser esvaziada dos bêbados da noite anterior. Retornou ao seu escritório para redigir uma missiva para o Visconde Coleford – realmente, não havia nada pior do que um dia que exigia que interagisse com a aristocracia.

Ele mal havia colocado a caneta no papel quando a segunda batida na porta do dia veio, igualmente indesejada.

Pelas dez horas seguintes, haveria catorze batidas em sua porta – cada uma revelando um sargento em serviço, cada um deles acompanhando uma dama que estava ali para reportar um crime.

Catorze mulheres de algumas das mais poderosas famílias de Londres – várias com títulos, a maioria rica, todas poderosas à sua maneira, e nenhuma delas queria falar com ninguém além do Detetive Peck.

A Sra. Mark Landry foi registar uma ocorrência de uso de linguagem chula nas pistas de hipismo do Hyde Park – uma reclamação que Peck achou peculiar, considerando que havia visto o Sr. Mark Landry uma vez, três anos antes, e o homem xingava não menos do que uma dúzia de vezes por minuto.

Três duquesas apareceram uma atrás da outra, o que era mais duquesas do que Peck já havia encontrado em toda a sua vida. A Duquesa de Haven começou a procissão, fazendo uma ocorrência de uma retícula roubada. Ela a deixara num banco do lado de fora da loja de chá Gunter's seis dias antes.

A Duquesa de Warnick levou informações sobre um acidente de carruagem na Regent Street, terça-feira, uma semana antes. Depois de Peck passar meia hora procurando por evidências de que este acidente em particular pudesse ter acontecido, ela se lembrou que, não, podia ter sido na quarta.

A Duquesa de Trevescan chegou para fazer ocorrência de um colar de diamantes desaparecido. Ela o deixara na cama de seu amante, *entende*, mas não podia dizer quem era – *pense no escândalo*.

A Marquesa de Eversley relatou três livros roubados da livraria que tinha com seu marido. A Sra. Felicity Culm, de Covent Garden, estava desolada com o desaparecimento de sua manta da carruagem. A Sra. Henrietta Whittington a acompanhava para poder registrar uma ocorrência de um cachorro desaparecido – um vira-latas das docas que não havia voltado de sua caminhada matinal por três dias seguidos.

Depois de insistir que ele a chamasse de Nora – algo que ele nunca, jamais, faria – Lady Eleanora Madewell, filha de um duque qualquer, registrou uma ocorrência louca e elaborada sobre uma roda de carruagem que fora roubada, apenas para voltar dez minutos depois, menos de dois minutos depois de ele terminar de preencher a papelada, para se corrigir e dizer que, não, a roda não havia sido roubada, afinal.

Até Maggie O'Tiernen apareceu, o que Peck achou que levaria a algum lugar... até descobrir que ela estava registrando ocorrência sobre um barril de cerveja vazio que fora roubado do beco atrás d'O Canto na noite anterior.

E, assim por diante, uma mulher atrás da outra, por um dia inteiro, e nenhum dos crimes digno de nota. Ao longo das horas. Peck havia tentado enviar a missiva para Coleford uma dúzia de vezes, mas, sem exceção, sempre que começava a escrever, outra batida na porta soava.

Até, finalmente, a batida número quinze.

– Já chega – ele disse, se levantando de sua mesa e atravessando seu escritório. – Eu tenho trabalho sério para fazer. Não tenho tempo para mulheres! – ele falou, abrindo a porta.

Não havia sargento algum do outro lado.

Em vez disso, havia uma mulher. Baixa e gorda, com um lindo rosto redondo, olhos escuros imensos e uma cabeleira negra indomada. Ele a reconheceu instantaneamente. Lady Imogen Loveless, a mais nova e única filha de um barão ou conde ou algo assim. Mas mais importante era que ela era uma frequentadora regular d'O Canto e estava dentro do recinto quando Os Calhordas atacaram o lugar uma semana antes.

Ele se lembrava dela. Imogen não era o tipo de mulher que alguém se esquecia.

Ele olhou no corredor vazio atrás dela.

— Como você chegou aqui?

— A sua segurança é horrível — ela disse com alegria.

— Não é não — ele respondeu.

Ela deu de ombros.

— Você tem razão. Eu fui conduzida diretamente até sua porta por um belo e invisível policial.

Ele a analisou por um longo momento, notando a capa roxa e a imensa bolsa que a mulher segurava em uma mão enluvada.

— Você está de mudança, minha lady?

— Eu gosto de estar preparada. — Com um aceno de cabeça para o escritório dele, ela disse: — Posso?

Peck seguiu o olhar dela para sua mesa, com pilhas de papéis e arquivos — vários deles acumulados ao longo do dia — e disse:

— Não tenho...

— Tempo para mulheres — Imogen terminou para ele. — Sim, foi o que você disse.

Bem. Agora ele se sentia um idiota. Deu um passo para trás, fazendo um gesto para que ela entrasse.

— Como posso ajudá-la, senhora?

Imogen entrou e se aproximou da mesa, deixando a bolsa aos seus pés e considerando a pilha de arquivos.

— Você tem muito trabalho por aqui.

— Sim, foi um dia cheio — ele disse, circulando a mesa para deixá-la entre eles. Sentindo que, de alguma forma, era importante manter distância dela. — Como posso te ajudar?

Imogen o fitou e sorriu e Peck ficou atordoado novamente com o quanto ela era bonita. Lembrou-se que ela o analisara n'O Canto. O que foi que havia dito sobre ele? Robusto?

Não que importasse.

– Na verdade, pode sim.

– Você está aqui para registrar uma ocorrência.

Ela olhou para ele como se ele estivesse louco.

– Deus do céu, não. Percebi que raramente há motivos para envolver a polícia quando alguém pode resolver os problemas sozinha. Vocês complicam demais as coisas. – Ela se sentou. O que significava que ele podia se sentar. Mas ele não queria, ele queria aquela mulher fora do seu escritório. Tinha trabalho a fazer, trabalho de verdade. – Por favor, detetive. Você não precisa ficar em pé por minha causa.

Ele se sentou, incomodado pela longa história de cavalheirismo que tornava impossível expulsar aquela mulher de seu escritório. E a longa história da aristocracia que transformava em *muito* impossível a ideia de expulsá-la.

– Agora – ela disse, cruzando as mãos de forma afável em seu colo, o que não deveria tê-lo divertido tanto, mas aquela mulher realmente não parecia nada afável. – Estou aqui porque você tem Caleb Calhoun sob custódia e eu acho que deveria soltá-lo.

Bem. Ele não estava esperando aquilo.

– Calma aí, Lady Imogen. – Peck se inclinou. – Como é que você sabe quem está sob minha custódia?

Ela suspirou e tirou um fiapo de sua saia.

– Detetive, você tem Caleb Calhoun em uma cela um piso abaixo de nós. Você o manteve lá por aproximadamente... – Ela tirou um pequeno relógio da manga de sua roupa. – Dez horas. Ele chegou esta manhã logo depois do amanhecer e confessou ser o responsável pelo assassinato de Bernard Palmer, o único filho e herdeiro do Visconde Coleford. Depois de esperar um tempo surpreendentemente grande para que você chegasse, devo adicionar.

– Eu cheguei em menos de uma hora depois de ser informado da situação, senhora. – Não que devesse explicação.

Ela não pareceu se interessar.

– O Sr. Calhoun fez a confissão às oito e meia, ponto em que você o colocou em uma cela. E você está fazendo corpo mole com a situação o dia inteiro porque acha que há algo estranho em tudo isso. – Ela olhou para cima, seus olhos largos encontrando os dele. – Agora são seis e meia. Isso dá dez horas.

Bem, certamente agora havia algo estranho nisso tudo.

Se Lady Imogen Loveless tivesse tirado a roupa no meio do escritório e deitado em cima de sua mesa, Peck não ficaria mais surpreso. Foram apenas os quinze anos de treinamento como um Bow Street Runner e como um homem da Scotland Yard que o impediram de cair da cadeira. Em vez disso, se recostou, levando as mãos aos lábios.

Imogen encontrou os olhos de Peck novamente.

Essa mulher não era bonita, ela era um pandemônio.

– Agora que nós concordamos com os fatos – ela adicionou, como se aquela fosse uma conversa completamente comum –, acredito que deva soltá-lo.

– Por quê?

– Porque o herdeiro do Visconde Coleford merecia ser morto.

Peck soltou uma gargalhada chocada.

– Senhora... não é assim que funciona.

Uma pausa e então:

– Bem, mas de certo você pode admirar o esforço.

Enquanto considerava a possibilidade de que ela era, na verdade, insana, a dama se inclinou para frente e pegou a bolsa aos seus pés. Ele não conseguia ver o que estava ali dentro pelo ângulo da mesa, mas, depois de mexer nela por um momento, Imogen encontrou uma pasta.

Peck estreitou os olhos, observando o azul-claro com um sino pintado em índigo.

– Te trouxe um presente.

– Eu não quero um presente.

– Tem certeza? Você pode considerar como uma oferta de paz.

– Pelo quê?

Ela se levantou e deixou a pasta em cima de uma das várias pilhas de sua mesa.

– Por eu ter estragado seu dia.

– Tudo bem. É o suficiente, então. – Peck já tivera o suficiente daquela mulher, que claramente se deleitava em deixar caos por onde ia. Ele se levantou e rodeou a mesa, parando enquanto ela pegava sua bolsa, e ele se perguntou o que tinha lá dentro.

Ela se levantou e recolheu a pasta.

– Estou pegando de volta, não sei se você merece.

– Não sei como vou continuar agora – ele disse, guiando-a pelo cômodo. Peck colocou a mão na maçaneta. – Obrigado pela visita.

Abriu a porta do escritório só para encontrar outra mulher de pé na soleira, bonita e de cabelo escuro, com um rosto vermelho e bochechas rosadas, linhas de riso no canto de seus olhos mesmo sem sorrir.

– Detetive Peck?

Ele mordeu a língua. É claro que havia outra mulher em sua porta.

Forçou um sorriso agradável apesar de querer fazer o oposto e olhou para Lady Imogen.

– Suponho que a procissão de mulheres fazendo ocorrências de crimes absurdos hoje tem algo a ver com você?

– Francamente, detetive – ela disse. – Você tem sorte de eu não me sentir ofendida de ser chamada de mestre criminosa.

– Eu não te chamei de mestre criminosa.

– Ah, bem. Agora eu *estou* ofendida.

Um completo pandemônio.

Ela se inclinou para frente e em um sussurro teatral disse:

– As outras foram só por diversão, essa aqui é real.

E então fez uma pequena reverência – uma que ele definitivamente não deveria ter gostado considerando a forma como queimava de frustração em ter sido enganado por um dia inteiro – e passou por baixo do braço dele, se virando para encará-lo quando chegou ao corredor.

– Quente aqui, não acha?

A Scotland Yard podia ser chamada de várias coisas, mas quente não era uma delas.

Antes que pudesse responder, ela se virou. Peck observou Imogen partir, os quadris abundantes balançando embaixo da capa.

Sua visitante limpou a garganta na soleira.

– Detetive Peck?

Ele desviou o olhar da mulher indomável, sem muita certeza de que poderia confiar nela no prédio por conta própria, e olhou para a recém-chegada.

– Sim, por favor. Entre, senhorita.

Ele se afastou, segurando a porta enquanto a mulher entrava com as mãos apertando uma à outra com força.

– Como posso ajudá-la? – ele perguntou, certo de que estava prestes a receber outra ocorrência inútil.

Um bastidor de bordado perdido na Bond Street. Pode ser recuperado? A polícia pode ajudar?

Só que... *Essa aqui é real*, Lady Imogen dissera.

E, pela aparência da mulher, parecia mesmo. Ela parecia séria.

– Meu irmão não matou o filho do Visconde Coleford.

CAPÍTULO 24

Dez horas após ter confessado um assassinato, Caleb estava sentado em um banco duro de pedra em uma cela parcamente iluminada e úmida da Scotland Yard, pensando em Sesily.

Ele parara de esperar que Peck aparecesse horas mais cedo. Conforme o tempo passava, ficava claro que ele não era de muito interesse; um bocado de policiais passou por lá para dar uma olhada nele – reconhecera dois deles de Covent Garden. Mas, eventualmente, a notícia de sua presença na Scotland Yard havia chegado longe o suficiente para que ele fosse deixado sozinho, o que lhe dera mais tempo para pensar do que gostaria, porque pensar em Sesily era quase mais do que podia aguentar.

Havia uma dúzia de pensamentos que poderia ter convocado quando se tratava dela. A suavidade de sua pele, a queda indomável de seus cachos escuros quando o cabelo estava solto ao redor de seus ombros nus. A curva de seu sorriso. O gosto dela, doce e pecaminoso.

Mas não pensou em nada daquilo. Em vez disso, sentou-se com o retrato nas mãos, passando o dedão ao redor da moldura de prata e pensou na gargalhada dela. A forma como ecoava por um cômodo, alta e livre. A forma como o envolvia, preenchendo todos os cantos escuros. A forma como iluminava os olhos e enrubescia sua bochecha, e se tornava mais do que um simples divertimento.

Observar a Sesily gargalhar era uma revelação.

E o que estivesse por vir – prisão, a forca, uma passagem para a Austrália –, ele carregaria o calor e a esperança de que o preenchiam todas as vezes que ela gargalhava para sempre. Quando ele respirasse pela última vez, seria com aquele som em seu pensamento e o nome dela em seus lábios.

E, se nunca a escutasse novamente, se nunca a visse novamente, nunca ouvisse sua voz, seria o bastante. Porque ela estaria a salvo.

Mas, Jesus, ele daria tudo o que tinha para escutá-la novamente.

– Mas que porra, Caleb.

Ele se levantou do banco de concreto com o som, se perguntando se ele o conjurara, mesmo sabendo que se fosse conjurar algo, não seria ela o xingando.

Ou talvez seria. Talvez fosse perfeito.

Perfeito ou não, ele não havia conjurado a presença dela. Sesily estava ali, do outro lado das barras da cela, gloriosa em um vestido de seda brilhante da cor do céu de verão, mesmo enquanto se abaixava, inspecionando a fechadura da porta da cela.

Ele se aproximou das barras em um instante, as mãos segurando-as com força até o nó de seus dedos embranquecerem.

– O que diabos você está fazendo aqui?

– Agora não – disse ela, sem desviar o olhar do seu trabalho. – Eu estou muito chateada com você.

Nada disso era o que ele planejara. Como Sesily havia ganhado acesso à Scotland Yard? Como tinha chegado até sua cela?

– Você não pode estar aqui – disse ele. – Jesus, Sesily. Isso aqui é uma prisão.

– Por favor – ela escarneceu. – É Whitehall. Não é necessariamente Newgate.

– Está lotado de policiais.

– Nenhum dos quais parece estar interessado em você. Você está aqui há dez horas e Peck sequer enviou uma mensagem para Coleford.

– Como você sabe disso?

Ela olhou para ele então, seus belos olhos azuis como uma bênção.

– Em que ponto na nossa história você acha que vai perceber que sou muito boa em saber as coisas?

Ele teria gargalhado se não estivesse em uma cela de prisão. Mas ele estava e não queria que ela soubesse coisas a respeito daquilo. Não a queria nem perto. *Ela* seria presa em uma cela se a descobrissem fazendo... seja lá o que estivesse fazendo.

– Se eles se interessam por mim ou não, Sesily, ainda estou aqui por um motivo.

– Sim. Um sentimento equivocado de responsabilidade. Vamos conversar sobre isso assim que eu terminar. – Com um pequeno grunhido frustrado, ela se levantou e bateu o pé. – Maldição. Vamos ter que esperar Imogen.

Ele não gostava do som daquilo.

– Por que Imogen está aqui?

Sesily lhe lançou um olhar, como se ele fosse uma criança.

– Porque eu sei muito bem que não posso fazer uma fuga de prisão sem reforço, Caleb.

– Eu achei que era só Whitehall.

– Sim, bem, eles melhoraram as fechaduras desde a última vez que estive aqui.

– Você já fez isso antes? – Caleb piscou.

Sesily dispensou a pergunta com um gesto, como se isso não fosse importante.

– O importante é que, nesta noite, estou te soltando, idiota. Você pode só deixar.

– Sesily – ele começou, odiando que eles tivessem que ter essa conversa novamente. – Eu já te disse. Se eu não estiver aqui, você não está...

– A salvo. Sim. Eu ouvi nas primeiras dezenas de vezes que você disse.

– Que inferno! – ele sussurrou, não querendo ser ouvido. Não querendo que ela fosse pega. – É importante!

Sesily sorriu para ele, suave e amorosa, como se eles estivessem em uma corrida de cavalo ou caminhando pelo Hyde Park ou cruzando olhares na taverna dele. O olhar o fez querer abraçá-la mesmo com as barras entre eles. E então ela disse:

– Me conta, Caleb, já parou para pensar que talvez também importe que *você* esteja a salvo?

Essa mulher.

– Sesily, eu não tenho o direito de estar a salvo. Eu... – Ele pausou. – Eu matei o herdeiro de um viscondado!

Ela balançou a cabeça.

– Meu homem magnífico. Cheio de instintos de proteção e uma necessidade de sacrificar sua felicidade. Sinceramente, alguém deveria te colocar num livro.

As palavras lhe gelaram.

– O que isso significa?

– Significa – ela disse, seu tom mais firme do que antes, acusatório, – que você *não* matou o Absolutamente Não Honorável Bernard Palmer, e hoje ninguém vai para a cadeia por um crime que não cometeu. Não se eu tiver algo a ver com isso.

O coração dele pareceu parar.

– Como você sabe isso?

Só havia uma forma. Ela teria que ter conversado com Jane.

– Você vai descobrir, Sr. Calhoun, que tenho uma rede imensa de pessoas extremamente habilidosas a meu dispor. Uma rede que não temo usar se significar que terei o que quero. O que, nesta noite, exige que eu impeça o homem que amo de cometer esse ato muito nobre e extremamente estúpido.

O cômodo estava ficando mais quente conforme o pânico de Caleb ia aumentado.

– Sesily... – ele avisou. – Jane é...

– Jane também não vai para a prisão por crime nenhum – ela disse. – Eu te disse que havia outra forma, não disse?

Só que não havia. Não havia outra forma a não ser Caleb estar ali, e Coleford saber disso.

– Onde ela está?

– Ela está segura. Peter também. E o pai dele. – Sesily falou. – E extremamente ansioso para te ver, devo adicionar. Não tão chateado com você quanto eu. Mas compreendo por que você não me contou a verdade. Algumas histórias não são suas para contar.

– Ela te contou?

– Sim – Sesily respondeu. – Ela me contou a história completa. O terrível Sr. Palmer, a forma como foi na direção dela. Como não teve escolha a não ser se defender. E como você, meu homem maravilhoso, fez o que sabe fazer melhor, o que fez melhor, aparentemente, desde criança. Você a protegeu. Assim como te vi proteger todas as pessoas que já amou. Sua irmã. Seu sobrinho. Seraphina.

– Você – ele disse. – *Você*.

– Eu. – Ela segurou as mãos dele pelas barras, seus dedos quentes e firmes em sua pele, e, desejando o toque, ele entrelaçou seus dedos no dela. – *Você é brilhante, sabe. Acabou que nosso plano era o mesmo esse tempo todo.*

– Que plano?

– Chega de escuridão. – Ela sorriu. – Estamos acendendo as luzes.

Caleb não conseguia se aproximar dela e aquilo o estava deixando louco.

– Maldição, Sesily. Você não deveria ter vindo.

– Não adianta ficar com raiva de mim – ela disse. – Além de o plano já estar em movimento...

– Que plano?

– Aquele em que eu te salvo – ela respondeu. – Apesar de estarmos bem avançados nesse caminho, você está trancado aí e essas barras são bem fortes. – Ela se inclinou para longe delas, virando para olhar para um corredor escurecido. – Eu realmente gostaria que Imogen se apressasse, aliás.

– O que Imogen está aprontando? – Ele fez uma pausa. – O que vocês todas fizeram?

– Poderia te responder de inúmeras maneiras. Estive muito ocupada desde que você me deixou... Eu mencionei que não gosto quando você me deixa? – ela disse.

– Sim, você falou. – Jesus. Deixá-la ali, na beira do rio, havia destroçado o coração dele. Ir embora sem olhar para trás.

– Achei que nunca mais iria te tocar – ela falou, apertando os dedos dele. – Não gostei disso.

– Sinto muito – ele sussurrou.

– Eu achei que nunca mais iria te ver. E tampouco gostei disso.

– Me desculpa.

Ela encontrou o olhar de Caleb.

– E você disse que me amava. Também não gostei disso.

Ele franziu a testa.

– Você não gostou?

– Não. Você falou do jeito que se fala para alguém que espera nunca mais ver. Falou do jeito que se diz quando se está prestes a quebrar o coração de alguém. Você falou como se fosse um fim e não um começo.

Jesus, como ele queria que fosse um começo.

Ele a tocou por entre as barras, seus dedos roçando na bochecha dela, deslizando para o cabelo.

– Eu sinto muito. Será que devo tentar novamente?

– Também não tenho certeza se você vai acertar desta vez – ela disse, a raiva surgindo em suas palavras pela primeira vez desde que aparecera nas barras de sua cela. – Eu preciso de você, Caleb. Eu não preciso de você na prisão, me protegendo. Eu preciso de você aqui fora, do meu lado. Comigo.

Ele também precisava.

– Já passou por sua mente que eu sou um grande perigo?

– Apenas todos os dias desde que nos conhecemos.

– E você acha que eu vou ser menos perigosa uma vez que você se for? Porque não serei. Te garanto, não vou aguentar sua morte. Não tenho a intenção de padecer graciosamente em um desespero silencioso, como uma viúva vestindo preto e recitando poesia triste.

Viúva. Ele se demorou na palavra, na forma como fazia parecer que tiveram uma vida inteira juntos. Na forma como era dolorido.

Mas Sesily mal havia começado.

– Deixe-me ser clara, seu homem arrogante. Você não sabe nada do que farei se você morrer. Se você morrer, eu vou *explodir*. Terão que inventar novas palavras para o estrago que vou fazer.

Os olhos azuis dela piscaram, cheios de uma promessa de fúria. Deus do céu, ela era magnífica.

– Então você não pode bater as botas por um motivo bobo e dizer que foi por *mim*, Caleb Calhoun. Eu não quero isso e certamente não preciso disso.

Magnífica, e dele.

– Se pensa que sou imprudente agora...

– Eu não acho que seja imprudente. Eu acho que você é destemida. Não é a mesma coisa. – Ele a puxou para perto. – Você está fazendo uma promessa bem grande, Lady Sesily. Tem certeza de que é para valer?

Ela estreitou os olhos.

– Que tipo de promessa?

– Se ficarmos juntos... se lutarmos juntos... se seguirmos seu plano e acender as luzes, contar todas as verdades...

– Esse era seu plano.

– Você faz parecer mais divertido.

– Faço mesmo, não é? – Ela levantou o queixo.

– Eu quero.

Sesily piscou.

– Você quer?

Mais do que qualquer outra coisa. E queria várias, várias coisas na sua vida.

– Eu quero tudo e te quero. – Ele pausou. – Você tem um plano?

– Sim. – Ela assentiu, a compreensão iluminando seus olhos.

Lado a lado. Aquela era a promessa.

– Então mostre o caminho.

Ela abriu um sorriso e o procurou, sua mão encontrando o rosto dele por entre as barras.

– Eu te amo.

– Eu te amo – ele disse com suavidade.

Ela encontrou o olhar dele, emocionada.

– Foi bem melhor.

– Está vendo? – ele respondeu. – Só preciso de prática.

– Tente novamente – ela falou.

– Eu te amo – ele respondeu.

– Bom. Eu estou completamente furiosa que você entrou aqui como se fosse um herói em vez de me deixar fazer o que sei fazer melhor.

– Que é...?

– Ganhar.

– Isso tem a ver com vandalizar um visconde?

Ela sorriu novamente.

– Não me tente com um desafio delicioso. Mas não, tenho mais habilidades além de uma mão firme para passar delineador.

Um sino soou a distância, distraindo Sesily. Ela olhou para o fim do corredor e suspirou.

– Francamente, Imogen, você demorou demais.

– Eu estaria aqui mais cedo se você tivesse me deixado fazer as coisas do meu jeito – Lady Imogen disse para Sesily antes de olhar para Caleb. – Boa noite, Sr. Calhoun.

Sesily havia trazido reforços caóticos.

– É mesmo?

– Está prestes a se tornar – a mulher respondeu.

– Eu presumo que o detetive recusou o seu pedido.

– De fato. Tudo foi uma grande decepção. – Ela parou. – Menos a barba do homem. Ela não é uma decepção.

Sesily gargalhou.

Caleb tentou manter a conversa sob controle.

– Que pedido?

– O pedido para te soltar – Sesily falou com desenvoltura, olhando para Imogen, que estava remexendo sua bolsa, passando objetos para que Sesily segurasse. Uma colher estreita de prata. Uma vela afilada.

– Você esperava que ele me soltasse só porque você pediu?

– Não – disse Imogen animadamente, removendo um cobertor pesado da bolsa e o desembrulhando com cuidado para revelar um pote de vidro. – E para ser honesta? Estou feliz que ele não o fez.

Ela passou o pote para Sesily.

– O que é isso? – Caleb questionou com suspeita.

– Não se preocupe – Sesily e Imogen disseram ao mesmo tempo.

O que o fez se preocupar imediatamente.

– Que diabo é isso? – ele repetiu, subitamente muito ciente do que diabos era aquilo. A voz dele ficou alta. – Jesus, Sesily...

– Melhor não gritar – disse Imogen, enfiando a mão nas profundezas de sua bolsa. – Ser pego com um pote de pólvora na Scotland Yard não é o melhor cenário a esta altura.

Ele olhou para Imogen.

– Há um cenário *pior*?

– Sim – ela disse, agora distraída pela fechadura.

– Que é...

– Eu poderia derrubá-lo – disse Sesily, pragmática.

O coração de Caleb se acelerou e ele falou entredentes:

– O que acontece se você derrubar o pote?

Lady Imogen olhou para cima, para ele, com aquilo.

– Há a probabilidade não insignificante de que ele poderia explodir todos nós.

Ele segurou as barras da cela com força.

– Me dê isso aqui.

– Sério, Caleb – Sesily disse. – Eu não vou deixar cair.

Ele estava ficando descontrolado.

– Como é que, nesta situação toda, *você* é que está exasperada?

– Porque é você que está exigindo todo esse circo. Ninguém aqui está *me* tirando da prisão, está? – ela retrucou na direção de Caleb, entregando o pote para Imogen, que agora estava abaixada na frente da tranca da porta da cela. Quando aquilo estava finalizado, Sesily deu uma piscadela para ele, como se tudo isso fosse um jogo. – Se as coisas fossem do meu jeito, nós estaríamos em casa, na minha cama, a esta altura.

Uma memória voltou com as palavras, Sesily subindo por cima dele, bonita e ousada, com aquela luz brincalhona em seus olhos que nunca falhava em fazê-lo ir até ela como um cachorrinho em uma coleira. Ele queria aquilo. E, pela primeira vez em sua vida, essa mulher o fez perceber que isso talvez não fosse impossível.

Ele lhe lançou um olhar atravessado.

– Quando eu sair daqui...

Então ela sorriu amplamente, brilhante e bela, e ele ficou atordoado com o quanto ela era perfeita – ou, pelo menos, o quanto *seria* se não estivesse segurando uma jarra de pólvora como se fosse uma xícara de chá.

– Estou muito feliz em ouvir que você tem a intenção de sair daí.

– Não tenho escolha – ele disse. – Não posso confiar em você sozinha.

– É verdade – ela disse. – Isso... e você me ama.

– Amo – Caleb falou suavemente, seus dedos encontrando os dela pelas barras da cela.

– Se vocês dois terminaram... – Imogen falou enquanto guardava tudo em sua bolsa imensa e saía do campo de visão da cela. Ela olhou para Caleb. – Há algum canto bem afastado aí dentro?

294

Ele levantou as sobrancelhas e olhou ao redor da cela.

– Não diria *afastado*.

– Menos perto?

– Ela vai me explodir? – Caleb olhou para Sesily.

– Pensamos em fazer você chutar a porta da cela, mas... – Ela perdeu o fio da meada com um meio-sorriso, e Caleb imaginou todas as formas como a beijaria se ela estivesse na cela com ele.

Não. Se ele estivesse do lado de fora, no mundo, com ela.

– Então talvez ela me exploda – ele respondeu.

– Ele se preocupa demais – Imogen disse, lançando um olhar atravessado para ele. – Houve uma época em que considerei te explodir mesmo, sabia.

– Por quê? – Ele franziu a testa.

– Você tinha partido o coração de Sesily!

– Imogen! – Sesily disse, ao mesmo tempo em que Caleb perdia o fôlego. – Ele não partiu meu coração. – Ela olhou para ele e Caleb imaginou um leve enrubescimento. Vergonha. – E, mesmo se tivesse, ele já arrumou agora, então tente não o explodir.

– Mas está tudo bem se eu explodir *algo*, não é?

– Vai ser a Scotland Yard? – Ele olhou para Sesily.

– Com Imogen, nunca dá para saber.

– Eu nunca iria sequer sonhar em explodir aquele homem tão atraente – Imogen disse casualmente, focada em seu projeto. – Seria um desperdício daquelas coxas.

Caleb olhou para Sesily.

– Ela está falando de Tommy Peck?

– É assim que os amigos o chamam? – questionou Imogen. – Tommy?

– Considerando que ele deixou Caleb em uma cela por um dia inteiro, não tenho muita certeza se podemos chamá-los de amigos – Sesily falou enquanto Imogen se aproximava, limpando as mãos em suas saias.

– Certo. Fora do caminho, Sesily.

Ela assentiu e olhou para Caleb, tocando-o com uma mão pelas barras, trazendo o rosto dele para perto.

– Eu preferiria fazer isso sem essa barreira, mas as circunstâncias exigem... – Ela o beijou rápida e intensamente. – Melhor achar um canto.

– Você também.

Eles se afastaram e uma pederneira faiscou no corredor escuro, fazendo fumaça subir e um caminho de pólvora chiar, iluminando o fim de um pano coberto de óleo que estava enfiado na tranca da porta da cela. Caleb se virou para longe, protegendo seus olhos contra a parede de pedras da cela, e contou os segundos intermináveis, torcendo para que Lady Imogen, gênio maluca, fosse mais gênio do que maluca.

A explosão estremeceu a Scotland Yard.

Caleb virou-se novamente, o coração na garganta, já caminhando na direção da saída da cela, chamando por Sesily na densa nuvem de fumaça, o silêncio que seguiu a explosão ameaçando destruí-lo.

A porta da cela permanecia fechada, então ele fez a primeira coisa que passou pela mente e meteu a bota nela, chutando-a aberta com uma força desnecessária, já que Imogen havia quebrado a tranca. Ele estava no corredor em um instante.

– Sesily!

– Aqui! – ela falou, aparecendo ao seu lado, sem fôlego.

Ele a tinha em seus braços antes de a palavra ter saído de sua boca, apertando-a com força e a levantando, levando-a de volta para a parede na frente da cela que eles acabaram de destruir e a beijando, louca e completamente, lambendo-a até ela suspirar de prazer e relaxar em seus braços.

Quando ele se afastou e abriu os olhos, foi para vê-la com um sorriso feliz e atordoado.

– Eu voltei a ser uma deusa agora?

– Hmm – respondeu, beijando-a mais uma vez, feroz e rapidamente. – Não achei que poderia fazer isso novamente.

Ela se mexeu no abraço.

– Vamos passar o resto da noite fazendo isso.

– Agora não é a hora de toque-emboque, vocês dois – Imogen falou de algum lugar na fumaça ao mesmo tempo que gritos soaram no fim do corredor. – Hora de ir.

Sesily ficou tensa.

– Eu não imagino que o detetive com a barba bonita vai gostar muito do que você fez nessa prisão, Imogen.

– Besteira – Imogen retrucou conforme se afastavam da polícia que estava cada vez mais próxima. – Com a atenção que os jornais vão dar para ele? Ele provavelmente vai me mandar algum tipo de presente. Frutas.

Caleb bufou uma risada e segurou Sesily com mais força enquanto eles fugiam.

– É sempre assim com vocês?

Sesily sorriu para ele quando chegaram ao fim do corredor.

– Você não está animado para andar com a gente?

Ele estava, de verdade.

Algo estranho vibrava por ele com a ideia, algo parecido com alívio, mas mais complexo. Em sua vida, nunca conhecera o prazer de ter o apoio de outros. Nunca soubera o que era ter alguém cuidando dele.

Pensando nele.

Mas agora... Sesily pensava nele. Cuidava dele.

Ela o amava.

— Vocês vão por ali — Imogen disse, apontando para uma escada ao longe. — Leva a uma porta lateral. A duquesa está esperando.

— E você? — ele perguntou, se virando para a amiga de Sesily, que se colocara em perigo por ele.

— Eu tenho um presentinho para o detetive.

Ele balançou a cabeça.

— Você não pode ficar aqui dentro. Eles estarão à sua procura.

— E por que estariam? — ela desdenhou, voltando para a cela que havia destruído. — Uma *mulher*? Soltando um prisioneiro da Scotland Yard? Uma piada completa. O tipo de coisa que um americano iria inventar.

Ele abriu a boca para discutir, apenas para perceber que Lady Imogen estava certa. Ninguém ali acreditaria naquilo.

O trio se separou; Caleb se recusava a soltar Sesily, puxando-a consigo ao longo do corredor, na direção da tão prometida saída. Eles estavam longe da fumaça, mas o corredor estava escuro sob a luz do início da noite — ninguém havia acendido os candeeiros pendurados nas paredes ainda. Aparentemente a Scotland Yard estava preocupada com outras coisas.

— O que é o presente? — ele perguntou a Sesily enquanto se apressavam pelo corredor.

— Um arquivo. Tão grosso quanto seu dedão. — Ele lhe lançou um olhar curioso. — Basta dizer que espero que o Visconde Coleford receba uma visita da Scotland Yard muito em breve. Na minha experiência, a aristocracia vê com maus olhos aqueles que roubam de suas ações de caridade favoritas. Algo que o visconde está fazendo há anos. Ele irá para a prisão, definitivamente.

— Ele não vai se dar bem na prisão — Caleb disse quando chegaram à porta mais longínqua do lugar, marcado com WHITEHALL MEWS em uma tinta branca irregular.

— Isso é verdade. — As palavras vieram de algum lugar atrás deles e o sangue de Caleb gelou enquanto Sesily ficou tensa ao seu lado. Ele se virou, a mente já trabalhando, por saber quem encontraria.

Coleford, com uma pistola na mão.

CAPÍTULO 25

Coleford não deveria estar ali.
 Eles haviam enviado mulheres o suficiente para manter Peck tão atarefado que não pudesse avisar Coleford o dia inteiro, e tinham criados de olho em missivas saindo e entrando na Scotland Yard durante todo aquele período. Até uma hora antes, quando Imogen havia batido na porta do detetive, Peck não havia notificado Coleford e, ainda assim, ali estava o visconde, não lá em cima em um escritório, mas ali, com uma pistola na mão, apontando-a para o homem que ela amava, e Sesily descobriu que não gostava nada daquilo.

Ela gostou menos ainda quando Caleb se moveu para se colocar na frente dela. Sempre buscando deixá-la a salvo à sua própria custa.

Coleford sacudiu a arma na direção de Caleb.

– Eu não faria isso se fosse você, americano. – Uma pausa. – Mas você não é americano, é? – Ele sacudiu a pistola. – É?

Não responda, ela desejou.

– Não, não sou.

Amaldiçoado fosse esse homem e sua incapacidade de mentir.

– Você matou meu filho. Sei que matou. Você tinha a idade certa. A altura certa.

Caleb balançou a cabeça.

– Não, eu não o matei.

Abençoado fosse esse homem e sua incapacidade de mentir.

– Bem, então você está mentindo para valer para alguém, porque soube que você confessou. Sem dúvida para prevenir que meus lacaios venham atrás de você. E de sua irmã. E do pirralho. – Ele olhou para

Sesily, que precisou conter a vontade de cuspir no rosto do homem que tanto odiava. – Ainda há tempo para eles, eu acho. E para a sua rapariga.

– Sinceramente, você fica cada vez mais charmoso, Lorde Coleford – ela disse sem esconder seu desdém por esse homem que havia destruído tantas vidas por tanto tempo.

Caleb sibilou um aviso, seus dedos se apertando contra os dela, tornando impossível que ela se movesse.

– Você pensa que não sei quem você é? – O visconde cuspiu. – Você, que veio até minha casa com sua amiga, aquela vaca plebeia, que achou que poderia me dizer como tratar o que é meu? – Os olhos dele se estreitaram com puro ódio. – Me envergonhando na frente de meus próprios convidados?

– Não foi tudo o que fizemos – disse Sesily com esperteza, ajeitando suas saias.

– Sesily. – Outro aviso de Caleb.

Ela o ignorou.

– Mas eu não me preocuparia, meu lorde. Você era uma vergonha bem antes de minha amiga decidir te ajudar com isso. E você tem mais pela frente.

Coleford sorriu na direção dela.

– Suponho que ache que é uma dessas novas garotas, espertas. Grosseiras e com a língua ligeira, se oferecendo para qualquer um que quiser agora que há uma rainha no trono.

Caleb deu um passo na direção do visconde, um grunhido grave na garganta, rígido como aço com a raiva contida. Com um desejo óbvio de derrubar esse homem, se não fosse pela pistola em sua mão.

– Olha a língua, velhote.

O visconde continuou destilando seu veneno:

– Arruinando a Inglaterra. Tudo pelo qual trabalhamos. Você acha que não sei quem é sua família? Seu pai, que fez chacota de toda a aristocracia? E você, a maior rapariga de Londres.

– Estou surpresa em ouvir você falar tão bem sobre a santidade de instituições veneráveis. Justo você nunca reportou o assassinato de seu filho para a polícia. – Ela fez uma pausa. – Ou o de sua esposa. Qualquer um deles.

– Isso é uma calúnia. – O visconde virou seu olhar assassino na direção dela.

Sesily levantou uma sobrancelha.

– Mas só se for falso, não é mesmo?

As bochechas coradas do homem ficaram ainda mais vermelhas, e a pistola se virou para ela.

– Eu vou ter tanto prazer matando vocês dois. Esperava que os garotos que coloquei para observar a casa em Brixton mantivessem tudo discreto, mas, se tem que acontecer aqui, suponho que vai funcionar.

– Seus garotos? – ela perguntou. – Os que enganam mães que buscam seus bebês no orfanato?

– Sesily...

– Você sabe disso? – disse o velho. – Bem, vamos ser honestos, não é como se essas mulheres tolas tenham alguma esperança de encontrá-los de outro jeito.

– Eu espero que você apodreça na prisão por um tempo considerável – Caleb xingou, ríspido e raivoso, incapaz de manter o ódio longe de sua voz.

Até aquele momento, Sesily imaginara que prisão e destruição eram a vingança perfeita para esse homem. Vingança por ter criado um filho tão monstruoso quanto ele, pelo que tinha certeza do que ele fizera com as esposas, por roubar a felicidade de Caleb e Jane, por roubar do Foundling Hospital, por roubar as esperanças das mulheres que não tinham nada além disso. Mas, ao escutá-lo falar dos crimes que havia cometido, percebeu que a prisão não seria o suficiente para esse homem.

– Seus garotos não vão tomar iniciativa quando você parar de pagá-los. De fato – ela adicionou –, eu imagino que eles vão abrir a boca com felicidade quando se tornar claro que você não consegue mais pagar. Sua esposa também. Eu não acho que a nova viscondessa se importa muito com você. Você deveria tê-la tratado melhor.

– Sesily – alertou Caleb, mesmo enquanto ela continuava falando, ansiosa para desestabilizar Coleford. Sabendo que desestabilizá-lo era a melhor chance que tinham de escapar daquilo inteiros.

– E você *vai* para Newgate. Seu título não vai te salvar, não quando o público souber tudo que você fez. E você sabe disso, nós sabemos disso e, agora, a Scotland Yard também sabe, e é uma escolha ousada ameaçar abrir fogo aqui, quando seu nome certamente é o mais novo na lista de criminosos procurados.

Algo piscou nos olhos do homem, parecido com medo, e ele segurou a arma com mais força.

– Sua vaca – o visconde xingou. – Você não sabe nada sobre esse assunto. Cada centavo que tenho, cada centavo que gastei, foi para encontrar ele. – Coleford agitou a pistola na direção de Caleb, mas seu ódio foi direcionado a Sesily.

Ótimo. Que o mantivesse ali.

Ela nunca o deixaria ter Caleb.

Só que Caleb tinha outros planos.

– Você tem razão.

– O que você está fazendo? – Ela se virou para Caleb.

Caleb deu um passo na direção de Coleford.

– Eu estava lá – disse Caleb. – Seus garotos me encontraram. E sua luta... ela é comigo.

Sesily entendeu o que ele fazia. Redirecionar a atenção do visconde, conseguir tempo.

Funcionou e logo a pistola de Coleford estava apontada para Caleb.

– Não, Caleb. – Foi a vez de Sesily segurá-lo, mas Caleb se desvencilhou, dando outro passo para o lado, bloqueando a sua visão.

Bloqueando o tiro de Coleford.

Protegendo-a.

Mais uma vez, ele se colocara no caminho do perigo para mantê-la a salvo.

– Eu acredito que você achou que, ao vir até aqui, poderia se proteger. Você foi pego e achou que iria se render à justiça. – Coleford mexia a arma em um círculo, e Sesily não conseguia desviar o olhar dos olhos dele, sem foco e descontrolados. – Mas você cometeu um erro, veja. Eu nunca quis justiça. Eu não reportei o assassinato do garoto porque não quis.

– Você deseja vingança. – Sesily puxou o ar e Caleb moveu-se mais uma vez, soltando a mão dela, e ficando diretamente à sua frente. Homem irritante!

O respeito se acendeu no olhar do homem mais velho.

– Exatamente.

– Eu compreendo. Eu também quero. – Caleb ficou tenso, deslizando uma mão para o bolso de sua calça, deixando a outra livre ao seu lado.

Foi aí que Sesily se lembrou que também tinha bolsos.

E o que guardava neles.

Homem irritante, brilhante. Lutando ao lado dela, afinal.

– Apenas um de nós vai conseguir no fim – Coleford disse, levantando a pistola na altura do coração de Caleb.

Em segundos, o punho de sua adaga estava na mão de Caleb, e ele se movia como um raio, a lâmina voando ao mesmo tempo em que Sesily pulava para derrubá-lo para fora do caminho do tiro que soara na escuridão.

O grito de Sesily ressoou junto ao lamento agudo de Coleford e o xingamento pesado de Caleb. O visconde caiu no chão, a bainha da adaga de Sesily saindo de seu ombro. Caleb se jogou para pegar a pistola, chutando-a para a escuridão, fora do alcance.

Caleb se virou para encará-la, então, seu nome como uma respiração, vez após vez após vez, suave e cheia de preocupação, as mãos acariciando os braços dela, até seu rosto.

– Você está bem? Está segura?

Ela assentiu, sua própria mão indo até a bochecha dele, seus braços.

– Sim, estou bem. E você? Ele atirou... a bala?

– Que inferno, Sesily. Você poderia ter morrido. Da próxima vez, você me deixa levar o tiro.

– Conversamos sobre o assunto quando precisar.

Ele a puxou para perto, lhe dando um beijo rápido e firme em seus lábios abertos.

– Não vamos não, porra. – Soltando-a, ele completou: – Acredito que você não está disposta a se livrar de nenhuma dessas belíssimas anáguas para que possamos amarrar este homem podre?

– Você acha que essas fitas são costuradas apenas pela aparência? – Ela lhe deu o seu melhor sorriso.

Sesily havia acabado de levantar as saias para achar as amarras quando atrás deles, uma voz irritada disse:

– Puta que pariu, era só o que faltava neste dia.

Thomas Peck estava de pé a distância, lamparina na mão, a luz dourada iluminando sua irritação extrema enquanto observava a cena. Coleford se contorcendo no escuro, Caleb e Sesily mexendo nas saias dela.

Ajeitando-as ao redor de seus calcanhares, Sesily tomou a mão de Caleb e se endireitou.

– Com todo o respeito, detetive, você teria sido extremamente útil alguns minutos atrás.

– Bem, minha lady – Peck disse, o título honorífico parecendo mais um epíteto em sua boca. – Como meus corredores estavam lotados de mulheres no momento exato da explosão, foi um tanto complicado me movimentar com alguma velocidade.

Ela assentiu.

– Ah, não precisa se preocupar. Como pode ver, o Sr. Calhoun tinha as coisas sob controle.

– A quantidade de papelada que vocês me criaram hoje. – Ele olhou para o chão, onde o visconde se contorcia. – Suponho que este seja Coleford?

– Em carne e osso – disse Calhoun.

– Hmm – Peck considerou, olhando para baixo e falando para o visconde: – Bem, você aparecer aqui certamente me poupa o trabalho de ter que ir te buscar e te prender por tentativa de assassinato na Scotland Yard, mas eu poderia ter passado sem a facada. – Ele levantou a voz para um auxiliar que não estava visível. – Alguém, por favor, chame um médico.

Sesily resistiu à vontade de rir com o comportamento do homem. Dava para entender por que Imogen gostava dele.

Ele pareceu sentir sua atenção.

– E você, Lady Sesily, suponho que apenas estava passando por aqui? Depois de um passeio de carruagem com sua amiga, Lady Imogen?

Ela lhe lançou um sorriso brilhante.

– Soube que houve uma explosão. Você não pode esperar que eu fique longe de algo assim.

– Hmm, sorte que o Sr. Calhoun sobreviveu, considerando que não havia motivo algum para ele estar em custódia para início de conversa. Obrigado aos céus por pequenas coincidências, eu acho. Só faltava ter um homem morto numa cela para este dia ficar perfeito. – Ele cutucou Coleford com sua bota. – Ei. Não morra agora, patacudo.

Coleford choramingou de onde estava, deitado de bruços.

– Espera aí. – Caleb levantou as sobrancelhas e Sesily se deleitou com a surpresa em seu rosto. – Não há motivo para que eu estivesse aqui?

Peck suspirou.

– Não considerando o fato de que o cadáver de um tal... – Ele tirou um pedaço de papel do bolso do peito – ...Peter Whitacre foi entregue ao necrotério esta tarde, junto com a confissão do assassinato do filho do visconde *dezoito anos atrás*. – Ele pausou, devolvendo o papel ao seu bolso. – Um fato que eu saberia antes se sua amiga não estivesse tentando me enlouquecer, Lady Sesily.

– Eu vou ter uma conversa séria com ela – ela disse.

– Se puder, por favor – Peck respondeu. – E acredito que você tem planos para doar os recursos para reparar uma porta de cela.

O sorriso dela ficou mais amplo.

– Eu não sou nada além de uma apoiadora entusiasta da lei.

– Hmm – disse o detetive. – Não consigo entender como alguém pensaria o contrário. – Ele olhou para Coleford por um momento antes de lançar um olhar irritado de volta para eles. – Uma *imensa* quantidade de papelada, à luz do fato de que acredito que não registrarei nenhuma das *duas* conversas que tive hoje a respeito do assassinato de um homem que pode ser descrito como nada além de um vilão completo. Especialmente agora que temos um responsável confesso no necrotério.

Ao lado dela, Caleb ficou tenso com o choque. Sesily poderia ter beijado Thomas Peck na boca, mas pensou que talvez Caleb não fosse gostar daquilo.

– Obrigado – ele disse, a aspereza em sua voz indicando o alívio descontrolado que sentia. Que ambos sentiam. Ela segurou a mão dele, amando a forma como ele apertou sua mão. Como se nunca fosse deixá-la partir.

Como se nunca fosse precisar.

Peck anuiu, seus olhos brilhando com a luz de um homem que seguia seu próprio código de honra.

– Algum dia, americano, eu vou pedir para que você se lembre.

A mensagem era clara. Não era mais Peck que devia a Caleb, mas o inverso. E, algum dia, o detetive cobraria o favor.

Caleb não hesitou. E com um gesto de cabeça, ele concordou com os termos.

Satisfeito, Peck virou seu olhar rigoroso para ela.

– E agora, acho que todos nós brincamos demais de 'Visite a Scotland Yard e brinque com o detetive' por hoje.

– Sim, senhor. – Ela resistiu a sorrir.

– Então é melhor que você vá cuidar de seu homem, minha lady. E rapidamente.

Seu homem.

As palavras lhe lançaram uma onda de prazer.

Seu homem. Liberto e sem acusações.

Espera. O quê?

– Cuidar dele? Por quê? – Ela se virou para Caleb, preocupada. – O que aconteceu?

– Ele está sangrando.

Sesily arregalou os olhos e levou uma mão ao colete de Caleb, abrindo-o para descobrir uma mancha vermelha na blusa branca abaixo.

– Você está sangrando!

– Não é sério – Caleb disse, puxando-a para perto. – Venha cá.

– Agora não é a hora, Caleb – ela estourou.

– É, sim – ele disse. – É, sim.

– Sério? Porque parece que você está *sangrando*.

– E estou livre.

Sesily parou, levantando a cabeça para olhá-lo, encontrando seus olhos verdes.

– Você está – ela disse, ficando na ponta dos pés para lhe dar um beijo em seus lábios largos e lindos. – No entanto, você também está sangrando. E temos que ir.

Depois que eles desapareceram pela saída da Whitehall Mews, Peck retornou para a bagunça do dia. Instruindo o oficial mais próximo a levar em custódia o visconde que ainda se debatia e encontrar um lugar *não explodido* para que pudesse esperar pelo advogado, Peck encontrou seu caminho no corredor ainda enfumaçado até a cela em que Calhoun estivera o dia inteiro.

Passou pela porta agora destruída até o centro do pequeno espaço, amassando os destroços com suas botas que em algum momento daquele dia estiveram brilhantes. Elas, assim como todo o resto dessa área da Scotland Yard, estavam cobertas por uma fina camada de poeira.

Bem, *quase* tudo.

Ele ficou paralisado, seu olhar caindo em um arquivo azul-claro, deixado cuidadosamente no banco baixo que havia sobrevivido à explosão de alguma maneira. Nele, um sino azul-escuro. E nenhum grão de poeira sequer.

O presente de Lady Imogen, de mais cedo. O que ela tomara de volta.

Aparentemente ele o merecia, afinal.

Abrindo-o, começou a ler – páginas e páginas a respeito do visconde que ele já tinha em custódia. Prova de uma dúzia de crimes. E possivelmente de muitos mais.

Quando ele falou para o cômodo vazio, foi com choque, descrença e uma grande admiração.

– Os sinos do inferno.

A noite havia caído e, do lado de fora, uma carruagem esperava, a Duquesa de Trevescan e Adelaide em uma conversa profunda ao seu lado. Quando Sesily e Caleb saíram pela porta, a dupla olhou para eles e se adiantou, a preocupação em seus rostos.

– Está tudo bem? Ouvimos um tiro. – A duquesa olhou para Caleb, sua atenção indo diretamente para a mão dele, que se pressionava contra a lateral que sangrava. – Vamos dar uma olhada.

Antes que ele pudesse sequer pensar em recusar, ela estava tirando a mão dele do lugar, analisando o ferimento.

– Vossa Graça... – ele disse, sentindo que devia ao menos reconhecer a posição dela.

Ela balançou a cabeça e deu um risinho.

– Não nesse sotaque americano, Sr. Calhoun. Me chame de duquesa. – Ela franziu o cenho enquanto completava sua inspeção. – Sem bala. Só passou raspando.

– Bom. – Sesily soltou a respiração.

– Foi a polícia? – A preocupação da duquesa virou raiva.

– Não.

– Imogen? – Adelaide tentou adivinhar.

– Dá licença! – Imogen disse, aparecendo do lado da carruagem, tendo retornado de seja lá onde ela estivera. – Eu me comportei muito bem. Segui o plano nos *mínimos detalhes*.

– Foi Coleford.

– Você acabou com ele? – Imogen franziu o cenho.

– Não. Atualmente ele está preso – disse Sesily. – Parece que eles não gostam muito quando você quase mata duas pessoas na Scotland Yard.

– No entanto, eles não têm problema algum com explosões – disse Caleb secamente.

– Explosões têm estilo – respondeu Imogen.

Com um sorriso, a duquesa se virou para Caleb.

– E você? Está se escondendo?

– Não estou, na verdade. Você nunca vai acreditar a coincidência... – Caleb disse, lançando um olhar para Sesily. – O corpo do assassino apareceu. Difícil imaginar como isso aconteceu.

– Você não achou que eu iria começar a te ouvir justo quando você estava partindo meu coração, achou? – Sesily levantou as sobrancelhas.

Ele ficou tenso com aquilo, odiando cada palavra. Tentou alcançá-la, acariciando a sua pele impossivelmente macia.

– Eu não queria partir seu coração.

– Então você tem muita sorte de ele ser facilmente reparado – ela disse, se inclinando contra ele. – Eu te perdoo.

– Não tenho certeza se eu te perdoo, só para deixar registrado – disse Imogen.

– Nem eu – a duquesa adicionou.

Caleb levantou as sobrancelhas e seus olhos verdes se acenderam com partes iguais de humor e receio. Sesily sorriu.

– Vão procurar o que fazer, vocês duas. Eu o amo.

Elas felizmente foram procurar o que fazer, enfim, nos fundos da carruagem, onde fingiram não notar ele passando um braço pela cintura de Sesily e a puxando para perto para um beijo longo e persistente.

– Você me ama – ele sussurrou quando finalmente se separaram para pegar ar.

– Sim – ela disse com felicidade.

– Você me salvou.

– Alguém precisava fazer isso. – Ela sorriu.

– Você é a coisa mais linda que eu já vi, Sesily Talbot.

– Você pode me falar isso sempre que quiser.

– E se eu te falar que te amo?

– Também pode me dizer isso. – Ela se inclinou para beijá-lo novamente, os dedos deslizando pelo peito dele, até os seus quadris. Ele sugou o ar com a dor que surgiu quando ela encontrou o lugar molhado em sua blusa. Sua ferida.

Sesily se afastou rapidamente.

– Você precisa de um médico.

– Não preciso de um médico – ele protestou. Ele precisava dela. – Preciso de água e sabão e linha e agulha.

– Posso ajudar com isso. – As palavras ditas com uma cadência suave, inglesa, de alguma forma impossivelmente familiar.

Sesily prendeu a respiração com as palavras, soltando-o enquanto ele se virava para encarar a mulher que os encontrara.

Jane.

Sua irmã. Algo explodiu em seu peito, anos de preocupação e tristeza substituídos pelo alívio e a alegria. Ela estava mais velha e parecia tanto com a mãe deles. Sentira tanta falta dela.

Eles se aproximaram um do outro com movimentos lentos, como se temessem que aquele reencontro não fosse real. E, quando finalmente se alcançaram, o abraço que compartilharam foi longo e emotivo, os olhos fechados, os rostos cheios de surpresa e sofrimento e arrependimento e esperança.

E então começaram a rir, porque não havia mais nada a ser feito, e o som era contagiante, e logo todos estavam gargalhando, se deleitando em saber que Caleb e Jane finalmente tinham um ao outro novamente, depois de tanto tempo separados.

Quando se soltaram, foi Jane que lembrou da tarefa que tinham em mãos.

– Eu gostaria muito de dar uns pontos em você, irmão.

– Para dentro da carruagem! – Adelaide respondeu. – Tente não sangrar nela, americano. Essa é a boa, não a que usamos para cadáver.

Jane arregalou os olhos e Caleb não conseguiu evitar uma gargalhada antes de se virar para ela.

– Espera. Antes de irmos para qualquer lugar... o que você está fazendo aqui? – A preocupação surgiu em uma onda de calor. – Por que está aqui?

– Por você. – Sua irmã colocou a mão no pulso dele.

Ele não compreendeu, olhando para o resto das mulheres, cada face mais satisfeita que a outra e então para Sesily – a bela e perfeita Sesily, com lágrimas de felicidade nos olhos.

Como fora o plano de Sesily, foi ela quem explicou:

– Não havia por que entregar a prova dos crimes de Coleford sem entregá-lo também. Havia um grande risco de que ele pudesse fugir, e não poderíamos arriscar isso. Obviamente. – Ela sorriu para ele. – O objetivo era sua liberdade e não tinha como isso acontecer sem a prisão de Coleford.

Caleb balançou a cabeça, confuso.

– Eu ainda não... o que isso tem a ver com Jane? Peck deveria ter convocado Coleford de manhã, quando confessei.

– Sim, bem, esse cronograma não funcionava bem para nós – disse Sesily. – Adelaide precisava fazer com que a confissão parecesse legítima e Imogen precisava de tempo para...

– Preparações – Imogen completou animada, sacudindo a bolsa cheia de armas com um entusiasmo que Caleb achou que era uma negligência perturbadora com a segurança.

– Portanto, precisávamos manter Peck ocupado *e* garantir que Coleford viesse até a Scotland Yard antes de te soltarmos ou então não teríamos como nos certificar de que ele não nos machucaria no meio-tempo. Enquanto a duquesa resolvia a questão de ocupar Peck, eu fui até Jane – Sesily explicou, olhando para a irmã dele. – Que concordou em trazer os vigias até aqui.

– Adelaide me buscou e Os Calhordas nos seguiram exatamente como esperávamos que fossem fazer – Jane falou com simplicidade, como se ela fosse parte do grupo desde o início.

– E, quando chegamos, Jane foi uma estrela – Imogen adicionou.

– Um sussurro no ouvido de um d'Os Calhordas de que você e Sesily *também* estavam na Scotland Yard... – a duquesa apontou, – e Coleford não conseguiu se manter distante.

– O boi direto para o abatedouro, para ser sincera – Sesily completou com naturalidade. – Se bem que tínhamos a intenção de que ele fosse para o escritório de Peck. A parte de te dar um tiro foi um tanto... fora do plano.

– Mas é adorável ver um plano dar certo, de toda forma – a duquesa anunciou. – Para as carruagens, todos vocês. O Sr. Calhoun ainda está sangrando.

E então toda a equipe estava em movimento, e a Caleb restou apenas se maravilhar com o plano de Sesily. Ele a puxou para perto, pressionando-a contra o seu lado bom.

– Eu deveria ter acreditado em você desde o início.

Ela assentiu, séria mais uma vez.

– Você vai acreditar em mim no futuro? É assim que a gente ama. Em voz alta. Com verdade. É assim que a gente luta. Juntos, ou não lutamos.

A dor em seu peito estava de volta.

Ele amava essa mulher com tudo o que tinha.

Ela estava na ponta dos pés novamente, pressionando um beijo em sua bochecha antes de sussurrar em seu ouvido:

– Vamos para casa.

Casa. Uma palavra que nunca se permitira pensar. Nunca se permitira reivindicar.

Agora pertencia a ele de novo. Com Sesily. Com Jane e Peter. Com esse grupo de mulheres indomáveis.

– Venha comigo, Sra. Berry – a duquesa falou a distância. – Me disseram que você é uma excelente costureira.

– Ela é especialista em modelos com bolsos cobertos por couro – Sesily ofereceu, virada na direção delas.

– Inteligente – Adelaide disse de onde estava sentada no banco do motorista, cheia de admiração.

As sobrancelhas de Jane se levantaram em surpresa antes de ela encontrar as palavras certas.

– Eu acredito que bolsos de todos os tamanhos e tecidos podem ser úteis em um aperto.

A duquesa sorriu para Jane, e Caleb imaginou que podia ver os planos que já se formavam atrás dos olhos da mulher.

– Como você se sente a respeito de calcinhas especiais?

A irmã dele não hesitou.

– Acredito que posso estar à altura de seu desafio, Vossa Graça.

Foi a vez de Caleb ficar surpreso, e Sesily não conseguiu conter uma risadinha. Ao se aproximar dele, ela perguntou:

– Nós te deixamos envergonhado, americano?

Ele gargalhou, abraçando-a apertado.

– Imagine, de tudo que eu presenciei vocês fazerem, são as roupas íntimas que me venceram.

Ela ficou na ponta dos pés para sussurrar contra o ouvido dele:

– E aqui estou eu, sem nenhuma delas.

Não importava que ele estivesse sangrando, então, porque tudo o que conseguia pensar era no que pretendia fazer no momento em que estivesse a sós com essa mulher. Com um rugido grave de prazer, ele a beijou novamente, lenta e luxuriantemente, ignorando os gemidos de reclamação ao redor deles, pontuados pela risada alegre de Jane.

Sesily separou o beijo.

– Podemos fazer isso a qualquer instante agora – ela sussurrou. – Sem ardor.

– Eu acho que vou arder por você para sempre – ele disse.

– Eu vou permitir. – Ela sorriu.

Ele tentou beijá-la novamente e ela se esquivou.

– Não. Você precisa levar pontos. E então você poderá me beijar o quanto quiser.

– Te beijar *é* tudo o que eu quero.

Ela riu e se dirigiu à carruagem, olhando para trás apenas quando percebeu que ele não a seguira; em vez disso, ele ficou parado na luz do candeeiro do lado de fora do veículo, observando-a.

Desejando-a.

Querendo reivindicá-la para ele, para sempre.

– O que foi? – Ela franziu a testa.

– Você ainda me deve um favor, Sesily Talbot. E, desta vez, não aceito um não como resposta. – Ele levantou o queixo na direção dela.

Ela não conseguiu controlar seu sorriso.

– Justo. Diga o que quer.

Caleb se aproximou, indiferente ao ferimento em sua lateral, ao dia que passara na prisão, ao passado que acabara de superar. Pensando apenas no futuro, pela primeira vez na vida.

– Case-se comigo.

– Talvez. – Ela inclinou a cabeça.

– Que porra, Sesily – ele gemeu.

Ela sorriu e o procurou, puxando-o para si pelo tecido de sua camisa.

– Tem certeza? O meu casamento não vai ser nada parecido com o das minhas irmãs.

– Eu não imagino que seria, considerando que ele vem com narizes quebrados, invasões, explosões e cadáveres. – Ele parou. – Os cadáveres são negociáveis?

– Podemos conversar sobre isso. – Ela gargalhou.

Ele se inclinou mais para perto.

– Se nosso casamento fosse como os outros, eu não seria casado com *você*. Você, que eu quis desde a primeira vez que vi. Você, que eu desejei fazer minha desde o início. Case-se comigo, meu amor.

Ela respondeu com um beijo.

EPÍLOGO

Um ano depois

A casa estava em silêncio quando Caleb entrou depois de uma longa noite no A Atena – sua nova taverna em Marylebone, uma das três que ele e Fetu haviam aberto no ano desde que tudo mudara.

Desde que ele se libertara para se mover pelo mundo sem medo de ser descoberto ou punido, para começar novos negócios, para reivindicar uma família imensa de irmãs e companheiras de guerra, sobrinhos e sobrinhas e cunhados.

Para amar sua esposa. Em voz alta.

Sesily e Caleb se casaram poucas semanas depois da explosão na Scotland Yard, em uma igreja paroquial tranquila próxima de Highley, em uma cerimônia apenas para a família e amigos mais íntimos. Sera e Haven sequer piscaram quando os recém-casados haviam requisitado a cabana do jardineiro na propriedade para a noite de núpcias. Caleb a enchera com rosas de estufas e almofadas luxuosas antes de acender o fogo e uma noite vagarosa havia se tornado três, até que se lembraram que tinham uma casa em Londres que era perfeita para noites prolongadas, uma após a outra.

Claro que havia menos prolongamento em Londres.

Entre as tavernas, o trabalho de Sesily, suas famílias e seus amigos, as noites eram cheias de alegria e prazer, de felicidade e propósito. Sesily não evitava mais os pubs de Caleb e ele percebeu rapidamente que ele não se importava com bailes da sociedade se houvesse a possibilidade de que sua bela esposa fosse escandalizar os presentes.

O que havia sido uma percepção importante, já que estava claro que Sesily não tinha intenção alguma de parar. E Caleb tinha toda a intenção de segui-la para o combate.

Juntos, ou não lutamos.

Sesily passara aquela noite particular n'O Canto, e Caleb estava ansioso para chegar em casa, para vê-la. Para abraçá-la. Para amá-la.

Depois do casamento, Sesily havia transformado a residência de Caleb em Marylebone em um lar – cheio de móveis exuberantes e belas obras de arte e milhares de outros confortos que ele nunca havia sequer se permitido imaginar antes de conhecê-la, quando ele vivia segurando a respiração.

Antes de ela ensiná-lo a respirar.

Uma lamparina solitária piscava na mesa logo ao lado da porta, do lado de dentro. *Ela estava em casa.* Caleb pegou a luz sem diminuir a velocidade, subindo as escadas dois degraus de cada vez para chegar até Sesily. Enquanto virava o corredor até seu quarto, ele se perguntou se algum dia iria fazer aquela jornada com menos velocidade. Sem doer de desejo. Sem a necessidade quase desesperada de estar perto dela.

Nunca.

Ela não estava na cama que ficava no canto do cômodo, coberta pelas sombras. Tampouco estava na poltrona na frente da lareira, que lançava luzes laranja ao redor do espaço parcamente iluminado.

Ela estava se banhando, atrás do biombo, onde parecia que tinha acendido cada vela que tinham, certificando-se de que sua silhueta era clara no tecido.

A boca de Caleb ficou seca instantaneamente, seu pau duro.

A porta do quarto foi fechada com força.

Sesily levantou um longo braço e ele estava hipnotizado com o movimento, com o deslizar lento da outra mão enquanto ela passava um pedaço de tecido em sua pele.

– Você chegou – ela disse, as palavras baixas, o leve ofegar nelas quase imperceptível.

Ele percebera.

O prazer correu por ele enquanto se livrava de seu casaco.

– Você também.

– Noite tranquila n'O Canto – ela respondeu, trocando os braços. Roubando o seu ar.

Ele limpou a garganta.

– Nunca é tranquilo n'O Canto.

Ela parou seus movimentos lentos. Inclinou a cabeça.

– Mais tranquilo. Todas as confusões foram deliciosas. – Ela voltou a se banhar. – E você? Como estava a clientela?

– Baderneira – ele disse. – Barulhenta. – A clientela perfeita para uma taverna nova. – Fetu ficou feliz.

– E você? – Ela sorriu. – Você ficou feliz?

Eu estou feliz agora. Parecia impossível estar tão feliz.

– Eu queria vir para casa – disse ele. – Queria te ver.

Outra pausa.

– Eu também queria te ver.

O coração dele ficou mais pesado com a promessa que as palavras revelavam.

– Você está esperando há muito tempo?

– Eu me mantive ocupada.

As palavras queimaram por ele ao mesmo tempo em que ela abaixou o braço, lenta e lânguida, e se recostou contra a parede de bronze da banheira – alta demais, se você perguntasse para Caleb, considerando o quão pouco ele conseguia vê-la. O cabelo dela estava em um coque alto e bagunçado na cabeça. Seu perfil, bonito.

– Me diga como – ele disse, as palavras saindo ásperas. Ele abriu os botões de seu colete com urgência, sem tirar os olhos dela. *Me mostre.*

Ela levantou uma perna para fora da banheira.

Sim.

– Nós recebemos vários convites para o Natal – ela disse, se inclinando para esfregar o pano ao longo das curvas elegantes da batata da perna, até o seu adorável tornozelo.

Caleb arrancou o colete, imaginando todas as maneiras de deixar aquele pedaço de pele recém-limpo sujo novamente.

– Caleb? – ela chamou, trazendo-o de volta de seus pensamentos.

– Hmm?

– Você tem alguma opinião? – A perna sumiu.

– Sobre...?

– Onde você quer passar as festas. – Ele não deixou de perceber a diversão nas palavras. Sesily sabia o que estava fazendo com ele. E ela estava gostando.

– Com você – ele disse, simplesmente.

Ela se sentou e virou a cabeça, os braços surgindo pela lateral da banheira, a silhueta dos ombros macia e curva e perfeita.

– Além de mim.

– Não importa – ele respondeu, tirando a sua blusa por cima, jogando-a para o outro canto do quarto.

– Acho que com a Jane, então – ela disse.

Ele perdera dezoito anos de Natais com sua irmã. Uma década deles com Peter. A promessa de um Natal em família com eles era ótima. E, é claro, Sesily sabia daquilo.

Mas ele não queria falar sobre a irmã.

– Sesily...

Ela se moveu, a água ao redor dela fazendo promessas lascivas que ele esperava que sua esposa fosse manter.

– Podemos nos planejar para passar o dia seguinte em Highley – ela disse.

– Eu sinceramente não me importo, meu amor – ele disse, passando uma mão pelo seu peito nu, até os botões da calça. Mais abaixo, acariciando seu comprimento tenso. – Me diga mais sobre o que estava fazendo enquanto esperava por mim.

Uma pausa, e então ela se endireitou, se virando para deixar seu perfil à vista, olhando para cima. Fornecendo uma vista melhor para ele. Os seios dela, fartos e perfeitos. Ela os esfregou com seu pano, e ele não conteve seu gemido.

– Tem certeza de que gostaria que eu te contasse?

Ela ficou de pé, o som da água escorrendo do corpo dela como o pecado e a silhueta completa dela visível, as curvas e reentrâncias e protuberâncias e vales. Seus quadris luxuriantes e sua bunda redonda. Sesily levou as mãos aos cabelos, e ela mexeu no coque, desmanchando-o em curvas pesadas e abundantes.

– Ou eu deveria te mostrar?

Ele atravessou o cômodo e desviou do biombo em um instante, puxando-a contra ele enquanto ela gritava em deleite.

– Caleb! Ainda estou molhada!

– E eu vou garantir que continue assim – ele grunhiu, levantando-a do banho e colocando-a em seus braços. – Você é uma provocadora.

– Não sou! – Ela balançou o cabelo.

– Não? Então o que foi tudo isso? Falar d'O Canto, e minha taverna e onde vamos passar o Natal... sem nenhum conhecimento de como estava me deixando louco de desejo?

Os olhos dela se iluminaram com prazer e ela o segurou pelos cabelos, puxando-o para um beijo.

– Um pouco de conhecimento.

Ele grunhiu, lambendo-a profundamente, chupando o seu lábio inferior até ela suspirar com prazer.

– Um monte.

– Louco de desejo, é isso?

– Sempre, quando se trata de minha esposa. – Ele a carregou ao redor do biombo, atravessando o quarto em passos largos, e a colocou na beira da cama, nua.

Ela abriu as pernas e ele se colocou entre elas, grato que, quando ela redecorou este cômodo em particular, pensou em colocar a cama numa plataforma. Quando ele se pressionou contra ela, o calor dela queimando-o pelo tecido pesado de suas calças, os dois gemeram de prazer.

E então sua magnífica esposa o puxou para baixo para um beijo, profundo e luxuriante e perfeito, soltando-o apenas para sussurrar, como o pecado:

– O que é que você vai fazer comigo?

– Tenho algumas ideias – ele prometeu, deitando-a na cama e a acompanhando. – Você quer saber a melhor?

– Por favor – ela suspirou, se arqueando contra ele, fazendo-o arder de desejo.

– Eu vou te amar, Sesily Talbot. Todos os dias... pelo resto de nossas vidas.

Os olhos dela encontraram os dele, azuis e lindos.

– Em voz alta?

Ela era perfeita. E era dele.

– Em voz alta.

E ele cuidou de fazer exatamente aquilo.

NOTA DA AUTORA

A alegria de escrever romance de época é esta: embora as histórias sempre sejam sobre a forma como experimentamos o mundo, nós mesmos e o amor nos tempos atuais, todo livro se inicia com uma pequena verdade do passado. Muitas vezes essas verdades são muito mais absurdas do que qualquer coisa que eu imaginaria sozinha.

Há muitos anos, enquanto eu encarava o Twitter em vez de escrever no manuscrito que viraria A *dama e o monstro*, esbarrei com um *tweet* citando as Forty Elephants, o braço feminino da gangue Elephant and Castle – a maior das gangues da Londres vitoriana. Apesar de os garotos da Elephant se ocuparem das coisas que gangues geralmente fazem, o Forty Elephants era um grupo menos abertamente violento. As mulheres trabalhavam como agentes de apostas e tinham o maior esquema de batedoras de carteira que o Reino Unido já viu, vestindo saias imensas em cima de roupas de baixo especiais que conseguiam carregar qualquer coisa que não estivesse amarrada nas lojas de departamento do fim do século XIX. As histórias a respeito do Forty Elephants são loucas, e fiquei fascinada com essa gangue de mulheres que tinham sua própria rede.

Deixe-me explicar logo: as Belas Fatais não são o Forty Elephants. Se as Belas Fatais são um martíni, o Forty Elephants são vermute bebido direto da garrafa. Sem elas, no entanto, não poderia ter imaginado esse grupo de mulheres e, com elas, essa rede de fofocas imensa e roupas íntimas especiais, que sabem se virar com uma cela de prisão trancada, uma briga de taverna e uma garrafa de clorofórmio. Então aqui vai um brinde a Alice Diamond, vulgo Agnes Ross, vulgo Diamond Annie, e suas garotas, pela inspiração. A propósito, acredito que Alice odiaria este livro. É suave demais para uma mulher que falsificou seus documentos para trabalhar em uma fábrica de munições e garantir um acesso a explosivos. Entretanto, acredito firmemente que ela faria um comentário lascivo sobre as coxas de Caleb, e eu a respeito por isso. Para mais informações a respeito do Forty Elephants, não deixe de conferir o livro *Alice Diamond and the Forty Elephants*, de Brian McDonald.

Falando em clorofórmio – a mistura que Imogen inventou em seu próprio laboratório é a mesma que foi inventada simultaneamente na Alemanha e nos Estados Unidos em 1831. Mais sobre isso no livro dela, tenha certeza!

Também não tenho sequer palavras para descrever o Foundling Museum, em Londres, que permaneceu em minha memória por anos, desde minha primeira visita. Como sempre, também devo muito ao Museu de Londres, à British Library e à biblioteca pública de Nova Iorque pelas espirais sem fim de pesquisa... mesmo durante uma pandemia global. Dê um abraço no seu bibliotecário de pesquisa mais próximo.

A esta altura, meu amigo Dan Medel está acostumado a receber mensagens tarde da noite com perguntas esquisitas como "Se alguém for enforcado ao ponto de desmaiar, o que iria acontecer com ele?". Agradeço a ele, como sempre, pelas respostas pacientes que agora já começam com "Se morte não for uma alternativa, então...". O fato de ele ter tolerado minhas bobagens desta vez, sendo um médico durante uma pandemia... se isso não é amizade, não sei o que é.

Gastei 2020 me sentindo extremamente grata pela minha própria gangue de garotas – a comunidade de mulheres sem a qual eu honestamente penso que não poderia ter sobrevivido o longo 2020: minhas amigas tudo-ou-nada, Louisa Edwards e Sophie Jordan; minhas queridas amigas Jen Prokop e Kate Clayborn; todas do grupo de conversas do Writers Room; Kennedy Ryan e Meghan Tierney, por me manterem sincera até o fim.

A terrina de sopa da duquesa é inspirada por um arranjo semelhante da casa de uma amiga antiga de minha mãe. Então obrigada, Venturi, pela ideia e por apresentar meus pais em uma de suas festas incríveis.

Ao time incrível da Avon Books, o número 14 está aqui! Obrigada à brilhante Carrie Feron, que sequer pisca quando apresento ideias fora da casinha; Asanté Simons, que sequer pisca quando faço uma pergunta boba; Britanni DiMare, que me faz parecer muito melhor do que sou; Jennifer Hart, Kristine Macrides, Christine Edwards, Ronnie Kutys, Andy LeCount, Josh Marwell, Carla Parker, Rachel Levenberg, Donna Waikus, Carolyn Bodkin, e toda a equipe de vendas, que sempre está muito animada; e Jeanne Reina e todos no departamento de arte, que perceberam o que este livro poderia ser e se certificaram de que tivesse uma capa adequada.

Para terminar essa gangue de garotas excelentes estão Holly Root, Kristin Dwyer, Alice Lawson, Eva Moore e Linda Watson – sou muito grata a cada uma de vocês.

Um obrigada para meus amores: V., que virou o jogo e deixou bilhetinhos para sua mãe no início do dia; Kahlo, por horas deitadas aos meus pés embaixo de minha mesa, e Eric, por tudo que você faz, mesmo quando acha que sou um furacão.

E não menos importante: você, querido leitor! Obrigada por esperar tão pacientemente por Sesily e Caleb. Espero que tenha valido a espera. E que compreendam por que demorou tanto... eu tinha planos! Mal posso esperar para que vejam o que tenho preparado pra Adelaide, a seguir.

Este livro foi composto com tipografia Electra Std e impresso
em papel Off-White 70 g/m² na Formato Artes Gráficas.